U0898689

饮水思源 怀念母亲张玉泉建筑师
温故知新 耕耘建筑黄土地五十年

匠人钩沉录

Recollections of an Architect

费麟 著
《建筑创作》杂志社 承编

天津大学出版社

前言
Foreword

关于这本小册子，引出了下面的对话，就作为开场白吧！

问：你是谁？你从哪里来的？

答：我是一名“匠人”，喝长江水长大的，祖籍苏州，生在广州，长在上海，落户北京。这注定了我的南腔北调。“建筑”与我结下了不解之缘。在中国，“建筑师”不是个传统称呼。从我的实践看，因循古制，自称“匠人”为妥。

问：那你的称呼呢？

我姓费，名麟，字明威。姓名称呼虽然只是符号（FEI LIN），但每个字母所代表的含义，多少反映了我的个人特性：

F——Family，家庭观念较重；

E—Engineering，从事建筑工程设计；

I—Institute，一辈子没离开过学院和设计院；

L—Love，热爱生活，关爱建筑；

I—Integrity，正直，爱说实话；

N—Nature，一切顺其自然。

问：你是中国一级注册建筑师(特许)，为什么还自称“匠人”？

答：自古以来，中国有很辉煌的建筑成就，都是在皇权统治下，由“工匠”、“匠人”完成的。中国没有建筑师这个称呼，在中国人事制度技术职称一览中，只有“工程师”，没有“建筑师”。外国人称邓小平是中国改革开放的“总建筑师”(Chief Architect)，可到中国人手中，就翻译成“总设计师”(Chief Designer)了！有一本中国近代重要建筑师、建筑事务所名录取名为《近代哲匠录》。清华建筑系是“拙匠之门”，梁思成先生的论文集，取名为《拙匠随笔》，吴良镛先生为清华大学建筑学院建院60周年(1946—2006)出版的纪念册题字“匠人营国”。老师是匠人，我当然是名副其实的匠人。

问：对业外人士来说，建筑师这个称谓不易被理解，能否简单地描述一下？

答：当然可以按我的理解来描述。

问：那什么叫建筑？

答：建筑是可感而无言的历史教科书。

问：什么叫建筑学呢？

答：这是一门艺术性很强的系统工程学。

问：建筑是艺术，又如何理解？

答：建筑是实用艺术，无法追求纯粹与超然。

问：建筑哲学是什么？

答：归根结底是老子的名言：“凿户牖以为室，当其无，有室之用。”

问：什么是建筑设计？

答：建筑设计是集体创作实践，没有指挥，就会杂乱无章。

问：那什么叫建筑师呢？

答：建筑师是“建筑交响乐”的指挥和艺术指导。

问：建筑师的生活有何特点？

答：建筑师经过训练，擅长求同存异；乐见理想化为现实，常因违心设计代人受过而烦恼。

问：什么是建筑师的特质？

答：建筑师爱好古今中外，难免孤芳自赏，贵有自知之明。

问：建筑师的教育有哪些？

答：三人行必有我师，学无止境；略有心得，就已到退休年龄。

问：建筑师要读哪些课本？

答：无字的为“现实生活”，有字的还数维特鲁威的《建筑十书》。听起来，老调重弹，想超越却难。

问：看得出，你对建筑还是很有感情的。那么你怎么会选择建筑学这门专业的呢？

答：这和家庭教育有关。我父母都是建筑师，1934年同时毕业于原中央大学建筑系。父亲费康和母亲张玉泉于1937年3月27日取得了建筑师的开业资格，并于1941年初在上海成立了“大地建筑师事务所”。由于耳濡目染，我从小就对建筑感兴趣，并喜欢画画。1953年考上了清华大学建筑系，从此开始了我的建筑生涯。

问：听说你的女儿也是学建筑的？

答：是的，有两个女儿都是注册建筑师。

问：那可以说是建筑世家了，三代人都是建筑师。

答：这也算是一种缘分吧，和建筑有缘。

问：这次怎么想起要写这本书呢？

答：我已过古稀之年，去日苦多。当我回首往事时，百感交集。碌碌无为，匆匆而过，在平凡的经历中，度过悲欢离合，体会世态炎凉，经历风雨磨炼，饱尝人间沧桑。我从先辈处学到了很多哲理，从同龄人中找到了很多共鸣，在新生代中看到了一线希望。我产生了一种责任感，想在脑子还未痴呆前，赶紧把我的感受留下。这些都可以作为素材，为祖国大地的百花园添铲肥料。

问：为什么取名《匠人钩沉录》呢？是自传吗？

答：我是以匠人的身份来记录一些往事，只是一些片段。虽然是按我的成长顺序来记录，但不是自传，也谈不上回忆录。我选择了各个阶段，感受较深的人和事；前后并不连贯，也没有主次；想到就写，写到就止。就是利用这本册子，把沉睡已久的往事，勾引起来，"反刍"一下而已。这也算是温故知新了。

问：既然是钩沉录，总应有一条主线吧？不然会很散。

答：是的，当然不能开无轨。我有两条主线。一条是"母爱"，另一条是"建筑"。这两条主线，往往又交织在一起，互相补充，互相衬托。

问；那采取的是什么表达方式呢？

答：考虑再三，还是以第一人称的方式，夹叙夹议，以记录史实为主。

问：是否会涉及真人真事呢？

答：那是肯定的。根据需要，有的是真名，有的是用代号。我会选择一些有纪念意义的照片、图稿、手迹、报刊新闻作为附图，加强可读性。

问：你打算何时付梓和大家见面呢？

答：2009年适逢共和国成立60周年、我大学毕业50周年，亲爱的母亲离开我们5周年。这本册子，作为记录自己50年来的成长轨迹，献给父母在天之灵，献给亲人，献给老师学友和业内曾经关心、支持我的同事同行。

问：好！祝你一切顺利。采访就暂时到此结束。谢谢您！

目录
Content

启蒙篇 (1935—1945)
Childhood

1 寻根 My Hometown and My Family

落叶归根，人之常情。我的根在哪?我也说不清楚。妈妈在世时，我问过他，我们家有家谱吗? 她说费家没有，张家也没有。经过历年风雨春秋，特别经过文革动乱，人人自危，谁还敢保留这些封资修的"历史罪证"?

12

2 缘分 My Parents

妈妈考入国立中央大学建筑系就读之后不久，1932年初，爸爸和他的四名同学从沈阳东北大学建筑系也转入中大建筑系，成为二年级的插班生。一个来自地灵人杰的四川荣县，一个来自山明水秀的江苏苏州，都有一个书香门第的大家庭，萍水相逢，成为同窗好友，毕业后成为终身伴侣，这就是缘分。

3 童趣 Joyful Years

幼年时的广州，已经在我的记忆中消失。听妈妈说，我曾在广州的家里惹祸。

4 弃家 Away From Home

日本侵略的战祸，打乱了我们在广西大学平静的生活。1938年日本人已打到南方，在四川的舅舅们很担心我们的安全，建议我们一家四口去四川成都避难。这时陆路进川已无可能，我们必须绕道越南走。当时越南是法国的属地，我们全家一起拍了一张照，作为向法国使馆申请去越南的签证照片。

5 孤岛 Shanghai Islet

大伯父无法带着一大家人远走，在这孤岛中，以民华电影公司为基地，做他想做的事。我们从香港折返上海后，就一直和他住在一起。爸爸妈妈较快地在法租界取得了实业部建筑科工业技师证书，开始承接一些小型的建筑设计装修任务。同时，又以考古顾问的身份，参加了大伯父筹拍的《孔夫子》电影的一些具体工作。

6 大地 The Great Earth Architects and Pu Yuan

美国女作家赛珍珠写过一本长篇小说《大地》，通过对中国农民的深刻描写，使该书获得很高的荣誉。妈妈看过此书，对作者很钦佩。上海虽沦为孤岛，生活艰辛，但是爸妈决定在此创业，成立了“大地建筑师事务所”，采用此书书名，取意“大地回春，气象万千”。当时在上海“蒲园”十二栋花园小住宅的设计竞赛中一举中标。

7 伤恸 Farewell to My Father

12月29日在万国殡仪馆举行“大殓”追悼会。前一天，我们一家在大姐姐费明仪的陪同下去殡仪馆守灵。我看到爸爸的遗容，跟平时一样，分明在静静地睡觉。我偷偷靠近，在他冰冷的手臂上掐了一下，想叫醒他，别睡了，看我一眼吧！他没理我，他永远离开了我们。看着爸爸，我流泪了。

8 寒夜 First Trip to Suzhou

爸爸走得太突然了，没给我们留下遗言。后来，在整理遗物时，我发现在一黄皮小笔记本中，有几页用工整有力的铅笔行书写的警句：“弱冠之军　莫等闲　白了少年头”，“狮子般的体力　猴子般的敏捷　骆驼般的精神”，“锻炼个性以服务群众　努力现在以开拓将来”……这就是爸爸给子女们留下的无声遗训。

9 黎明 V-Day

这一时刻，让我想起来在那黑暗的岁月中，曾在陈汝衡伯伯家看到一本《推背图》，上面一幅太阳落山的画旁，配了一首诗：“十二月中气不和，南山有雀北山罗，一朝听得金鸡叫，大海沉沉日已过。”不管是不是牵强附会的预言诗，1945年确实是鸡年（已酉年），日本太阳旗也确实在世界反战同盟的大海中沉没。

1 寻根

My Hometown and My Family

落叶归根，人之常情。我的根在哪？我也说不清楚。妈妈在世时，我问过她，我们家有家谱吗？她说，费家没有，张家也没有。经过历年风雨春秋，特别经过“文革”动乱，人人自危，谁还敢保留这些封资修的“历史罪证”？

22年前的一天，二伯父费彝民来北京开人大常委会，我们应邀去北京饭店看望他。那次二伯母苏务滋、堂妹费斐都在场。二伯父时年已近80，精神还顶好。看见我和妈妈进屋，他起身迎接我们，紧握着我们的手，问寒问暖。透过那副金丝边的近视镜片，我看到他那红润动情的双眼。自从我父亲去世后，他和大伯父费穆一直对我们三房母子仨很关心。特别是他们去香港后，每年回大陆开会，工作再忙也要约我们见次面。每次见面总要留我们一起吃顿“家宴”。平时吃的油水少，能在北京饭店打一次“牙祭”可算是很幸运的了。可是，我的肠胃不争气，几乎每次回来，总要闹一次肚子，赶忙吃黄连素才了事。那次见面，我插空问他有关费家的家史。为什么我们费家在苏州是弱枝，汪家是大族？为什么大伯父说我们的祖辈在浙江萧山？老家苏州还有一个堂号“费谦吉堂”？我们同辈按祖规，应是“明”字辈，为此给我取了一个别名“明威”，下一辈还有字号吗？他听后，笑笑说，说来话长，以后找个时间再详细谈吧！可是事与愿违，谁知那次见面竟然成为诀别之会。不久他就患病住院，不幸于1988年5月18日在香港病逝，享年80岁。事后，我一直责怪自己，为什么不早问他这段家史？我为这“慢半拍”的顽症，悔恨不已。

我是一个家庭观念很重的人。费家和张家都是大家庭，我们这一辈的兄弟姐妹之间，无论堂、表，从小经常在一起打闹戏耍，亲密无间。大姐姐费明仪有一副好嗓子，弹得一手好钢琴。她兴致勃勃地教我唱《四郎探母》中的《坐宫怨》，还给我们弟妹排演歌剧。二姐姐费明修和我年纪相近，一起玩捉迷藏、官兵捉强盗、跳房子(跳格子)、养蚕宝宝。表哥张镇一是四川人，教我骑自行车、下围棋、打乒乓球。他还喜欢带着弟妹一起摆龙门阵。俗话说，“一代亲，二代表，三代四代认不了！”对我来讲，应是“一代亲，二代密，三代四代忘不了！“家谱”是中国一种历史悠久的人文现象，到我们这一代，已经很淡漠了。时代进步了，观念也有变化。今天要探究姓氏源流，也不过是一种好奇与乐趣。我想借此机会，将我记忆中有关费家和张家的琐事轶闻留下痕迹，作个纪念。

据说，“费”姓在当今中国姓氏排行第156位，约占全国汉族人口的0.07%。费姓在全国分布较广，尤其河北、上海、江苏、安徽、浙江、湖北等省市多此姓，六省市费姓约占全国汉族费姓人口的85%。费姓读音不同，姓氏的来源也不同，大约有三种。音“fèi”者，出自嬴姓。据《史记》等资料所载，伯益因居地在费，故又名大费，其次子若木以王文字为氏。音fěi(第三声)者出自姒姓。据《千家姓查源》和《梁相费汎碑》所载，春秋时鲁桓公之子季友为大夫，有功封费(故城在今山东费县西南70里之费城)，子孙以邑为氏。在上海读中小学时，同学叫我姓名时，费字就有两种音，“肥”和“斐”(均用沪音读)，我习惯听前者发音。后来有一次参观文房四宝展览，知道山东费县出砚台，这费县的“费”就读“bì”音。我总想找机会去一下费县，追追费姓源流。

我的祖籍在江苏省吴县桃花坞，现在属于苏州地区，这里是春秋时期的吴越之地，有丰富的人文典故、历史名胜、文化遗产和独特魅力：苏州古城、江南水乡、虎丘名塔、玄妙观堂、

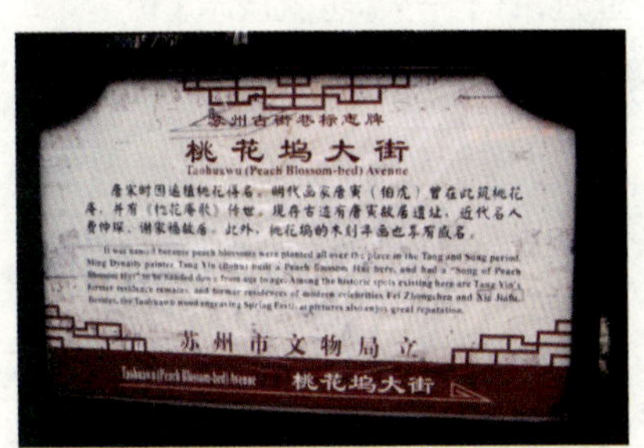

桃花坞大街

桃花坞街景

↓桃花坞新住宅街道小巷

↓桃花坞新住宅

灵岩山秀色、天平山湖景，还有婉转动听的苏州评弹，以及诱人的木渎麻饼、采芝斋松子糖等特产。盛誉天下的桃花坞刺绣和木刻，尤其是木版年画，更是中国一绝[一]。可是，说来惭愧，我只去过六次。

第一次是1943年，由大伯父安排，我随妈妈和妹妹坐了船，陪着爸爸的灵柩，沿着苏州河，从上海去苏州横塘镇新落成的家庭墓地，为我祖父和爸爸举行下葬仪式。第二次是抗战胜利之后，随家人安葬祖母。第三次是1948年，四叔叔费泰和大舅母唐淑仪等去苏州扫墓，我随妈妈一起去。第四次去是1953年春，我即将高中毕业，利用春假机会，在同班同学陆公望[二]的热情陪同下，和同班同学梁支厦、石长和、陆振道一起去苏州旅游，当晚在陆公望的舅舅家下榻，他的舅母为我们一行四人准备了被褥和可口的晚餐，十分周到细致。第五次，于1985年陪妈妈到武汉，在妹妹费琪的工作单位地质学院宿舍住下，游览了黄鹤楼、东湖等地，接着一齐冒雨去了庐山；然后分道扬镳，妹妹回武汉讲课，我陪妈妈南下，住在上海大伯母巫梅家。次日由堂弟费明熙、费明慈陪我们去苏州扫墓。最后一次在1995年我和妹妹先去上海，然后在堂弟陪同下，到苏州墓地，办了迁坟手续，陪爸爸的灵灰回到北京，安葬在八宝山人民公墓，了却了妈妈长期牵挂着的一桩心愿。作为祖籍在苏州的我，能引起回忆的也就只有这六次故里之行。几次想再访桃花坞，都未如愿。

爸爸费康和妈妈张玉泉（1938年）

几经沧桑，目前我在苏州的老家桃花坞已无远亲了。费家的祖坟安葬在横塘镇卧牛山下，坟地由一家农户照管，我们习惯称之为“坟客”。1996年为父亲迁葬时，就是由一位老坟客的年轻后代陪同，他叫根水。我第一次与他见面，他请我们一行到他家小坐，热情地沏了一壶新茶。提起费家，他已经很生疏了，只是从小听父亲说起过，日子一久，也就淡忘了许多。

费家原本在浙江萧山，因战乱，迁到了苏州。我的曾祖父费访壶是当地一代名医，曾被聘为皇帝的御医。曾祖母叶氏有二子，长子费滋庵是我的大公公，也学到一手好医术。我小时扁桃腺容易发炎，大公公给我把脉开药。记得他有一秘方，是中药粉末，要把纸卷成细管，沾了药末，让妈妈向我嗓子眼儿吹喷。感觉很爽，嗓子立即不疼，一股清凉甘草味。大公公和大婆婆住在上海“大新坊”里弄内，下有三个女儿(费文筠、费文蔚、费文

[一] 桃花坞木版年画始于明代后期，盛于清代雍正、乾隆之后，技法以雕印套色为主，间以木版水印。早期年画还采用手绘方式，部分年画曾吸收西方明暗、透视等铜版画技法。年画题材内容非常广泛，如历史、风景名胜、小说戏曲，生动明快，色彩艳丽。

[二] 陆公望的父亲是江南名画家和艺术教育家陆抑非(1908—1997)，江苏常熟人，曾任中国美院教授、研究生导师、西泠画院副院长，他擅长花鸟，尤以牡丹为长。作品有《花好月圆》、《春到农村》、《非翁画语录》等。2008年西泠印社出版了《陆抑非书法集》、《陆抑非精品集》和《陆抑非临摹写生稿》。陆公望是此书的特约编委。

萃)，我叫她们为大孃孃（同现代汉字“娘”，音niāng，上海话，指姑姑）、二孃孃、三孃孃。我的祖父费子昭是曾祖父的次子，他是铁路职工，曾做过会计。祖母王淑芳是苏州人，天性聪颖，容貌秀丽。祖父和祖母成家后，生有四子一女，女儿不幸早已夭折，曾祖父为他的四个孙子分别取了名字：老大费穆，字缉止，号敬庐；老二费秉，字彝民；老三费康，字逵庄，是我的父亲；老四是费泰，字旭东，别名鲁依。祖父对他的孩子们管教很严、要求也高。我的父辈四兄弟在学校拿到成绩单或奖状时，都不敢当着大家的面炫耀自己，只是悄悄地放在祖父的桌上，成为习惯。祖母酷爱干净整洁，每天清早起床自己打扫房间，看见地上有纸屑，就躬身捡起扔掉，看到穿衣镜上有污渍，就呵气把它揩净。她信佛，在房间里供了一座观音菩萨像，每天敬香，青烟袅袅。也许受祖母的影响，父辈四兄弟都是京戏迷。大伯伯除了经常忙里偷闲陪她去黄金大戏院看戏，自己还能唱老生。二伯伯也唱老生，他还有一手绝招，在看戏时，能在节骨眼时一声叫“好”引起全场共鸣鼓掌。我爸爸唱小生，曾经准

曾祖父费访壶

曾祖母费叶氏等三代合影

祖父费子昭

祖母王淑芳

备扮吕布，登台演唱“白门楼”。四叔叔唱花脸，并拉得一手好京胡，有时自拉自唱。在祖父母良好的家庭教育下，费家四兄弟孝顺父母，和睦相处，各有所长，德才互补，一致为外人称道，人称“费氏四杰”。

四兄弟曾有一张题为“酒色才气”的合影。费穆拿一杯酒，代表文化。他是老大，为了减轻家庭负担，放弃了上大学的机会，很早就业。他先是秉承父意，自1924年起就任盐城矿务局会计主任，四年后由北京调往天津任中法文书储蓄会文书主任。出于对文学、音乐、戏曲的兴趣，他自

穆秉康泰费氏四兄弟

曾外祖母傅宣云

学国文，并精通法、英、德语。由于长期在暗淡的光线下工作，视力受到严重损伤，左眼几乎完全失明。后来他争取到祖母的默许，改行进入影剧业，1930年应聘为华北电影公司编译主任，1932年自津回沪，成为联华影业公司导演，被誉为“诗人导演”[一]。

费彝民手执一朵花，代表社交。他先在法国“哈瓦斯”通讯社(后为“法新社”)当记者，后来成为一代报人[二]。费康手托一枚钱币，代表才学。他毕业于国立中央大学建筑系，是德才双全的建筑师。费泰摆出做气功的样子，代表好运气。他毕业于上海震旦大学电机系，大学时代是学校足球代表队员。后来他参军抗日，曾随青年军到缅甸抗日。胜利后复员做生意，1948年赴香港，在香港龙马电影公司当导演。这张照片引起了我们晚辈的兴趣。有一年春节的年三十夜，全家团聚。在妈妈给她的曾孙们发了压岁钱后，大家突发奇想，也按照“酒色才气”摆POSE。我们兄弟姐妹这一辈、子女辈和孙辈分别拍了三张照，这样，算上我的父辈，四代人都沾上了“酒色才气”。

我的母系亲属张家也是一个大家

外公张建贤

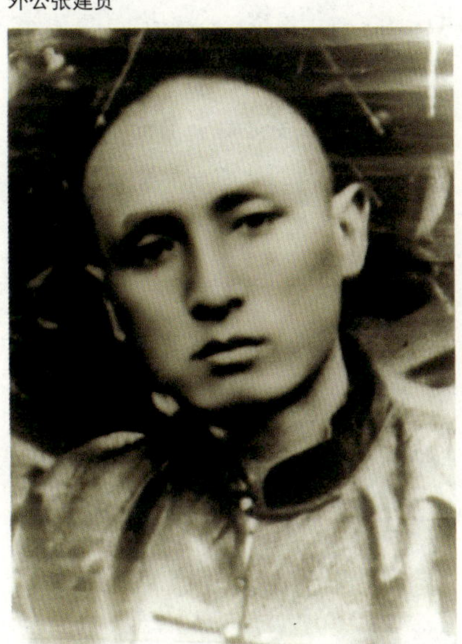

外婆黄润芬

[一] 费穆(1906—1951)，中国著名电影、话剧导演。导演作品包括故事片《城市之夜》(1933)、《人生》、《香雪海》、《天伦》(罗明佑合作)、《狼山喋血记》(1936)、《联华交响曲(二)：春闺断梦》(1937)、《孔夫子》(1940)、《古中国之歌》(1941)、《世界儿女》(1941)、《洪宣娇》(1941)、《小城之春》(1948)，纪录片《北战场精忠录》(1937)，戏曲片《生死恨》，话剧《秋海棠》《浮生六记》等。他曾担任故事片《前台与后台》(1937)、戏曲片《斩经堂》(1937)的编剧。1948年赴香港，任职香港龙马影片公司，担任故事片《江湖儿女》(1952)出品人。

[二] 费彝民(1908—1988)，中国著名报人。1925年毕业于北京法文高等学校，1930年进天津《大公报》工作，1931年“九一八”事变时任《大公报》驻沈阳通讯员，1932年任国际联盟李顿调查团法文翻译。1948年香港《大公报》复刊后任经理，1952—1988年任社长。历任中华全国新闻工作者协会副主席、全国人大代表及人大常委会委员、香港特别行政区基本法起草委员会副主任委员。

庭。妈妈张玉泉的祖籍是四川省荣县，原籍湖北省麻城县孝感乡。明末爆发农民起义，崇祯十三年(1640)时张献忠率部队突围进兵四川，在战乱中许多四川人被杀。后来清政府组织广东、江西、湖北等地老百姓迁居入川，张家祖先也随之来到荣县定居。荣县素有“荣虽山谷间，实为郡国一都会”的美誉。南宋诗人陆游赞其民风曰：“其民简朴士甚良，千里郁为诗书乡。”[一] 荣县有人文景观、自然风景名胜区数十处。荣县大佛建于唐代，佛高36.67米，与敞口石山大龛融为一体，是世界第三石刻大佛。

我从来没去过荣县，妈妈自从1930年出川以后也未回过那里。听妈妈说，她的祖父张崇礼和外祖父黄老先生是同乡，两家祖辈都以农耕为生，张、黄二人自幼同窗，情同手足，长大各自成家之后，于光绪年间结伴赶赴乡试(考举人)。临行前，两家夫人同时怀有身孕，二人便指腹为婚，相互约定，待下辈出生之后，若是同性，则结拜金兰；若是异性，则结为夫妻。二人一路结伴而行，形影不离，相互切磋，准备应试。哪知，天有不测风云，张宗礼中途不幸患重病，不能继续赴考，遂将自已精心准备的应考笔记交给好友，祝愿黄老先生能中举。张宗礼不久即病重辞世，黄老先生不负众望，如期中举。此时，张宗礼的妻子傅宣云已生一男孩，取名张建贤，即我的外公。黄老先生得了一位千金，取名黄润芬，即我的外婆。张家自张宗礼去世后，家境日衰；而黄家自黄老先生中举后，兴旺发达。由于张、黄两家联姻看起来不够门当户对，黄家夫人想毁婚，但黄老先生坚决不同意，为了有信于亡友，将张建贤接到他办的书院读书。我的外公与外婆从小同窗共读，青梅竹马，成人后，按父辈的诺言，喜结良缘。这段历史在当地一直传为佳话。我的外婆虽是贤妻良母，但思想开放，接受新事物较早，在县里带头“放小脚”、“剪辫子”，成为荣县第一个女子中学的第一位校长，县里乡亲尊称她为“张校长”。外公、外婆都热心教育事业，在荣县办学三十余年，四川省教育厅曾赠送他们“诲人不倦”的匾额以示表彰。由于辛劳成疾，外公、外婆相继过早地离开了人世，享年分别为46岁和48岁。

荣县大佛

妈妈13岁丧父，15岁丧母，16岁

[一]陆游(1125—1210)，字务观，号放翁，越州山阴(今浙江绍兴)人。南宋著名诗人，有《剑南诗稿》《放翁词》传世。绍兴中应礼部试，为秦桧所黜。后孝宗即位，赐进士出身，曾任镇江、隆兴通判，官至宝章阁待制。宋淳熙元年(1174)冬任荣州刺史至次年正月初十，历时70天。晚年退居家乡。《入荣州境》写于其荣州任上，全诗如下：“一起一伏黄茅冈，崔嵬破丘狐兔藏。炯炯寒日清无光，单单终日行羊肠。村落聚看如惊獐，亦有银钗伏短墙。黄旗翻翻鼓其镗，画角呜咽吹斜阳。长筒吸井熬雪霜，辘轳咿哑官道旁。渺然孤城天一方，传者或云古夜郎，其民简朴士甚良，千里郁为诗书乡。闭合扫地焚清香，老人处处是道场。”

妈妈的十三孃黄润蒲(前左)和她的母亲

时最疼爱她的祖母(享年78岁)也离她而去，使她在心理和精神上受到很大打击，这时给予她帮助和慰藉的是她的三位兄长。大哥张競成(我的大舅)半工半读毕业于唐山交通大学土木工程系，毕业后先后任川陕公路局局长、江苏省公路局局长和上海人民政府营造处处长等职。二哥张文成(我的二舅)考上北京工业大学，后因父母生病，家境困难，便提前工作。父母去世后，他守孝三年才成婚。1930—1931年间，他继承母志，担任过四川省荣县中学校长。三哥张明成(我的三舅)鉴于两位兄长在外求学就职，一直留在家乡照顾双亲，为维持生计，曾学习中医。妈妈在兄长的关心、疼爱下自幼勤奋好学，成绩名列前茅，1930年高中尚未毕业，就只身离开家乡赴南京求学。这时我的大舅舅已在南京工作，他见到妹妹突然到来，惊讶之余，也十分赞赏妹妹的这种倔强、自信、求知、好学的精神，全力支持她考学。经过短暂的复习准备，妈妈考试成绩出众，同时被国立中央大学[一]文学系和建筑系录取。中大文学系主任看到妈妈的考卷，见到有一篇艰涩的文言文没难倒她，竟然被她点断了句，非常欣赏她的文学功底，力劝她进文学系。但为了今后在社会上好找工作，妈妈考虑再三，还是婉言谢绝了系主任的好意，决定选择建筑系就读。

张玉泉故居小巷及故居

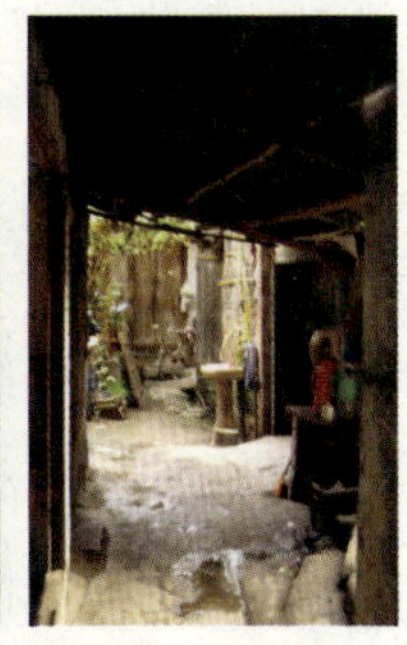

[一]国立中央大学创立于1902年，原名三江优级师范学堂，1906年易名两江优级师范学堂，1914年复建为南京高等师范学校，1921年改建为国立东南大学，1927年6月改组为国立第四中山大学，1928年2月改名为国立江苏大学，1928年5月更名为国立中央大学。1937年因抗战迁至四川重庆沙坪坝，1946年迁回南京。1949年8月8日更名为国立南京大学，1950年10月10日改称南京大学，1952年院系调整，南京大学分出工学院、师范学院、农学院、农学院林学系、工学院水利系、工学院航空系、医学院，分别重新组建了南京工学院、南京师范学院(1984年改名为南京师范大学)、南京农学院(1988年改名为南京农业大学)、南京林学院(1985年改名为南京林业大学)、华东水利学院(1985年改名为河海大学)、华东航空学院(后并入组建西北工业大学)、华东军医学院(现第四军医大学)等七所大学，建筑系随工学院划归南京工学院。1988年5月7日南京工学院复更名为东南大学。

2 缘分

My Parents

我生在广东省广州市，比我小三岁的妹妹费琪生在广西省梧州市。我们兄妹俩一东一西，小时候一口广东话。妈妈有时开玩笑地说我们这对兄妹“不是东西”。其实，在她心中我俩是她的金童玉女。至今我的出国护照上填写的出生地是广州，别人看了还以为我是广东人。祖籍在苏州，怎么又变成广东仔了呢？说来话长，这要从爸妈的姻缘说起。

妈妈学生照（1930）

妈妈就读国立中央大学建筑系之后不久，1932年初爸爸和他的四名同学从沈阳东北大学建筑系[一]也转入中大建筑系，成为二年级的插班生。一个来自地灵人杰的四川荣县，一个来自山明水秀的江苏苏州，都有一个书香门第的大家庭，萍水相逢，成为同窗好友，毕业后成为终身伴侣，这就是缘分。妈妈有很好的中文根底，喜欢古诗词，记忆力很好，《红楼梦》与《西厢记》中的诗词，能倒背如流。她在中学时就喜欢将读过的诗词用毛笔抄在线装本上，她认为，抄书笔记是一种温故知新的好方法。到中央大学建筑系后，她的各方面学业都名列前茅，同学称她为“才女”。她是典型的川妹子，个子不高，但很灵活，能吃苦。在同寝室的体育系女同学的带动下，她成为一个体育积极分子。有一次，在全校运动会上，她报名参加百米赛跑。起跑后一直遥遥领先，中途不慎摔了一跤，她没气馁，爬起来继续跑，竟然还拿到

[一]东北大学始建于1923年4月，张学良1928年8月出任校长，刚从美国留学归来的梁思成、林徽因夫妇同年创办建筑系，并执教至1931年4月。1931年日本军队入侵东北，发生“九一八”事变，1932年建立伪“满洲国”，学校师生相继流亡。学校曾一分为三，更名为东北工学院，1993年3月恢复东北大学校名。

了第二名。体育老师很欣赏她的这种不服输的精神，决定培养她打篮球。20世纪30年代的女子篮球赛是六人制，三个锋三个卫。全场分成两部分，一边三人。她个子小跑得快又灵活，让她打锋，练就了一手投篮技巧，成为不可或缺的得分手。不久她即作为中大女篮代表队队员参加在上海举办的江南八大学校篮球联赛。

妈妈（右）在中央大学篮球场上

妈妈诗抄自序

余好詩詞甚無天性既鈍故輒有所讀必書之於紙既增其記憶復習書法筆力噫其終不過聊以為玩意兒耳

妈妈诗抄

清詩三百首選抄

浮萍兔絲篇　施閏章

李將軍言部曲嘗掠人妻既數年携之南征值其妓人一見慟絕問其夫已納新婦則兵之故妻也四人皆大哭各反其妻而去為作浮萍兔絲篇

浮萍寄洪波。飄飄東復西。兔絲罥喬柯。裊裊復離披。兔絲斷有日。浮萍合有時。浮萍語兔絲。離合安可知。健兒東南征。馬上傾城姿。輕羅作障面。顧盼生光儀。故夫從旁窺。拭目驚且疑。

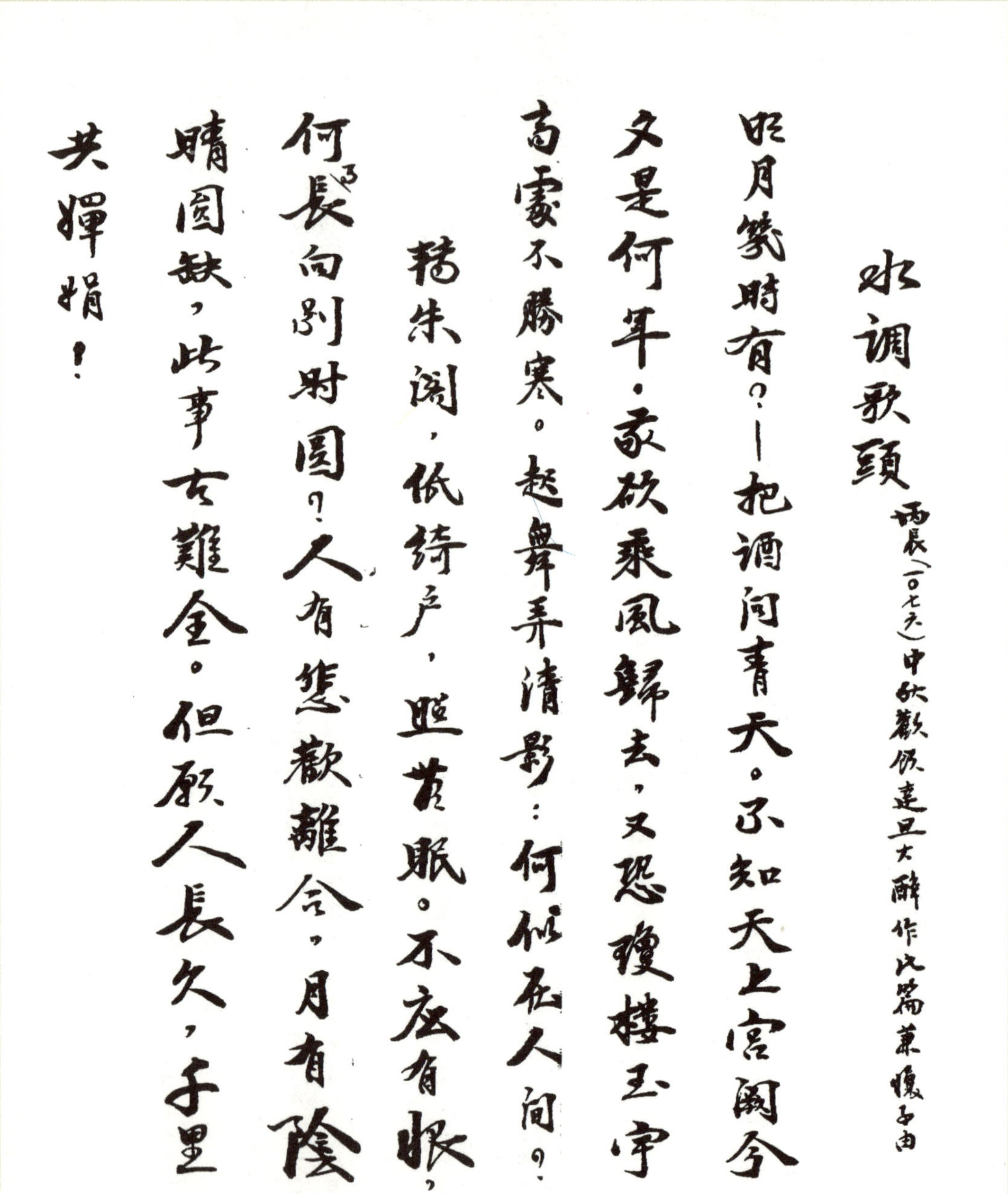

水調歌頭

丙辰（一〇七六）中秋歡飲達旦大醉作此篇兼懷子由

明月幾時有？——把酒問青天。不知天上宮闕，今
夕是何年。我欲乘風歸去，又恐瓊樓玉宇，
高處不勝寒。起舞弄清影：何似在人間？
轉朱閣，低綺戶，照無眠。不應有恨，
何事長向別時圓？人有悲歡離合，月有陰
晴圓缺，此事古難全。但願人長久，千里
共嬋娟！

妈妈中学时的诗抄

爸爸是南方人，中学在北京汇文中学就读，一口地道的北方普通话，人家还以为他是北方人。他高高的个子，带了一副黑框圆镜，浓黑的卧蚕眉，笔挺的鼻子下有一略显厚实的双唇，同学戏称他为“美男子”。别看他身材条件好，可是个子高，手脚慢，不擅长体育运动。嗓音倒是洪亮，经常以啦啦队员的身份出现在体育场上，妈妈在运动场上大显身手时，他就站在一旁助威加油。那次妈妈百米比赛到达终点时，他抢拍了一张珍贵的照片。爸爸的专业成绩一直很突出，有着出色的素描和渲染功底。建筑设计上，他构思精巧，表现力强。他的一个课程是设计邮局，他采用了中国传统民族形式，取名为“中华民国邮政局东京分局”。在民族的危难时刻，他就是要把中国的邮局盖在日本的心脏——东京，内容与形式高度统一，这份作业得到了满分。在另一个室内装修设计中，他选择了以壁炉为主题的墙面设计。壁炉边框采用云纹花饰，左侧是中式台几，上面放了一个古

爸爸费康学生照 (1930)

费康学生作业之一

爸爸费康学生作业之二

色古香的香炉，右侧壁上挂把宝剑。壁炉上方正中挂了一幅岳飞的题字“还我河山”，表达了他不忘国耻的设计理念。在高班时，爸爸妈妈合作参加了当时位于南京市中心新街口孙中山纪念碑设计竞赛。从方案图上看到：孙中山铜像高高站在纪念塔座上，他一手背在身后，另一只手伸向前方，好似在演说——“革命尚未成功，同志仍需努力。”塔身刻有总理遗嘱全文。塔座四面浮雕记载孙中山一生的经历片断。基底坐落在三层圆环状的台阶上。在第二、三层台阶上，安放了四座卧着的昂头雄狮雕像，象征着“中华醒狮”起四方。毕业前的寒假，爸爸妈妈和同班11位同学一起北上参观北方古建筑。曾任东北大学建筑系主任的梁

爸爸与妈妈合作设计的南京孙中山纪念碑方案

梁思成（左1）林徽因（左2）带中大同学参观独乐寺的途中（1934 费康摄）

思成和林徽因先生正好在北京，东北大学的师生们久别重逢更显亲切。两位老师还亲自带领这批同学去蓟县参观独乐寺，与学生们分享他们不久前的调研成果[一]。在途中爸爸又抢拍了一张照，恩师在前，妈妈在后。1934年初夏，毕业了，全班同学11人拍了一张合影，留下了美好的历史回忆。

[一]1932年4月，梁思成用现代科学方法对始建于宋代的独乐寺进行调查研究，详细测绘了观音阁和山门，并撰写调查报告，认为观音阁和山门建于公元984年，是中国古建筑型制从唐代向宋代过渡时期的典范。[梁思成.蓟县独乐寺观音阁山门考.营造学社汇刊，1932，3（2）：7–92]

1934届中大建筑系全班11人毕业照（1934）

后排（自左至右）：曾子泉、唐璞、林宣、王虹、朱栋、张镈　前排（自左至右）：张家德、吴若瑾、于均祥、张玉泉、费康

爸爸中央大学建筑系毕业照（1934）

妈妈中央大学建筑系毕业照（1934）

畢業證書

學生費康係江蘇省吳縣人
現年二十三歲在本校工學院建
築工程系修業期滿成績及格准予
畢業得稱工學士此證

國立中央大學校長羅家倫
教務長陳劍翛
工學院長盧恩緒

中華民國二十三年七月 日

爸爸大学毕业证书（1934）

畢業證書

學生張玉泉係四川省榮縣人
現年二十三歲在本校工學院建
築工程系修業期滿成績及格准予
畢業得稱工學士此證

國立中央大學校長羅家倫
教務長陳劍翛
工學院長盧恩緒

中華民國二十三年七月 日

妈妈大学毕业证书（1934）

毕业后，爸爸妈妈从志同道合的同窗好友成为相濡以沫的终身伴侣。结婚仪式在上海西藏路新雅酒楼举行，费家的双亲和兄弟都参加了，张家的父母虽已不在，张家的兄嫂专程从四川赶来。爸爸的长兄费穆曾在上海交通大学名师唐文治[一]的指导下自修过国学，相互很熟悉，而唐文治和章士钊[二]先生交情深厚，于是就请章先生作为这次婚礼的证婚人。爸爸的四弟费泰是男傧相，妈妈的中大同寝室的好友周迈做女傧相。费穆的大女儿费明仪当女小傧相、电影明星林楚楚的儿子黎铿[三]当男小傧相。

[一]唐文治（1865—1954），字颖侯，号蔚芝，别号茹经，江苏太仓人，教育家、文学家，相继主持上海南洋大学和无锡国学专修学校。辛亥革命胜利后，邮传部高等实业学堂被改成工科大学——南洋大学堂（上海交通大学），创设了铁路、电机、航海、铁路管理、土木等专科，培养工程技术方面的实业人才。1907—1920年他任交大校长，著有《茹经堂文集》、《茹经堂奏书》、《茹经先生自订年谱》。[上海交通大学网站 http://www.sjtu.edu.cn/about/2007/0831/article_35.html]

[二] 章士钊（1881—1973），字行严，湖南人，著名民主人士，曾任民国时期司法总长、教育总长。“九一八”事变后，他离开东北大学到上海当律师，1933年4月，以政府应容忍不同政党之理由为陈独秀做无罪辩护。1934年他担任上海政法学院院长，1949年以来曾任第一届全国政协委员，二届、三届全国政协常委，历任政务院法制委员会委员、全国人民代表大会常务委员会委员、中央文史研究馆馆长等职。

在上海新雅饭店爸爸妈妈举行结婚典礼 (1934)

[三]黎铿(1928—1965)，20世纪30年代上海童星，联华影业公司创始人之一黎民伟(1893—1953)的四子，其母为著名演员林楚楚(林美意，1905—1979)。三岁半开始在“联华”拍片，在《人道》(1932)《城市之夜》(1933)《神女》(1934)《人生》(1934)《天伦》(1935)《母爱》(1936)等影片中扮演童角。1949年后从香港到北京，为北京电影制片厂演员，1958年底调入珠影厂任演员兼副导演，作品包括《七十二家房客》(1963)。

爸爸妈妈结婚之喜

爸妈结婚后，受到中大老师刘既漂[一]的邀请，到广州刘既漂建筑师事务所工作。当时广东第一集团军总司令部的总司令为陈济棠[二]，后来聘刘既漂为总工程师，授中将衔。事务所承接了不少军事国防工程，爸爸一边设计国防工程项目，一边着手写书。有一次，妈妈为军队首脑设计住宅，首脑要求宽敞的大客厅，她在客厅中设计了一个镜面墙壁以增大空间感。晚上开灯后，更显金碧辉煌，妈妈受到首脑的赞赏。

40天的费麟

到广州后，妈妈怀孕了，这对费家是个大喜事。我的祖母一直想抱孙子，把希望寄托在过门不久的四川媳妇身上，我的大伯父费穆心领神会，拍来一个电报："祝你生麟！"心想事成，1935年妈妈按时分娩了，给我取名为"麟"，也应了一句老话："麒麟送子"，了却祖父祖母的心愿。据妈妈描述，我刚出生时没哭，把她吓坏了，接生的德国大夫把我倒提双脚，打了几下屁股，我才"哇"的一下哭出声，让妈妈和在场的大夫护士们吃下定心

妈妈怀孕照

被抱在妈妈怀中

[一]刘既漂(1901—1992)，广东梅州市兴宁市叶塘镇人，近代艺术教育家、画家、雕塑家、建筑师。1920年代初他在法国巴黎国立美术专门学校及巴黎大学学习建筑与图案设计，深受"装饰艺术"(Art Deco)运动影响，致力于整合传统与现代风格、把美术嫁接到建筑之中。他于1927年秋回国，1928年3月参与组建国立西湖艺术院并担任图案系主任、教授。1928年6月到1929年4月他担任全国首届美术展览会的艺术指导组主任，1929年负责杭州首届西湖博览会建筑会场、展览的设计工作，1930年初在中央大学建筑系任教，1934年在广州成立刘既漂建筑师事务所，承担国防工程设计项目。

[二]陈济棠(1890—1954)，字伯南，广东防城(今广西防城港)人，粤系军阀代表，中国国民党一级上将，曾任中国国民党中央执行委员、中华民国农林部部长。1929—1936年他主政广东，在政治、经济、文化和市政建设方面均有重大影响，先后兴建各类工厂、港口公路、大中小学，市政建设包括海珠桥、中山纪念堂、中山大学五山新校舍、爱群大厦以及30多条马路等。

费麟在广东家中

丸。就在同一年，费穆所在的联华影业公司摄制的《大路》[一]《神女》《新女性》《天伦》《渔光曲》等影片依次上演，5月24日电通影片公司摄制的影片《风云儿女》首映，其中由田汉[二]作词、聂耳作曲的主题歌《义勇军进行曲》在1949年被选作中华人民共和国国歌。也在同一年，中国电影前辈阮玲玉[三]、郑正秋[四]、聂耳[五]相继夭亡。

费麟童照

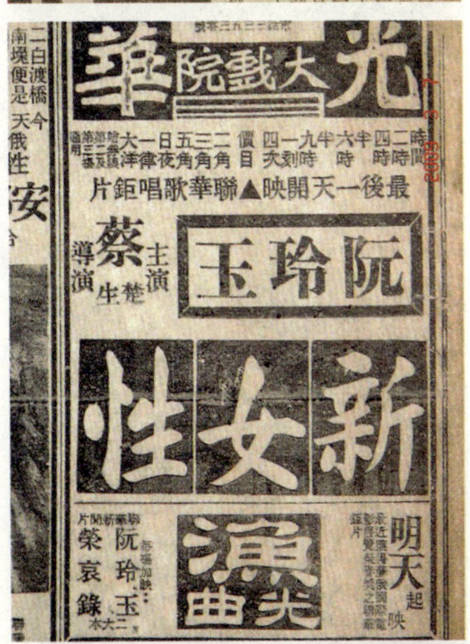

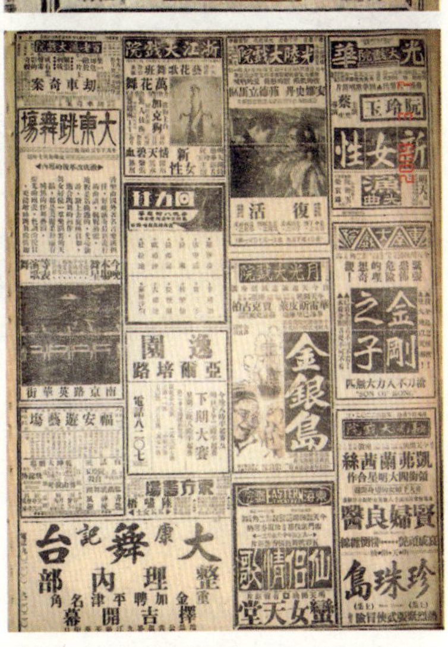

费麟出生当天的申报广告

[一]《大路》，孙瑜导演，1935年1月1日金城大戏院首映；《神女》，吴永刚导演，1月18日首映；《新女性》，蔡楚生导演，2月2日首映；《风云儿女》，许幸之导演，5月24日首映；《天伦》，费穆和罗明佑导演，12月11日首映。

[二]田汉（1898.3.12—1968.12.10）字寿昌，湖南长沙人。中国现代戏剧的奠基人。1949年后任职文化部戏曲改进局、艺术局局长。文化大革命中被迫害致死。

[三]阮玲玉（1910—1935），原名阮凤根，学名阮玉英，生于上海，中国20世纪20～30年代著名女影星，曾主演《野草闲花》（1930）、《三个摩登女性》（1933）、《城市之光》（1933）、《小玩意》（1933）、《人生》（1934）、《香雪海》（1934）、《神女》（1934）、《新女性》（1935）等影片，1935年3月8日服安眠药自杀。

[四]郑正秋（1888—1935），中国电影奠基人之一、著名编导，1935年7月16日病逝。

[五]聂耳（1911—1935），中国现代音乐开拓者之一、电影作曲家，1935年7月17日在日本藤泽市鹄沼海滨游泳时溺亡。

3 童趣

Joyful Years

在妈妈的怀抱中想什么

幼年时的广州，已经在我的记忆中消失。听妈妈说，我常在家里惹祸。那时事务所的设计任务挺忙，妈妈平时出去和爸爸一起上班，回家后还要照顾家务，身体渐弱，奶水不够，就给我请了一位奶妈。我断奶后，奶妈留下当保姆，白天在家照应我。有一天妈妈下班，在居室里不见我的踪影，保姆正在厨房洗菜准备做饭，也不知我跑到哪里去了。这下可急坏他们了。突然她们听到了厕所里有声音，打开门，看见我正在洗手盆里洗东西；再一看，大吃一惊，洗手盆里放了一台照相机。妈妈急了，问我干嘛要这样做？我不慌不忙地说，看到照相机脏了，正在给它洗澡哩！妈妈又气又笑，赶快把照相机抢救上来。她没训斥我，也没有打我，只是心平气和地教育我，爱干净是好

在广州建筑师刘既漂宅前

习惯，但相机是不能进水的，下次不许这样淘气了。

1937年，大舅舅张竸成的唐山交通大学的同学郭天回教授在广西大学任教，他听说我爸爸在广州，有国防工程的设计经验并在编写书稿，就盛情聘请他去广西大学执教。是年，爸妈辞退了事务所的工作去广西梧州。这时妈妈已有身孕，到学校定居后也不必每天上下班奔波了。那时日本人已打到南方，经常出动飞机轰炸梧州。警报、飞机、轰炸、防空洞……这些情景深深地触动了我幼时的心灵。我懂得日本人在欺负中国人，学会了唱《义勇军进行曲》，也习惯了躲空袭和“逃难”的滋味。和小朋友在花园里玩沙土，用小铲子在冬青树篱的土壁上挖了许多半圆拱的山洞，我们很得意，认为这是防空洞，引得大人们哈哈笑。

记忆中，我家卧室在二楼，西窗打开，就是一片绿林空地。有一次，我正在床边玩，忽然响起了紧急防空警报，怀有身孕的妈妈拉了我就往楼下跑，另一手拿了早已准备好的防空逃难用的提包。在广西大学的宿舍边，有一个大防空洞，我们母子俩急促地往洞里跑，邻居们也来帮妈妈拿包。洞里灯光很暗，大家拖儿带女挤在一起，这已成为习惯，也不慌张。不一会，爸爸气喘吁吁地跑进来找我们，见到我们坐在邻居身边平安无事，他才松了一口气。当时他正在广西大学课堂上课，一听到警报声，赶紧下课，让同学疏散到学校防空洞。这种情景，已有多次，给我留下很深的印象。

1938年初的一天，妈妈去医院分娩，我得知有了一个小妹妹，真高兴。我一定要爸爸带我去医院看看。进了医院，一股医院特有的药味扑面而来，酒精灯带来的酒精味，还夹杂着消毒水(来苏尔)的味道。奇怪，对这怪味，我并不讨厌，还觉得有点香。后来，我对汽油味也不讨厌，也许和这次有关。在妈妈的床前，看到了还未睁眼的妹妹，红红胖胖的。爸爸对我说，这下子你当哥哥了，不能再调皮，以后要带着妹妹一起玩。自从有了妹妹后，我就被送到幼儿园日托。我在那里也挺高兴，因为有许多小朋友。我还学会了用广东话唱歌：“排排坐，吃果果，小小屋里头朋友多，朋友多，好唱歌，唱起歌来过生活。”每天早上起不来，妈妈就叫醒我，还唱着“起来！不愿做奴隶的人们！”这支歌从那时就这样给记住了。唱起这歌，我就知道是打日本鬼子的歌——“我们万众一心，冒着敌人的炮火，前进，前进，前进进！”

我五岁时，顽性不改，又重演了好心办坏事的可笑一幕。一天，爸妈不在家，保姆在做饭，我突然心血来潮，觉得妹妹头发太长，操起剪刀给她修发，谁知，越剪越不齐，弄得妹妹一头乱发，不可收拾。妈妈回家见到后，又气又笑，训了我一顿，幸好没被打屁股。

乱弹琴

↓笑拿苹果

4 弃家

Away From Home

日本侵略的战祸，打乱了我们在广西大学平静的生活。1938年日本人已打到南方，在四川的舅舅们很担心我们的安全，建议我们一家四口去四川成都避难。这时陆路进川已无可能，我们必须绕道越南走。当时越南是法国的属地，我们全家一起拍了一张照，作为向法国使馆申请去越南的签证照片。与此同时，上海祖母发来了急电，我们得知了祖父病故的消息。我们一家必须尽快赴沪奔丧，以尽孝道，于是只能匆忙收拾行李，简装北上，之后再去四川。记得当时在海船直航上海途中，爸爸晕船呕吐吃不下食物，妈妈身体好，照顾我们全家。一天晚上，妈妈半夜醒来，发现我没睡在床上，急坏了，开灯一看，我已滚到床边的行李卷上，还在呼呼大睡。在东海

有法国签证的护照（1939）

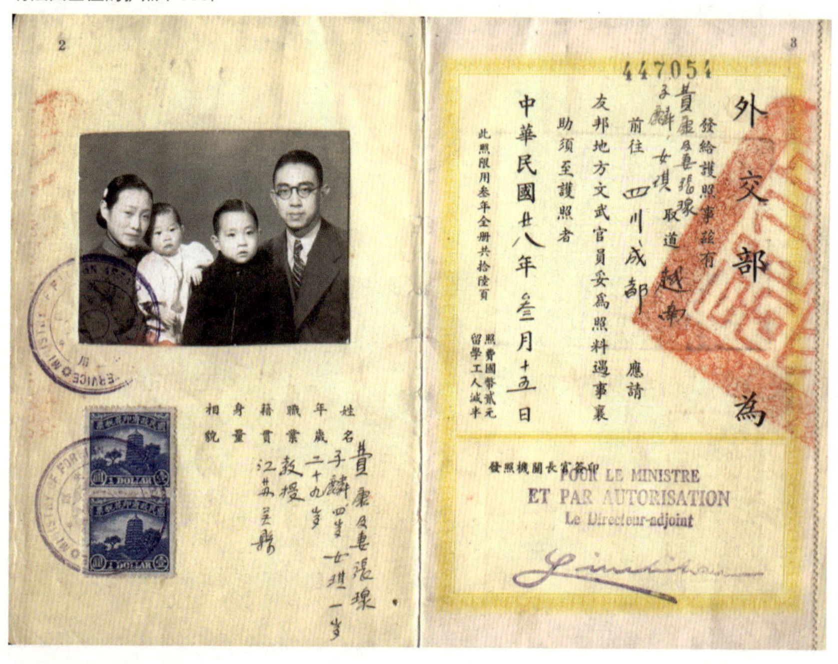

爸爸抱我在轮船上

摇晃了几天，终于到了上海黄浦江边。在外滩船运码头上岸，四叔叔费泰来接我们，送到祖母家安顿下来。

这是我们到上海后的第一个住处，坐落在西区徐家汇的姚主教路(Route Mgr.Prosper Paris，天平路)和贝当路(Avenue Petain，衡山路)十字路口西北角，在其东南角是有名的大中华橡胶厂，厂里的烟囱里成天冒着一股胶皮味。大中华橡胶厂的双钱牌球鞋和上海正泰橡胶厂的回力牌球鞋全国闻名。我从小就爱穿回力牌球鞋，有弹性，又透气，直到我上大学时还喜欢穿这种球鞋打篮球。姚主教路320弄树德坊是一个大弄堂[一]，有三弄，每弄沿姚主教路都有一扇弄口大铁门。进弄门后，一条约六七米的混凝土路直通弄底，弄底设了汽车库。里弄的两旁是并肩排三层的独门独户砖楼房，红瓦坡顶。每户南面都有小花园，北面是厨房后门。弄堂两边北户门和南园门相对，小花园中种了花木，给里弄人家增添了一丝娴静温馨。在三条东西向的里弄巷道中部又开了一条南北贯通的巷道，可以通机动车，也算是防火通道吧。沿街排列的是两层砖混住房，底层是家庭小商铺，上海人俗称“烟纸店”，供应日常的百货小商品，可以买到针线、火柴、裱心纸、蜡烛、拍字簿、毛笔、铅笔、橡皮等，极为方便。小商铺后门经过住户厨房可通到门外一条刚好能容自行车和人并走的小巷。

祖母家的门牌号码是树德坊23号，典型的上海弄堂房子，一底两间共三层。大门对着里弄，一进门有个小门斗，可以搁雨具，换雨鞋；经过一段走道，左手上楼梯，通向2层，楼梯下是一间客人用的小厕所；走道右拐，朝南有两大间，西间是客厅兼餐厅，大伯父一家住东间。两间共用一个半露天的平台，下两步就是一个小花园，种满了玫瑰、月季和美人蕉，还有胭脂花。我们将花瓣摘下，用花瓣的汁可以染红指甲。小园中种了法国梧桐，夏天可以乘凉。园墙角有一棵大桑树，二姐姐费明修(费穆的二女儿)教我养蚕宝宝。我熟悉了养蚕的全过程：孵仔、喂桑、结茧、破茧、飞蛾、产仔、再孵仔。

[一]树德坊位于现上海市徐汇区天平路276～320号，是建于1934年的新式里弄住宅。20世纪20年代后期，随着第一次世界大战的结束，上海吸引了大批外国人前来投资做生意，国内部分富裕阶层对旧式里弄住宅也要求现代化升级，因此出现了一批在石库门里弄住宅基础上嫁接西方建筑设计理念的“连接式小花园洋房”，1949年后改称“新式里弄住宅”。新式里弄住宅主要分布在虹口区、静安区和卢湾区，后又往西推进到徐汇区和长宁区。1924—1938年是建造的全盛时期。较之旧式石库门里弄住宅，新式里弄住宅在内部庭院、房间布局、建筑材料、采光通风、保温隔热、防雨排水、厨厕设备、屋顶利用等方面均有较大改善。一般为行列式布置，总弄宽度6米左右，支弄在3.5米以上。多为二、三层砖木结构，单体平面布置有单开间、间半式、双开间，进深10～14米，开间3.6～4.8米。1949年，该类住宅建筑面积达469万平方米，占上海里弄住宅的24.2%。[上海市地方志/专业志/上海住宅建设志/第一篇旧有住宅/第二章里弄住宅http://www.shtong.gov.cn/node2/node2245/node75091/node75095/node75114/index.html]

北

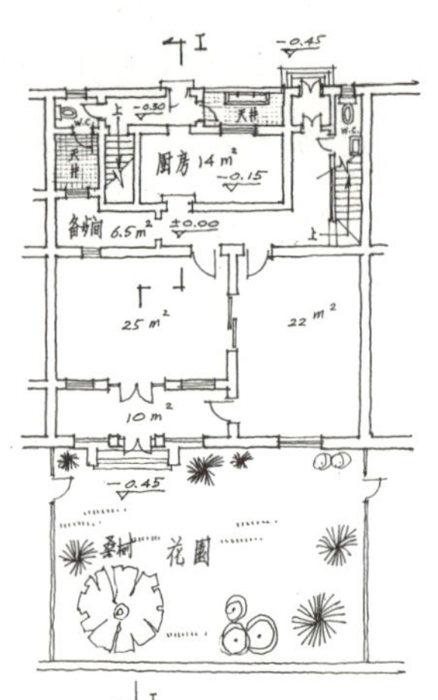

首层平面图
(±0.00)

生生不息的循环生机让我大开眼界。每当看到一个蚕蛾产完仔后，扑两下就死去，我很为它难过，它怎么生完小孩就死去呢？太悲哀了！这个小花园和大家庭，往往让我想起了《可爱的家》那首歌——“我的家庭很可爱，美丽清洁又安祥。兄弟姐妹很和气，父亲母亲都健康。虽然没有好花园，月季凤仙常飘香。虽然没有大厅堂，冬季温暖夏季凉。可爱的家庭哟，我不能离开你，你的恩惠比天长”[一]。首层餐厅北墙有一个小的递菜窗，通到一个备餐走廊。走廊左边是个保姆房，右边直通厨房。厨房北面是一个小天井，可以洗菜、洗衣。小天井边有一后门，直通里弄。在后门旁有一小楼梯，

[一]《可爱的家》又译《甜蜜的家》，世界名歌。1823年由英国作曲家比肖普（Sir Henry Rowley Bishop，1786—1855）作曲，美国演员兼诗人培恩（John Howard Payne 1791—1852）作词。20世纪20年代沈秉廉配中文词，1930—1940年间在中国流行。

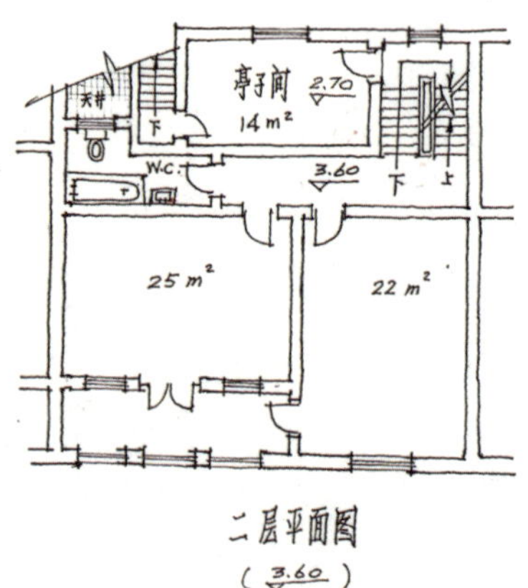

二层平面图
(3.60)

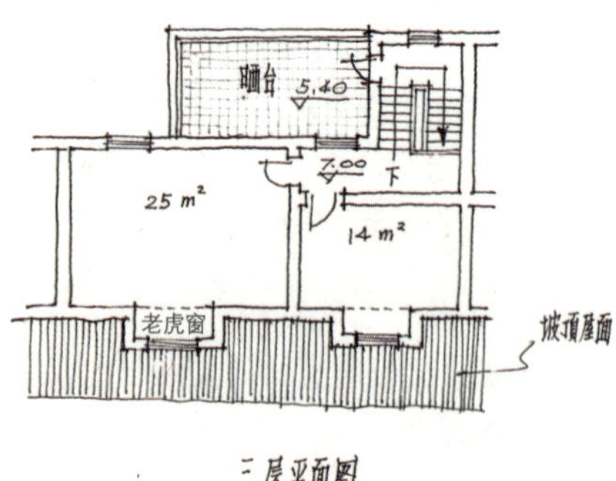

三层平面图
(7.00)

树德坊里弄祖母家平面示意

头戴航空帽手拿刀枪想当兵的我

全家福（1938）

直通亭子间(在1层与2层之间的休息平台上有门可直通)。小楼梯下有一保姆用小厕所。2层朝南有两间卧室，祖母在西房，二伯父和四叔叔在东房，边上通往厕浴间。3层俗称假3层，是在坡顶下挖出的两间，一大一小，小间是储藏室，我们一家四口被安顿在大间。朝南有一老虎窗，开在斜坡顶上。由2层通往3层的楼梯休息平台上有一外门，可通往亭子间上面的晒台。这是晒衣服的地方，从晒台上可看到里弄小巷。有时晚上四叔叔带我在晒台上看北斗七星，教我找猎户星座和西边的金星。

我第一次到上海，满口广东话：把江海中的轮船叫“布布船”(船上烟囱放气的声音)，把小手背指根上的凹洞叫“窿窿”(广东话)。听到打雷声，我吓哭了，因为在广西没有听到过雷声的。我老想吃“嫩姜”和“龙虱”这些两广特产，实在为难了老祖母，上海没有这玩意儿。她很在意我们的安全，得知爸妈要绕道越南去四川，在战乱中带两个小孩长途跋涉，她很不放心，坚决反对。爸妈只好听从她的劝告，改变主意不去了。

过不久，我们告别了上海老家，乘轮船南下回广西。此时日本人已打到广东，虎门封锁，船无法驶入广州湾，临时改道去香港。我们准备在那休整一下，等虎门开放后再走。正巧大伯伯在香港筹拍电影，准备组建一个电影公司，继续在上海拍戏，很多原来在联华电影公司共过事的演职人员都积极支持。据说，当时大伯伯和二伯伯(费彝民)、金信民、童振民商

妈妈和麟、琪三人在香港 (1938)

[一]张翼(1909—1983),原名张雨亭,中国电影演员。原籍浙江慈溪,生于上海。中学毕业后当过水手、店员,1925年起先后为上海海峰电影公司、暨南影片公司演员。1934年起他任联华影业公司演员,更名张翼,主演《大路》《体育皇后》《狼山喋血》等影片。抗战期间在香港艺联、上海民华、艺华、光华等影片公司,主演《孔夫子》《世界儿女》《中国罗宾汉》《女皇帝》等影片;抗战胜利后进入昆仑影业公司,参加拍摄《丽人行》《大地回春》等;1949年后任职于上海电影制片厂,主演《宋景诗》《林冲》《五十一号兵站》等影片。

[二]黎灼灼(1905—1990),原名黎杏球,中国电影演员,生于香港,是黎民伟的侄女。1932年她从天津到上海进入联华影业公司,参演《人道》《三个摩登女性》《母性之光》《天伦》《迷途的羔羊》《慈母曲》《联华交响曲二:春闺断梦》等影片;抗日战争期间息影;抗战胜利后重返影坛,主演《羊城恨史》《朱门怨》《冬去春来》等。1952—1953年住天津,后返回香港,1972年退出影坛。

[三]赵英才,又名司马英才,中国电影演员、剧作家,曾主演《弃

费麟与影星黎灼灼在香港(1938)

议此举,用了一个“民”字,决定取名“民华电影公司”。我们住在大伯父在香港租用的一幢楼中,同住的有不少电影明星,张翼[一]和黎灼灼[二]就住在我们隔壁,经常来往。有一天晚上,快睡觉了,听到急促的敲门声,一开门,原来是张翼叔叔,手提了一条大鱼,叫我们一起去吃他刚从海滩上吊到的海鲜。后来,他在电影《孔夫子》中饰子路。那时黎灼灼经常带我出去玩,还留下了一张小照。赵英才[三]也和我们住在一幢楼中。他有一台好相机,特意要我们兄妹两人到屋顶露台上拍照留念,他抱着我拍了一张,照片冲洗出来后,送给我一张,上面还题了字。回上海后,他在大伯父编导的电影《孔夫子》中饰颜回。说起来又有点宿命论。颜回是孔子的得意门

麟、琪兄妹俩在香港屋顶露台上（1938）

爱》（1934）、《世界儿女》（1941）。其小说《孤岛天堂》被蔡楚生改编成电影(1939)，他也曾根据吴天原著《四姐妹》(重庆新生图书文具公司出版，1944)改编五幕剧《新女儿经》。

生，可惜英年早逝。在上海沦陷后，赵叔叔和新婚妻子一起奔赴重庆。临行前他们来辞行，爸爸给了他一笔资助费，希望他继续他心爱的电影生涯。不久，却传来噩耗，他不幸患伤寒病逝于重庆。电影界同事很伤感，说赵英才把颜回演活了。他的遗孀遵照他的遗言，把一只破裂的金戒指专程送到上海，交给我爸爸，留作永久的纪念。

对我来说，香港和内地很不一样，都是新鲜事。那时日本还未和英美开战，作为英国租地的香港，担心敌机侵犯，有时天空中出现探照灯，作为防空演习。大人们经常在星期

费麟和影星赵英才在香港（1938）

天带我们去海滩。有一次我一人在沙滩上玩，突然大哭起来。妈妈赶紧跑来，看见我的一双小手被小海星咬住了，惹得她大笑。

我们在香港足足等了三个月，虎门始终封锁。不久，广西沦陷，梧州也在战火中受创。真是国破家亡，我们回不去了，只能重新坐船返回上海，再次住到树德坊，又一次和祖母伯叔们团聚了。后来我问妈妈，广西的家丢了，损失多大？那架钢琴也丢了？妈妈说，只要全家平安，身外之物就算了。令我惊讶的是爸妈探亲携带的箱子中，保存了所有的照片、证件、教书讲稿、国防工程手稿。她说，这是她的经验，这些物件必须随身带，要留住记忆，要留住自己的心血。如果没有这些宝贵的家庭史料做见证，很难提笔据实回顾往昔。我打心底里深深感恩和骄傲，我有一位令人敬佩的、伟大的母亲。

妈妈在广州家中弹琴

5 孤岛

Shanghai Islet

在1941年12月8日日本偷袭珍珠港、太平洋战争爆发之前，上海只有公共租界[一]和法租界[二]是个孤岛，日本人还不能在这里横行霸道，为所欲为。但是整个上海被战争乌云所笼罩，电影业不景气，不少电影界和文艺界人士纷纷撤离并投奔重庆，在那里继续进行抗日救亡的事业。大伯父无法带着一大家人远走，在这孤岛中，以民华电影公司为基地，做他想做的事。我们从香港折返上海后，就一直和他住在一起。爸爸妈妈较快地在法租界取得了实业部建筑科工业技师证书，开始承接一些小型的建筑设计装修任务。同时，又以考古顾问的身份，参加了大伯父筹拍的《孔夫子》电影的一些具体工作。至此我们总算告别了这阵子的流亡生活，安定了下来。

在《孔夫子》电影摄影棚（1940）

1940年前后，大伯父正在紧张地开拍《孔夫子》，这是他在完成了《狼山喋血记》(1936)、《联华交响曲二：春闺断梦》(1937)、《北战场精忠录》(1937)等一系列当时的抗日爱国"主旋律"电影之后，用了一年多时间精心编导的新作品。爸爸是该片的考古顾问，对片中许多建筑、服饰、家具、装饰、人物场景都提供了很多资料。妈妈对古文喜好，还帮助查阅了不少史料和字画。在拍片过程中，爸妈经常伏案画草图，为特刊中的电影场景设计插图，推敲周代的文饰服装、书画、建筑细部。有一次担任影片副导演的四叔叔费鲁依(费泰)和爸爸一起在研究春秋时代朝服中官吏礼帽的样式，他用硬纸板做了一个帽子样品，把我叫去，让

[一]中国近代史上有两个公共租界，一个在上海，另一个在厦门鼓浪屿。上海公共租界(Shanghai International Settlement)最先开辟，起源于英租界。1842年8月29日，清朝政府因在第一次鸦片战争中失败而与英国政府签订了中国近代史上第一个不平等条约《中英南京条约》(《江宁条约》)，上海成为向外商开放的五个通商口岸之一。1843年12月，外滩两端被划为英租界的南北界限，1846年定今河南路为英租界的西界，1848年11月27日英租界西界扩到今西藏路，美国租界也于同年在虹口设立。1854年7月11日，上海英法美租界联合组建独立的市政机构"上海工部局"和警察武装，正式形成第一个租界。1862年，法租界退出租界联合，自设公董局。1863年9月，英国和美国在上海的租界合并，统一由工部局管理。1899年5月，经历数次扩张后上海公共租界面积为33 503亩(1亩=667

和爸爸、妈妈、四叔、明仪大姐等在《孔夫子》电影摄影棚（1940）

我试戴，我受宠若惊，居然也参与了一次拍片的过程。我曾去参观过拍片的布景棚，和爸爸、妈妈、四叔叔、明仪大姐留下了一张很有意义的照片。

电影上演之前，公司出了一本《孔夫子影片特刊》，特刊的彩色封面是由爸妈合作完成的。画面展现出拄着拐棍、白发苍苍的孔老夫子站在台阶上，背靠一根大红柱，柱子顶端有一雀替，支着彩画梁枋，彩画中心用篆文写着“万世师表”。远方在蓝天白云背景下兵马滚滚、战火纷飞。孔夫子俯视尘世、平展右臂，似乎仍旧百

孔夫子画报封底

平方米），分为中、北、东、西四个区，北至上海、宝山两县交界处，西至静安寺。1925年五卅运动后，上海公共租界向外扩张的态势趋于稳定，持续繁荣十余年。直至1937年8月13日—11月10日淞沪会战，公共租界被分割成两部分：北区和东区被日军控制，人称“上海日租界”；中区、西区及西部越界筑路区域分别由英国、美国和意大利军队防守，在战争中保持中立。1940年欧洲战事爆发，驻沪英军撤退。1941年12月8日，太平洋战争爆发，日军进驻公共租界的中区、西区，英美控制上海公共租界的时代宣告结束，工部局仍继续工作。1943年8月1日，汪精卫政府“收回”公共租界。[上海市地方志办公室/专业志/上海租界志http://www.shtong.gov.cn/node2/node2245/node63852/index.html]

[二]1842年以来，上海有两个租界，一个是公共租界(Shanghai International Settlement)，另一个是法租界(La concession française de Changha)。与其他3个在华的法租界(天津、汉口、广州)相比，上海法租界开辟早、面积大、最繁华。其具体位置在徐汇区和卢湾区，东部窄条(今金陵东路及中山东二路一带)渗入黄浦区。法租界于1849年4月6

爸妈绘制的孔夫子电影特刊封面

折不挠地呼吁治理乱世，给人一种无言的震撼。我还记得爸爸在画水彩背景时，用海绵在半干的蓝色天空中巧妙地擦吸出一朵朵白云。他那精湛的绘图技巧给我留下极深印象。爸爸画得好，字也优美。有一次我问妈妈，爸爸的一手好字是怎么练出来的？妈妈说，他很用心，平时有空就会推敲字体，反复写，反复练，有魏碑和行书的功底。在特刊中，蔡楚生为民华公

日设立，1854年英法美租界联合组建“上海工部局”，1862年法国退出租界联合，自设公董局。1900年法租界小幅扩张，面积增加了1 112英亩（1英亩=4 046.86平方米）。1914年签订《上海法租界推广条约》，法租界大幅扩张到15 150亩，比1849年扩大了15倍，称为新法租界，在徐家汇、贝当路、霞飞路一带，随着租界范围的拓展和躲避战乱的需要，界内外国人和华人不断增加，1920—1930年达到高峰，这里也成为上海最繁华的住宅区。1942年，界内总人口854 380人，其中外侨29 038人，华人825 342人。从1935年到1942年，全上海地区的人口密度（人/平方公里）从7 000减为5 453，而法租界的人口密度却从48 747增为83 599。1943年7月30日，汪精卫政府“收回”法租界。1945年11月24日，国民政府外交部与上海市政府正式接收公共租界和法租界，将原租界并入上海市政府辖区。1946年2月28日，法国戴高乐临时政府与中国政府签订《关于法国放弃在华治外法权及其有关特权条约》，追认中国政府对上海法租界的收回。［上海市地方志办公室/专业志/上海租界志http://www.shtong.gov.cn/node2/node2245/node63852/index.html］

司的这部新作题了词："心逆而险，行僻而坚，言伪而辩，记丑而博，顺非而泽，天下之五恶，少正卯兼而有之，故须诛，而此时少正卯其人正多于过江之鲫，故需要《孔夫子》。"

1940年8月27日是孔子诞辰纪念日，又为教师节，当天放假。在上海《申报》中就登载了《孔夫子》电影的大幅广告，以示纪念。该报有一段消息，题为"今日孔子诞辰，全市悬国旗庆祝"。其文如下："本市教育界以今日为孔子诞辰纪念又为第二届国定教师节，故在此双重意义下均热烈庆祝。除自动停课及悬旗志庆外，决定贯彻至圣不屈不挠之精神，发扬中国固有道德，唤醒青年注意廉耻，保持纯洁人格，坚持教育严正立场。誓本先师大无畏精神，砥砺奋发，共同努力，建立并巩固精神堡垒，以争取抗战之最后目的，而谋中华民族永久之自由解放。"这就是当时在孤岛的民族心声！《孔夫子》电影的上映，成为当时轰动影坛的盛事。当年12月19日晚，在金城大戏院首次公映。在电影的片头上，出现"民华电影公司"的青铜大钟标志。这是爸爸精心设计的仿古周器，寓意"警钟长鸣，不忘国难"，同时这个"钟"字也巧妙地嵌入影片投资人金振民和童信民的姓氏。片中相继出现"国家兴亡，匹夫有责"的警句。大伯父在孤岛中精心设计编导了这部惊世之作，借中国历史上的至圣先师之口，宣告"匹夫不可夺志"，要"杀身以成仁"，反对乱臣。我从小没有受过四书五经的熏陶，《孔夫子》电影对我产生了很深的儒家传统教育。影片中有些镜头至今不忘。例如有一镜头拍阳货、少正卯坐在车上，见到荒无人烟的路旁大树上吊死一个民不聊生的老百姓。他们兽性大发，拿起弓箭把死尸当作箭靶，还得意忘形哈哈大笑。顿时，我从心底里厌恶这批祸国殃民的奸贼。接着又有一个镜头，拍孔子(唐槐秋饰)[一]率众弟子练习射御，在旁围观的众人中出现了阳货与少正卯。子路(张翼饰)见状，勃然大怒，手持弓箭严正宣布："乱臣贼子不得入内！"只见有几个家伙，抱头鼠窜溜之大吉。我佩服子路，真是英雄好汉。在片子接近尾声时，描述子路受命于孔子，增援卫国，受到叛军包围，寡不敌众，最后被敌军刺中。在城头上，子路仰天长叹，杀身成仁，整冠结缨而死。我为子路惋惜，他孤军奋战，怎么没有人来相救？还有一组镜头，也值得回味，拍的是孔子杏坛讲学。为了说明中庸之道，用了三只特制横穿中轴的大口小底空水桶示教：桶内无水时则倾斜，有水时则正直，满水时则倾覆。这简单的画面，我懂：凡事要适度，少了不行，过了也不行，这就是中庸之道。正如孔子曰："吾闻宥生之器者，虚则欹，中则正，满则覆。"片中的《孔子颂赞》歌，庄重简洁，极易上口，至今我还能唱："孔子孔子，大哉孔子，孔子之前，

[一]唐槐秋（1898—1954），原名震球，湖南湘乡人。中国现代话剧、电影艺术家。导演代表作《雷雨》。少年时留学日本、法国学习航空，1925年回国从事戏剧。1926年与田汉、顾梦鹤等人创办南国电影剧社。1933年创办中国银行剧团，作品包括《梅梦香》《少奶奶的扇子》《茶花女》《复活》《雷雨》《日出》等。1949年之后就职于中国戏曲研究院，任京剧导演。[来源：上海文化艺术系]

《孔夫子》电影上映前后在《申报》上的电影广告

《孔夫子》电影中子路试箭场景的版画和费康手稿

既无孔子，孔子之后，更无孔子，孔子孔子，大哉孔子！”

父母去听京戏。我不会听只会看，就喜欢《三岔口》《黄天霸》《金钱豹》《孙悟空》《武松打虎》。这时我还未到上学的岁数，妈妈抽空教我认识方块字，练毛笔字，背唐诗，给我讲历史故事；叔叔还带我去看电影，我高兴极了。我从小就对电影感兴趣，那阵子看了不少，《小人国》(*Gulliver's Travels*,1939)、《人猿泰山》(*Tarzan The Ape Man*,1932)、《劳莱与哈台》(*Laurel and Hardy*)、《摩登时代》(*The Modern Times*,1936)、《绿野仙踪》(*The Wizard of OZ*,1939)、《伟人爱迪生》(*Edison,The Man*,1940)等片至今不忘。白雪公主的善良、米老鼠的机灵、皮诺曹小木偶的奇遇等电影卡通形象让我着迷。我十分喜欢《木偶奇遇记》(*Pinocchio*,1940)里的那位从天而降的美丽善良的仙女，是她，用一根仙棒赋予了小木偶生命；是她，用仙法让小木偶的鼻子伸长，在鼻尖上还有小鸟在那筑鸟巢，教育他不能说谎；是她，当小木偶遇难时，及时点拨他走出困境。我对爸爸说，我很想这位仙女。爸爸逗我说，你在睡觉前想她，做梦就会梦见她。果不其然，日有所思，夜有所梦，我梦见了一回。

除看电影之外，我还经常跟着祖母观看“三国”的刘、关、张京戏。有一次，看了黑脸张飞的戏，回来就学他那出场亮相的步伐和架势，逗得大人们直乐。大姐姐费明仪那时在学钢琴，她嗓子好，能唱《渔光曲》[一]，妈妈夸赞说她将来可以成为歌唱家。后来她果然进了音乐学院，到法国

[一]电影《渔光曲》插曲，安娥词，任光曲，王人美演唱。该片由联华影业公司摄制，蔡楚生编导，王人美、韩兰根主演。该片于1934年6月14日在上海金城大戏院首映，连映84天，创国产片最高纪录。影片于1935年3月在莫斯科举行的国际电影节上获荣誉奖。

深造，在香港、东南亚等地举行独唱音乐会，并在香港组建了“明仪合唱团”，蜚声国内外。那时我们一起住在树德坊祖母家，受到这位大姐姐的关心和照应。她曾教过我唱京戏《四郎探母》中《坐宫》一段，可惜，我没这天分；她又带领我和二姐姐费明修、妹妹费琪排练歌剧，让我们练习嗓子，培养乐感。在树德坊有时居民自发组织赏月晚会，小朋友边跳边唱。当时的流行歌曲有《渔光曲》《天伦歌》[一]《四季歌》《天涯歌女》[二]《月亮在哪里》[三]等电影插曲。后者是《木兰从军》的电影插曲，我还学着哼唱：“月亮在哪里?月亮在哪厢？它照进我的房，它照上我的床，照着那破碎的战场，照着我甜蜜的家乡！几时能入我的怀抱？也好诉一诉我的衷肠！”每听到这歌，我就想起了启蒙的五言诗，李白的名句：“床前明月光，疑是地上霜……”弄堂里邻居小朋友都很友善，特别喜欢“捉迷藏”、“官兵捉强盗”、“老鹰捉小鸡”等游戏，文静一些的玩意就是“跳房子”、“捉帖子(用小方布袋将黄豆缝进去)”、“挑香棍(把祖母敬神用过的香棍收集起来，挑着玩)”。

祖母一口苏州腔上海话，爱整洁又很严格。她很注意容貌，定时要用木梳篦头，并用刨花水(当时的护发素)护发。有时还将棉线绞紧用来拔除脸上的汗毛。一切井井有条，我看在眼里，记在心中。祖母平时爱抽水烟，用一根裱心纸搓成的纸卷，燃上火星，只要“噗嗤”一吹，火苗出来，点燃水烟。有一回我好奇，自告奋勇要帮她吹一下，哪知没吹好，吐了一口吐沫，把纸卷上的火星浇灭了，引得她哈哈大笑。祖母还喜欢打麻将，伯伯、伯母和妈妈经常抽空陪她打四圈，我站在旁边看，也对什么是“清一色”、“一条龙”、“对对胡”、“十三不搭”等略知一二。到了晚上，祖母打开无线电收音机，听京戏、评弹、越剧和滑稽戏，我也特别爱跟她一起听，尤其是姚慕双、周柏春[四]、笑嘻嘻[五]的滑稽戏，《七十二家房客》《唐伯虎点秋香》《洋泾浜》等名段子，常惹得大家捧腹大笑。

我特喜欢过年，有好吃的，还有长辈给的压岁钱。大伯父特别优待我，在大伯母给了后，他又多给我一份。我们苏州人习惯称祖母为“好亲婆”，我也一直这么叫着。苏州人过年的规矩可大了，好亲婆一直坚持着。年前要办许多年货，要烧许多传统的菜肴。平时，大伯母巫梅一人操劳家务。她是一位贤妻良母，保证了大伯伯能全身心地投入影剧事业。每天清早她提了菜篮子去早市买新鲜的菜。回家后，亲自洗切、烧饭，能烧一手地道的苏州菜。过春节，她就更忙了。这时，好亲婆也要自己动手烧几个拿手菜。在她卧室边的房间里有一取暖火炉，在那可用小火煨炖冰糖蹄膀、咖喱仔鸡、“腌笃鲜”汤等。阵阵香味，

[一]电影《天伦》(Song of China)主题歌，黄自曲，钟石根词，郎毓秀演唱。该片由联华影业公司摄制，钟石根编剧，费穆、罗明佑导演，黄绍芬摄影，尚冠武、林楚楚、张翼、陈燕燕、郑君里、黎灼灼、黎铿主演。该片于1935年12月11日在上海大光明电影院首映，连映34天，后被美国派拉蒙公司(Paramount Pictures)引进，是我国第一部进入美国市场的电影，经配译剪辑，1936年11月9日在纽约Little Carnegie电影院上映，连映3周。1937年5月5日该片又作为引进片，在上海破例二度放映。

[二]《四季歌》《天涯歌女》皆为电影《马路天使》插曲，根据江苏太仓双凤小调《哭七七》《知心客》，贺绿汀编曲、田汉改词，周璇演唱。该片由明星影业公司摄制，袁牧之编导，吴印咸摄影，赵丹、柳金玉、魏鹤龄、周璇主演。1937年7月24日(1月1日?)在上海金城大戏院首映。

[三]电影《木兰从军》插曲，陈云裳、梅熹合唱。该片由华成影业公司出品，卜万苍(1903—1974)导演，欧阳予倩编剧，陈云裳、梅熹主演。1939年2月16日该片作为沪光大戏院(爱多亚路，今延安东路725号)开幕首映片，连映85天。

很吊我的胃口。一次，桌上摆了过年用的糖果。我看了很馋，偷吃了一颗巧克力果仁糖。祖母心中有数、眼开眼闭，兴许因我是费家的长孙，所以优待没训我。

按苏州老规矩，年前讲究祭祖。大家照例在大客堂里摆上三张供桌：面南的北桌是为费家直系亲属列祖列宗准备的；东桌是旁系亲属；南桌面北是张小桌，为土地爷准备的。每张桌上六碗菜，多套筷子、汤匙和斟上黄酒的小酒杯；桌前一对红烛和一只插香的香炉。祭祖开始，大家按辈份依次磕头。我也毕恭毕敬地学着做，其他长辈都磕三下，我要磕四下，因为我的辈份最小。接着一起动手抖锡箔，将一盒盒现买的银色纸元宝散开，装在大红纸袋中。二伯父的毛笔字写得工整，由他在红袋面上写上祖辈的称谓。祭祖完毕就在南面的花园里放了火盘，将一包一包的纸钱袋和供香一起用火点燃。二伯父还拿着供桌上的贡酒往火上点洒，并在四周点洒一遍，还作了一个揖。大人们告诉我，这是孝敬在天之灵的祖传规矩。祭祖之后就该吃年夜饭了，这又是值得我高兴的时候，可以尝到平时不容易吃到的饭菜。首先是祖母入座，然后长辈依次坐下。我和大姐姐是长孙和长孙女，受到优待，可以上桌。桌上也给我放了一个酒杯，大伯伯的酒量很大，他笑着对我说，你可小口尝尝红葡萄酒，甜甜的，对身体有好处。桌上先上凉菜，有葱油萝卜丝、素鸡烤芙、凉拌海蜇头、酒糟青鱼、油爆河虾、盐水花生等典型的江浙小菜。接着上热菜，菜名有不少名堂。过年了，人们给菜赋予了吉祥如意的称号：先上塔菇菜，叫“塔塔长”，优先给我吃，要我快快长；接着是各种荤菜，例如笋干烧肉叫“节节高”，糖醋鳜鱼叫“年年有余”，冰糖蹄膀叫“全家福”；最后上一个火锅，热气腾腾，内容丰富，色香味俱佳，粉丝垫底，有金黄色的肉末鸡蛋糕，有雪白的鱼肉丸子与蛤蜊相间而放的红袍带须的大虾。这道压轴菜象征全家热热腾腾过年，蒸蒸日上过日子。有趣的是真正的年夜饭——小碗白米饭，上面铺满了熟黄豆，寓意黄金满地，黄豆上放了两个元宝——荸荠。在孤岛中，我们大家庭还能按传统吃上年夜饭，已是万幸的事了。

[四] 姚慕双(原名姚一麟、姚锡祺，1918—2004)、周柏春(原名姚一龙、姚振民，1922—2006)，滑稽戏演员，同胞兄弟，祖籍浙江宁波慈溪，生于上海。他们于1939年在电台搭档演出独脚戏，1942年加入上海笑笑剧团演滑稽戏，1950年合作创建蜜蜂滑稽剧团，周出任剧团团长，后重组被纳入上海人民艺术剧院。二人的滑稽戏以洋派、书卷气为特色。姚慕双是国家一级演员、中国民主同盟会盟员、中国戏剧家协会会员。周柏春是国家一级演员、民盟盟员、中共党员、上海市第一届人民代表大会代表。

[五] 笑嘻嘻(原名阙殿辉，1919—2006)，滑稽戏演员，生于江苏吴县。他师从滑稽鼻祖三大家之一的刘春山。1927年，9岁的笑嘻嘻与妹妹笑奇奇在大世界登台表演独脚戏，一炮打响，被誉为“滑稽神童”。1942年他参加“笑笑剧团”与滑稽大师姚慕双、周柏春合作，红极一时。后与杨华生、张樵侬、沈一乐组建大公滑稽剧团。其台风大方、表演细腻，并创作了许多脍炙人口的滑稽曲艺作品。与杨华生、张樵侬、沈一乐一起创作的《七十二家房客》被改编成电影。

6 大地

The Great Earth Architects and Pu Yuan

美国女作家赛珍珠[一]写过一本长篇小说《大地》，通过对中国农民的深刻描写，使该书获得很高的荣誉。妈妈看过此书，对作者很钦佩。上海虽沦为孤岛，生活艰辛，但是爸妈决定在此创业，成立了“大地建筑师事务所”，采用此书书名，取意“大地回春，气象万千”。

为了便于工作，爸妈在协助费穆完成《孔夫子》的拍摄之后，把家迁出了树德坊。他们在霞飞路(*Avenue Joffre*， 现淮海中路)、亚尔培路口(*Avenue du Roi Albert*， 现陕西南路)附近的来德坊租到一房，我又换了一个新天地。这也是典型的上海里弄房，三层砖混建筑，我们住2层。朝南有一间大卧室，放双人沙发床和大衣柜，靠窗有一方桌和一张能放绘图板的写字桌，边上是书架及五斗柜。厕浴间在卧室边上，楼梯间很大，小厨房是在入户门前的平台上隔出来的，间接采光。弄堂入口处有烟纸店和一个俄式西餐小饭馆，店里的罗宋汤很对人胃口，经常有顾客在那里叫一碗打包带回家。至今我还很奇怪，在弄堂口设一排小便槽，进出男士经常站那背对路人行方便，可算是沪江一怪了。

那时我刚开始上学，在位育小学[二]就读。第一堂上语文课，老师要我们背：“大羊跑，小羊跑，两只羊跑跑跑，跑上桥。黑狗跑来咬，大羊说，别咬别咬，你大小羊小。黑狗还要咬，大羊跑上前，把黑狗顶下桥。”第二堂课是公民课，课本图文并茂，对我们进行启蒙教育，比如不要随地吐痰，早上见老师要说“老师早”，回家见父母要问好，养成良好的道德习惯等。下课休息时，几个人结伴相对而站，玩起“我伲要拣一个人”(沪语)的拉人游戏。一位保姆每天接送我上下学，中午给送饭，每逢星期日，她带我和妹妹到路边的街心三角花园去玩。爸妈把我们俩打发走以便在家里加班，有时要请几位叔叔一起帮忙，房间太小，就把沙发床竖起来腾出绘图设计的地方。白天办公，晚上睡觉，一屋多用，这就是20世纪40年代的SOHO。

爸妈的设计任务逐渐增多，不

[一] 赛珍珠(*Pearl S. Buck*， 1882—1973)，出生于美国弗吉尼亚州，基督教徒，在镇江度过童年、少年和青年时代共18年，非常熟悉和同情中国农民的生活。1915年她同传教士农学家约翰·洛克·布克先生结婚。他们热心慈善事业，共抚养了10个孩子，其中9个是收养的。她一生创作了115部作品，1925年的长篇小说《大地》(*The Good Earth*)，生动描写了中国三代农民的坎坷经历。对中国农民生活史诗般的描述，对独裁者的猛烈抨击，对理想主义的追求，使该书于1931年获美国普利策奖，作家本人于1938年获诺贝尔文学奖。据传说，日本轰炸重庆时的军事密码用了《大地》一书，后来被国民党军中高手破译，一度传为佳话。

[二] 私立位育小学于1932年由实业界、教育界人士穆藕初、杨卫玉创办。校名取自《中庸》：“天地位焉，万物育焉”。

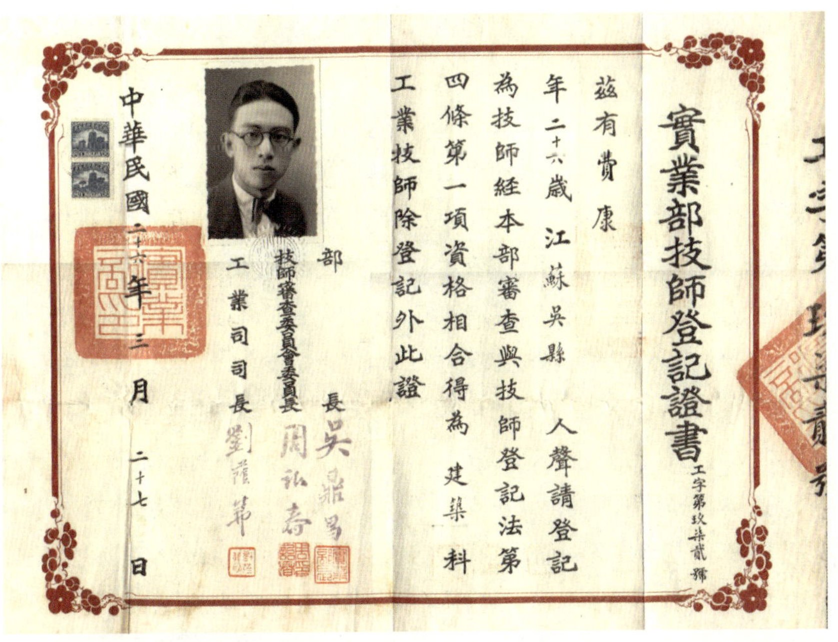

實業部技師登記證書

工字第玖柒貳號

茲有費康年二十六歲江蘇吳縣人聲請登記為技師經本部審查與技師登記法第四條第一項資格相合得為建築科工業技師除登記外此證

部長 吳鼎昌

技師審查委員會委員長 周詒春

工業司司長 劉蔭茀

中華民國二十六年三月二十七日

實業部技師登記證書

工字第玖柒壹號

茲有張玉泉年二十五歲四川榮縣人聲請登記為技師經本部審查與技師登記法第四條第一項資格相合得為建築科工業技師除登記外此證

部長

技師審查委員會委員長

工業司司長

中華民國二十六年三月二十七日

爸爸和妈妈的开业证书（1937）

久中国农工银行投资蒲石路(Rue Bourgeat，现长乐路)570弄地块，拟建12栋独立式花园洋房的“蒲园”。通过设计竞赛，爸妈日夜赶制的以西班牙风格为主的建筑方案被选用。设计任务大了，需要更大的房间，搬新居势在必行。妈妈根据报上广告到处寻找租屋，最后选中了霞飞路1483

弄南徐公寓。有一次我无意中问起妈妈，为什么选该住所？妈妈回答得很专业。首先是地段。南徐公寓在霞飞路上，属于法租界。她认为法租界的环境比公共租界好。霞飞路贯穿东西，有梧桐树林荫大道，两旁都有名牌店铺，交通购物极为方便，具有东方“香舍丽榭大道”的美誉。除了位置好，左邻右舍也不错。公寓的东邻是高档私人住宅[一]，西邻1487弄是“上海新邨”。该邨是典型的上海里弄三层砖瓦房，每层南北各一间，有亭子间和晒台，前门有私家小院，后门通厨房，中间有天井，便于厕厨采光。布局和祖母家的树德坊很相似。上海新邨的西边就是鼎鼎有名的“可的牛奶棚”，它是上海最大的一家牛奶公司[二](现在建了上海图书馆)。霞飞路在公寓北面，1路和2路有轨电车在门口有一站，站名就是“上海新邨”。其次，南徐公寓是钢筋混凝土框架结构，开间大，横向大玻璃窗，采光好，适合办公兼居住。考虑没有电梯，妈妈选了二层202号，是西南向三居室的公寓套间。为什么不选东南套间？虽然东南套间面积比较大，但是东靠美国领事馆，东墙开不了窗，有黑房间；西南套间的西墙开了多扇西窗，面临上海新邨的大门入口，隔着弄堂大路与西边另一幢公寓遥遥相对，可以部分避开夏日西晒，又可有穿堂风。第三，新居还没有完全完工，可以检查隐蔽工程的施工质量，这对于建筑师来讲并不困难。总之，比较再三，最后妈妈下了决心，选中新居，迅速缴了订金。搬入南徐公寓新家，面积宽敞，我和妹妹在家玩耍的天地大了。

这是一梯两户的公寓。进户门有一条长走廊，作办公室的接待前室。南面有三间房，进门边上是客厅，客厅边上是餐厅，也是设计绘图间(上海人称之为打样间)，两间大屋用织物门帘相隔，可分可合。走廊北边有一厨房，用的是电灶。厨房套着一个小间，放了一个家用锅炉，可以自己用柴火或煤块烧洗澡热水，也可烧供暖气片用的温水。锅炉边还有一些空地，可放下一张单人床，供保姆使用。厨房门背后还设了一扇后门，通过旋转楼梯到底层，直通室外，是个安全楼

[一]淮海中路汇聚了大量优秀近现代建筑，如1202、1204～1218号盖司康公寓/淮海公寓，1209号爱滋拉住宅/上海市武警总队，1273弄新康花园，1285弄1～77号沙发花园/上方花园，1300～1326号恩派亚大厦/皇家公寓/淮海大楼，1350弄愉园公寓，1414号花园住宅，1431号巴塞住宅/法国总领事官邸，1469号住宅/美国领事馆，1517号盛宣怀住宅/日本领事馆，1554～1568号林肯公寓/曙光公寓等。[上海市地方志]。

[二]1911年英商在上海建立可的牛奶公司(Culty Dairy Co. Ltd.)和牧场，提供鲜奶，1914年使用冷冻机，1920年安装巴氏消毒设备。[上海地方志]

上海淮海中路南徐公寓平面示意图

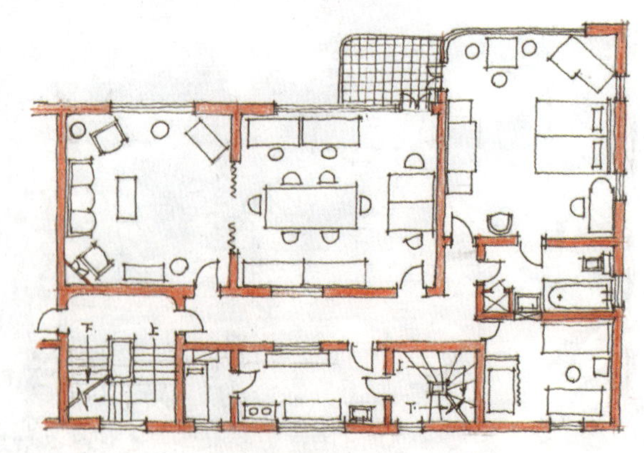

上海南徐公寓202室书桌（1941）

皇帝的老师宝熙赠书费康（逵庄）

東坡居吳中久頗忽其風土嘗作詩云荷盡已無擎雨蓋菊殘猶有傲霜枝一年好景君須記正是橙黃橘綠時論者謂非吳人不知也

逵莊世講屬 嘿存寶熙

皇帝的老师宝熙龙年龙月龙日龙时赠书费康

梯，楼梯旁放了垃圾管道，挺方便。走廊尽头向南拐弯直通一间大卧室。东南向开了横向通长带形转角钢窗，并带一落地玻璃门直通东南角与餐厅共用的大阳台。夏天傍晚在阳台上可放一小餐桌，一家四口在这纳凉进餐。阳台的栏杆上可以放晾衣长竹竿，将另一头搭在从客厅南窗外挑出的三角架上。这种晒衣架在上海十分普遍。从阳台往下看，就是上海新邨的一弄，通向四户人家的后门。我和妹妹就喜欢趴在栏杆上看热闹，对各家进进出出的大人小孩都看熟了。有一户老少三代人，夏日晚必在弄堂家门口纳凉而坐，小孩们唱唱跳跳做游戏，生活气息很浓。卧室的边上通往卫生间，内有一大浴缸，恭桶和盥洗盆都齐全。卫生间有两个门，另一门通向走廊，可以私用也可以公用。在“L”形走廊拐弯处挖出一小间储藏室，可以放张床和小写字桌，兼作儿童用房。房间多了，我和妹妹就常常在家

妈妈在南徐公寓客厅

里玩捉迷藏的游戏。

蒲园设计中标后，家中来往的客人很多，爸妈请了不少朋友一起帮忙赶图，张开济、陈登鳌、沈祥森叔叔也来和爸爸妈妈一起动手设计。我经常站在图板边看他们一笔一笔熟练

蒲园住宅草图

蒲园设计鸟瞰图

地画。那时全用维纳斯(Venus)铅笔制图，图纸注上中英文双语，叔叔熟练地徒手写上仿宋体中文和大写的英文字母，尺寸全用英制。图板边放了铅笔刀，磨铅笔尖用的砂纸板，还有擦图片、曲线板、三角板、比例尺、丁字尺。为了画鸟瞰图，爸爸专门请木工师傅定做了一根2米多长的直尺，用来画透视线。有时还嫌不够长，就把灭点钉在墙上，拉一根长线来代替

蒲园模型

蒲园

直尺。这时我已知道什么叫平面图、剖面图、立面图，什么叫透视图、渲染图。有一次，我在叔叔图板边打断了叔叔的制图工作，我请他画一辆汽车，除了正立面图、背立面、侧立面，还要画俯视图和从地上往上看的仰视图。叔叔笑了，耐心地满足了我的要求。我如获至宝，拿到了这张汽车的全方位立面图，非常高兴。

我曾看到过“蒲园”设计的合同书，很感兴趣。我打算要给妹妹的洋娃娃设计一栋房子，并要搭建一间小房间，好一起玩“过家家”。于是我也仿制了一本小合同书，附上了我的设计图，有平面图、剖面图和立面图。平面图很简单，就是一个正方形，在首层平面前花园里布置了一个水池，池中画了条鱼。妈妈看了，夸我布置得合理，我得到很大的鼓励，用红丝带穿过打孔眼，将文件装订起来，请大人帮我在红丝带上浇上火漆，在火漆未硬之前，盖上了一个图章印。

1941年初，为庆祝“大地建筑师事务所”成立和乔迁之喜，爸妈操办了一次家宴，大伯伯、二伯伯和大地事务所的主要骨干成员欢聚一堂。妈妈亲手做了一桌丰盛的家常菜，宴请宾客。她在广西大学时从郭天回教授夫人那学到一手广东菜，在树德坊又从老祖母处学到一手苏州菜，再加上祖传的川菜，都是拿手好菜。爸爸用漂亮的硬笔书法写了菜谱卡，菜谱取名“大地回春，气象万千”，借用了大地建筑事务所的开业广告语。四道冷菜有“大地回春(什锦冷拼)”、“满堂红(油爆河虾)”、“金玉满堂(海蜇皮拌葱油萝卜丝)”和“长生不老(盐煮五香花生)”。热菜有十道：“龙凤呈祥(鸡丁烩虾仁)”、“锦囊妙计(粤式纸包鸡)”、“潜水艇(烩海参)”、“空城计(冬瓜盅)”、“年年有余(糖醋黄鱼)”、“清白传家(茭白炒莴笋)”、“全家福(冰糖肘子)”、“当机立断(板栗烧鸡)”、“八仙过海(八鲜川汤)”和“气象万千(什锦海鲜火锅)”。

“大地”一词来自赛珍珠的名著，借用为建筑师事务所的取名，又借用为家常菜菜谱名。一词多用，令人寻味，我佩服爸爸妈妈的创意。

蒲园建筑群（现状）

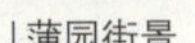

↓蒲园街景

↓蒲园建筑细部

7 伤恸

Farewell to My Father

天有不测风云，人有旦夕祸福。1941年12月8日爸爸外出回家时，带来了日本偷袭珍珠港的消息，美国在夏威夷军港中的太平洋舰队受到重创，美国正式向日本宣战。日本在上海的军队很快进入了租界地，这块孤岛陷落了。这时，日本占领者想把当时上海大小电影制片公司统一领导起来，组成一家所谓“中华联合制片股份有限公司”。费穆和同仁一起拒绝与他们合作，因而停办影片公司，退出影坛，准备筹建一个自己的剧团。费穆的好友梅兰芳也曾找过他商量出路，他劝梅博士“蓄须明志”，远走高飞。经过筹备，一个名叫“上海艺术剧团”的话剧团于1942年初春，在上海卡尔登大戏院[一]正式与观众见面。费穆担任编导，电影明星刘琼[二]主演的《杨贵妃》话剧首次隆重推出。接着，《清宫怨》《梅花梦》《秋海棠》相继上演。日本人对这些话剧中有些借古讽今、指桑骂槐的题材和台词很不以为然。有一次在上演《秋海棠》时，几个日本宪兵就跑到后台挑衅，称剧中饰反面人物的军阀，穿着黄绿色军装，大有影射“皇军”之嫌，要求立即停演。费穆沉着应付，要求日本宪兵亲自上台向观众解释勒令停演的理由。日本宪兵还不敢赤膊上阵，吓唬不成，碰了一个软钉子，只得灰溜溜走了。

费穆导演秋海棠话剧上映广告

[一] 卡尔登大戏院(Carlton Theatre)，位于静安寺路(南京西路)与白克路(凤阳路)之间的派克路(黄河路)21号，坐西朝东，现人民广场北面。1922年由英国人创办的天津中国影戏公司建造，匈牙利裔建筑师邬达克(L·E·Hudec，1893—1958)设计，1923年2月9日隆重揭幕，990座，设施豪华，包括咖啡厅、弹子房、舞厅、剧场等综合性娱乐场所，专映欧美电影和演出外国歌舞剧，是美国派拉蒙制片公司的首轮影戏院，为20世纪20年代“上海第一影戏院”。最初专映首轮外国影片，30年代中期至40年代，因有更豪华的影院建成，改为二轮影院，并被英籍粤人卢根的联合电影公司所收购。期间，戏院主要上演话剧，成为上海话剧演出的重要场所。20世纪30～40年代改演各类戏剧。1951年12月该戏院更名长江剧场，1954年2月公私合营。1977年后是上海最主要的话剧演出

爸爸（左）在金谷饭店大厅

爸爸设计的金谷饭店揭幕广告

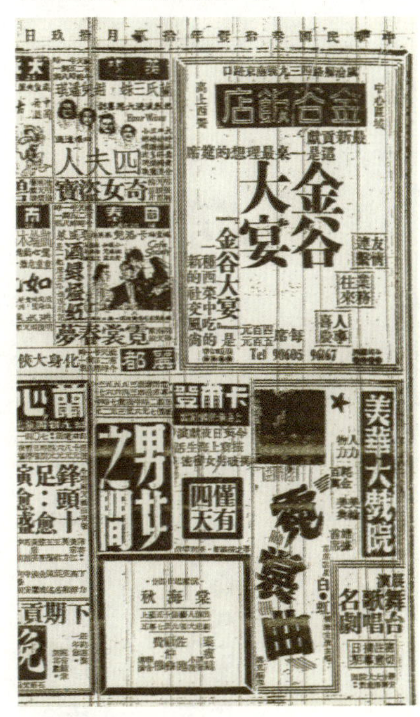

金谷饭店西菜中吃广告

孤岛沦陷后，建筑业也不景气。蒲园正处于施工阶段，爸爸只能找一些改建、装修工程继续设计。应大伯父要求，对卡尔登大戏院的内外装修进行了改造：在观众厅舞台台口前增加了下沉式乐池，可以放下乐队，便于伴奏和伴唱。这些设施成就了当时很富创意的现场配乐话剧。在上海大世界附近新世界繁华商业区，有一座破旧的餐馆，业主请爸爸改造成“金谷饭店”，可以供应中西各式菜肴。设计很成功，业主又请爸爸策划设计与饭店配套的“金谷农园”，为饭店及时提供新鲜蔬菜、鸡蛋、鸡肉。爸爸还精心设计了饭店标志，取英文名中两个字头G，巧妙将双G组成一个图案。随后饭店的餐布、桌布、玻璃杯、信封、信纸、文件袋、蛋糕盒包装纸盒上都印了这白底金色的双G醒目标志。爸爸的创意很多，还为饭店提出“中菜西吃”、“西菜中吃”、“栗子羹蛋糕”不同形式的招牌菜等设想，受到好评。打那时起，我逐渐明白，当一个建筑师，除了设计房子外，还要有许多想法，为业主服务。

场所。经两次大修，占地面积1 280平方米，楼厅885座，正厅989座。1993年4月停演，年底与香港鸿翔娱乐公司合作组建新长江文化娱乐公司，拆除建楼。[上海市地方志办公室．上海通志<第三十九卷文化艺术(下)>第一章文化娱乐场所>第二节剧场、电影院．http://www.shtong.gov.cn/node2/node2247/node4597/node79736/node79750/userobject1ai102263.html]

[二] 刘琼(1913—2002)，原名刘伯瑶，原籍湖南湘阴，中国电影演员、导演。参拍影片包括《大路》(1934)、《小天使》(1935)、《迷途的羔羊》(1936)、《狼山喋血记》(1936)、《前台与后台》(1937)、《联华交响曲(三)：陌生人》(1937)、《北战场

爸爸在设计工作之余撰写了《国防工程》的书稿。32开的绘图纸，整整齐齐地用两块细木夹板按活页形式用红丝带捆住；每页的图文都用3H维纳斯牌绘图铅笔制成。精确的工程制图和刚劲有力的字体让人赞叹不已。封面是万里长城的木刻画背景，第二页是张中国海棠地图，用一虚线箭头从长城平面图上引出一句“昔日边境恃此为固！”画底写上“今日国防恃何为固?”在内页上写了“国家兴亡，匹夫有责！”我经常站在他身旁看得入神，只见他绘图时努起嘴，好像嘴能帮忙似的。我笑了，妈妈也笑，可他却处之泰然。事隔60多年，一次偶然机会，中央电视台的记者知道爸爸曾写了一本《国防工程》，于是邀请我和机械部总院一位高级结构师作为嘉宾，在2003年2月20日中央10台徐俐主持的《关于伊拉克战争的座谈》直播节目中发言，结合伊拉克战争谈谈国防工程设计。我带了爸爸的一些手绘原稿，边讲边展示。

爸爸为《国防工程》一书的题字

國家興亡，匹夫有責。

謹以此敬獻給：

主持國防工程者，從事國防工程者，

研究國防工程者，關心國防工程者。

精忠录》(1937)、《费贞娥刺虎》(1939)、《岳飞尽忠报国》(1940)、《夜半歌声续集》(1941)等。1942年后在大成、国联、“中联”、“华影”公司任职，主演《洞房花烛夜》(1942)、《欢喜冤家》(1942)、《蝴蝶夫人》(1942)、《回春曲》(1943，兼导演)等片。1943年参加上海艺剧社、天风剧社。1947年至香港，在永华、五十年代、长城等影片公司任演员，主演《国魂》(1948)、《大凉山恩仇记》(1949)、《豪门孽债》(1950，兼导演)《火凤凰》(1951)、《方帽子》(1952，与李萍倩合作兼导演)等。1952年他被香港驱逐出境，任上海电影制片厂演员，1956年后兼任导演，参演《山间铃响马帮来》(1954)、《海魂》(1957)、《女篮五号》(1957)、《牧马人》(1982)、《死神与少女》(1988)等片，导演《青春之歌》(1953)、《乔老爷上轿》(1959)、《女驸马》(1959)、《阿诗玛》(1964)、《欢腾的小凉河》(1976)、《沙漠驼铃》(1978)、《李慧娘》(1981)等。他曾任上影厂创作室主任，中国影协第三、第四届理事，1988年获第八届中国电影金鸡奖表演特别奖。

《国防工程》封面手稿

《国防工程》长城首页

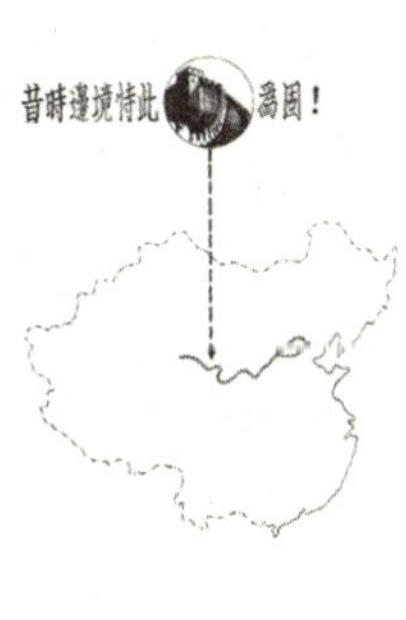

《国防工程》中国地图

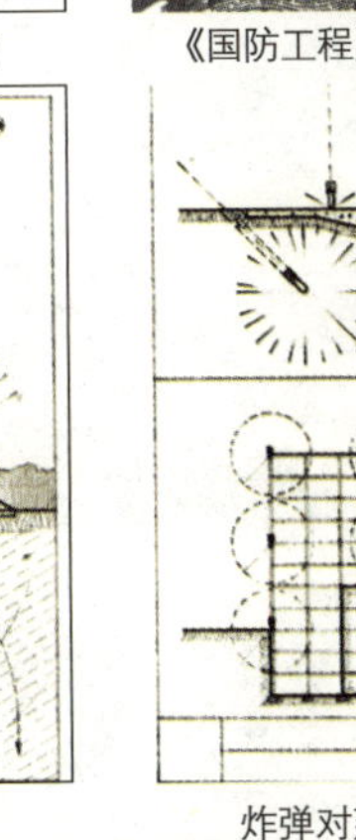
炸弹威力

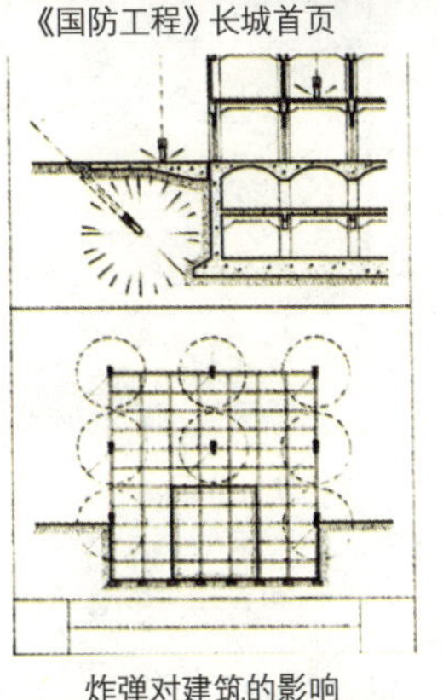
炸弹对建筑的影响

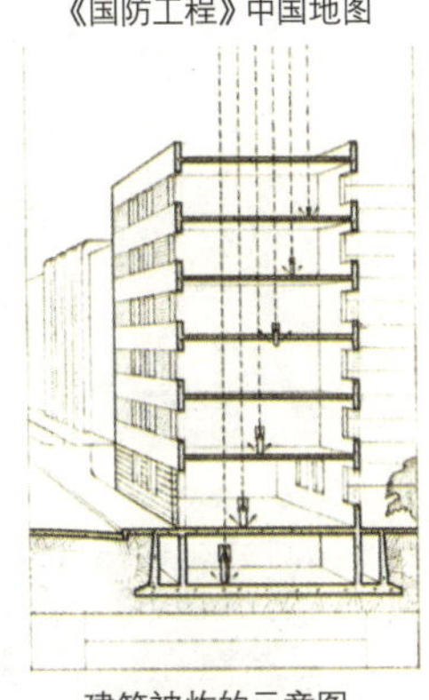
建筑被炸的示意图

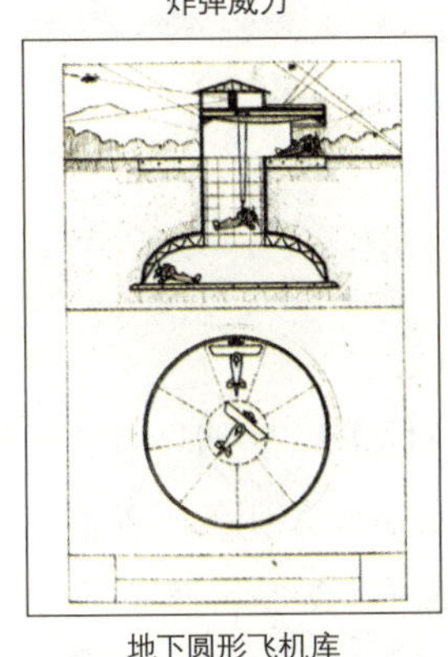
地下圆形飞机库

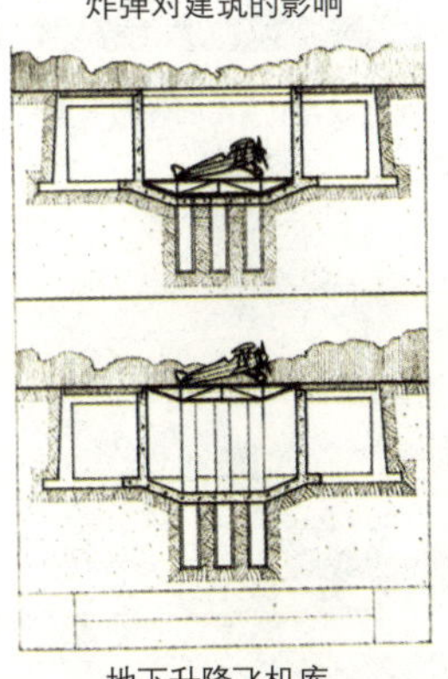
地下升降飞机库

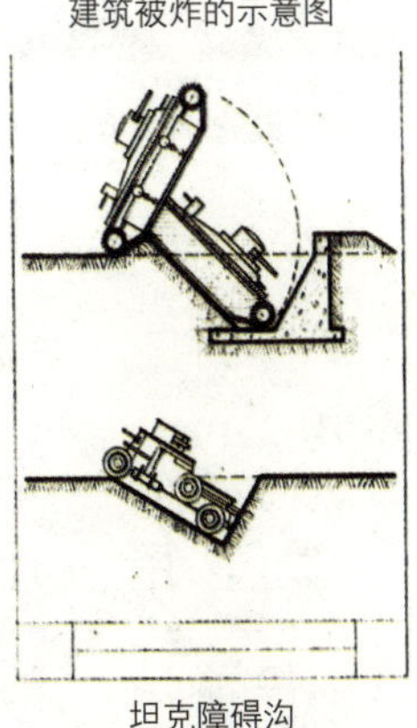
坦克障碍沟

防禦工程篇

第一章

砲台

理論的研究

第一節　砲台的配置和裝備

第一項　配置

(甲) 海鎮砲台……海鎮要隘依據形勢配置暗式或明式砲台，令各砲台之威力半徑相互交織使無空隙配成連鎖以固海防。(附圖001)

(乙) 要塞砲台……險要阨塞之處建築堅固砲台，駐兵存械嚴為警備令各砲台之火力集中，輸成大網敵若來犯人物俱亡。(附圖002)

(丙) 邊境砲台……國境邊地封鎖之界配置獨立

工程首页文字

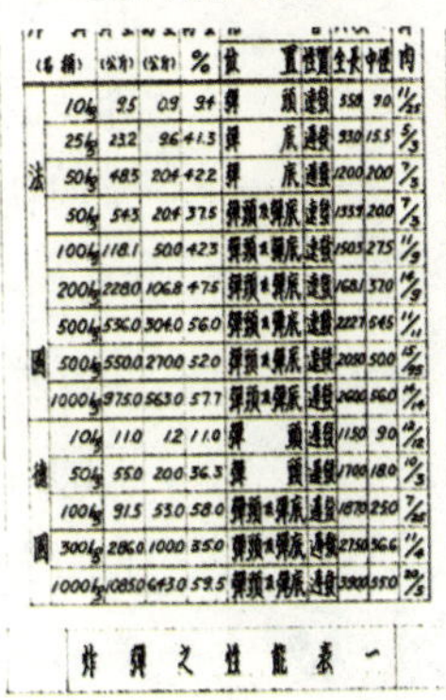

	(各種)	(公斤)	(公斤)	%	裝置		全長	中徑	內
法國	10kg	9.5	0.9	9.4	彈頭	速發	558	9.0	11/25
	25kg	23.2	9.6	41.3	彈底	速發	930	15.5	5/3
	50kg	48.5	20.4	42.2	彈底	速發	1200	20.0	7/3
	50kg	54.5	20.4	37.5	彈頭及彈底	速發	1339	20.0	7/3
	100kg	118.1	50.0	42.3	彈頭及彈底	速發	1505	27.5	11/9
	200kg	228.0	106.8	47.5	彈頭及彈底	速發	1681	37.0	14/9
	500kg	536.0	304.0	56.0	彈頭及彈底	速發	2227	54.5	11/11
	500kg	550.0	270.0	52.0	彈頭及彈底	速發	2050	50.0	15/45
	1000kg	975.0	563.0	57.7	彈頭及彈底	速發	2600	56.0	14/14
德國	10kg	11.0	1.2	11.0	彈頭	速發	1150	9.0	12/12
	50kg	55.0	20.0	36.3	彈頭	速發	1700	18.0	10/3
	100kg	91.5	53.0	58.0	彈頭及彈底	速發	1870	25.0	7/25
	300kg	286.0	100.0	35.0	彈頭及彈底	速發	2750	56.6	11/4
	1000kg	1085.0	643.0	59.5	彈頭及彈底	速發	3900	55.0	20/3

炸彈之性能表一

炸弹威力表

材料種類	法國	德國	英國	俄國	日本	平均
尋常泥土	0.80	0.50	1.01	1.05	1.00	0.87
濕質粘土	1.00	0.60	1.52	1.25	1.20	1.12
砂地	0.60	0.40	0.76	0.95	0.80	0.70
岩石	0.40	0.20	0.15	0.35	0.60	0.34
凝固積雪	1.60	2.00	2.03	2.13	2.00	1.95
軟質木材	1.00	0.90	1.47	1.05	1.10	1.10
硬質木材	0.60	0.70	0.96	0.60	0.50	0.67
磚牆	0.30	0.25	0.23	0.53	0.40	0.34
濕土沙袋	0.46	0.40	0.38	0.49	0.50	0.47
濕土草塊	1.90	1.80	1.77	1.85	2.00	1.87
鐵板	.015	.015	.019	.018	.020	.017
鋼板	.012	.012	.011	.010	.010	.011
三合土	–	–	–	–	–	–
單位一公尺						

抵抗槍彈及機關槍彈之厚度表

抗炸墙厚度表

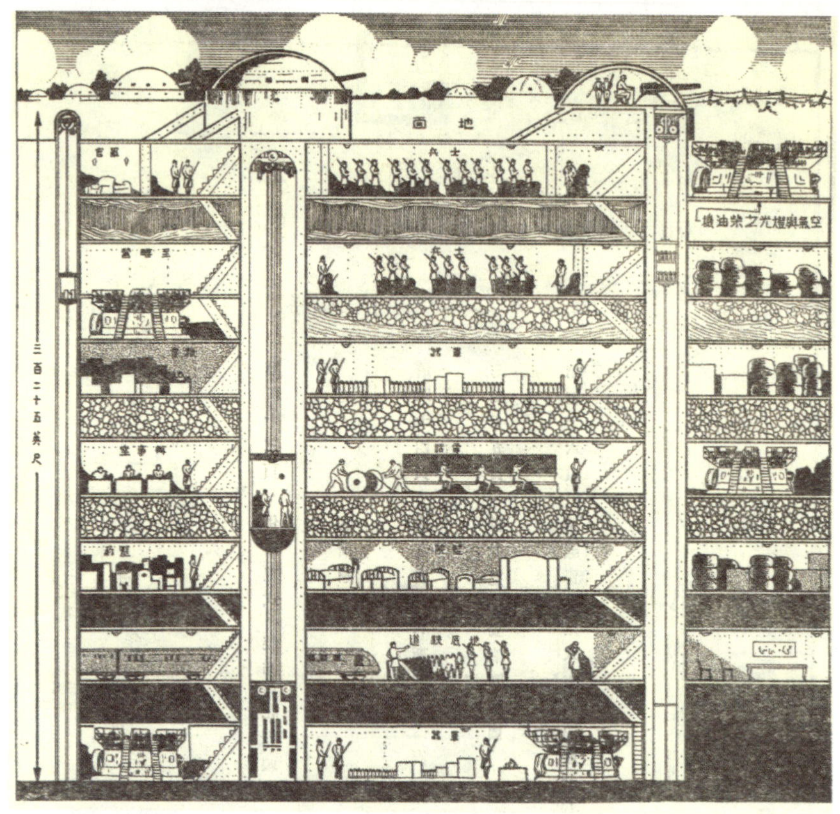

法国马奇诺防线剖面示意图（载于《建筑月刊》第四卷第七期）

建筑月刊

爸爸身材高大，是四兄弟中个子最高的。他做事认真细致、一丝不苟，爱整齐清洁，书桌上和抽屉里的文具、纸张码得井井有条。他教我拿东西要放回原处，便于自己也便于他人。平时他很随便，外出时一定穿西服正装，佩戴一副黑框眼镜，头发向后梳，上了发乳亮亮的。他是北京汇文中学[一]毕业的，满口普通话，因而我和妹妹在家也习惯用普通话。他有时从外面给我带回有趣的玩具，质量都属上乘。一组带环行轨道的小火车上足发条后从

[一]私立汇文中学始建于1871年，原名美国基督教堂附设“蒙学馆”，1888年更名为“怀理书院”，1904年小学、中学、大学部合并，更名为“汇文大学堂”，校址在崇文门内船板胡同。1918年汇文大学堂与华北协和大学合并成立燕京大学，迁至现海淀区北京大学位置，原校址转给汇文小学、汇文中学。1926年更名为“京师私立汇文中学”，高凤山任首位中国校长。1952年由政府接管，成为公立学校，更名为“北京市立第二十六中学”。1959年因建设北京火车站，迁至崇文区培新街6号。1989年复名北京市汇文中学。1988年成为北京市重点高中。

烟囱中冒出火星，车头拖着五节车厢沿着轨道转；一盒铁皮制的装配式建筑积木有骨架、外墙板、门窗、坡顶、烟囱，可以自由组合；一套儿童木工工具锯、刨、锤、凿和方尺一应俱全。最使我感兴趣的是一只画画箱，有画板、画笔、颜料，还有一个水壶，水壶盖打开翻过来就是盛水杯，可以挂在画箱边上。我在一本画纸印成的《木偶奇遇记》白描画册上，用水彩往木偶卡通人物的身上着色。爸爸鼓励我做我喜欢的事，从不打骂。听妈妈说，别看他在家里话不多，在外开会时却能滔滔不绝，都说到点子上。他为人厚道，乐于助人，经常赞助别人。他积极支持体育事业，是上海精武体育协会[一]会员。体育会送他一个银质奖牌，一直放在客厅里。

1942年下半年，蒲园正式竣工。12幢独立别墅很受欢迎，成了抢手货。刘既漂老师从广州回沪，对蒲园的设计很满意，也买了一幢。当时他劝爸爸，向开发商用优惠价买一套应不成问题，爸爸没同意。事后，有朋友知道此事，都说费康太老实了。十月初，刘既漂老师一家搬入新居，在一个星期日，他请了我们一家和"大地建筑师事务所"的其他建筑师以及开发商、银行家、赞助商等知名人士到他的蒲园新居，庆祝乔迁之喜。我们一家兴高采烈地出席了这次盛宴。

从蒲石路的大门进入，迎门来接的主人还牵了一条大狼狗，我有点怕，太老师(妈妈教我这样称呼刘既漂老师)挥手赶走了狼狗。我们先经过一个小花园，登上一个可以放下桌椅的半

[一]上海精武体育会为民间武术社团，实行"体、智、德"三育并进和"乃武乃文"的精武精神。1910年霍元甲携徒来沪打擂声名大振，由陈其美、农劲孙、陈公哲等人发起并集资在闸北王家宅开办精武体操学校，留霍元甲教授武术。霍元甲去世后学校停办。1911年3月由陈公哲等人重办精武体操会，1916年更名为上海精武体育会。高峰时国内外分会共42个，会员达40万人。1938年日军强占总会会所，该会迁往南京东路327号慈淑大楼直到1946年收回总会会所。1949年精武体育会由政府接管，文革期间停止活动。1983年恢复"上海精武体育会"原名。1994年在原中央大会堂旧址兴建精武大厦及精武体育馆新馆。

全家合影(1942)

露天平台，上面是挑出的阳台，可以遮阴挡雨。从平台可进入一间有大扇落地门窗的会客厅，三角钢琴的边上有一圈大小沙发。我第一眼看到的是顶棚中央吊下的一本大书——吊灯。它像一本朝天打开的洋装硬面书，“书皮”是半透明的仿古黄褐色玻璃，“书脊”深褐色，“书中”放置照明灯，可把顶棚照亮，而没有眩光。太老师看我对这灯具感兴趣，他笑着说，这是你妈妈设计的建筑灯具。他鼓励我好好学习，将来也当一名建筑师。主人陪着客人上上下下走了一圈，对建筑设计夸奖一番。这是一层两间的三层西式独栋洋房，每层都有厕浴和储藏室。底层客厅和餐厅相连，餐厅靠近厨房配餐间。厨房边有设备间和带厕所的保姆间。有个后门通往附在东墙边的单层汽车库。总建筑面积约390平方米。这是一次很随便又热情的家宴，完全是广东风味。餐后大家在宅前平台上留了一张集体照。我们一家也在东篱笆墙前留下了“全家福”。哪知，这是我们全家参加的一次“最后的午餐”，也是最后一次合影。两个多月后，爸爸因病突然去世，撒手永远离开了我们母子三人。

2006年年底，我应邀参加为纪念费穆百年诞辰在上海举行的“费穆电影艺术研讨会”。故地重游，我再次

妈妈在刘既漂老师家（1942）

在蒲园参加刘既漂老师家宴后的合影（1942）

全家在刘既漂家最后的合影（1942秋）

金信民伯伯与我在蒲园（1942）

在蒲园爸爸（中）和金信民（右）、童振民（左）合影（1942）

到蒲园，访问了刘既漂故居。1999年9月28日，上海市人民政府把“蒲园”列为上海市第三批优秀近代建筑保护单位[一]，在里弄的大门挂出了“市级建筑保护单位”的铜牌。敲开大门后，说明来意，一位老先生热情接待了我们一行三人(还有两位是《建筑创作》杂志社的编辑)。这幢老洋房共住了三户，一层一户，老先生住底层，还兴冲冲地拿出租赁合同中的平面简图给我们看。人去景迁，伤感万分。我在原来篱笆墙位置上拍了一张照，凭吊一番。64年前难忘的一幕再次浮现在我的眼前：爸爸妈妈，我来看望你们了！

太平洋战争爆发的第二年，已沦陷的上海孤岛出现了各种流行病。先是妹妹得了扁桃腺炎发高烧。父母怕我受感染，将我送到祖母家。那天下着雨，爸爸送我，叮嘱我听祖母的话，等妹妹病好后再接我回家。不知怎的，我有点依依不舍，差一点流泪。想不到，那天的一次离别，竟是我终身难忘的和爸爸的“诀别”。圣诞节前夕，得知爸爸得了白喉，住进了上海宏恩医院[二]。我很失望，本来想早些回家，爸爸哪天才能接我？

1942年12月27日下午，我正在祖母房间玩，突然来了电话，祖母去接的。得知爸爸已于当天下午2点30分病逝的噩耗，祖母甩下电话，倒在床上，抱了我大哭。那时我才7岁，知道爸爸走了，但总以为这是临时的，做梦老梦见他的身影。12月29日在万国殡仪馆[三]举行“大殓”追悼会。前一天，我们一家在大姐姐费明仪的陪同下去殡仪馆守灵。我看到爸爸的

蒲园入口大门

蒲园列入上海优秀保护建筑

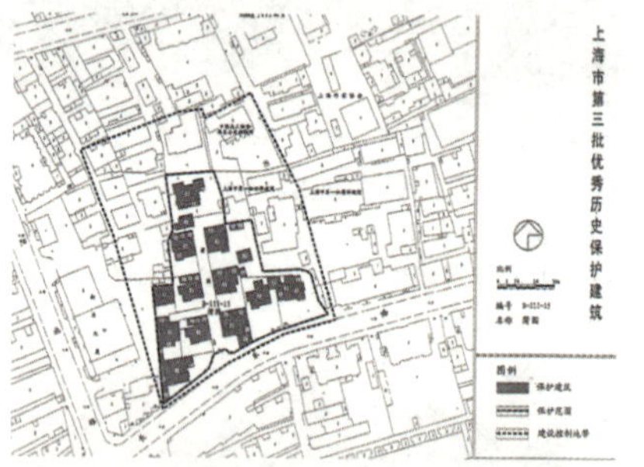

上海市第三批优秀历史保护建筑

[一]上海市人民政府《将扬子大楼等162处建筑列为上海市第三批优秀近代建筑保护单位的批复》，沪府[1999]57号。

[二]宏恩医院(Country Hospital)位于静安区大西路(延安西路)17号。是由英国商人捐资兴建，匈牙利建筑师邬达克设计的现代医院。1926年建成，占地2 300平方米。现为华东医院。[上海地名志]

[三]万国殡仪馆位于静安区胶州路207号，由美国商人斯高特创办于1924年，是上海第一个现代殡仪馆。1966年关闭，改建为上海假肢厂。[上海地方志]

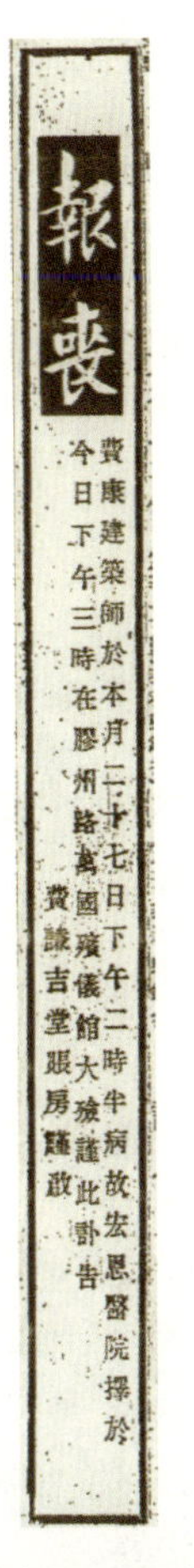

報喪

費康建築師於本月二十七日下午二時半病故宏恩醫院擇於今日下午三時在膠州路萬國殯儀館大殮謹此訃告

費謙吉堂賬房謹啟

1942年12月29日申报登载费康讣告

遗容，跟平时一样，分明在静静地睡觉。我偷偷靠近，在他冰冷的手臂上掐了一下，想叫醒他，别睡了，看我一眼吧！他没理我，他永远离开了我们。看着爸爸，我流泪了。爸爸患病前后只有三天，太突然了，真是晴天霹雳。24日晚上突然发病，第二天找了费家世交、名医邝安堃，初步诊断是白喉。邝医生是熟人，不忍下药治疗，介绍了王蔼松医师。由于爸爸心脏不好，不能打特效药“血清”。这时白喉封喉，呼吸困难，为了帮助呼吸，这位大夫竟贸然在喉管处开刀，插一根呼吸管道。白喉最忌讳开刀见血，病菌感染、扩散，以致血中毒。手术后，爸爸始终昏迷不醒，仅三天就撒手西归了。让妈妈最遗憾的是，她连续几天没离开过爸爸病床片刻，那天中午在亲友劝说下外出吃点东西。下午回来后，爸爸已经悄悄走了，没有留下只言片语。

妈妈悲愤交加，原想去控告这个草菅人命的庸医，经过家人劝说，人已走了，说什么也不管用，只好作罢。爸爸去世后，妈妈也染上了白喉，在家就医治疗，请了相熟医生李长治大夫，打了血清，逐渐治愈，同时又请了一位护士全日护理。那位护士是天主教徒，她很同情妈妈的遭遇，劝妈妈信教。妈妈笑笑，婉言谢绝了。妈妈很坚强，她下决心“为哺双雏且暂留”，一人挑起慈母严父的重担，要把我们兄妹两人抚养成人。妈妈病好后，百感交集，忍辱负重，含辛茹苦，独自经营起大地建筑师事务所，为完成爸爸未竟事业继续日以继夜地工作，并兼顾繁重家务。她从不在我们面前流泪，只是等到深夜，我们兄妹俩都睡了，她独自坐在过去爸爸常用书桌的孤灯下，含泪作诗，寄托哀思。

妈妈悼念爸爸的诗作

悼亡

1942

逵庄患白喉，呼吸困难，遵医嘱开刀，不治，于1942年12月27日病逝上海宏仁医院，年仅31岁，时麟儿七岁，琪女四岁，能不哀哉！

一

怕别偏长别！情深痛更深！金陵初邂逅，两粤忆登临。
八载齐眉乐，余生化石心，不忘当日爱，和泪学微吟。

二

此恨无穷尽！庸医误品评。心惊三日疾，肠断百年情！膝下
遗孤幼，箱中旧作盈。但坚金石志，无间到幽明。

8 寒夜

First Trip to Suzhou

自从爸爸去世后，祖母终日闷闷不乐，边抽水烟边独自流泪。她信佛，说不上迷信，但陆续回忆起一些不祥的“预兆”。据说，爸爸在一次与朋友聚会时，一个会算命的朋友，要他近期买一口棺材，以便逃过一劫。不久，他的大伯伯因病去世，他主动出资办了丧事。第二件事，爸爸听从一位朋友的劝说，在保险公司为自己买了一份人寿保险，家人都不知道。他去世后，我们从保险公司领到一份保险金，全部用作了丧葬费。第三件事更是蹊跷。在爸爸去世前不久的一次祭祖时，厅中北边、东边放了祖先桌位，南边小桌是祭土地爷的。当晚，月明星稀，没有刮风，忽然发现北桌一只红烛熄灭了。他从来很细心周到，趁无人时，用南桌的红烛去重新点燃北桌红烛。恰巧这场景让我看到了，觉得爸爸做得很及时。祭祖后一起吃晚饭，饭后他展示了带来的大鞋盒，里面放了一双白靴，这是他准备不久后登台客串《白门楼》一戏中的小生吕布用的戏靴。事后想，该戏是演吕布丧命的戏，这白靴岂不是“寿靴”，为他自己准备的？尽管这些联想难免牵强附会，也许只是一种巧合，但对未亡人，无非是寄托哀思，减少一些精神压力，是一种解脱。妈妈虽不信教，但也认为她在1942年秋夜写的一首诗，是不祥之作。

风雨交加有感

1942年秋

寂寂灯前弄女红，雷鸣电闪雨和风，
娇儿绕膝来相问，阿父如何骤雨中？

按苏州老规矩，我们除戴孝之外，还要“做七”，在家设置供桌祭奠，桌上放了香烛和贡品。妈妈让我每天上学外出时要在爸爸灵前鞠躬告别，回家后进门第一件事就是在灵前行礼。祖母信佛，根据佛经说法，人生有六道流转，人在死此生彼之间，有一“中阴身”之说。为了寻求生缘，以七日为一期，若七日终，不得生缘，则更续七日，至第七个七日终，必生一处。在此期间举行超度、祭奠，形成习俗，故名“做七”，共有七七四十九日。由于在家“做七”，我的印象极深。做到“五七”时，规矩很多，还请了和尚来做法事。记得在结束时，和尚要我跪在祭桌前，用朱砂笔将写有爸爸名字的牌位上“主”字上面的一点填红，还要在床上铺好爸爸平时穿的西服鞋袜，好似他还躺在那，祝福他早日穿好行装离家走到极乐世界，平安上路！到七七“断七”时，全家到佛庙里请和尚做道场，为亡灵超度。最后，扎好的纸房、纸收音机、纸钱一齐被焚化，袅袅青烟随风飘向远方。

爸爸生前最后一次陪妈妈外出，是带着我们全家去看大伯伯导演的话剧《秋海棠》彩排。石挥[一]演秋海棠，沈敏演罗湘绮，其他演员还有张伐、江山、韦伟[二]和夏蒂。该剧1942年12月24日在上海卡尔登大戏院成功首演，正是那天夜里，爸爸得了白喉，从此告别了他的家人。《秋海棠》这出悲剧，让观众为它流泪，对妈妈来说，又添了一道更深的悲情。为纪念爸爸，妈妈于1943年作长诗一首《秋海棠行》。该诗最后四句是：

自古才人多命薄，从来佳偶不长生。
天公嫉妒团圆意，何必群论教有情。

年过半百的祖母深受白发送黑发的切肤之痛，妈妈对老人很体贴，每星期日总带了我们兄妹去树德坊探望她。平时，尽管妈妈工作很忙，但只要她接到电话说麻将牌桌“三缺一”，她立即妥善安排事务，赶去奉陪老人。祖母有一个落叶归根的想法，希望身后仍和四个儿子在一起。妈妈遵照祖母的意思，规划设计了一个家庭墓园。墓地选在苏州横塘镇卧牛山（我家给取的名）旁。墓园依山就势，面南形成一个逐级下降的台地：最高处是费家老父、老母的墓位；以此为中轴，拾阶而下，到第二台地，东西分别是长房费穆和二房费秉（彝民）夫妇的位置；到第三台地，东西分别为三房费康和四房费泰（鲁依）夫妇的安息之处；下到平地上，最南端挖了一个人工小水池。整个墓园依山面水，左右对称呈一个“申”字。1943年，墓地建成，当年秋天，在苏州举行了祖父和爸爸灵柩的下葬仪式。

下葬的前一天天气阴沉沉的，我们坐船沿着苏州河陪着爸爸的灵柩去苏州。墓地已按图建成，远处背靠卧牛山，面临人工水塘。老坟客帮忙张罗，为了维持秩序，还带来了几位持枪的村警。大伯伯所在的“上海艺术话剧团”同仁来了不少，还携带着相机和摄影机。大地建筑师事务所的陈登鳌、沈祥森等建筑师也赶来悼念。妈妈身穿素服，头戴白花，带着我们兄妹双孤，傍依着灵柩，在墓穴前留下了最后一张全家四人的合影。我仔细注视着半年前在大殓时看到的灵柩，还很新，用手再次抚摸了它，向爸

[一] 石挥（1915—1957），男，原名石毓涛，天津市人，幼年随父母迁居北京，中国电影、话剧演员，电影导演。小学毕业后他曾做过铁路车童、牙医学徒、电影院售货员。1940年他去上海，相继参加中国旅行剧团、上海剧艺社、中国演剧社等团体，主演《正气歌》《大马戏团》《秋海棠》等话剧。1941年他从影，先后在金星影片公司、文华影业公司任演员，1952年任上海电影制片厂演员兼导演，主演《世界儿女》（1941）《假凤虚凰》（1947）《太太万岁》（1947）《我这一辈子》（1949，兼编导）、《姐姐妹妹站起来》（1950）《腐蚀》（1950）《关连长》（1951）《宋景诗》（1955）《雾海夜航》（1957）等影片，导演《鸡毛信》（1954）、戏曲片《天仙配》（1955）等影片，著有《石挥谈艺录》。1957年因被打成“右派”，在东海跳海自杀。

[二] 韦伟（1918—），女，原名缪孟英，广东中山人，中国电影演员，出演话剧《秋海棠》（1942），主演电影《小城之春》（1948）。1951年后她在龙马、长城、凤凰等公司主演《江湖儿女》（1952）《姊妹曲》（1954）《一年之计》（1955）《少奶奶之谜》（1955）等影片。

在苏州横塘镇墓地我们三人与爸爸永久告别了（1943）

爸做无言的告别。爸爸生前爱干净整齐，思想很新。去年离家到医院之前，他还要穿一身干净新衣裳，对着镜子把头发梳整齐。在妈妈的坚持下，没按老规矩，没用中式寿材，而选用了西式棺木，上了暗黄色的蜡克光漆。爸爸安静地躺在雪白的绸褥上，用一整块玻璃密封着。这样的安排一定让在天之灵得到安慰。拍完照之后，在众乡亲的帮助下，灵柩缓缓下降，在墓穴中就位。这时，突然听到好几响清脆的枪声，就像是礼炮似的，向逝者告别。这不是事先导演的，完全是村警自发的。大伯伯意识到这是一种友善的乡俗，立即去表示感谢并付了一些劳务费，不让村警自掏腰包。当时我看在眼里，记在心中，佩服大伯伯临场处事周到妥贴。葬礼结束后，全家人和宾客在墓穴前留了一张纪念照。在离开墓地后，经过一个池塘，一位“上艺”的摄影师看到了一只小羊羔低头在塘边吃草，他叫我和妹妹悄悄走过去，成功地抢拍了一张很有纪念意义的照片。

爸爸走得太突然了，没给我们留下遗言。后来在整理遗物时，我发现在一黄皮小笔记本中，有几页用工整有力的铅笔行书写的警句：“弱冠之军　莫等闲　白了少年头”，“狮子般的体力　猴子般的敏捷　骆驼般的精神”，“锻炼个性以服务群众　努力现在以开拓将来”……这就是爸爸给子女留下的无声遗训。

大伯伯怕祖母伤心，劝她不去苏

麟、琪与羔羊，摄于苏州祖坟墓地前（1943）

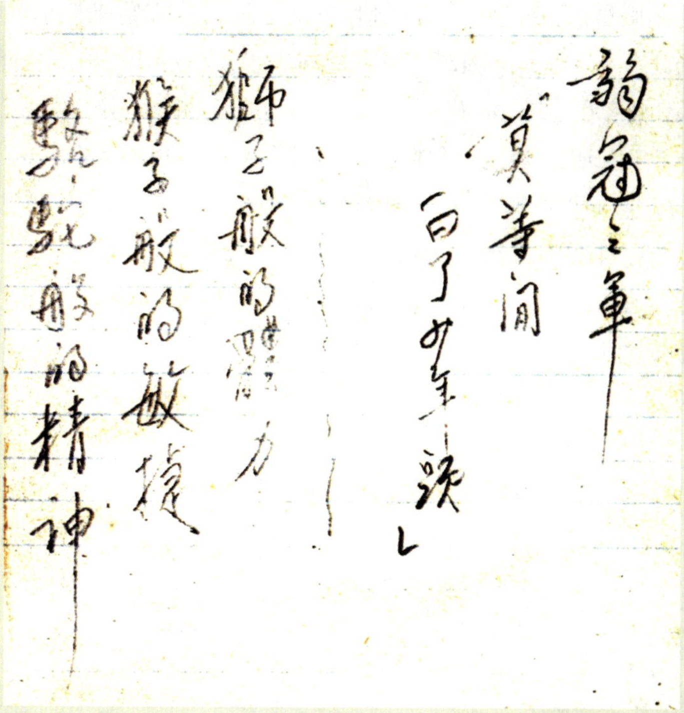

弱冠之軍
莫等閒
白了少年頭

獅子般的魄力
猴子般的敏捷
駱駝般的精神

爸爸关于弱冠之军的遗笔

↓爸爸关于锻炼个性的遗笔

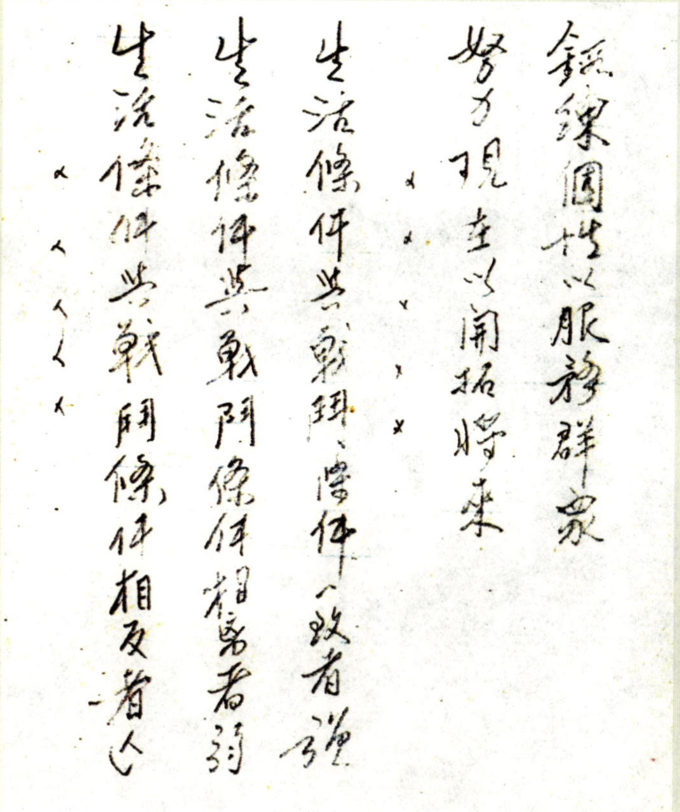

鍛鍊個性以服務群衆
努力現在以開拓將來
生活條件與戰鬥條件一致者強
生活條件與戰鬥條件相離者弱
生活條件與戰鬥條件相反者亡

州参加葬礼。回上海后的一天晚上，在祖母房间里，为她放映了葬礼的纪录片，让她身临其境地看到了全过程，使她老人家放心。我还记得，纪录片放完，马上放了一部卓别林的短片《摩登时代》，缓解了肃穆哀痛的气氛。大伯伯体贴入微，用心良苦，这又是大伯伯的周到之处。

当年妈妈在寒夜成诗一首，寄托哀思。

吴门葬夫行

1943年秋

冷雨凄风落叶秋，行行发引上孤舟，
盖棺曾记人间痛，执绋难禁一片愁！
此去吴门还故土，从今玉骨葬荒丘！
悬诗柩侧权为伴，身待他年共垅头。

到苏州上坟（1947）

9 黎明
V-Day

自爸爸去世后，妈妈每天白天忙于大地建筑师事务所的工作，并照顾家务；夜深人静时，看书、读诗、写信。自那时起，她经常赋诗消愁，并用毛笔工整写下，整理成册。她足足抄了两本，取名《长勿相忘诗抄》及《续集》。她曾看过一本书《浮生六记》，作者沈复[一]（生于乾隆嘉庆年间），共六集。林语堂[二]为书中沈三白和芸娘伉俪情笃所感动，于1939年由上海西风社出版了他的汉英对照本。1943年妈妈向大伯伯推荐此奇书，建议搬上舞台。当时上海艺术话剧团推出《秋海棠》一剧，在卡尔登戏院演了四个半月之后，不久继续在金城大戏院又连演了一个半月。大伯伯导演话剧轰动了上海滩。迫于时局和社会条件，“上艺”遭到不少外来压力和挫折，不能继续维持，不得已向社会发表解散的新闻。为了不影响“上艺”同仁停工时的生活，仍发半薪共渡难关，真所谓“团散人不散”，准备东山再起。当得知一个以日本军上海报道部为后台的剧团准备十月十日在巴黎大戏院上

[一]沈复(1763—1825)，字三白，号梅逸，长洲(现苏洲)商人、文学家。嘉庆十三年(1808)著自传体散文《浮生六记》一书，描绘作者和妻子陈芸夫妇情投意合，过着平凡而充满情趣的居家生活和游历各地的所见所闻。他们想要过一种布衣蔬食而从事艺术的生活，但由于封建礼教的压迫与贫困生活的煎熬，终至理想破灭，生离死别。此书最初以手抄本形式在社会上流传，后为苏州独悟庵居士杨醒逋从护龙街冷摊上携回刻刊，王韬作序，刊于东吴大学校刊《雁来红》。1923年重印。

[二]林语堂(1895—1976)，原名和乐，后改玉堂、语堂，笔名毛驴、宰予、岂青等，福建省龙溪(现漳州市平和县坂仔镇)人，中国文学家，上海圣约翰大学学士(1916)，美国哈佛大学比较文学硕士(1921)，德国莱比锡大学语言学博士(1922)。他于1923年回国，20世纪30年代编著全国教材《开

演世界名著《飘》后，大伯伯就召回原“上艺”同仁，在六天内边编、边排、边作曲，排演了他编导的以“闺房记乐”、“坎坷记愁”两篇为蓝本的《浮生六记》。同时也为纪念胞弟费康去世周年，剧团的“生离”与兄弟的“死别”使他大有“浮生若梦”之感，也是一种寄托。10月3日以“新艺剧团”名义向社会宣告，该剧将在卡尔登戏院上演，由乔奇[一]和卢碧云[二]主演。该剧又一次轰动，获得观众好评，卖座极好，连演三个多月，以后一再重演。在1942年至1945年间，先是“上艺”推出了《杨贵妃》《钟楼怪人》《梅花梦》《第二梦》《秋海棠》《三千金》，接着“新艺”推出《浮生六记》《青春》《红尘》《小凤仙》《蔡松坡》等话剧。大伯伯亦编亦导，为话剧事业付出了大量的心血。

逢星期日休假，我们常去树德坊看望祖母和大伯伯。二伯伯费彝民为我祖父守孝三年，于1941年完婚成家，离开了祖母家，搬到了巨泼来斯路(Route Dupleix，今安福路)巨福新邨。我还记得，在二伯伯结婚前夜，遵祖母之命，让我去新房陪二伯伯睡了一夜，这叫“暖床”，祝福新郎早得贵子。果然，二伯母苏务滋头胎得子，取名大龙，是我最大的堂弟。在树德坊，大伯伯搬到了2层原来二伯伯住的房间，腾出了1层的大间作客厅，与餐厅相连。星期日一早去树德坊，我们经常被告知，因为通宵赶写剧本，大伯伯还未起床。大姐姐费明仪带着我们和二姐费明修一起玩，教我们哼京戏、唱歌曲。可惜我们缺少音乐细胞，成绩不佳。使我最感兴趣的就是坐在宾朋满堂的客厅一角，旁听演艺界来访的叔叔、孃孃们谈论演艺界的新鲜事。从小我就知道了石挥、刘琼、乔奇、韦伟、严斐[三]、陈琦[四]、张翼、黎灼灼、赵英才、裴冲[五]等影剧明星，还有音乐作曲家、指挥家秦鹏章[六]、黄贻均[七]，实业家兼戏迷金信民、童振民、美术家化妆师陈绍周[八]、摄影师周达明[九]等，他们都是我家常客。有一次梅兰芳[十]、姜妙香[十一]应邀来访，我在一旁看得入神。梅兰芳讲话、体态都有戏剧味，特别是兰花手指，与众不同，印象很深。在敌伪时期，树德坊费穆家是个戏剧沙龙，颇有人文磁力，吸引着一些滞留在沦陷区的影剧界的有志之士，谈古论今，寻找中国戏剧的生存空间。大伯伯是个诗人导演，有着非凡的人格魅力。在外，他关心同仁朋友，从大明星到剧团中的勤杂人员；在内，他是个孝子，照应兄弟和后辈。他常对妈妈说，人生如舞台，每个人都要认真演好这场戏。在他编导的话剧中，京剧中的象征手法和电影中的乐器与声乐伴奏都用到了舞台上。话剧《红尘》中有场戏，台上有三人，当演到一对恋人在拥抱亲热时，那多余的第三者(记得是金山[十二]演的)，很识相地走开了，迅速跑到台口，面向观众，做了一个

明英文读本》，1935年后在美国出版《吾国与吾民》(*My Country and My People*,1935)《京华烟云》(*Moment in Peking*,1939)《风声鹤唳》(1941)《生活的艺术》等文学作品。他还发明了“明快中文打字机”并获美国专利(1952)发明了中文上下形检字法。

[一] 乔奇(1921—2007)，男，原名徐家驹，原籍浙江宁波，生于上海，中国话剧、电影演员。1938年起他先后加入上海光华剧社(华联同乐会)、上海中法剧社、上海剧艺社、香港剑华电影公司、上海文华电影公司，1951年加入上海人民艺术剧院，担任上海人艺团长(1981—1988)。他曾参演或主演话剧《十字街头》《茶花女》《钦差大臣》《浮生六记》《秋海棠》等。

[二]卢碧云(1922—)，女，原名卢鶒，原籍浙江吴兴，生于吉林，中国戏剧界前辈卢志云之妹。1949年赴台湾，主要电影作品有《罂粟花》《天伦泪》《我是一片云》等。1965年因《烟雨蒙蒙》获台湾第四届金马奖最佳女配角奖。

[三] 严斐(1916—)，女，中国电影、话剧演员，刘琼前妻，周璇(1920—1957)前夫严华的妹妹。1933年起她先后在新华歌舞

剧社、联华影业公司当演员，参演《王老五》(1937)《茶花女》等影片以及《复活》《海国英雄》(《郑成功》)等话剧。1949年后为天津人民艺术剧院演员，参演《钗头凤》《龙须沟》《骆驼祥子》《家》《雷雨》《日出》等话剧。

[四]陈琦(1922—1965)，女，原籍浙江宁波，上海长大，中国电影演员。1940年起，先后任合众、春明、民华、华成、中联、华影等影片公司演员。1946年赴香港，任大中华、远东、永华、邵氏等影片公司演员。她曾参演或主演《孔夫子》(1940)《赛金花》(1940)《无花果》(1941)《文素臣》(1940)《四姐妹》(1942)《清宫秘史》(1948)等影片。

[五]裴冲，男，中国电影演员，先后在联华、文华、国联、上实、上实电等电影公司任演员，参演或主演《前台与后台》(1939)、《孔夫子》(1940)，编剧《恭喜发财》(1942)，编导《铁骨冰心》(1946)《浮生六记》(1947)。

[六]秦鹏章(1919—2002)，生于上海，中国著名作曲家、指挥家，其职业生涯遍及作曲、编配、指挥、演奏等各个领域。他于1932年加入上海"大同乐会"从事民乐演奏，1936年担任"大同乐会"乐务主任，1935年考入百代公司国乐队，为影片录制、配乐、演奏乐曲，如《彩云追月》《花好月圆》《春光舞》等。1937年他考入上海国立音专，师从黄自。日军入侵上海后他转入邮局工作，参加上海管弦乐团演出，并在上海国际业余吹奏团担任单簧管首席。秦鹏章与费穆等人组成六人乐队，为话剧《秋海棠》创作音乐。1953年从上海到北京组建、训练、指挥中央歌舞团民族乐队，创作管弦乐《阿细跳月》(合作)，编配民乐《十面埋伏》《春江花月夜》《金蛇狂舞》《广陵散》《春节序曲》《瑶族舞曲》等。1960年起他任中央民族乐团指挥、作曲和独奏，1962年起，任中国音乐家协会民族音乐委员会会员、理事及中央音乐学院民乐系合奏指挥，并曾在十几个省、市音乐院校、乐团讲学。他曾指挥舞蹈《荷花舞》《孔雀舞》《大茶山》和电影《五更寒》《红旗谱》的音乐以及民乐《广陵散》《二泉映月》《翠湖春晓》《渔歌》《荷塘月色》《月夜情歌》《玉箫声和》《水龙吟》《山古的歌声》等作品的演出。

[七]黄贻均(1915—)，男，笔名黄寿龄、黄元之、黄立德，原籍江苏苏州，中国著名音乐作曲家、指挥家、演奏家。他出生于音乐世家，1935年在上海师从黄自学习作曲和小号。1941年毕业后在上海艺术剧团、国风剧团任作曲和指挥，曾作影片《浮云掩月》插曲《莫忘今宵》、《天外笙歌》插曲《竹篱笆》、《彩虹曲》插曲《青春之歌》等。1946年起他在上海市政府交响乐团(上海交响乐团的前身)任小号、圆号演奏员，1950年起正式任该团指挥。

[八]陈绍周(1955—2000)，男，江苏高邮人，中国雕塑家。1938年入上海美专。他曾任影片《孔夫子》(1940)化妆师，1942年任大地建筑事务所雕塑师，上海戏剧学院人物造型设计教研室主任、副教授，中国舞台美术学会顾问。

[九]周达明(1906—1995)，男，广东潮阳人，中国电影摄影师。他幼年丧父，13岁到上海当商店学徒，1927年进友联影业公司学摄影，先后在联华、艺华、华新、民华等影片公司担任摄影师。其主要作品有《荒江女侠(第五集)》(1930)《海上英雄》(1931)《风》(1933)《新女性》(1934)《迷途的羔羊》(1936)《狼山喋血记》(1936)《王老五》(1937)《北战场精忠录》(1937)《楚霸王》(1939)《孔夫子》(1940)《古中国之歌》(1941)等影片。1942年后他在"中联"和"华影"任摄影师，拍摄《蝴蝶夫人》《渔家女》《为谁辛苦为谁忙》等影片。抗战胜利后任上海实验电影工场摄影师，拍摄《花莲港》《大地回春》等影片。1949年后任上海电影制片厂摄影师，拍摄《人民的巨掌》《宋景诗》《上甘岭》《不夜城》《春江人间》《燎原》等影片。

[十]梅兰芳(1894—1961)，男，名澜、鹤鸣，字畹华、浣华，艺名兰芳，原籍江苏泰州，生于北京京剧世家。著名京剧艺术大师，四大名旦之一，杰出的书画家。

[十一]姜妙香(1880—1972)，男，名汶，字慧波、静芳，原籍直隶省河间府(今河北省沧州地区)献县，生于北京梨园世家。著名京剧小生，与梅兰芳合作长达40年，擅绘牡丹、菊花，1951年任中国戏剧学院教授。

[十二]金山(1911—1982)，男，原名赵默，字缄可，中国电影、戏剧表演艺术家、编导。祖籍湖南沅陵，后迁居江苏吴县。他出身于富商家庭，幼年丧父，曾入上海徐汇公学读书，17岁离家出走，先跟文明戏班子流动演出，后进入上海演艺圈，参演明月影片公司《昏狂》(1935)新华影业公司《长恨歌》(1936)，主演《狂欢之夜》(1936)《夜半歌声》(1937)《貂婵》《赛金花》等影片，主演《红尘》《屈原》《保尔·柯察金》《万尼亚舅舅》(1954)等话剧，编导作品有故事片《松花江上》(1947)《风暴》(1959)话剧《台儿庄之

战》《红色风暴》《于无声处》(1978) 等。他于 1932 年加入共产党，1933 年加入中国左翼戏剧家联盟，1949 年后，先后任中国青年艺术剧院副院长兼总导演、中央戏剧学院院长 (1978—1982)、中国戏剧家协会副主席、中国电视艺术委员会主任等职。

拉窗帘的动作。这时配上了拉帘子的音响效果，给人一种新鲜而又平常的幽默感，引起观众一片赞赏声，连我这个不懂事的孩子也看懂了。上演话剧《青春》时，一位小演员临场未到，场务很着急。如果这小孩真的缺席，大伯父已胸有成竹，打算叫正在台下看戏的我顶替上场。后来小演员又来了，我没演成。事后，我好奇地问他，没演过戏怎能上台？ 他笑着说，不害怕，照我说的去做就行了。我真惊讶他那种遇事不慌、急中生智的导演本领。大伯伯继承了祖传的医道。我小时候生了病，总盼望他来给我把脉开药。每当他开完药方起身摸着我的手，拍拍我脑袋时，我就有一种安全感，感到病一定会很快好起来。他经常外出去乡间看景踩点，为了方便，学会了开车，开了一辆奥斯汀小轿车。有一次我要去参加一个学生劳作成绩展览会，距家较远，他就亲自开车接送。妈妈在工作上、生活上遇到难题，也找他商量。他一直主动热情地关心着我们。

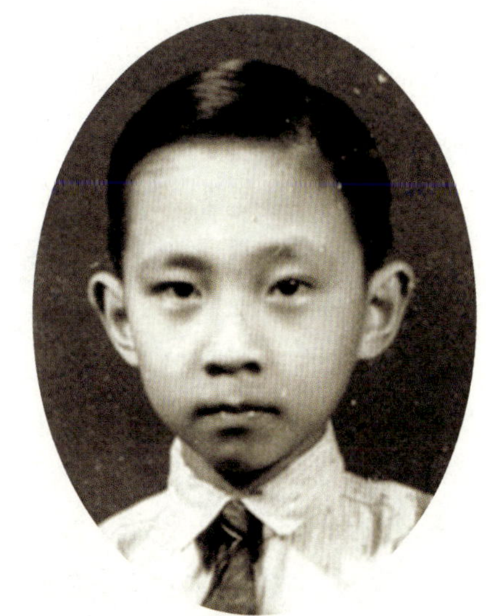

费麟初小学生照

我在祖母家住了较长时间，二年级我就从位育小学转到附近的上海南洋模范小学。当时的班主任沈庄诚教我们国文，她是南模校长沈同一

费麟于南模小学二年级日记二则

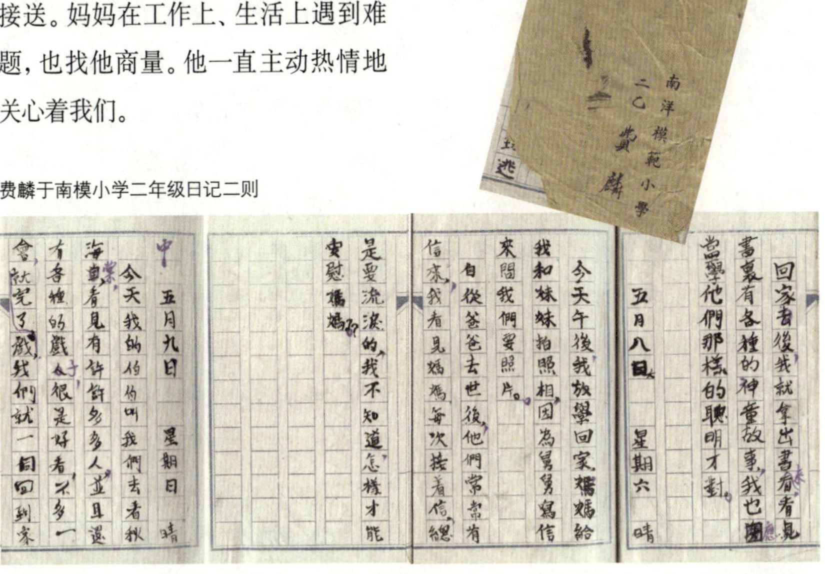

南洋模範小學
二乙
費麟

回家去後我就拿出書來看看見書裏有各種的神童故事我也應當學他們那樣的聰明才對。

五月八日 星期六 晴

今天午後我放學回家媽媽給我和妹妹拍照相因為舅舅寫信來問我們要照片。自從爸爸去世後他們常常有信來我看見媽媽每次接着信總是要流淚的我不知道怎樣才能安慰媽媽。

五月九日 星期日 晴

今天我的伯伯叫我們去看秋海棠看見有許許多多人並且還有各種的戲很是好看不多一會就完了我們就一同回到家

的女儿。班主任知道我年幼丧父，很关心我。她告诉我，另有一位同班同学叫金钟庆，他的父母双亡，但很坚强，一人全日寄宿在校，要我好好向他学习。至今还记得，同班同学中还有一个同姓的叫费永祚，功课优秀的王绿漪、王隽[一]等。那时我经常犯扁桃腺炎，嗓子痛，身体虚弱。一次发高烧，我竟然拉起嗓门唱起京戏："杨延辉，坐宫怨，自思自叹。想起了当年事，好不惨然。我好比，笼中鸟，有翅难展……"这可把妈妈吓坏了，考虑再三，她决心让我休学一年。经班主任介绍，请了一位家庭教师，帮我补习三年级的国文、算术课。这一年，一面读书，一面养病。这时大姐姐借我一套绣像《三国演义》，在病床上草草看了一遍。很多字不认识，硬着头皮往下读。妈妈鼓励我，《三国演义》的文字优美，很通俗，是一本很好的启蒙课外读物，应该耐心读完，一定有收获。对书中"桃园三结义"、"三请诸葛亮"、"草船借箭"、"借东风"、"空城计"、"七擒孟获"等印象很深，其中有些情节在京剧中也曾见过面。接着，《鲁宾逊漂流记》《爱的教育》《苦儿流浪记》也一一看了。妈妈又买了《中华成语故事》《天方夜谭》《泰西轶事》《太古钩沉录》《伊索寓言》和各种名人传记，如《四圣贤》《四忠臣》《四奸雄》《四烈士》《四才子》《四美人》《四巾帼》等，让我大开眼界。孙中山革命、王安石变法、孟母三迁、岳母刺字、陶渊明清高、诸葛亮妙算、关羽忠义、林肯诚实、爱迪生智慧、西域风情等，让我既增长了知识，又懂得了真善美的道理。在我养病期间，妈妈还教我练毛笔字，她找来一本柳公权字帖让我练大字，但她不主张描红而让我用九宫格临帖。我在家学习功课时，喜欢到书柜里翻书看，总想找到一些新鲜的读物。有一次翻到一本早期的中国旧彩色地图册，上面把全国各省都很形象地用动物外形表现出来。把中国地图画成一张绿色的海棠叶，东三省画成昂首卧着的雄狮，内蒙古画成海豹，新疆画成一个戴着帽手拿拨浪鼓的胖娃娃，甘肃省外形是两头粗中间细，画成一只狼头咬着长颈的鹅头，山西省像个菱角，陕西省貌似一位穿裙装的仕女，山东省酷像一只面向黄海跪下的骆驼，江苏就像一位练剑的古装武士……这些形象让我很容易地记下了各省的地理位置。空闲时我就和妹妹一起玩耍。有一次客人送妹妹一只眼睛会动的洋娃娃，我颇好奇，为了探个究竟，把洋娃娃的后脑"解剖"了，发现里面有个平衡重，才恍然大悟。这件事一直成为我的内疚，觉得很对不起她。妈妈说我，你欠了妹妹一笔账。几十年后妹妹在北京购置了新居，我买了一个现代的大洋娃娃送她，作为迟到的赔礼和道歉。

妈妈在中央大学同寝室的一位美术系同学王云青很同情她的不幸。

[一] 王隽，女，著名计算机专家、中国汉字激光照排系统技术发明人王选(1937—2006)的姐姐。

[二] 辅仁大学(The Catholic Univesity of Peking) 位于北京市西城区定阜街1号。1925年由英敛之(1867—1936)、马相伯(1840—1939) 在香山辅仁社基础上，以涛贝勒府邸为校舍，共同创办北京公教大学。1927年更名为私立北京辅仁大学。1950年被政府接管，更名为国立辅仁大学。1952年大学本部被拆分，分别并入北京师范大学化学系、北京大学哲学系、人民大学等校。附中男校更名为北京市第十三中学，附中女校更名为北京市第六女子中学(现北京第一五六中学)，附小更名为北京市西城区刘海胡同小学，附幼撤销。

她知道妈妈喜好填词赋诗，于1943年介绍了她的亲友陈汝衡一家与我们认识。陈汝衡曾在国立东南大学(即中央大学的前身)西洋文学系攻读英文和西洋文学，曾任中央大学、暨南大学的助教、讲师。抗战前他翻译过意大利马基雅维里的名作《君》(《君主论》)和《福禄特尔小说集》(《伏尔泰小说集》，吴宓译校)，著有《说书小史》《说书史话》《宋代说书史》《吴敬梓传》，校订了《花笺记》《万花楼》《说唐》三部古典小说。1949年后任上海戏剧学院讲师、教授等职，他一生性情耿直，淡泊名利，不嗜烟酒，致力于学问。他就住在离我很近的白赛仲路(复兴西路)，两家交往很方便。我叫他陈伯伯，每次到他家，陈伯母总要亲自做地道的扬州狮子头给我吃。他家人也经常来我家，陈伯伯和妈妈谈诗论词，推敲平仄韵律。他有一子陈瑞宁和两女陈瑞玉、陈瑞珍，都比我大，我叫陈哥哥、陈姐姐。陈瑞宁曾在清华大学念书，他爱人傅曼寿就读于辅仁大学[二]。他俩较早参加革命工作，有很好的中文和英文基础，是新华社的高级编审，曾先后被派到驻巴基斯坦和埃及使馆工作。二人现离、退休在北京，我经常向他俩请教英文和人文方面的知识。至今我们两家包括下一代还保持密切的交往，可以说是世交了。

与妈妈、陈伯伯、陈伯母、陈瑞宁在北京（20世纪60年代）

与妈妈、陈瑞宁、傅曼寿一起赏雪

经过一年家庭补习，念完三年级自修课，我该升四年级了，妹妹也该上

一年级。如果仍去徐家汇南洋模范中小学读书，路太远，妈妈不放心。正好陈伯伯的三个子女都在就近的私立南光中小学上学（原名暨南大学附属中学，创办于1941年）。经介绍，我兄妹俩也去南光念书了。每天，我俩手牵手步行上学，不需要保姆接送。我换了一个学习环境，又交上了新朋友。班主任唐老师教语文，有点像南模小学的沈老师，对同学很关心。南光中小学校长吴烈，广东人，暨南大学毕业，对学生严厉。有时到班上抽查功课，考同学背古文，背出了可以提前下课，背得不好，还用教鞭轻轻地抽打一下，以示警告。这时我已是高小学生，喜好篮球，赶紧现读现背，可以早解放。我较快就背出全文，谁知背书时打了顿不连贯，校长不满意，给我屁股上来了一下，我脸一热，也认账，赶紧溜之大吉，到球场上去寻找球友玩球去了。在家补习了一年，感到功课很容易跟上。家庭作业负担不大，课外的时间多了。放了学，我常背着书包和同学一起到附近偏僻的小马路上踢起小皮球。两个书包一边一个摆出了球门，分成两拨比赛。踢得还挺像样，引得路人在旁观看。有一次，一个外国人在旁边还拍手叫好。其实，我感兴趣的是篮球。校队在市体育馆参加校际联赛时，我经常到场当啦啦队员。当时体育馆中由统一着装的学生童子军义务维持秩序。这让我看到，作为童子军的守则“日行一

费麟夫妇（左一、左二）与陈瑞宁夫妇、陈瑞珍夫妇（右一、右二）在北京重逢（2009）

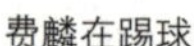

费麟在踢球

善”，绝不是空洞的口号。我那时也参加了童子军，对这些童子军大哥大姐的行为印象很深。在南光小学四年级时，我开始对篮球感兴趣。每到课间休息时，我就去球场等在篮球架下，一有机会捡到别人投中篮筐的篮球，就学着去投篮，逐渐变成了我的课余爱好。

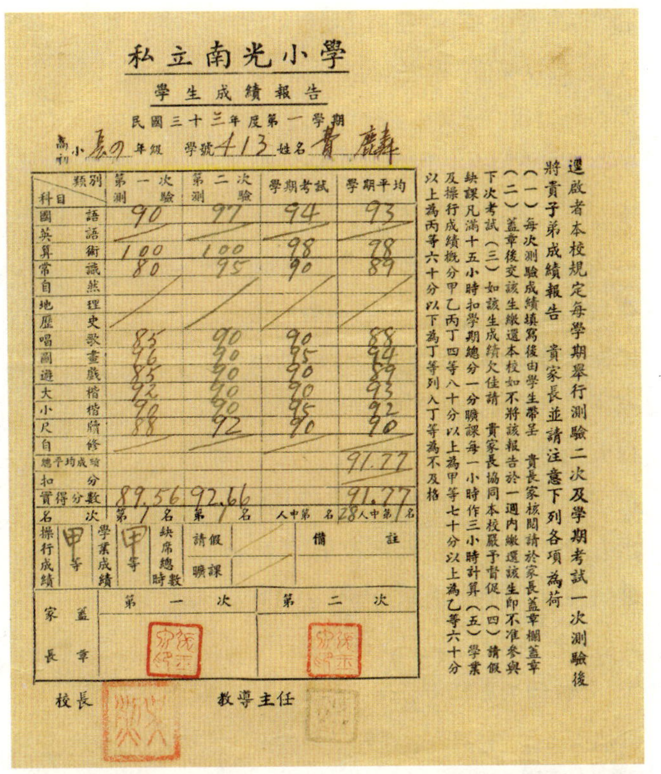

私立南光小學

學生成績報告

民國三十三年度第一學期

高初小 四 年級 學號 413 姓名 賁麟

科目 \ 類別	第一次測驗	第二次測驗	學期考試	學期平均
國語	90	97	94	93
英語				
算術	100	100	98	98
常識	80	95	90	89
自然				
地理				
歷史				
唱歌	85	90	90	88
圖畫	96	90	95	94
遊戲	85	90	90	89
大楷	92	90	90	93
小楷	90	90	95	92
尺牘	88	92	90	90
自修				
總平均成績				91.77
扣分				
實得分數	89.56	92.66		91.77
名次	第1名	第1名	人中第 名	28人中第1名

操行成績 甲等　學業成績 甲等　缺席總時數 請假 曠課　備註

家長蓋章 第一次 第二次

校長　教導主任

逕啟者本校規定每學期舉行測驗二次及學期考試一次測驗後將貴子弟成績報告 貴家長並請注意下列各項為荷

（一）每次測驗成績填寫後由學生帶呈 貴長家核閱請於家長蓋章欄蓋章（二）蓋章後交該生繳還本校如不將該報告於一週內繳還該生即不准參與下次考試（三）如該生成績欠佳請 貴家長協同本校嚴予督促（四）請假缺課凡滿十五小時扣學期總分一分曠課每一小時作三小時計算（五）學業及操行成績概分甲乙丙丁四等八十分以上為甲等七十分以上為乙等六十分以上為丙等六十分以下為丁等列入丁等為不及格

南光小学四年级上学期成绩单

↓南光小学六年级上学期成绩单

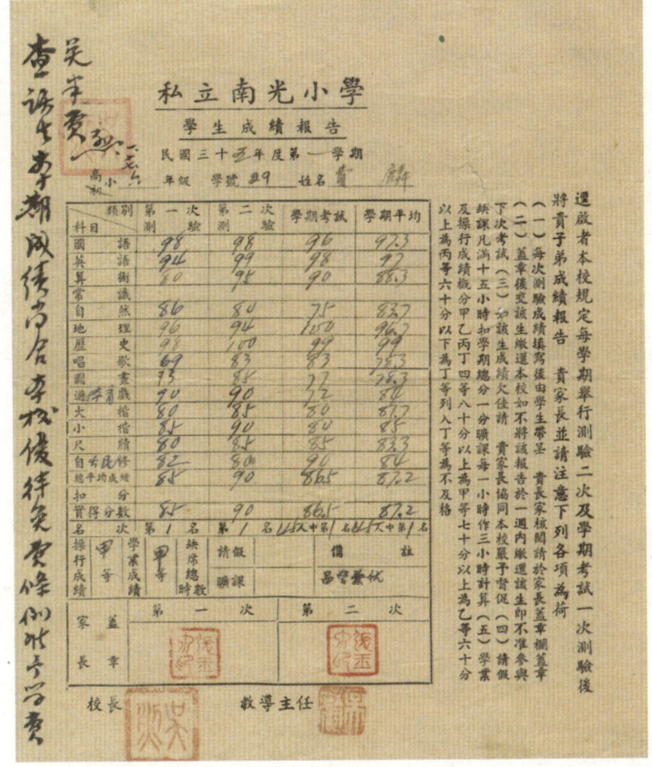

私立南光小學

學生成績報告

民國三十五年度第一學期

高初小 六 年級 學號 29 姓名 賁麟

科目 \ 類別	第一次測驗	第二次測驗	學期考試	學期平均
國語	98	98	96	97.3
英語	94	99	98	97
算術	80	95	90	88.3
常識				
自然	86	80	75	83.7
地理	96	94	100	96.7
歷史	98	100	99	99
唱歌	69	83	83	78.3
圖畫	75	88	77	78.3
遊戲（體育）	90	90	72	84
大楷	80	85	80	81.7
小楷	85	90	80	85
尺牘	80	85	85	83.3
自修（公民）	82	80	90	84
總平均成績	85	90	86.5	87.2
扣分				
實得分數	85	90	86.5	87.2
名次	第1名	第1名	[illegible]人中第 名	[illegible]人中第1名

操行成績 甲等　學業成績 甲等　缺席總時數 請假 曠課　備註 品學兼优

家長蓋章 第一次 第二次

校長　教導主任

逕啟者本校規定每學期舉行測驗二次及學期考試一次測驗後將貴子弟成績報告 貴家長並請注意下列各項為荷

（一）每次測驗成績填寫後由學生帶呈 貴長家核閱請於家長蓋章欄蓋章（二）蓋章後交該生繳還本校如不將該報告於一週內繳還該生即不准參與下次考試（三）如該生成績欠佳請 貴家長協同本校嚴予督促（四）請假缺課凡滿十五小時扣學期總分一分曠課每一小時作三小時計算（五）學業及操行成績概分甲乙丙丁四等八十分以上為甲等七十分以上為乙等六十分以上為丙等六十分以下為丁等列入丁等為不及格

南光小学校徽

南光小学乒乓球比赛奖状

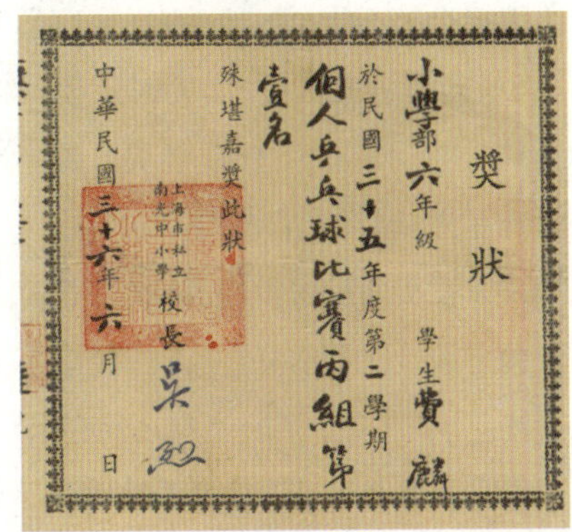

獎狀

小學部六年級學生賁麟

於民國三十五年度第二學期

個人乒乓球比賽丙組第

壹名

殊堪嘉奬此狀

上海市私立南光中小學校長 吳

中華民國三十六年六月 日

在敌伪时期，日本人对孙中山先生不敢否定，在学校里还可挂总理遗像。珍珠港事件后，在上海的报刊上屡有漫画，丑化大脸盘的罗斯福和抽雪茄的丘吉尔，鼓吹大东亚共荣圈，反对英美殖民主义。有的学校就强迫学日语，所幸南光还是开英语课。每逢周一，早上要提前到校参加升旗仪式，由吴烈校长主持，唱国歌，升旗后他还要当众背诵一段总理遗嘱："余致力国民革命凡四十年，其目的在求中国之自由平等。积四十年之经验深知欲达到此目的，必须唤起民众及联合世界上以平等待我之民族共同奋斗。现在革命尚未成功，凡我同志，务须依照余所著《建国方略》《建国大纲》《三民主义》及《第一次全国代表大会宣言》继续努力，以求贯彻。最近主张开国民会议及废除不平等条约，尤须于最短期间促其实现。是所至嘱！"日子一久，我也能背诵总理遗嘱，心中佩服孙中山先生的伟大品格和革命思想。

那时候，妈妈忙于她的大地建筑师事务所，成天要去承接生意，去工地检查施工质量；"头存(现金)"紧张，必须跑各大银行，必要时还要付高息"透支"；逢年过节，要买各种应时礼品送礼。除了春节时办年货外，端午节要买新鲜的枇杷，中秋节要买盒装月饼。当时，"中储券"[一]伪币不值钱，物价飞涨，妈妈不得不将所存一点储蓄现金购买"阴丹士林布"[二]和"苏发地亚净"[三]西药之类日用品实物，借以保值。据说，我出生后，爸妈每年为我们子女买了教育保险，作为将来上学、出国留学的后备金。日本人来了，都已泡汤，成为废纸一张。

那时日本强制推行灯火管制，入夜后日本宪兵在街上巡逻，查看有哪家窗户透光，必然上门找麻烦，所以家家户户都购买黑色挡光窗帘。妈妈白天处理事务所业务，晚上经常加班。有一次，就因灯光从窗帘缝中漏出去，被日本宪兵发现。深夜里，宪兵敲门进屋，气势汹汹地问为什么不遵守灯火管制规定。妈妈沉着应对日本宪兵，说因为要赶设计图，不得不开灯加班工作。宪兵一看是建筑师的工作室，又是一位女建筑师，态度好了些，摆摆手要求把窗帘拉好就走了，我真为她捏了把冷汗。

不久，在法国哈瓦斯通讯社工作的二伯伯费彝民回来告诉我们家人说，日本人输定了，1943年11月22—26日中、美、英三国领袖进行了开罗会议，已在研究战后问题。他又拿出一张新印的中储券，仔细用放大镜看，在彩色网状花纹中隐藏了"V"和"US"等英文字母。1945年8月份，学校里也纷纷传闻，日本军队在太平洋激战中屡屡战败。报上虽然封锁新闻，但美军扔原子弹，苏联出兵东北的事实，渐渐传开，大家知道日本快完蛋了，兔子尾巴长不了。就在8月15日深夜，我们还未入睡，听到急促的敲

[一]中储券为1941年汪精卫政府发行的货币。1942年禁止法币流通，以中储券1元对法币2元收兑。中储券不断贬值，1945年出现10万元面额。9月日本投降后，该券停止使用。

[二]阴丹士林(indanthrene)是一种人工合成的蒽醌类染料。用该染料工艺的咔叽布多为深蓝色。

[三]苏发地亚净(Sulfadiazine)又称磺胺嘧啶，用于治疗霍乱、伤寒等病的抗菌消炎片。

门声，妈妈又以为是日本宪兵来了。开门后却是楼上的邻居黄小姐。她兴冲冲地来报喜：日本正式投降了！她父亲是当时中国驻比利时的外交官，她能操一口流利的法语，刚从法国使馆得到这一特大喜讯。不久，住在上海新邨里的一位教俄语的朋友也打来电话，证实这一新闻。这时里弄传呼电话又带来了费彝民关于日本战败投降的消息。顿时，妈妈很兴奋，把我们兄妹俩从床上叫起来，打开黑布窗帘，打开所有的电灯，让压抑已久的光照，射向四周死气沉沉的长夜。黄小姐拉着我们一家，到她家喝咖啡，好好庆祝一番。不一会，里弄人声嘈杂，许多楼房的窗户都大放光芒。八年抗战，迎来了胜利，长长的黑夜终于被璀璨的金色阳光刺破，迎来新的时代。第二天，街道上挤满欢庆胜利的人群。有不少欧美侨民彻夜痛饮，边走边唱，出现在街上。穿着黄皮的日本宪兵耷拉了脑袋，活像丧家犬。没几天，霞飞路上就搭起了胜利牌楼，正中挂着岳飞书写的“还我河山”大幅横匾，牌楼上挂中、美、英、苏、法五面国旗。在南京路上的国际饭店[一]顶上，“礼义廉耻”四个大字，又用霓虹灯装点一新。大世界[二]转角处，出现了身穿军装、手戴白手套，扶着指挥刀的“蒋委员长”的立像。整个上海沉浸在一片喜庆欢腾的景象之中。

南光中小学也挂起来彩带灯笼，音乐课上唱起了胜利之歌[三]：“胜利的旗帜飘扬，胜利的歌声飞扬，每一个爱自由的同胞，让我们抬起头来歌唱！……”“江海滔滔，山岳高耸，中华自古为世之雄……创业为艰，先烈建民国，守成不易，后死责任重……”[四]

这一时刻，让我想起来在那黑暗的岁月中，曾在陈汝衡伯伯家看到一本《推背图》[五]，上面一幅太阳落山的画旁，配了一首诗：“十二月中气不和，南山有雀北山罗，一朝听得金鸡叫，大海沉沉日已过。”不管是不是牵强附会的预言诗，1945年确实是鸡年（巳酉年），日本太阳旗也确实在世界反战同盟的大海中沉没。

[一]国际饭店（Park Hotel）位于南京西路170号，匈牙利建筑师邬达克（L.E.Hudec）设计，1934年建成，24层，是1968年前中国最高的大楼。

[二]大世界娱乐场位于西藏南路1号，周惠南打样间设计，1917年建成。

[三]胜利之歌，陈歌辛（1914—1961）词曲，大中华唱片公司出品，赵丹、陶金演唱。

[四]（中华民国）国旗之歌，戴传贤（戴季陶，1891—1949）作词，黄自（1904—1938）作曲，1936年完成。

[五]推背图，传为唐朝贞观年中李淳风和袁天罡合著，是中国寓言中最为著名的奇书之一。全集一卷，凡六十图像，以卦分系之。每幅图像之下均有谶语。

成长篇（1945—1966）
Youth

10 醒狮 Shanghai Nanyang Model High School

南洋模范中学的校徽是一头雄狮昂立在地球上。当她建校一百周年之际，老校友送了一尊上有雄狮和圆球的纪念碑，碑侧写了校训“勤俭敬信”，这是对己对人的道德基石。基座正面写着“锦绣醒狮古校旗永久招展有荣光”。从这一天开始，我感到中国这头睡狮不会像拿破仑所希望的那样——“他现在睡着了，别让它醒来。”恰恰相反，一旦醒来它将震惊世界！

11 抉择 Making Choices

正当我一心准备升学考试时，突然接到通知，这届毕业生中要留下几位团干部到徐汇区去工作，很可能有我。这下又面临了一个抉择，是考大学还是服从工作需要留下工作。

12 摇篮 Tsinghua University

校园内到处是迎新的标语，其中令人耳目一新的一条是：“清华园是工程师的摇篮”。这将是我的奋斗目标！

13 思源 Learning

毕生从事于建筑业，回顾往事时，饮水思源，感谢在清华学习时期老师们的辛勤教导。他们都是入门老师，给我们授业、解惑，引导我们去学会正确的学习方法、思想方法和工作方法。俗话说：“师傅领进门，修行在个人。”

134

14 定位 Moulding

1953年起我国开始了第一个五年计划，苏联援助了我国156项大型工程项目。清华大学是“工程师的摇篮”，要求同学全面发展，要双肩挑，走“又红又专”的道路，尽快培养一支“又红又专”的科技队伍。

140

15 风雨 Storming Years

经历了这场“风雨”，真是见了“世面”，给我的教训就是要“少说多做”，祸从口出，千万不要过问政治。我不是搞政治的料，做个业务骨干就行了。

150

16 磨炼 The Great Leap Forward

感到在大跃进的声浪中，我也身不由己地在建筑设计上表现了“极左思潮”，为国家基建带来了损失。建筑师是龙头，如果龙头没当好，走歪了，就是破坏性建设，这个教训让我终生难忘。这也是一种磨炼，吃一堑，长一智。

17 挑担 Shouldering

9003工程设计由清华设计院全面承担。工艺设计由机械系负责。建筑设计交由工业建筑教研组全面负责。这时把我从建校组抽调到设计院当工程负责人（工程主持人）。

156

10 醒狮

Shanghai Nanyang Model High School

拿破仑说过，中国是一只睡狮。经过八年抗战，日本投降，中国是战胜国五强之一，在联合国也是常任理事国。这头雄狮现在醒了吗？它能震惊世界了？且要拭目以待。

上海在欢庆胜利中逐渐打破了往日的平静。美国军舰停靠在黄浦江畔，外滩和南京路上随时可看到开着美国吉普车的海军陆战队士兵，“吉普女郎”成为当时市区一景，地摊上充斥了大量美国援华物资，不少是军用剩余物资。当时我还特别喜欢美军军用快餐盒，分别印有早餐(Breakfast)、午餐(Dinner)、晚餐(Supper)，里面装有各色沙丁鱼、番茄黄豆牛肉、午餐肉罐头，还有面包干、巧克力和一袋冲水即饮的菜汤粉料，但是其中有些是过期食品，中国老百姓一无所知。四叔叔费泰(鲁依)和四婶霍畹兰带着三岁的儿子宝贝从重庆出川到了上海，四叔叔在震旦大学毕业后就去了大后方，参加青年远征军，到缅甸抗日。他战后回上海，军服未脱，正失业在家。他的儿子宝贝成天吃美军剩余物资中的奶酪(cheese)，得了急性伤寒，送医院抢救。四叔卖掉心爱的德国“莱卡”相机付医药费，不幸未能保住儿子的性命。堂弟宝贝在上海期间，曾在我家住过，和他一起玩一起跳，感情很好。他的夭折，让我十分伤心，至今还能记住这位白胖漂亮小弟的身影。当

在上海和四叔及堂弟宝贝合影

时上海马路上美国军用十轮卡车高速横冲直撞，经常发生事故。有一天，我们正在上课，忽然对面高中部的教室里人声嘈杂，原来有位高二的女生被美国军车撞死了。这引起了高班同学的愤怒，准备要去与美军司令部讲理索赔。同时也听到一些校方人士说，如果学生要闹事，肯定有共产党在煽动。这是我第一次听说有共产党，是能替老百姓打抱不平的共产党，这让当局很害怕。

妈妈与麟、琪摄于镇江(1947)

抗战胜利后，妈妈经营的事务所业务比沦陷区时期多起来，时不时出差南京，承接一些新建任务。有一次她去南京，请了她中大同寝室同学周迈来家照顾我们兄妹俩。一天早上，南徐公寓住所四层邻居厨房突然着了火，周迈孃孃带了我俩还抱了爸爸的遗像跑到街上避难。报警后来了救火车，很快将火熄灭，所幸没有人员伤亡，虚惊一场。妈妈考虑到不能老出差，决定在南京开设一个大地的分支机构，请事务所中一位有经验的建筑师去主持工作。接任务时，甲方只认张玉泉，要她牵头负责。有一次，财务人员趁南京分公司的某负责建筑师不在时偷用私章卷款潜逃，造成极坏影响。妈妈代人受过，赔偿了事。大伯父费穆也设法帮助协调筹款，在世态炎凉中，妈妈经受磨炼，苦渡难关，身心憔悴，积劳成疾，得了胃溃疡的毛病，几次大出血，元气大伤。这时，大舅、三舅全家相继出川。大舅张競成卸任川陕公路局局长，赴南京就任江苏省公路局局长，常驻镇江。他力劝妈妈暂时放开工作在家休养。

此后，每逢寒暑假，我们一家三口先后去南京、镇江和舅舅、舅母以及表兄弟姐妹们团聚，这是我们小字辈最高兴的时刻。每天都安排好了计划。早上，大舅母唐淑仪教我们英文，她是上海中西女中[一]毕业的，后来又在中央大学建筑系肄业，能说一口标准英语。妈妈抽空给我们讲《古文观止》[二]，要我们理解历史背景和词句，并要求背诵。我的记忆力不好，总是最后才能磕磕巴巴背出全文。《醉翁亭记》《滕王阁序》《陈情表》《卖柑者言》《桃花源记》《陋室铭》《五柳先生传》《孔子世家传》等名篇，都是利用假期学习的课外读物。表哥张镇一文理功课皆好，又能哼京剧、下围

[一]中西女中（McTyeire School）又称墨悌女校，是基督教美国南方卫理公会在上海创办的教会女校。1917年迁入忆定盘路（现江苏路155号），占地89亩。1930年注册，更名为私立中西女子中学，校长薛珍。主课有英文、音乐、舞蹈、礼仪、家政等。1953年由上海市教育局接管，与圣玛利亚女中合并，更名为上海市第三女中。文革中取消女中，改为市三中学，1982年恢复女中，复称市第三女中。

[二]《古文观止》为清代浙江绍兴人吴楚材（乘权）、吴调侯（大职）叔侄二人于1694年给其学生们选编的古文教材。全书共十二卷，收录自周代至明代文章222篇，是清代以来最流行的古代散文选本之一，民国时期已有多种版本。

在南京与大舅、三舅全家合影(1946)

棋、打乒乓、喜欢看武侠小说，我也跟着学。《七剑十三侠》《七侠五义》《薛仁贵征东》《薛定山征西》《罗通扫北》《封神榜》《东周列国志》《镜花缘》《聊斋》《红楼梦》等小说，开始让我着了迷。此外，我还爱看各种侦探小说，福尔摩斯、陈查理、霍桑等大侦探的机智、沉着、精确、博学让我大开眼界。我每月必买《大侦探》《新侦探》等期刊[一]。

在上海法国公园

[一]《大侦探》月刊创刊于1946年4月1日，由第一编辑公司出版，发行人为公司经理、出版部主任吴承达，其他相继担任主编的人员包括孙了红、吴怀冰、徐慧堂、紫红。1949年5月上海成立人民政府，该刊仍继续发行到总第36期之后停刊。《新侦探》半月刊创刊于1946年1月10日，由艺文书局出版，程小青主编并主写《霍桑探案》，参与创作的文人包括姚苏凤、何卓呆、周瘦鹃、剑虹等。仅发行了17期即停刊，是民国时期重要的刊登原创侦探小说的杂志，具有相当高的历史地位和研究价值。

在南光中小学念完了小学六年，虽然每学期都是第一名，校长还给予奖励，减免学费，但教学质量比起上海中学、南洋模范中学还是差很多。如英语，南模从三年级教起，南光却从五年级才开始教ABC，从发音学起。妈妈鼓励我换学校，我决定报考南洋模范中学，自知程度差很多，但还是想一试。考试中的英语很难，有一中译英短句“匍匐而行”，我就翻不出来。其实很简单，就是“go on with hands and knees”。算术中有不少计算扇形面积和球体体积的题目，可是我还没学过圆周率π和圆面积πr^2等公式。结果名落孙山，很是懊丧。回南光上初一时，被一知情的高班同学笑话，自感很丢脸。

第二年，我下决心再考，并于暑假报名上了南模中学的补习班。上课后，看了不少补习教材，发现初一应考时遇见的所谓难题，都能找到答案。暑假结束，我先后去投考了南模中学和格致中学[一]，万一南模不录取，还有条退路。结果两校都发来录取通知书。格致中学的考题中有一道题目是“你对当前的时局有何看法？”我回答说：希望不要阋墙相争，应共同携手建立新中国，成为真正的世界列强之一。说实话，打抗战胜利后，我从心底里希望中国能强盛起来，这也算是一种自发的爱国主义思想。熊掌与鱼不可兼得，我要选择哪个学校？格致中学是公立的，质量好，学费较低，但是离家太远。据说有国民党的政治背景，这可是大忌，所以妈妈不赞成我去。妈妈在中大有位同寝室的同学施懿德[二]，她是南模中学女中部的主任(南模是男女分班制，男生绝对

妈妈和麟、琪(1948.1.3.)

[一]格致中学位于黄浦区广西北路66号。前身为上海格致书院(The Shanghai Poly Technic Institution and Reading Room)。1873年由英国驻沪领事麦华佗(Sir Walter H. Medhurst，1823—1886)多次建议，经董事会筹备募款，于1876年6月22日正式开院。1945年更名为上海市市立格致中学，国民党员周斐成任校长。1949年，更名为上海市格致中学。

[二]施懿德(1913—2006)出生于上海崇明县。1935年中央大学(现东南大学)教育系毕业后留校任附中教师。抗日战争爆发后从南京赴上海投奔寄父沈同一。1938年8月起在南模中学任地理教师，主持女子部。1949年任副教导主任。1972年退休。

不许进女中部的围墙)兼授课老师，因此我们对南模的校风、教学质量很放心。唯一的问题，南模是私立学校，学费较贵，但可以申请助学金。

接下来，我拿着录取通知书去南光中学要办转学证书，可是这位吴烈校长坚决不同意，他认为学生要转学，就说明他办的学校质量不高，很丢面子。何况他对我很关照，历年给我减免学费，觉得我不应该离开南光。妈妈对此一筹莫展，只得向费家兄长求援。大伯父费穆、四叔费泰专程拜会吴烈校长为我说情，据说从教育谈到人生哲学，费了一番口舌。在《大公报》社工作的二伯父费彝民也出马了，人托人请上海教育局长写了一封信给吴校长，希望他能尊重学生的意愿。费了九牛二虎之力，我才去南模中学新生处报了到，没想到，择校而读这么难。

想到这次经历，深感每当我处在命运的转折关头，妈妈和叔叔伯伯们总会出现在面前，成为我的保护神。

从1901年创立南洋公学附小算起，南洋模范中学已有108年历史，几经沧桑，始终不渝坚持“勤俭敬信”四字教训，为中国的振兴输送了一代又一代的学子，桃李满天下。沈叔逵[一]是南洋附小的创业者。后来改为南洋模范中小学，脱离了与交通大学的附属关系，成为私立中小学，由沈同一[二](1927—1966)担任校长。他是我国童子军的元老，担任过上海童子军总司令，1924年代表中国出席在丹麦召开的第二届世界童子军大会（World Scout Jamboree）。南模中学的许多教师水平较高，不少是用高薪从交通大学聘过来的。20世纪40年代初，从高一开始，除国文外都是清一色的英文版本教材，用英语上课。我有幸考上了南模，很是高兴。1947年开始，初中一、二年级(男生)全部搬到上海郊区七宝分校上课，所有学生都要住校。妈妈很鼓励我离开家庭当住校生，可以锻炼独立生活能力。入学那天，妈妈给我准备好行装，亲自送我去七宝分校。

七宝镇在上海西南郊，是一个小古镇。镇上有一座古庙，据说藏有《法华经》所称的金、银、琉璃、砗磲[三]、玛瑙、真珠、玫瑰等七宝。分校就在小镇外一片临河的平地上，有公路可通向上海徐家汇。从镇口的大门进校，经过足球场和篮球场，迎面是一幢新建的两层混合结构教学楼“叔逵楼”，为纪念创业校长沈叔逵而取的名。楼北面有一池塘，过了小桥就是一片灰砖灰瓦古建平房，老师都住在这里。叔逵楼是单面走廊，中间有门厅和盥洗室，东西各有三间大教室。楼下部分教室暂时改为学生宿舍。妈妈送我进到一间大筒仓房间，都是上下铺。接待我们的一位舍监先生叫章玉麒，很热情地把我安排在下铺，并交待了一些生活注意事项。妈妈帮我铺好了被褥，要我安心学习，学会自己照顾自己，周末可以乘公交车回家住一晚，换洗一下衣服。这是我第一次离家，开始适应

[一]沈庆鸿（1870—1947），字叔逵，笔名心工，生于上海。幼年受教家塾，1890年中秀才，1895年在圣约翰书院教国文。1897年考入南洋公学（现上海交大）第一届师范班。1902年自费赴日本东京弘文学院学习。1903年起回国执教于南洋附小，1911—1927年任校长。受赴日期间所感受到的乐歌活动对宣传、教育、生活的巨大影响，率先在小学设置“唱歌”课。作乐曲180余首，编辑出版《学校唱歌集》3集、《重编学校唱歌集》6集、《民国唱歌集》4集和《心工唱歌集》。

[二]沈同一（1889—1966），又名沈维桢，上海崇明人。幼年丧父，童年当学徒工，1907年考入上海龙门师范学校手工科学习。1908年转入本科，1910年毕业，在南洋公学附小任体操、手工、地理教员。1927年被校董事会聘为校长，至1966年去世。

[三]砗磲，音车渠，壳呈三角形的大海贝。

七宝南模中学叔逵楼南立面

七宝南模中学叔逵楼北立面

七宝南模中学学生宿舍北立面

宿舍一层南走廊

宿舍二层南走廊

新的环境，投入新的学校生活。

这是新建的校舍，条件不好：没有自来水，取了河水用明矾沉淀后放在大缸内取用；还没通电灯，晚上教室全部用汽灯照明。宿舍房间点煤油灯，按时打铃熄灯。早上打铃为号，洗漱完毕去教室楼旁一座平房中用餐。每次用餐，人到齐吹哨后才能动筷。一桌八人，四碟小菜：腐乳、雪里蕻、油汆果肉(油炸花生米)、扬州甜酱菜等苏式下粥菜。北方人就吃不饱了，没有面食。中午也是八人一桌，四菜一汤，有些小荤，油水很少。有的同学每周回去带一些荤菜来下饭。我也不时带一些肉末炸酱、熟猪油冻解解馋，往往就在八人餐友中共享，我们大家称之为“half, half!”。在学校只能吃“洋西米”，也就是机米，每周末回到家，胃口大开，雪白的大米饭，没菜也香，连吃五碗还想添。每次我回家时，都带了一堆脏衣服，乘公共汽车到徐家汇，然后再转电车，要一个多小时。高兴起来，大家三五成群结伴步行回城，经过曹家花园[一]或黄家花园[二]还可逛一下。

在七宝上初中，生活有规律，早起早睡，身体比过去强多了，很少再发扁桃腺的老毛病。从南光中学转到南模中学，除了英语，其他功课还能适应。英语老师有两位：教英文的是蒋九如先生，发音很好，慢条斯理地讲课，学起来并不难；英文语法由陈冰慧先生讲，教材是他编的《陈氏实用

徐映川老师上历史课

英文法》，全堂都用英语讲，就让我感到吃力了。在学到英文文法名词、分词、动名词、形动词、不定式、标点符号和图解句式结构时，全部用英语讲解。起初我不大适应，习惯后也渐渐能用英语回答问题了。这对我以后的英语学习很有帮助，让我受益匪浅。

张戬宜先生教我们平面几何，他的逻辑分析力很强，在黑板上能徒手画直线和圆圈。他告诉我们，在平面几何学上有三大作图难题：倍立方体、方圆等面积和三等分角。不少同学课后花了大量时间，要用三角板和圆规三等分角，把自己的题解请老师看，但都一一被他否定了。他知道学生们在做虚功，但他不会对学生认真的

[一]曹家花园（曹园）是棉布商人曹钟煌（启明）的墓园，1931—1935年兴建。总面积1.88万平方米，1958年更名为曹溪公园。

[二]黄家花园是黄金荣（1868—1953）从原法租界巡捕督察长任上退休后兴建的私人花园别墅，1931—1934年兴建。占地3.5公顷，1953年收归国有。1957年更名为桂林公园。

钻研精神泼冷水。初级代数由刘叔安先生教，他讲解清楚，要求严格。身材高大的刘先生经常当监考老师，通过门上的玻璃窗在走廊中监视，一旦发现有人作弊，立刻破门而入，用他青浦口音大喝：“一动也不要动！”当场抓获后，他马上在考生的卷子上写下：“作弊，扣20分！”南模的老师，水平高而又严格，给我的印象极深。

下午四点多下课，有不少同学还在课堂上做功课。我就去操场打球，乒乓、小足球、篮球都愿一试。有的同学在玩棒球，用竹竿代替球棒，用小皮球代替棒球，什么跑垒、击杀、投球等名堂很多，我也学了几招，挺有兴趣。教导主任郑润燊组织课外活动有方，建立了一个军乐队和洋鼓队。在球场上就可听到奏乐击鼓声，成为了球场的背景音乐。学校请了一位巨人当门卫，他有2.2米高，山东人，能教拳术，许多同学自由参加，跟着练把式。晚饭后，大家要上晚自习，九点下课。我是一个篮球迷，和球友拿起篮球跑到操场上，常常在皎洁的月光下练球。那时我们还组织了一支“小南”球队，经常参加市里举办的篮球幼级组联赛，成绩还不错。为了练球，一早天没亮，球友互相叫醒，跑到操场上打球，满身大汗后才回来洗漱吃早饭。总之，住校生活丰富多彩。

在南光小学，我就参加了童子军，有了制服，还学着打旗语。到了南模中学，校长沈同一是中国童子军创始人，非常重视平时训练。除了上课

七宝南模中学小南篮球队（1948）

后左1：贾德俊，后右1：费麟，前排自左至右：梁支厦、陈茂麟、施守勇、王行成

外，还要学习使用童子军军棍、匕首、结绳等技巧，有时还组织结绳比赛。童子军的格言是“日行一善”，要主动做好事，不在大小。到市体育馆参观篮球赛时，看到帮助维持秩序的就是童子军，我很钦佩这些能为社会服务的同辈学生。

我们住在七宝分校，有点像世外桃源，不甚关心时局。抗战胜利后，国共谈判破裂，内战爆发，物价飞涨，学生运动此起彼伏，提出了“反饥饿，反内战”的口号。平津战役、淮海战役之后，国民党节节败退，眼看解放军要渡长江南下了。这时上海人心惶惶，1947年发行了金元券，货币不断贬值，如果要去看场电影，也要用银元去买票，满街有银元黄牛，叫喊着“大头、小头要啊？”[一]

我们班上有几位有钱的同学已纷纷退学，随家长跑到台湾了，其中有教育政务次长顾毓琇[二]的儿子。大舅舅张兢成应当时上海市政府公务局局长赵祖康[三](是他唐山交通大学同学)的邀请，从镇江赴沪出任上海市政府营造处处长之职。他辞去了江苏省公路局局长之职，带领一家四口迁居至上海，一时没地方住，就和我们住在一起。我很高兴，又和表哥表妹相聚，热闹了许多。表哥张镇一插班考上了南洋模范中学高中部，表妹张锦秋到务本女中[四]上学。三舅张明成一家从镇江迁出到了杭州，不久，也到了上海。1949年春天，为了安全，南模校长决定把七宝分校全部师生搬到上海天平路200号上课，我们都变成走读班。南模中学靠近交大，天天都知道交大学生游行请愿，国民党特务镇压学生的消息不断传出。交大学生穆汉祥[五]、史霄雯[六]相继被害，上海电力公司工人王孝和[七]在法庭上临危不惧、慷慨陈词申辩后，也被枪杀了。一时乌云压城城欲摧。

南京已解放，镇守上海的总司令汤恩伯下令各家交钱，在上海四周建起了钢筋混凝土碉堡，并吹嘘上海固若金汤，可与法国马其诺防线[八]相比美。据说一个碉堡要一条“大黄鱼”（即重量为16小两的大金条），借此机会在上海搜刮了一大笔钱。我们在校的学生也无心上课了。一位教国文的张仲田老先生，上课时身穿长袍，还要我们背诵古文。同学们不干了，

葡萄美酒夜光杯习作

[一]大头、小头，指银元，有袁世凯头像的称为“大头”，有孙中山头像的称为“小头”。大头值钱一些。

[二]顾毓琇（1902—2007）字一樵，出生于江苏无锡。1915年考入清华学校。1923年赴美麻省理工学院留学。1928年获科学博士学位。1929年回国后先后担任国立中央大学校长、清华大学工学院院长、上海交通大学校长、国民政府教育政务次长、上海教育局局长等职。1950年赴美任教并定居，1973年加入美国籍。

[三]赵祖康（1900—1995）字静侯，上海松江人。中国道路工程专家。1922年毕业于唐山交通大学土木工程系。1930年公派赴美康奈尔大学进修。1931年回国，先后担任交通部公路总局副局长、上海市工务局局长。1949年5月24日被任命为上海市代理市长，四天后将政权移交给解放军军管会。1951年加入民革，曾任民革中央副主席。

[四]务本女子中学，于1902年创建，名务本女塾。更名为务本女子中学。1949年更名为第二女中，1968年增招男生，更名为上海市第二中学。

[五]穆汉祥（1924—1949），回族，祖籍天津，幼年迁居重庆。他1943年毕业于中央专科职业

学校，抗战胜利后考入重庆交通大学电讯管理系，次年随交大迁回上海。他曾参加进步学生组织“知行社”。1947年7月加入中国共产党，1949年4月30日被捕，5月20日被杀害于宋公园(今闸北公园)。

[六]史霄雯(1926—1949)，原名史仕伯，祖籍江苏常州，1945年考入上海交通大学化学系，1947年加入中国技术协会，接受共产主义启蒙教育。1949年4月加入新民主主义青年联盟。5月2日被捕，5月20日被杀害于宋公园(今闸北公园)。

[七]王孝和(1924—1948)原籍浙江鄞县。1938年考入上海励志英文专科学校，1941年加入中国共产党，1943年进入美商上海电力公司。1946年1月组织工人参加上海电力公司大罢工。同年4月21日被捕，9月3日在提篮桥监狱刑场被枪杀。

[八]马其诺防线，第二次世界大战期间以法国战争部长安德烈·马其诺之名命名的法国军事防线，以抵御德军，守卫巴黎。该防线1929年始建，1936年建成，长700多公里，耗资近50亿法郎。德军于1940年5月10日绕过马奇诺防线，突袭西欧。同年6月16日马其诺防线弃守，6月17日法国总理贝当向纳粹德国宣布投降。

当他靠着同学桌边讲解古文时，有的同学假装提问，另一个同学去偷偷解他的长袍纽扣。等提问完，他的长袍扣子几乎被解完了，他还未发觉，引起同学大笑。同学还起哄，齐声按背古文的韵调高唱：“欧里略略，欧里略略，欧里呀略略啊！”老师很无奈，不得不提前下课，同学也可提前回家了。我看后，很同情这位认真厚道的长者，觉得同学太过分了，但也没勇气劝阻同学的玩笑。反正那段时间乱哄哄的，大家心野了，都不想上课，早下课打球去吧。

1949年5月25日晚上，外边不时传来大炮的轰鸣声，夹杂着零星的清脆枪声。夜深了，枪炮声逐渐稀少，只看到不少军车沿着家门口的霞飞路飞驰而过。又过了一段时辰，已能听到有大部队走过。当晚算是最安静的夜晚。第二天清晨，我从厨房北窗外望，看见两边人行道上整齐地躺着穿黄绿色军服的士兵，颜色和国民党军队着装差不多，左臂上捆了一根红布条。此时大家意识到，这就是解放军。为了不惊动上海老百姓，他们在街头风餐露宿，在解放了的上海马路上，度过了第一夜。这情景让我们一家人都惊讶了，从来没看到过这样守纪律的军队。对共产党留下的首次印象，一直被很多上海老百姓津津乐道。

南洋模范中学的校徽是一头雄狮昂立在地球上。当建校100周年之际，老校友送了一尊上有雄狮和圆球的纪念碑，碑侧写了校训“勤俭敬信”，这是对己对人的道德基石。基座正面写着“锦绣醒狮古校旗　永久招展有荣光”。从这一天开始，我感到中国这头睡狮不会像拿破仑所希望的那样——“他现在睡着了，别让它醒来。”恰恰相反，一旦醒来它将震惊世界！不久，1949年10月1日，毛主席在天安门城楼上庄严宣布：“中华人民共和国中央人民政府今天成立了！”中国人民从此站起来了！中国开始进入了一个新时代。

上海南模小学校徽

上海南模中学校徽

11 抉择

Making Choices

上海于1949年5月27日正式宣布解放。解放后,《申报》改成了《解放日报》,《新闻报》改为《文汇报》。原来把共产党称为“共匪”的国民党现在变成了“蒋匪帮”。报上词句的变化反映了时代的变迁和立场的转变。从此中国历史又翻开了崭新的一页。虽然我才14岁,但也是一个生在旧社会,长在新中国的青年学生。存在决定意识,我们不可避免地在思想上、习惯上、生活上有一个适应转变的过程。新与旧、爱与恨、对与错、古与今的对撞与包容,往往被交织在一起。作为青年知识分子,难免会面临许多考验与选择,要求我不断反省、思考,如何跟上时代步伐。从妈妈处我学到很多做人做事的道理,有一点是根深蒂固的,就是“远离政治、纯搞技术”。

首先一个考验就是:面临上海解放的形势,是走还是留?1948年底,二伯伯费彝民奉命要去香港主办《大公报》,他们全家都离沪赴港。不久,大伯伯费穆应香港电影赞助商吴性栽的邀请,也要去香港,与吴共同筹建(香港)龙马影业公司。据称,吴性栽属龙,费穆属马,公司的名称起了龙马两字,希望以“龙马精神”在香港这块土地上另展宏图。在他带领全家赴港之前,三番五次找妈妈商量,希望妈妈带两个子女一同前往香港,或者他先把两个孩子带走,妈妈在上海观望一下再决定去留。他一再强调,全家人尽可能在一起,主张“瓦全政策”——“宁可瓦全,不可玉碎”。作为费家大哥,很自然,他要对三弟的遗孀遗孤尽责。妈妈是个坚强的女性,她婉言谢绝了大伯伯的好意,她认为留下为好。如果去港,人生地不熟,从头创业,弄不好失业,寄人篱下,徒为费穆增加负担;如果留在上海虽孤立无援,而工作还不至于有问题。她有很强的纯技术观点,相信作为无党派的自由职业者,没有理由惧怕共产党。共产党要建立新中国,技术人员还是可以发挥一技之长的。至于第二个方案,妈妈是绝不会考虑的。作为未亡人,她忠实于爸爸,一定

二伯伯、二伯母一家与大姐姐费明仪在香港

二伯伯费彝民、二伯母苏务滋、四叔费泰、四婶霍婉兰在香港

要亲自抚养我们兄妹俩成人，“为哺双雏且暂留”是她发自肺腑的承诺。她说，这是我一生中的重要关头，如果去了香港，我一生的历史就要重写了。我相信命运，相信缘分。

大伯伯到香港后，只拍了少量电影。1950年他曾经去过北京，受到冷遇，无功而返。1951年1月30日凌晨7时，这位中国电影史上的杰出诗人导演、电影大师因心脏病突发而去世。在他去世的前一天晚上，他紧紧握着大女儿费明仪的手，说了一段令人难忘的话：“我爱我的工作，为了实现我的理想，埋头苦干而毫无怨言。有人批评说我拍的电影不容易接受，叫好不叫座。但怎么才能算是真正的成功？名利上的成功，我不在乎，也绝不会为了人家的喝彩而拍电影……这一切都算不了什么，只是，有时候我会觉得很寂寞，问题是我的感受，究竟有多少人能了解？”[一]

刚解放的上海，市面上金圆券和人民币都通用，邮票也有两种，新旧通用。我喜欢集邮，突然灵机一动，趁此新旧交替之机写一信，贴上有孙中山、蒋介石和毛泽东头像的邮票，在这特殊时期寄信给自己家人。这张盖有上海解放纪念戳的信封可有趣了，

[一] 费明仪、周凡夫、谢素雁.《律韵芳华 费明仪的故事》[M]. 香港：三联书店(香港)有限公司，2008：75.

大伯伯费穆遗照

很可惜，这宝贵的信封没能留下。不然，可是珍品哩！当然，如果留下，到“文化大革命”时期就成为“反动的罪证”，而会引火烧身了。

上海解放时，陈毅曾下了两道命令：一是市区作战不许用重武器；二是部队入城后一律不得进入民宅。解放军的森严纪律得到上海老百姓的赞扬。多年后上演的话剧《霓虹灯下的哨兵》，就反映了当时入驻上海的解放军风貌[一]。

陈毅当了第一任上海市市长，决心打一场“经济战线上的淮海战役”。当时，全国20个大银行总部都在上海，她是全国的金融中心。可是上海通货膨胀得厉害，早晨出门时带一大叠金圆券，可买一包香烟，晚上回来时只能买一盒火柴了，第二天只能买几根火柴了。5月28日上海市人民政府成立的次日，军管会发出了《关于使用人民币及禁用伪金圆券的布告》。到6月5日即全面禁用金圆券。1元人民币可兑换1万元金圆券，银元风行一时，“银牛”横行。5月28日1个银元兑换100元人民币，到6月30日，1个银元可兑换2000元人民币。投机分子叫嚷：“解放军可以打进上海，人民币则进不了上海！”陈毅市长很气愤，决定查封倒卖银元、操纵金融市场的“上海证券交易所”（汉口路422号一幢8层高大楼），并在大会上警告投机分子：“赶快洗手不干！人民政府反对不教而诛，但假如教而不信，那就勿谓言之不予了！”经过大力整顿，金融市场、粮价市场都被控制住了。一提起陈毅老市长，大部分上海市民都很敬佩他。三十多年后，人们为这位第一任市长，在外滩竖起了陈毅纪念碑。[二]

那时最时髦的庆祝活动是扭秧歌和打腰鼓，庆祝解放的游行也连绵不断。我妹妹费琪和住在一起的表妹张锦秋一下课，就在家里练习打腰鼓和秧歌舞步。有四首新歌几乎每天播放，同学们起劲地学。《团结就是力量》《我们工人有力量》二部轮唱，雄壮有力。《解放区的天》柔美优雅，适合秧歌：“解放区的天是明朗的天，解放区的人民好喜欢……解放区的太阳永远不会落，解放区的歌声永远唱不完！”还有首歌叫做《跟着共产党走》：“你是灯塔，照耀着黎明前的海洋，你是舵手，把握着航行的方向”。后来，听说这是列宁的葬礼曲[三]，也就没再传播了。

过完暑假，我们南模初中部（男生）又迁回七宝上课，入住了新建的二层单面走廊宿舍，一切又恢复了原样。我们增加了一门政治课，新来了一位老师刘光宇和体育老师余超，在我们的眼中他们是南下干部，是上级派来的政治辅导员。解放上海时，七宝打得很厉害，在我们操场的篮球场上盖了一个钢筋混凝土碉堡，像一个大坟堆。有不少解放军牺牲了，就葬在学校边上。在我们新宿舍的北窗外，

[一]1949年，上海警备区某团八连随第三野战军解放上海，驻守南京路。1959年7月23日《解放日报》发表本报通讯员、上海警备区俱乐部主任吕兴臣的通讯《南京路上好八连》，宣传“拒腐蚀、永不沾”精神。1962年，中国人民解放军南京部队前线话剧团首演，沈西蒙等编剧。1964年天马电影制片厂摄制成同名彩色影片，王苹、葛鑫导演。

[二]20世纪80年代初期在上海外滩设立陈毅立像，花岗岩雕塑，艺术家为章永浩（1933— ）。

[三]歌曲《跟着共产党走》，沙洪（1920—2004）词，王岳（王久鸣）曲，1940年6月在山东省沂南县孙祖镇东高庄村鲁中抗日根据地，受中共山东分局的委托，为迎接建党19周年、抗战3周年、抗大一分校第一次党代会召开而作。1949年10月被认为涉嫌抄袭苏联歌曲《光荣牺牲》（原题《受尽折磨受尽苦》）。由于该歌曲为列宁生前所喜爱，1924年列宁葬礼上，被苏联大剧院合唱团在联盟大厦圆柱大厅演唱。《跟着共产党走》长期未在国内流传，经王久鸣多次申诉，这首歌在1978年第三期《人民音乐》革命历史歌曲一栏重新发表。1980年1月15日，《光明日报》发表解

放初期时任中共华东局宣传部副部长的冯定于1979年11月27日给王久鸣的信，以及王久鸣给报社的信，这首歌再次得以流传。

[一]《思想问题》，1950年由上海人民艺术剧院公演的五幕话剧，蓝光等编剧，罗毅之等导演。该剧讲述上海解放后知识分子进入华东人民革命大学进行思想改造的故事。该剧的现实意义在于，它是被改造者的“指路标”，也是干部领导的“启示录”。

就有12个解放军坟墓。我住在二层，每天都可见到，开始时有点怕，后来也习惯了。那时我们是初中部的最高班，我所在的初三乙班，来了一位班主任李佰仞先生，教我们语文。教材和以前国文有很大区别，多数是白话文，我有点不习惯，觉得白话文没有什么可学的，背书也没什么意思，不像可以用腔用调背古文。上了几堂语文课，李先生把白话文讲得头头是道，从作者介绍、历史背景、全篇构思、结构安排、写作技巧一直分析到读后感与启示，让我大开眼界，原来一篇白话文也有那么多的学习内容。

从这学期开始，我的社会活动也多起来了。除了当班长外，我还要负责出些墙报，参加一些游行庆祝活动。班上有徐民苏、桂颂馩、沈恒滋等老南模的同学，很活跃，动员我参加舞蹈队，表演“打莲响”(是我国长江流域一带的风俗舞蹈)。现学现跳，化了妆，头上包了白毛巾，腰上扎了根红绸带，右手拿着一根三尺长、两端各有几个铜钱的竹竿，有节奏地敲打出响，边唱边舞，跟着游行队伍，到七宝镇转了好几次。不久，我们这几位又想起演话剧《思想问题》[一]，要我演剧中思想问题最多的知识分子。在年底联欢会上，桂颂馩、徐民苏跳新疆舞。徐的个子矮，扮女的。桂边跳边唱：“温柔美丽的姑娘，你的都是我的，你若不答应我要求，我向喀什湖跳下去。雅萨苏，雅萨苏……”这一幕求婚舞蹈还演得很成功，当时七宝初中部没有女生，男扮女装也是在所难免，引得同学们一片赞笑声。

与大舅三舅全家在上海合影（1950）

在初三下学期，于1950年2月6日上午，忽然听到有飞机从头上飞过，大家正在议论，是解放军还是国民党呀？过一会就看到上海市远方冒起了浓烟，原来是国民党飞机在炸杨树浦发电站，这就是震惊上海的“二·六大轰炸”。国民党退到台湾，却来轰炸电厂，危害老百姓，引起了大家的气愤。这以后，教室楼的玻璃窗上贴满了纸条，为了在遇到轰炸时防止玻璃碎片伤人。

班上有位同学叫陆时准，是位很斯文的小伙子。他的舅父郁仁充先生在天平路本部教我们英文。他的表姐倪善锦是南模中学的地下党员，她住在树德坊，认识费明仪一家(后来才知道，她又和我岳父家有亲缘关系)。陆时准的思想比较进步，经常开导我，鼓励我出墙报，参加集体活动，多受教育。在毕业前，他动员我参加中国新民主主义青年团。作为共产党的助手和后备军是件光荣的事，但我很犹豫。因为从小受家庭影响，不关心政治，一心要学好技术。如果入团，必然会影响学业；但也碍于情面，不愿辜负这位同学的热心帮助，入团后为大家多做些事，也是应该的。最后我决心申请入团。这是我的第一次思想斗争，是解放后的第一次抉择。

南模中学新民主主义青年团团员合影（后排右五为费麟）

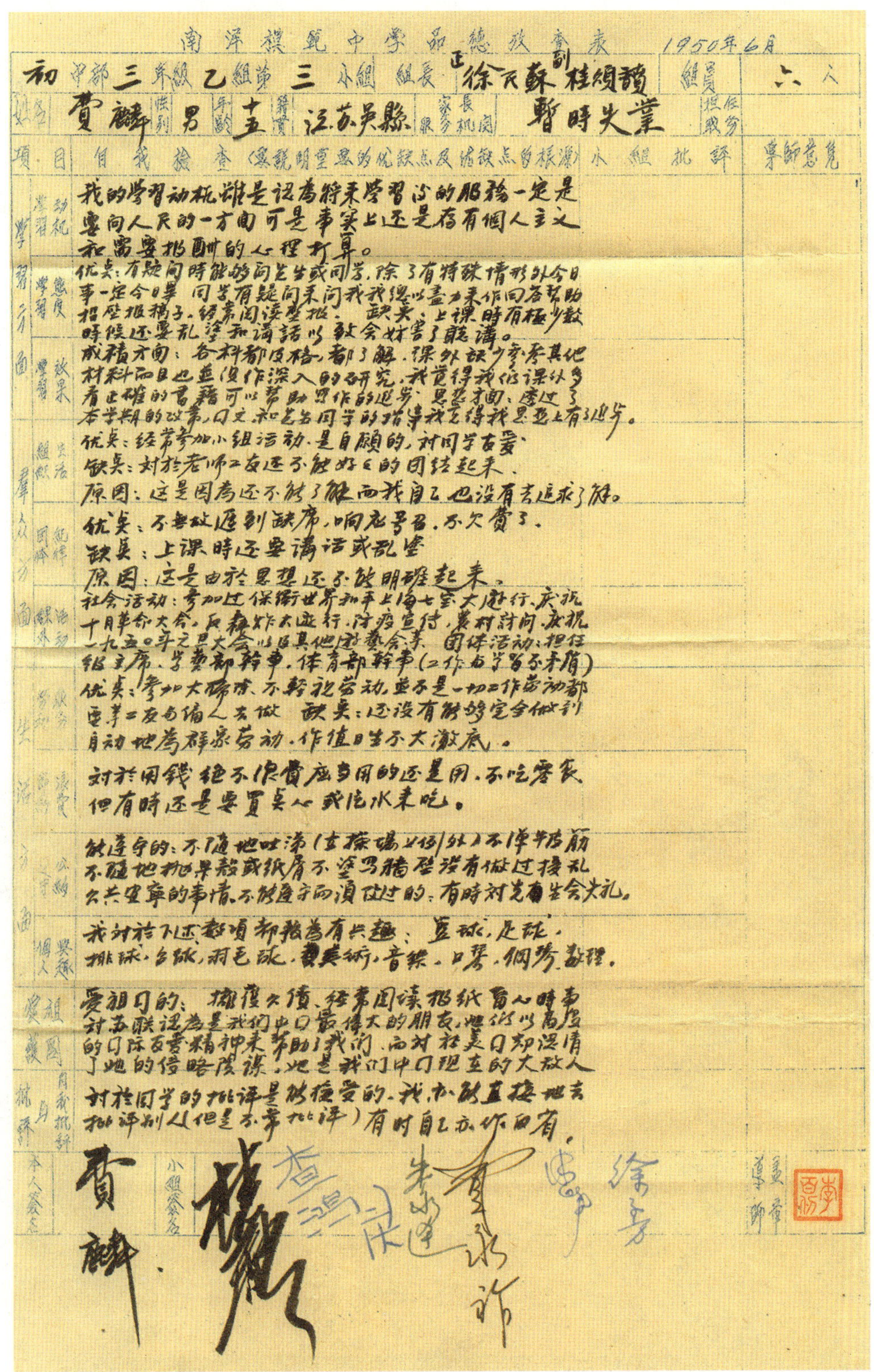

南洋模範中學品德考查表　1950年6月

初中部三年級乙組第三小組　組長　正徐天蘇　副桂頌讚　組員　六人

姓名：費麟　性別：男　年齡：十五　籍貫：江苏吴縣　家長職業：暫時失業　担任職務：

項目　自我檢查（要說明重要的优缺点及缺点的根源）　小組批評　導師意見

學習方面
學習動機：我的學習动机雖是認為將来學習了的服務一定是要向人民的一方面可是事实上还是存有個人主义和需要报酬的心理打算。

學習態度：优点：有疑问時能够问先生或同学，除了有特殊情形外今日事一定今日毕。同学有疑问来问我我總以盡力来作回答帮助相互报稿子。经常阅读壁报。缺点：上课時有極少数時候还要乱塗和講話以致会妨害了听講。

學習效果：成績方面：各科都及格，都了解。课外缺少参考其他材料而且也並沒作深入的研究，我覺得我们课外多看正确的書籍可以帮助思想的进步。思想方面：经过了本学期的改革，国文和老师同学的指导我觉得我思想上有了进步。

群众方面
組織生活：优点：经常参加小组活动，是自願的，对同学友爱。缺点：对於老师工友还不能好好的团结起来。原因：这是因為还不够了解而我自己也没有去追求了解。

團体紀律：优点：不無故遲到缺席，响应号召，不欠费了。缺点：上课時还要講话或乱塗。原因：这是由於思想还不够明確起来。

課外活动：社会活动：参加过保衛世界和平上海七宝大游行，庆祝十月革命大会，反轰炸大游行，防疫宣传，農村訪问，庆祝一九五〇年元旦大会以及其他游艺会等。团体活动：担任级主席，学艺部幹事，体育部幹事（工作与学習不矛盾）

服務劳动：优点：参加大掃除，不轻视劳动，並不是一切工作劳动都要等工友为偏人去做。缺点：还没有能够完全做到自动地為群众劳动，作值日生不大澈底。

生活方面
消費：对於用錢絕不浪費应当用的还是用，不吃零食但有時还是要買点心或汽水来吃。

公共守約：能遵守的：不随地吐痰（在操場以後／外）不弄坏花草，不随地抛果殼或紙屑不塗写牆壁沒有做过損害公共安寧的事情。不能遵守而須改过的：有時对先生会失礼。

個人興趣：我对於下述數項都較為有兴趣：籃球，足球，排球，乒乓球，羽毛球，美術，音樂，口琴，钢琴，整理。

愛護祖國：愛祖国的：擁護公債，经常阅读报纸留心時事，对苏联認為是我们中国最偉大的朋友，她们以高度的国际互尊精神来帮助了我们，而对於美国却認清了她的侵略陰謀，她是我们中国現在的大敌人。

批評自我批評：对於同学的批評是能接受的，我亦能直接地去批評別人（但是不常批评）有時自己亦作反省。

本人簽名：費麟　小組簽名：桂頌讚　查鴻　朱永達　費永祥　周　徐天蘇　導師蓋章

七宝南模中学初三班费麟品德考查表（1950）

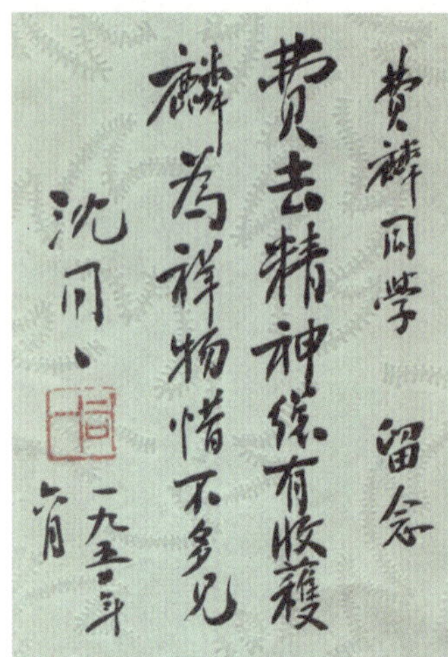

南模校长沈同一老师题字

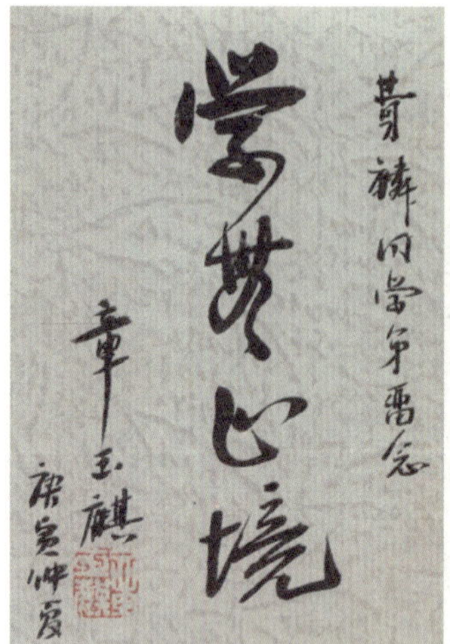

七宝南模舍务主任章玉麒题字

南模英语文法老师陈品冰慧题字

南模英文老师蒋九如题字

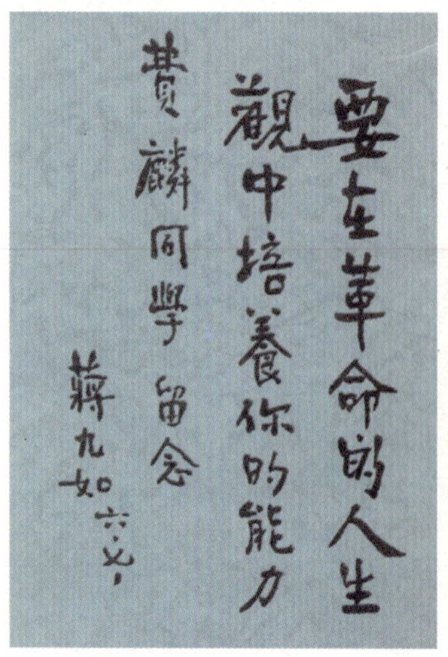

南模代数老师刘叔安题字

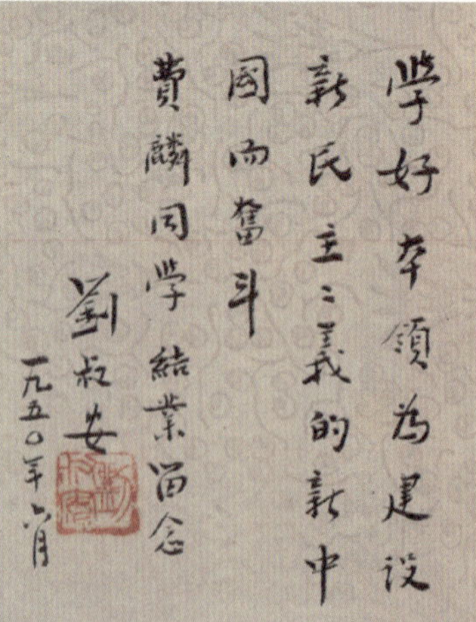

南模政治老师刘光宇题字

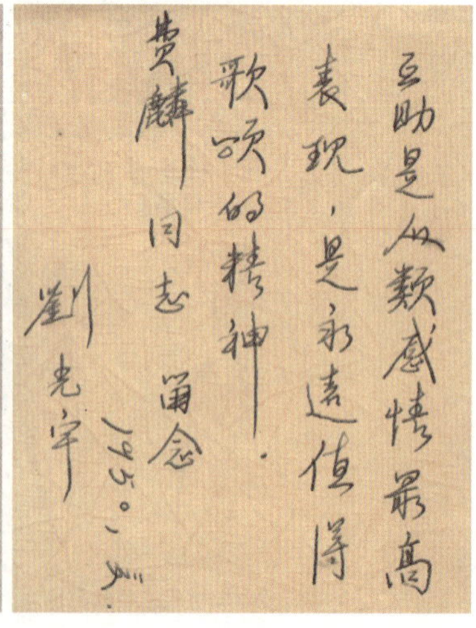

一切渴望求得知识的青年，要用劳动和斗争来争取。我们维护科学，也渴望着和平，领导各族人民走向幸运。

节录国际学联歌词，应贵麟同学之属 一九五〇年夏 映川

南模历史老师徐映川题字

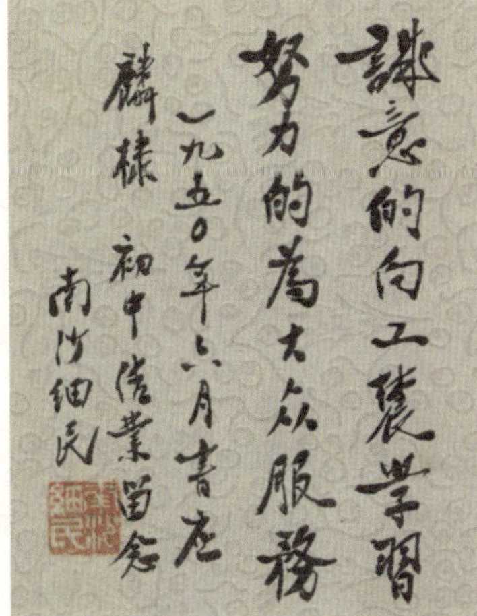

谦虚的向工农学习 努力的为大众服务

麟棣 一九五〇年六月 初中结业留念 南沙细民

南模语文老师张仲田题字

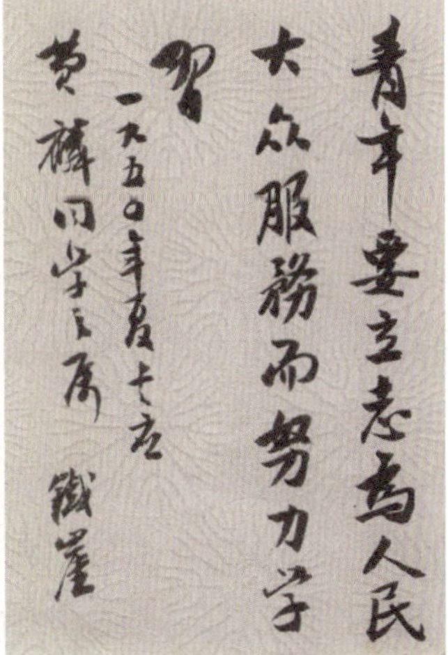

青年要立志为人民大众服务而努力学习

贵麟同学之属 一九五〇年夏 铁崖

南模老师王铁崖题字

学习新民主主义理论 为建设新中国而奋斗

贵麟同志留念 余超 五〇年六月

南模体育老师余超题字

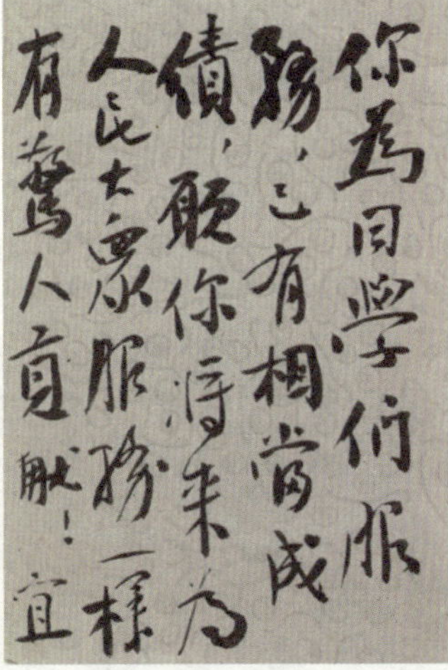

你为同学们服务，已有相当成绩，愿你将来为人民大众服务，一样

宜

南模几何老师张戬宜题字

初中时学习水彩临摹（1950）

南模初三乙班主任李百仞语文老师题字

贵麟同学

努力为人民服务

百仞

初中毕业后转到上海天平路南模中学校本部上课。我分到高一甲班。教室就在“红楼”的二层。这是一幢红砖坡顶、西式假三层砖木结构小楼。四周的教室围着一个大中庭，庭中有一个呈“T”字形的双向二跑木制大楼梯，拾级而上引向二层的跑马廊。东北角是我们高一甲班，三扇东窗都有木制遮阳百叶扇。窗外树木成荫，近处有一自办小合作社的单层房，在这可买到多种百货用品。远处可以眺望到小学部的八角亭教师休息室和一排小学教室。我曾在这里上过二年级，看到这，故地重逢，备感亲切。红楼大门通向南面外廊，东西尽端各有一个呈八角形的小室，西边是教员休息室，东边是体育教研组，课余可以在这借篮球、排球、足球、垒球等体育用具。很可惜，今天已看不到这有意义的老楼的遗迹了，取而代之的是新式的教学大楼。

在七宝上学时，我并不了解南模中学的历史。她在解放前就有135位地下党员，大多数都是品学兼优、有一定威信的活动积极分子：有搞地下工作的，有体育文娱积极分子，有办壁报宣传刊物的好手。解放后组织游行庆祝活动，指挥大家男女声二重唱

费麟与高三甲部分同学在南模中学红楼前合影（1953）
自左至右：林骧、费麟、方曾泽、杨树高、董贻信　自右至左：刘立权、郑志达

珍貴的關懷和鼓勵

毛主席爲南模壁報題字

南模一千多位同學，决心搞好壁報，

好好的讀書，來報答毛主席。

【本報訊】南洋模範中學高一乙同學們編寫的文藝性刊物「青鋒」壁報半月刊，現在已經出到第五期了。從第四期開始壁報上忽然有了毛主席親筆寫的「青鋒」兩個字，同學們都非常興奮，但是很奇怪，毛主席的題字怎樣來的呢？下面是「青鋒」的故事：

青鋒社裏的同學們偷偷的寫信給毛主席，是四月二十三日的事情。他們沒有告訴政治教員，也沒有告訴別人，信裏……心的說明了他們的要求……

「毛主席：我們是……在上海私立南洋模範中……的學生，平時愛好文藝，所以辦了個壁報，題名爲「青鋒」，以便有組織地確立我們爲人民服務的基礎，在新中國的文藝界上，燃起一把鮮紅的火炬。

現在我們來信的目的，是希望毛主席能爲我們題二字：「青鋒」，以便使我們……

青鋒

毛主席的題字

1950年4月毛主席为南模中学青锋社题字

的多数都是共产党地下外围组织的积极分子。例如，我们高班的师兄师姐高锴(1949届)、倪善锦(1949届)、陈望兴(1949届)、曹子真(1948届)、曹子方(1952届)等都是很有影响的人物。

1950年4月23日晚，52届的马恩凯和高一乙班毛守中、冯悟庸、陆大彭、徐诚和女同学郭竹第、朱美宜等同学聚在一起，商量在学校办“青锋”壁报半月刊的事。突然有同学提议，请毛泽东主席来题报头。这个大胆的想法，让所有人都兴奋起来。大家详细讨论了信的内容，一致推举能写一手好毛笔字的马恩凯起草写信，第二天一早从邮局寄往北京。这件事他们没有告诉政治教员，也没告诉别人。没想到信寄出后的第七大，即4月30日，接到了毛主席在4月27日发出的双挂号复信，在原信上，毛主席亲笔批了：“照写如另纸。毛泽东四月二十七日”13个字，在另外一张信纸上，毛主席以直横不同的排列，题了三个“青锋”的报名，给同学选择[一]。这件事轰动了南模全校师生，大家深深地感到毛主席在日理万机之余，还认真地写了回信，满足同学题字要求，充分体现了他对中国青年的关爱，当时上海《文汇报》《亦报》等报纸对这事都作了报道。

我喜欢打篮球、踢足球、玩乒乓球，最热衷篮球。我们以“小南”球队名义参加上海少年组市级联赛，身高限于1.6米以下。成员有贾德俊、陈茂麟、梁支厦、施守勇、蒋常德和我。不久又组织了“德星”球队，增加了邵津骅、王行成等人继续参加联赛。妈妈知道我从小体弱多病，鼓励我参加体育运动。当年她是中大篮球校队队员，很能体会我的心情。篮球是一项团队赛事活动，可以锻炼弹跳、灵活、体力、意志等身体素质，要讲战略讲战术，要与队友协同配合，这是一项培养集体主义和锻炼胜不骄败不馁精神的体育活动。当年在上海篮球界有大公、华联两大球队，经常有精彩比赛，赛场就在亚尔培路(现为陕西

[一] 马恩凯.毛主席为我们题写报头.《上海市南洋模范中学百年校庆特刊1901—2001》：52.

七宝南模德星篮球队（前身为小南球队）
前排右1：梁支厦、右2：陈茂麟、右3：费麟、左1：贾德俊，后排左1：邵津骅、右1：施守勇

南路）的上海市体育馆（原来是上海回力球比赛馆）。华联队中的包松圆、陆嘉洲，大公队中的蔡文华、蔡文章、蔡忠强等都是赫赫有名的高手。有一次我们去看大公队和美国海军大西洋队的比赛，双方打得难解难分，最后大公队小胜，大长中国人的志气，我们高兴极了。二伯父费彝民是大公队

南模中学篮球队队员重聚母校（2004年7月6日） 自左至右：邵津骅、万翱、费麟、施守勇、陈茂麟

的创办人之一，他担任领队，曾花了半年时间巡回南洋，37场胜，3场败，1场平局(当时友谊赛有平局)，成绩斐然。1948年上海举行第七届全运会，二伯伯买了票请我和妈妈去看篮球赛。当时有23支球队参加，由大公华联组成的上海队夺得冠军，菲律宾华侨队获得亚军。同年，在十四届奥运会篮球赛中，中国队员李世侨在最后几秒钟时出手长投中篮，以一分之差险胜菲律宾队，夺得第18名。

我喜欢打球，家中长辈都很支持。还记得大舅母唐淑仪特意送我一个篮球，更促进了我对它的喜好。要知道当时能自带球到学校和同学一起玩，是件很得意的事。有一次，大舅舅、大舅母和妈妈专门找了辆小轿车，开到七宝中学来看我。那天正好是下午课外活动时间，我在球场上来回奔跑，突然发现家人在旁观看，让我大吃一惊，真是喜出望外。到天平路上课后，我参加了校队，于1951年上海中学杯篮球联赛中和徐汇中学决赛争夺冠军。当时教练是赵焕先先生，他指挥有方，教我们可以临场变阵，根据赛况一会儿是联防，一会儿是盯人。打联防时，随机应变，可以一会儿2—3布阵，一会儿3—2布阵。始终让对方措手不及。我们都很有信心，沉着应战。最后徐汇中学以19：52大败，

篮球赛总冠军（左前1费麟、左后1沈同一校长）（1951）

南模夺得冠军！大家开玩笑说，与徐汇中学1952年再决雌雄。不久，我家邻居上海新邨也组织了一支篮球队，参加区里联赛，邀请我入队参加比赛。记得该队还请到了上海华联队的名将包松圆为教练，经常组织练球，我从中也学到不少战略战术的知识。我是体育积极分子，1950年国庆节，和篮球校队的几位同学参加了上海跑马厅(现人民广场)举行的游行检阅体育方队。换上了白衣蓝裤和白色回力球鞋，还认真操练了几次。

新中国成立后，看了一些新的文艺书籍如《吕梁英雄传》[一]《李有才板话》[二]《子夜》[三]等。同班同学陆时准介绍我看了艾思奇写的《大众哲学》[四]，这是一本介绍马克思学说的通俗读本，是一本哲学启蒙读物，在我这个不关心政治的学生面前，打开了一扇政治基础知识之窗。

从七宝住校到天平路走读，整个学习、生活的规律都变了，但南模的优良学风未变，南模老师的谆谆教导、教书育人的传统未变。幸运的是我又遇上了一批终身难忘的一流教师。第一堂政治课的老师廖锡瑞，他没开口就在黑板上写了三个大字——“鍚荼壸”，许多同学顺口就念“锡茶壶”。廖先生说，不对，应该读成“yáng(杨)、tú(涂)、kǔn(捆)”，“鍚”是古代马额上的装饰；“荼”是一种苦菜；“壸”是宫廷里面的道路。他意味深长地说，凡事不要粗枝大叶、想当然，认字如此，做事也是如此。他后来到北京，任北京四中的优秀语文老师。退休后，成功地办起了精华培训学校，任校长。这是一所有名的高考复读补习学校。近年来，他多次热情参加我们南模中学53届北京校友聚会，还一定要我们收下他的赞助费，表示出他对南模学子的关爱和支持。

洪式良(字为法)先生是我们高一班的班主任，是语文教师。记得有一次写作文，我不知怎地用了很多“而”字。课堂上老师讲评全班的作文，指出有些词用得不当，随手写了一首趣诗：“当而不而，不当而而而，而今而后，已而已而。”虽然没点名，可是我的脸和耳朵都发热了。

英文老师张蓓蘅，她要学生叫她Madam，她教得很活，上课时经常用英语讲，还教我们一些日常用语。她看见同学伤风流鼻涕，教我们“Blow your nose one by one”，应该一次擤一个鼻孔，不伤脑子。到高班，郁仁充、李松涛先生教英语，他俩发音纯正，修辞严谨，给人印象很深。

赵型(字宪初)先生当年是教导主任，后来继沈同一、朱家泽等先生之后担任南模校长[五]。他教我们三角，并自编教材。每堂课上他带我们用背唐诗的腔调背诵三角公式，熟能生巧，至今记忆犹新。一次，他说欧几里德几何学的推理很严格，就靠少数几条公理，其中一条就是平行线永不相交，而公理是无法证明的。讲

[一]《吕梁英雄传》，长篇小说，马烽（马书铭）、西戎（席诚正）合著，人民文学出版社1952年4月出版。

[二]《李有才板话》，中篇小说，赵树理(1906—1970)著，1943年10月出版。

[三]《子夜》，中篇小说，茅盾（沈雁冰，1896—1981）著，1933年出版。

[四]《大众哲学》，艾思奇著，1930年出版，至1948年12月已印行32版。

[五]南模108年建校历史中的历任校长分别为：陈懋治(1901—1904)、林康侯(1904—1911)、沈叔逵(1911—1927)、沈同一(1927—1966)、朱家泽(1978—1979)、赵宪初(1979—1984)、袁义沛(1989—1990)、张茂昌(1990—2000)、钱耀邦(2001—2005)、高屹(2005—至今)。1966—1978年文革期间以革委会主任代校长之职，资料不详。[高屹.今日南模：名校新传披上盛装.文汇报，2009-09-01. http://whb.news365.com.cn/jyj/200909/t20090901_2449070.htm]

到俄国一位数学家叫罗伯切斯基，他风趣地说，这名字好记，就记成“萝卜切丝鸡”好了，引来同学一片笑声。这位俄国数学家想用反证法来证明几何公理，假设两条平行线相交于无穷远，三角形三个内角之和大于或小于180°，结果引出了非欧几何学。这种“大胆假设，小心求证”的逻辑推理，给同学们的启发很大。

吴宗初先生教高等数学，逻辑性强，推理严谨，话语简洁，滴水不漏。俞大年（字养和）先生是位大个子，戴了黑边眼镜，教起物理有声有色。在讲到电学时，千叮万嘱，叫我们在接触电气设备时千万不要短路。在讲到热工隔热保温时，他风趣地说，一些女同学要漂亮，把毛衣穿在外面，其实是不利于保温的，弄得女生都不好意思。在讲到能量守恒定律时，指出“永动机”是不可能的，要同学别再冥思苦想去研究永动机了。

沈克超先生教无机化学。徐宗骏先生教有机化学，他是51届的高班同学徐景贤[一]的父亲。我对化学最不感兴趣，认为都是死记硬背的实验经验，没有逻辑推理。有一次，我在课堂上大胆提问，为什么原子、分子结构要用这种图式表达?依据是什么?徐老师认真地说，这确是一种假设图形，但已被实验室证明是可行的。如果你能创造一个比这更好的表达方式，也是可以的。听到这，我的疑团也迎刃而解。

生物老师李亚晖教我们看显微镜，画原形虫细胞图，还解剖青蛙，让我们在生物微观世界中遨游一番。中国历史课由王馨一先生教，他讲课风趣易记，又写得一手好楷书，有颜体魏碑的功底。每次全校开大会或游行用的横幅标语，都请他大笔一挥。

沈其炜先生是上海有名的历史学专家，他教我们外国历史，深入浅出，引经据典，融会贯通。从古埃及、希腊罗马，讲到意大利文艺复兴、法国大革命和空想社会主义，他要我们课外阅读一些书籍，增加感性认识。如《荷马史诗》《唐·吉珂德》《天演论》《原富》等都值得一读。当时音乐老师周遇春教我们唱《马赛曲》，我觉得优美雄壮、激动人心，正好与历史课的法国大革命相呼应，印象深刻。对于历史，我很感兴趣，以史为鉴，可以明理。后来在清华大学建筑系学习马列主义哲学和建筑史时，深感中学时代历史课为自己打下了良好的基础。至今我还保留了高中和大学的历史课的全部笔记，也算是一种学习心得。

让我印象深刻的还有一位历史老师，谢西陆先生，他教我们“时事政策”、“新民主主义史”、“共同纲领”[二]课。我开始懂得一些基本道理：中华人民共和国的新民主主义即人民民主主义的国家……为中国的独立、民主、和平、统一和富强而奋斗……中华人民共和国人民有思想、

[一]徐景贤(1933—2007)，上海奉贤人，高中学历。他1950年9月入团，1951年8月参加工作，1963年4月入党，文革风云人物。1965年7月至1967年2月任中共上海市委写作班党支部书记、市委机关造反联络站负责人、市委宣传部文艺处副科长。1967年2月至1970年3月为上海市革委会领导成员。1970年3月至1971年1月任上海市革委会副主任。1971年1月至1976年10月任中共上海市委书记、上海市革委会副主任。其在上海权势仅次于张春桥、姚文元，人称“徐老三”。1976年10月至1992年6月被捕、服刑，1980年5月被开除党籍，1992年6月至1995年5月保外就医，1995年5月刑满释放。其回忆录《十年一梦》由香港时代国际出版有限公司2003年12月出版。[财经网http://www.caijing.com.cn/2007-11-08/100037083.html]

[二]《中国人民政治协商会议共同纲领》是中国共产党主持制定的一个起临时宪法作用的文件，1949年9月29日由中国人民政治协商会议第一届全体会议通过。由序言和七章组成，共60条。这个会议产生的中华人民共和国中央人民政府接受该纲领为施政方针。

言论、出版、集会、结社、通讯、人身、居住、迁徙、宗教信仰及示威游行的自由权……中华人民共和国经济建设的根本方针，是以公私兼顾、劳资两利、城乡互助、内外交流的政策，达到发展生产、繁荣经济之目的。国家应在经营范围、原料供给、销售市场、劳动条件、技术设备、财政政策、金融政策等方面，调剂国营经济、合作社经济、农民和手工业者的个体经济、私人资本主义经济和国家资本主义经济，使各种社会经济成分在国营经济领导之下，分工合作，各得其所，以促进整个社会经济的发展[一]。

我得到的印象是，新民主主义革命就是由共产党领导下的资产阶级革命。五星红旗上的大星是共产党，四颗小星星是工人阶级、农民阶级、小资产阶级和民族资产阶级。那时还看了不少苏联电影，如《列宁在十月》《列宁在一九一八》[二]《幸福的生活》[三]等，丰富了对新民主主义革命的感性认识。由于自己加入了新民主主义青年团，可以听团课讲座，认识到共产党要解放全人类，要消灭阶级，消灭剥削，政党也自然消灭，在解放全人类过程中解放自己。

1950年夏天爆发了朝鲜战争，10月19日中国人民志愿军跨过鸭绿江。“雄赳赳，气昂昂，跨过鸭绿江”的歌声响遍全中国。一场“抗美援朝，保家卫国”的运动轰轰烈烈展开了。学校里还组织观看《青年近卫军》[四]《腐蚀》[五]等影片，我也及时读了《卓娅和舒拉的故事》[六]《钢铁是怎样炼成的》[七]等苏联小说。全国人民参加抗美援朝捐献活动，并踊跃购买中国人民胜利折实公债[八]。同年12月1日政府公布了《关于招收青年学生、青年工人参加各种军事干部学校的联合决定》，12月2日团中央发表《告全体青年团员书》，号召以身作则，响应号召。12月9日全上海举行了抗美援朝爱国大游行。对于我来说，又面临了一次抉择，是否报名参干？我是新民主主义青年团员，应该响应号召，积极报名。但是我舍不得妈妈，他受苦受累抚养我们兄妹成人，今天我翅膀硬了，就要离她远去，我不忍下这决心。香港的亲友们也很关心此事，来信劝我别贸然决定参干。思想斗争结果，我没去报名。这样做，感到内心有疚，有一种“负罪感”。我找了班主任洪式良先生，要求他把我这个班长撤掉，因为我没在班上起带头作用。洪先生摆摆手，劝我说，去也光荣，留也安心，各人情况不同，不要背包袱，要我继续当好班长，为同学服务。不久参干名单公布，我班黄克威同学光荣参干，我们在王梓青同学家开了欢送会，班主任也来参加。

我一面努力学习，一面积极参加社会工作，先后又担任了团总支的军体委员、组织委员和学习委员。我社会工作一多，也顾不上打球了，逐渐我就很少参加校队练球和比赛了。

[一]《共同纲领》第一、第五、第二十六条。[新华网http://news.xinhuanet.com/ziliao/2004-12/07/content_2304465.htm]

[二]《列宁在十月》(1937)《列宁在一九一八》(1938)皆为苏联黑白故事片，是斯大林为了庆祝十月革命20周年所指定拍摄的，由米哈依尔·罗姆·德米特里米·瓦西里耶夫(1901—1971)导演，莫斯科电影制片厂摄制，长春电影制片厂译制(1950)。影片描绘了列宁的革命斗争生活，塑造了列宁的伟人形象。1988年6月，苏联文化部以歪曲苏联历史为由，明确禁止《列宁在十月》和《列宁在一九一八》等十几部影片继续公开上映。

[三]《幸福的生活》(1949)，苏联黑白故事片，伊凡·培利耶夫导演，莫斯科电影制片厂摄制，长春电影制片厂译制(1950)。该片讲述了新苏维埃集体农庄的农民爱祖国、爱劳动、歌唱幸福与爱情的故事，著名插曲包括《红莓花儿开》《歌唱幸福》等。

[四]《青年近卫军》，苏联导演格拉西莫夫根据法捷耶夫小说(1945)改编的影片。

[五]《腐蚀》(1950)，黑白故事片，柯灵根据茅盾同名小说改编剧，黄

青年團南模中學總支部一九五三級全體團員合影

南模中学全体青年团团员（1953）

↓南模高一甲班主任李伯伣与部分同学欢送参干同学黄克威（左2）（1950）

佐临导演，文华影业公司摄制，讲述抗日战争时期女青年先被国民党利用、后弃暗投明、奔赴解放区的故事。

[六] 卓娅和舒拉的故事.么洵译.北京中国青年出版社.1952。

[七] 尼古拉·奥斯特洛夫斯基.钢铁是怎样炼成的. 1942年梅益译自英文版，1949年刘辽逸补校，人民文学出版社出版。1958年，梅益第二次修订，1979年出版。

在高中上学期间，学校中也有不少运动，我的社会工作较多，但我没对听课和家庭作业有丝毫放松。前一天开夜车，第二天坚持上课，绝不迟到。政治与业务是会有矛盾的，但我力图两不误，无非是少睡一些觉，少打两场球而已。有一次，团总支负责人通知我，学校推荐我去苏联留学，要我填写履历表和家庭情况表。我如实照办，心中也是忐忑不安，像我这样的表现和家庭背景，政审能通过吗？果不出所料，没能通过政审这关。从此，我背上了家庭的包袱。

1953年3月6日中央人民广播电台播送了斯大林于3月5日晨9∶50去世的消息，全校师生都很震惊。下午我去学校领了黑纱分发给本班同学。晚上和团总支委员们一起去苏联领事馆悼念。3月9日全市举行了追悼大会，陈毅市长还讲了话。3月10日晚，去衡山电影院看了描写斯大林生平的电影《宣誓》[一]。

高三下学期面临高考，学校里组织了各门课的补习讲座。同学们说，南模的老师很有水平，“押题”押得很准。对我来说，这学期是最忙的，要复习功课，要搞社会工作，不时还要参加校队与兄弟学校赛篮球。4月初放春假，很多同学都自行组织外出春游，这是毕业前的最后一次集体活动了。我决定和同班同学陆公望、石长和、陆振道四人一起去苏州。4月3日(星期五)一早我们去火车站，8∶25准时到达，下车后直奔木渎，路上经过横塘镇，看见了爸爸的坟墓，略为默哀致敬。吃过午饭，我们便上灵岩山，从前我来过，还能带路，一个半小时到达顶峰。休息片刻即翻越下山去天平山，下午四点半我们到达天平顶峰，顿时有登高山而小天下之感。晚上八点多我们才回到城里，在陆公望的舅母家下榻，受到她的热情接待，饱餐一顿。第二天五点半大家就起床出发，闲逛玄妙观，吃了一碗鲜粉汤，八点到拙政园。此园乃太平天国李秀成驻苏州的所在地。接着我们又去狮子林转了一圈，走马观花，来不及去虎丘了，当天下午乘火车赶回上海。回家后，余兴未减，晚上去国泰电影院看了场电影《安娜与暹罗国王》[二]。两天的春假就这样度过了。

提起陆公望，也有点缘分，他的父亲陆抑非是中国著名画家和艺术教育家。他在中学时学习《芥子园画谱》，看我喜欢绘画，曾送我几张习作，印象很深。他毕业后考入上海同济大学土木建筑系。相隔五十多年后，一次他到北京，同窗暮年再次相聚，不胜感慨。他退休后，致力整理他父亲陆抑非遗著，出版后送我一套留念。最近在一次亲友聚会时，得知我的表姐张敏曦和陆公望的夫人曾经在一个单位共事过，两家人很熟。没有想到，竟然还有这样一个关系，真是天下太小了！

再说当时1953年毕业前夕，正当

[八]1949年12月2日，中央人民政府委员会第四次会议通过《关于发行人民胜利折实公债的决定》，决定发行总额2万万份的人民胜利折实公债，1950年内分两期发行。当时实行折实单位，每单位约5角钱，可折实购买粮油、蛋、肉，如物价涨落，折实单位的钱值可上下浮动。

[一]《宣誓》(1946)，苏联黑白故事片，格洛瓦尼扮演斯大林。

[二]《安娜与暹罗国王》(*Anna and the King of Siam*,1946)，由美国20世纪福克斯出品，根据Margaret Landon同名小说(1944)改编，素材来源于暹罗(泰国)总督夫人Anna Leonowens 19世纪60年代的日记，主要描写英国维多利亚时期与暹罗国王时期不同的价值观冲突。1951年该电影被改编成舞台剧，分别于1956年、1999年再被拍成电影。

高中时费麟水彩临摹(1952)

我一心准备升学考试时，突然接到通知，这届毕业生中要留下几位团干部到徐汇区去工作，很可能有我。这下又面临了一个抉择，是考大学还是服从工作需要留下工作。回家后，我把这消息告诉了妈妈。她倒很开通，要我做两手准备，能考大学就去应试，如要留下工作，就安心工作。对这八字还没一撇的事，我已有两种思想准备。我照常复习功课准备高考，并做团总支学习委员的工作，组织同学复习听课。我还是以放松的心态面对了这次新的抉择。上次抗美援朝参干我没经受住考验，很内疚。这次服从祖国需要，是上大学还是留下工作，应由组织决定。我想通了，不管在哪个岗位，我都会发挥自己应有作用。我会坦然迎接这次新的考验。

费麟、费明仪向母校赠书(2006)(左2:高屹校长,右1:费琪)

12 摇篮

Tsinghua University

在南模读完了中学课程，我深感老师们的言传身教，受用终身。"勤俭敬信"四字校训，成为我的座右铭。"旧南洋，新南洋，说新旧，感沧桑，旧历史廿七年，新记录日方长。"这首校歌，简洁上口，意味深长。每次返校参加活动时，我都会想起这难忘的旋律。

毕业前我已做好两种思想准备，如果需要留下，也安心，同时也没放松高考复习，因为巩固已学的课业对今后总是有用的。令我惊讶的是在高考前不久，我突然接到通知说，不必留下工作了，还是参加高考争取上大学，因为祖国正在蓬勃建设，需要大量专业人才。没什么可说，赶紧准备应考吧！当时唯一留校当老师的是同届高三女班同学赵遐秋。她在解放前参加了地下党的外围组织，解放后兼任团总支书记，对我们同学都很关心，像个老大姐。她有较好的文史基础，三年后，于1956年响应国家号召，考上了北京大学中文系汉语言学专业，现任人民大学中文系教授。她的丈夫曾庆瑞是中国传媒大学教授，小女儿曾子墨是凤凰台主持人。

1953年也是全国统一招考，当时我抓紧报了名，拿到准考证。考试共三天，有政治、语文、英文、数学、物理、化学、生物、历史和地理9门课。整个考题还不觉得难，感到似曾相识。有些题，老师在高考复习时都讲过，我真要感谢南模的数理化老师，居然有如此高超的押题水平。1953年9月29日一早，在《解放日报》上登载了《全国高等学校一九五三年暑假招考新生录取名单(华东区部分)》。前两年我有幸在北京国家图书馆报刊档案中找到这份值得纪念的旧报纸。

南模同学到北京上大学的有92人，清华大学新生名单中有31名，其中在"土木建筑与房屋建筑"专业的有徐民苏、芮经纬、梁支厦、俞有炜和我5人。沈恒滋在"测量与绘图"专业，也属于土建系。我高兴，全家人包括那时和我们住在一起的大舅舅、二舅母两家都为我高兴。我在填报志愿时考虑再三，读建筑系是我首选志愿，第二志愿是师范，妈妈也很赞同。平时我爱

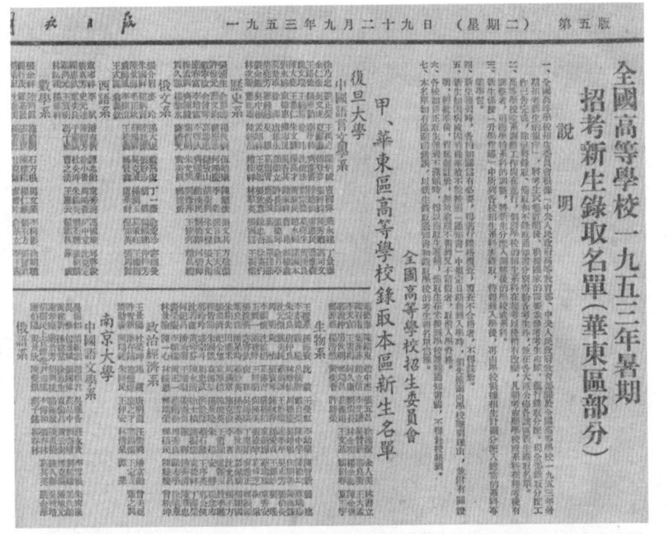

解放日報 一九五三年九月二十九日（星期二） 第五版

全國高等學校一九五三年暑期招考新生錄取名單（華東區部分）

說明

全國高等學校招生委員會

甲、華東區高等學校錄取本區新生名單

復旦大學

中國語言文學系

歷史系

俄文系

西語系

數學系

生物系

政治經濟系

南京大學

中國語文學系

俄語系

清華大學

普通機器製造類

画画，又对建筑设计耳濡目染，有时还跟着妈妈到施工现场转转。工地现场的熟石灰、抹灰和油漆的混合独特味道已在我的记忆中留下了痕迹。读建筑系是考同济大学还是清华大学，又要考虑一番。妈妈鼓励我去北京清华大学，她说在那有她的老师梁思成、林徽因，还有正在清华任教的中大高班同学戴志昂。好男儿志在四方，我决心离开上海，换一个环境，清华大学成为择校的第一志愿。当然，我也舍不得家，从小跟着妈妈长大，现在要离开了，有点依依不舍。

清华大学入学通知书是1953年9月27日发出的，到9月30日收到。这时，同时收到二伯父从香港发来的电报，并汇来了一些港币，表示祝贺。他是大公报报人，消息灵通，在第一时间表达了对我的关心。入学通知书有两件，一

（上接第八版）

土木建築與房屋建築

測量與繪圖

天津大學

動力類（本）

1953年9月29日一早，在《解放日报》上登载了《全国高等学校一九五三年暑假招考新生录取名单(华东区部分)》

是“清华大学新生到校应注意事项”，要求10月6日前报到，然后分配专业再编班上课。另一件是由清华大学学生会署名的一封迎新信，信中特别写着：“中国的大规模有计划的建设已经开始了！他迫切地等待着清华大学培养出各种各样的新型工程师来参加祖国伟大的建设！”报到后我又拿到一个布制的“清华大学新同学”报到胸牌，上有名字和学号。这三件东西，我一直保留至今，作为纪念。

打这一天开始，妈妈忙着为我准备行装。北方冷，我又易患感冒，易犯扁桃腺炎，妈妈为我赶制了棉袄棉裤棉帽和棉手套。家中正好有一条军毯，是美军剩余物资，妈妈让裁缝店给我做了一件草绿色短大衣和长裤。我自己也忙于准备行装，考虑到今后要学建筑史，随手把中学历史笔记本也带上了。唯独没带集邮册和集钞本，准备暂存上海。其中有一些盖过邮戳的大清龙票(橙黄色、淡黄色)、英国黑皇后票、蒋介石与孙中山的头像票、抗战胜利纪念票以及全套金元券钞票和零星的关金券、中储券、老法币等。很可惜，经过“文化大革命”的“破四旧”[一]，这些宝贝全部都被清走了。

过了国庆节，我按学校通知书的要求到北京去报到。妈妈送我到火车站，千叮咛万嘱咐，要我好好照顾自己，锻炼独立自理的能力。第一次离开上海到外地生活，第一次告别家人，心中总有点不是滋味。列车启动了，我隔着车窗，与妈妈挥手告别，眼看着她的身影渐渐远去，我开始了人生新的旅途。那时到北京的火车是普客，沿途停小站，很烦人。到南京后，要乘摆渡船过江，足足耽误了两个小时。火车坐渡船，也是件新鲜事，我第一次看到滚滚的长江水。在经过黄河时，我又是第一次看到中华的母亲河。在座位上迷糊了一段时间，于清晨到了北京。火车缓缓驶入北京前门火车站，古老的京城，我是第一次见到，很兴奋。过去，看到的“大前门”牌香烟盒上的前门变成了眼前的实景。六朝古都的北京，我将在这度过青春时光！出站后，老远就看到清华大学接待站的标志，跟着大队伍上了接人的专用校车，经西直门外的西颐路[二]直达清华西门。只见门口两座石狮仿佛在迎接我们。车子在二校门停下。办完了手续后，我暂时在诚斋住下。校园内到处是迎新的标语，其中令人耳目一新的一条是：“清华园是工程师的摇篮”。这将是我的奋斗目标！土木建筑系中设有建筑专业、工民建专业(施工)、工民结专业(结构)、给排水专业、暖通专业、建筑材料和测量专业。要学建筑，还得加试美术。我心中无底，是考写生还是画石膏像？反正要尽我所能，力争闯过这一关。出乎我意料，那天考的是想象画，题目为“祖国的乡村”。好在我平时爱临摹一些名家的铅笔素描风景画，感到并不难。经过一番构思，很快画完交卷。看到旁

[一]“破四旧”，指“文化大革命”期间1966年8月18日红卫兵被领袖接见后的第二天开始，走上街头破除“旧思想、旧文化、旧风俗、旧习惯”。

[二]西颐路，指1953改建竣工的西直门至颐和园道路。1955年改建后相继更名为白石桥路、白颐路。1982年、1997年再次改建。1999年北延至清华西门，白颐路分段更名为中关村南大街和中关村大街。

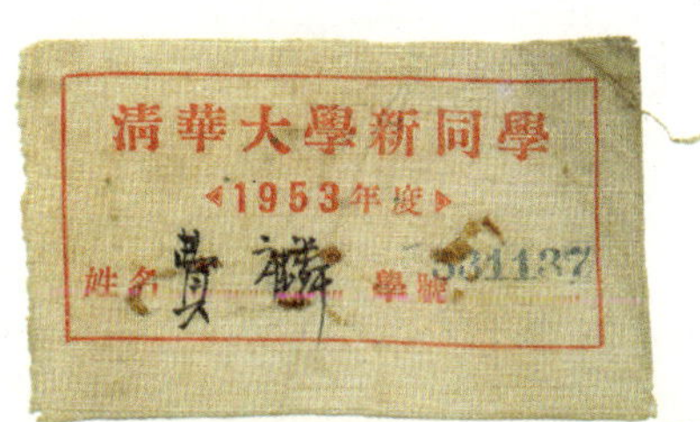

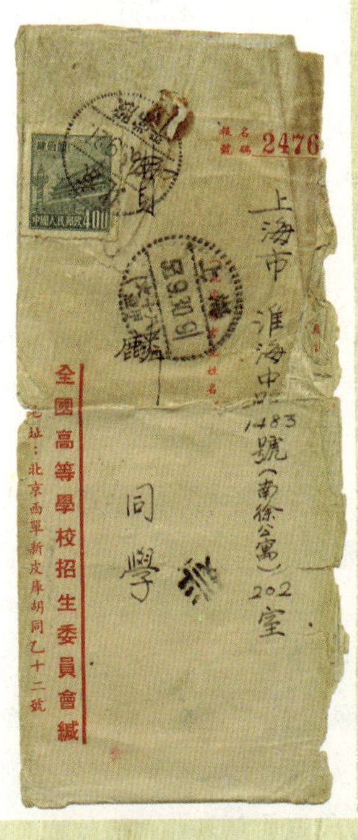

親愛的新同學！我們的新伙伴們

首先讓我們向你們致以熱烈的祝賀和歡迎！祝賀你們完成了中學的學習！歡迎你們到我們學校來讀書，作一個人民的工業大學學生！

新伙伴們：祖國的大規模有計劃的建設已經開始了！他迫切的等待着清華大學培養出各種各樣的新型工程師來參加祖國偉大的建設！

全校的老同學在等待着你們！等待着這一批新的生力軍，來壯大我們的隊伍！增加祖國建設的後備力量！

趕快來吧！新同學們：今後我們大家將要在一塊學習科學技術、學習政治，一塊鍛鍊身體，一塊玩：—在黨和政府的關懷教育下，和老師們的熱心教導下，我們將一起爲出色的完成祖國人民交給我們的學習任務而不懈的努力！我們將爲作到毛主席對我們的指示：身體好、工作好、學習好！共同努力！

祝賀 你們

身體健康一路順風

清華大學學生會

一九五三年九月 日

清華大學新生到校應注意事項：

甲、報到及上課日期：因新生係按類錄取，到校後尚需分配專業再編班上課，此項工作在十月六日開始，所以規定自收到通知日起至十月六日以前報到。十月十二日上課。

附註：特別注意九月三十日及十月一日本校因參加國慶遊行，無法同時照顧迎接新生及報到事宜，請新生不要在這兩天內到校。新生不能在十月十日以前到校者，需向學校請假。

乙、來校交通問題：

原則上應自行解決，本校在上海、漢口特設臨時聯絡站，在當地招生委員會領導下辦理購買車票及來校等事宜。旅費及食宿自理。

（1）上海——聯絡站地點及集體乘車辦法注意上海解放日報。

（2）漢口——聯絡站地點及集體乘車辦法注意漢口長江日報。

（3）各地新生希望儘可能結伴來京。來京後請至東華門清華校車站乘搭校車來校。（校車來校班次上午七點，九點，十一點。下午二點，五點，七點三十分）（清華電話總機四、二七三六，四、二七三九，四、一四三二，四、一四三三轉接衛生科，（或二九局轉清華大學再接衛生科。））

丙、新生到校時應帶下列重要證明文件：

❶錄取通知書及准考證。

❷學歷證明文件（高中畢業生，工農速成中學畢業生、幹部調幹考生）學歷證明文件、（在職青年，中等技術學校學生）服務證明（其他學生）——已交招生委員會者不用帶。

❸最近大一寸（一寸半）脫帽半身像片八張備用。（來不及準備者可來北京再照。）

❹戶口遷移證。

❺如原中學或原機關醫療室有健康證明及病歷者，請儘可能索取帶來，交本校校醫參考）

丁、有關生活問題：

❶生活及學習費用。

（一）一般學生每月生活零用費（包括文具、紙張、雜記本等）自行解決。

（二）每學期約需交納雜費講義費約十萬元左右，於開學時交納。請來校前作好準備。

❷助學金問題：

（一）學生入學後由國家供給伙食費。

（二）家庭經濟情況確實困難者，每月可申請補助生活零用費一——五萬元，審查屬實後如確有困難亦可申請補助。

證要根據同學具體情況決定，因此申請者必須將當地政府取具家庭經濟情況證明始可申請，證需中轉者可在原校前證明。凡在中學已申請有助學金者，請將原校證明一併帶來。

（三）工農中學畢業生及調幹學生按幹部入學待遇。

❸南方新生前來北方的應注意攜帶用的被褥及衣服，以下是一般應用數量，提作參考：

（一）一條較厚棉被（約需五斤——七斤左右）及一條墊褥，如原有三，四斤左右的，則最好另帶一條。

（二）北方氣候比較寒冷。本校各宿門雖均有供暖設備，但一般仍需要棉襖，厚棉褲，（或毛絨厚絨衣褲），及棉質外大衣等，以上各件及棉帽在北京亦可購買。

戊、健康標準須知：

本校學生學習期限爲五年（建築系爲六年），學習過程中要求每一個學生的體力均能順利擔負全部的學習任務，並要去工廠、礦山或工地進行生產實習，因此，要求同學有健康的身體，過去有的同學不顧自己身體，勉強帶着自己的疾病勉強進行學習，結果學習的任務未能完成，影響了國家計劃，也損害了自己的健康，所以凡患有後列各種病症的，請不必來校報到，可用書面與本校聯系；否則來校後如經檢查發現，亦必須回家休養。往返往返，并無好處。該項病情分爲兩類處理辦法：

（1）凡患有下列疾病的必須回家休養，並須書面向本校申請保留學籍，保留學籍期間暫定爲一年，一年後病愈，可以負担學習任務時，再書面申請入學，經批准後再行來校。

1.患肺結核尚未痊癒全部鈣化期。

2.其他結核病未痊癒已患而尚不能參加學習者。

3.慢性病如糖尿病慢性腎臟炎、嚴重關節炎及嚴重消化性潰瘍等。

4.影響較嚴重的傳染病如梅毒、性病等。

（2）凡有嚴重生理上缺陷、或患嚴重疾病與傳染病者（如全色盲、嚴重心臟病、痲瘋等）不宜的學習工科者，不得進入本校。

清华大学新生入学须知（1953）

边的一些新同学，各个都是能手，有的画中式亭台楼阁，有的画山水风景，显然他们都受过专门训练。相形之下，我的画太单薄了！过了几天，公布分专业名单，我和南模中学同学梁支厦、芮经纬、徐民苏都被建筑专业录取了。这年建筑专业约90人，分成建九一、建九二、建九三共三个班。我在建91班，是六年制，要比一般专业多学一年。到1959年，也就是国庆10周年时，我们大学毕业。很巧，毕业的时间逢9，是个吉祥数，与国庆同步。分班以后，随后就调整宿舍，我们建九班男生住在西大饭厅北面的第4宿舍，女生分在第17宿舍。第4宿舍是个砖混两层坡顶建筑，平面外形像个小飞机。南入口，楼梯间也在南边，对着楼梯间是盥洗室与厕所，还有一间小锅炉开水房。建91住在二层东边大间。大间中用不到顶的隔断分成三小间。每小间有四张上下铺，中间放了共用书桌。南墙开了大窗，北端有一公用开放式走道，走道边的北墙是一“暖墙”，冬季烧煤取暖。据说这种做法是学苏联的技术。我选择了上铺，比较干净。同屋的有姚伏生、毛德亮、吴宗铎、张跃曾、郭日睿等人。很巧，这小屋里大部分是南方人，可以讲上海话。宿舍旁边就是西大饭厅，是一个用短木拼接成的约24米大跨度的单层建筑。由土木系结构教授张维设计的，据说是远东木结构第一跨。一日三餐就在西大饭厅，一桌八人，四菜一汤，人到齐就动筷子。如遇到四喜丸子，就由一位临时桌长，将四个丸子分成八份，各得其所。主食不限量，我们这批小子，特别高兴，可以足食。我最喜欢吃炒饭，这种是将隔夜米饭加葱油炒成，有时还有一点馊味儿，也挺“开胃”。主食除了米饭外，还有馒头、豆包、家常饼、面条等，很是丰富。饭厅内经常播放苏联歌曲和中外名歌，一面用餐，一面欣赏。当时，吃饭不要缴膳食费，是由国家补贴的，直到三年级时，才开始自费。

我们南模中学的同学都是在国庆节之后到北京报到的。经联络，约定在一个星期日到天安门聚会。老同学又能在首都北京相见，很开心，大家在天安门前留了一张合影。这张1953年拍的集体照，竟仍保留至今，很不容易。五年前，王征祥特意将它扫描放大后，用电脑传给我，我再将它扩印成照片，分送给在京的53届上海南模校友们，作为珍贵的纪念品。到北京后，从20世纪90年代初开始，53届老校友几乎每年都有不同形式的聚会，这个惯例一直延续至今。

过去在中学上课，教室是固定的。大学正好相反，教室不固定，每节课之间要匆匆换教室，跑得慢一些，就占不到前排的好座位了。作为建筑系馆的“清华学堂”是一幢欧式两层砖木结构的建筑，风格古朴典雅，青砖、法国“孟萨”式(Mansard)红瓦屋顶，与罗马万神庙“潘泰翁”式(Pantheon)的大礼堂、美式的科学馆和单层青砖“同方

南模同学在天安门前合影（1953）

妈妈（右2）与中大校友施懿德（右3）、南模老师吴宗初夫妇等在圆明园合影

南模北京师生校友合影(2008)

南模北京校友在玉渊潭合影(2005)

↓妈妈和我的南模校友在清华图书馆前留影

[一] 为满足国内发展需要，学习苏联教育体制，1951年5月18日政务院批准教育部长马叙伦的高校院系调整报告，11月教育部召开全国工学院院长会议，提出先从华北、华东开始的工科院系调整方案，揭开1952年全国院系大调整的序幕。1952年秋，中央教育部在高校教师思想改造的基础上，根据“培养工业建设人才和师资为重点、发展专门学校、整顿和加强综合性大学”的方针，在全国范围内进行高等学校院系调整，并对高校内部结构进行根本改造，增加工科院系、削弱文科院系。1952年底，全国3/4的院校完成了调整工作，其中以华北、东北、华东三个地区的调整较为彻底。经过调整，私立高校全部改为公立。1953年，以中南区为重点，其他地区局部进行院系调整，根据“对政法、财经院系则采取适当合并集中的作法，以便进行整顿”为原则制定的调整方案于1954年5月29日经政务院第180次政务会议原则上批准，10月11日由政务院正式颁布实施。1952年院系未调整前有高校211所，1952年201所，1953年181所。[《中国教育年鉴》(1949—1981).233,965;李刚.大学的终结〔J〕.原载《中国改革》2003年第八期.]

部”老建筑围合出一块开阔的绿地，形成清华早期的教学中心。

1952年教育改革，理工分校[一]，先后在这块绿地四周建了一教楼、阶梯教室、水利馆和二教楼。我们上课的教室大多数都分散在这群教学楼中。建91、建92、建93共有九十多人，一般都在一起上大课，而建筑设计初步、建筑课程设计、素描水彩课以及基础课的辅导课，都要按小班分开上。建九大班经常见面，一起上课、一起食宿、一起活动，就像一个欢乐的大家庭。班上多数同学来自外地，北京的同学主动热情地照顾大家。有一次，几位北京中学毕业的女同学，专门从家里带来了几样北京小吃，什么“艾窝窝”、“驴打滚”、“茯苓饼”，让我们南方来的同学品尝一番。我特别欣赏“艾窝窝”，外表很像南方吊粉汤圆的糯米皮，馅像中秋节的五仁月饼，很合南方人喜好甜食的口味。北方小吃给我带来了同窗手足的温情。

当时大学学苏联，实行体育锻炼劳动卫国制(劳卫制)，要求每个学生体育达标。每天下午4点以后，是课外活动时间，同学们自发地来到西大操场上去锻炼，也有同学去音乐教室弹琴、唱歌和跳舞，参加各类文艺社团活动。我喜欢篮球，很快就找到了球友，活跃在篮球场上。大操场西边有一个罗马会议厅“巴西利卡”式 (Bsilica) 的体育馆，有室内篮球场和室内游泳池，也是开全校运动会时主席台所在地。锻炼后满身大汗，大家可以去体育馆边的公共浴室冲洗一下。

晚上7点到9点是晚自习时间，同学们争先夹着书本去图书馆的阅览室，去得晚就找不到座位了，也可以留在宿舍里自习。我比较习惯后者，一则可以省去找不到座位的烦恼，二则可以减少往返路途的时间，三则在宿舍里和同学相互切磋比较方便。等晚自习一过，同屋四人马上凑齐打一圈桥牌。

每到周末，宿舍边的西大饭厅放映电影，要自带凳子，早去占位。当时放的电影多数是外语翻译片，如《保尔·柯察金》《难忘的一九一九》《斯大林格勒大血战》《勇敢的人》《伟大的公民》《好兵帅克》《废品的报复》《生的权利》《流浪者》……每看完一次电影，就会流行一些电影歌曲，为紧张的学习生活增添乐趣。

有时，建筑系学生会组织周末舞会，在荷花池边的员工食堂。我不太

劳卫制奖章

会跳，班上的女同学手把手教我。我逐渐学会了三步华尔兹和四步狐步舞。一面欣赏舞曲，一边练舞，少不了要踩女同学的脚，很不好意思。

北方的冬天来到了，这是我第一次感受北方的冬天，很不适应，不断感冒喉痛，扁桃腺发炎。校医院大夫建议我去割掉扁桃腺。第二年开春，我决心去开刀割掉这个讨厌的病灶，但我又不想让妈妈担心，所以准备来个“先斩后奏”，等动完手术再告诉她不迟。校医院介绍我去灯市口锡拉胡同北京口腔医院住院治疗。大夫说，只是个小手术，住院几天就可以出院。这家医院设在旧四合院中，我住在五人一间的北病房中，躺在中间病床上，可以看到南面的大内院。

手术很成功，麻药过后有点痛，吞咽东西不便，只能进软流食。很多同学来探望我，叫我安心养病，以后帮我补课。我最担心的是俄语课，北方同学都学过俄语，我可没学过。从发音到记生词、学语法，和英文很不一样。特别难学的是那卷舌音，我只会小舌头发音，大舌头不听使唤。在病床上我就练习这个卷舌音。开刀后第三天下午，我刚睡完午觉，坐在床上看了一会俄文课本，卷舌音也练累了。两眼放松一会，看着窗外庭院小景。夕阳西斜的金色阳光，洒在几棵石榴树上，一片北方冬天四合院庭院景色，透过格栅门上菱花玻璃窗映入我的眼中。我突然想家了。一个病人躺在异乡医院，别有一番滋味在心头。突然，一个身影从菱花窗外掠过，给我一个似曾相识的直觉。不一会，护士小姐陪了一人进入病房，让我大吃一惊：是妈妈！啊，这简直是太神奇了，真是想什么就有什么。她怎么知道我住院动手术？ 怎么会特地从上海赶来北京看我？她见我精神挺好，嗓子已不流血，也不怎么痛了，就放心了许多。原来，妈妈是为设计北京新侨饭店来京出差的，办完事后去清华大学看我。听说我已住院，可把她吓坏了，赶紧前往医院。妈妈的到来，给了我太大的惊喜，每当我处于“危难”时刻，妈妈总像及时雨般的保护神，突然出现在我的面前，为我分忧解难。啊，这就是我伟大的妈妈！

小时候听妈妈说，动过扁桃腺手术，要吃冰淇淋。为了吃冰淇淋，我就曾有过此愿，我不怕开刀。今天，这居然变成了现实。妈妈知道医院没有冰淇淋供应，她立即到附近东安市场著名的西餐厅和平餐厅买了一大份冰淇淋。我躺在病床上，如愿以偿地品尝了妈妈为我送来的冷饮。在这样一个大冬天里吃冰淇淋，别有风味。这段经历让我终身难忘，还是妈妈亲。

我出生在广州，上海长大，从小没离开过家。在七宝南模分校住过校，锻炼了一点独立生活的能力，自己安排生活、学习计划，自己洗衣服，注意饮食起居。来到清华读书后，很快也就适应了新的生活节奏。记得我到

清华建九一同学在天安门华表前

建筑系报到不久，系秘书黄报青老师找我面谈了一次。他个子不高，戴一副黑边眼镜，双目炯炯有神，操南方口音。他看过了我的档案材料，告诉我高考分数是550分[一]，他要我当建91的班长。我很吃惊，人生地不熟的，这怎么行？他热情鼓励我，当班长的负担要重些，不仅自己要带头学好，也要关心全班同学的学习进步，希望我好好干。我意识到在中学时自认成绩还好，到清华后一比较，强手很多，容易发生自卑感。当大学的班长要比当中小学的班长难多了，尽力而为吧。自此，每堂课当老师进教室门后要喊："起立！敬礼！坐下！"班上经过推举产生了班委会，有组织委员、宣传委员、学习委员和体育委员。还要订出工作计划向全班公布。和任课老师商量后，班里又推举了各科课代表，负责老师与学生之间的沟通。现在回想起来，在学生时代担任一些社会工作，有利于锻炼独立工作的能力和培养团队精神。但是，时间是常数，工作学习总会有矛盾的，我担心长此以往，

[一] 当时高考共有政治、语文、英文、历史、地理、数学、物理、化学和生物9门课，我考了550分，相当于平均每门60分左右，已过录取线。

清华建九一部分同学在北京明十三陵

春节建筑系化装舞会（1954）

化装舞会建五班林泰饰普希金，温秀饰果戈里（1954）

会影响我的学业。清华当时提出了一个口号：担任社会工作是一种大有出息的负担。要求学生又红又专，政治业务双肩挑，成为一名红色工程师，为祖国建设服务。在学生中设立了政治辅导员制度[一]，从高班中挑选一批学业优秀的学生当政治辅导员，协助党、团委做学生的思想工作。为了不耽误学业，政治辅导员可适当延长学习时间，推迟半年或一年毕业。我们建九班有个姐妹班，是比我们高四届的建五班。作为大哥哥大姐姐，建五班同学有责任有义务对我们建九班新生从生活、工作、学习、思想等方面给予帮助。如谢文蕙、唐其恕、罗征启、林泰等同学就是政治辅导员，我逐渐和他们有了接触，也比较熟悉。有一次系里举行化妆舞会，建五班的林泰化妆成普希金，温秀扮成果戈里。我也凑一份热闹，扮成哥萨克人，嘴巴上贴了一个斯大林式的大胡子，热闹非凡，记忆犹新。当时学校给我一个印象，清华是一个很有人情味的高等大学堂，众学子来自四面八方，在这红色摇篮中熏陶、成长。在文化大革命中，这个摇篮被批判成修正主义的“大染缸”，学子成了修正主义的苗子，变成了革命的对象。

[一] 1953年，清华大学实行政治辅导员与班主任共同管班级的“双轨”制度，即向每个班级派遣一位中共党员担任政治辅导员，主要任务是发展学生党员干部。该制度在全国高校中为独创，一直延续至今。20世纪80年代末期起向其它高校推荐。

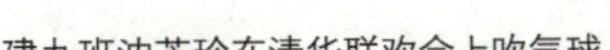
建九班沈芝珍在清华联欢会上吹气球

13 思源

Learning

说清华大学是红色摇篮，就意味着按照当时的教育方针，在这摇篮中要培养出参加祖国建设的红色专家。从校长到各系的师生，都这样理解，也是这样去做的。毛主席号召要“身体好，学习好，工作好！”在清华有一位体育界长者马约翰老师，以身作则，不论冬夏，常年穿着单衣、羊皮软鞋、没膝短裤、长筒白棉袜，一副英国乡绅打扮。他鹤发红颜、双目炯炯有神，活跃在运动场上，指导同学体育锻炼。学校号召，要以他为榜样，“为祖国健康工作50年”。同学们议论着，50年以后，我们这批学子都已进入古稀之年，能不能坚持下来还很难讲，但马约翰先生的精神始终是鼓舞我们的力量。我记得很清楚，想当年，全校开运动会，建筑系的男女运动员都很厉害，拿到许多奖牌。让我惊讶的是，教务处处长钱伟长有一次也穿了运动服，出现在百米跑道上，轻松地在做准备活动。没想到，这位全国著名的力学专家，还有这么一手。建九班有不少文体积极分子：田学哲是撑杆跳运动员；张光恺、邵琦、凤存荣、关允珍是体操技巧队的；赵晓茵、王玉莹是摩托车队的；徐民苏别看个子矮，是足球校队的守门员，经常能飞身扑出险球；徐亚英个子高，身强力壮，是清华冰球校队主力队员。班上几位篮球爱好者也组织起班代表队，经常与外班赛球。田学哲、王承熙、毛德亮、吴炎堃、张光恺、程恩健打锋，大个儿张家璋、詹庆旋、郭日睿打卫，徐亚英、王者香打中锋。我有时打左锋，有时打左卫，因为中学时就习惯了这个位置。

各班在课余时候，经常组织一些文娱活动。建九班又涌现一批积极分子。许宏莊的拿手好戏是二胡，他拜了名师，能拉出许多二胡名曲。他演奏二胡大师刘天华的名曲《光明行》，让人叫绝。每次演奏，他进入状态，我们也随着琴声引起共鸣。对于中外名曲我们都很喜欢，特别是苏联歌曲，更加爱唱。毛德亮经常领唱《卡林卡》[一]（雪球花），一声高亢的“卡林，卡卡林，卡卡林，卡马亚……”马上就调动起大家的情绪，这已成为建九班的保留节目

[一]卡林卡，雪球树的音译，忍冬科小乔木或灌木，开小白花，结红色浆果，味苦涩。马林卡，马林树的音译，悬钩子科灌木，结红色浆果，味甜美。在俄罗斯民歌中，雪球花常被用作广义上的女性的象征，表达少女的忧郁和妇人的悲伤；马林花则常被用来象征愉快、美好、自在随意。将这两种发音相近、苦甜相反的野果并列使用，借喻生活或爱情的有苦有甜。俄罗斯民歌《雪球花》，斯·拉维扬斯基编合唱，阿·阿列克桑德罗夫配伴奏，经过苏军红旗歌舞团别具一格的演唱，全世界广为流行，中文由薛范译配。[薛范.苏俄歌曲珍品选集.上海：上海音乐出版社，2007：347.]

建九篮球队小伙子。后排自左至右：吴炎堃、王承熙、费麟、毛德亮、孙光恺、程恩健
前排自左至右：张家璋、王者香、郭日睿、徐亚英、詹庆旋、田学哲

建九篮球队

了。《莫斯科郊外的晚上》[一]、《共青团之歌》[二]、《喀秋莎》[三]、《纺织姑娘》[四]、《祖国进行曲》[五]、《朋友》、《小路》[六]等都是大家喜欢的曲子。陈浩凯是位多才多艺的印尼归国华侨，他的毛笔字和素描工底都很好，又能歌善舞。他还善于指挥合唱，把同学的积极性调动起来。我就是在合唱中学会了至今不忘的《建筑工人之歌》。有一次学校举办合唱比赛，在他的指挥下，建九演出了《黄继光之歌》，受到好评，还得了奖。刚到清华，建91班举行第一次活动，要每人表演一个节目。我是五音不全的人，喜欢听别人唱。我实在拿不出节目，突然想起在中学里听到过一个谐趣小调，我无奈硬着头皮唱了一遍："一个小和尚，泪汪汪，上山去烧香。想起了我的娘，她不该叫我当和尚。如来佛在中央，十八罗汉在两旁，保佑我，小和尚，升天堂！"唱罢，引得同学一片笑声和掌声，我也觉得脸上发烧。清华的文化生活很丰富，学校有时举办大型音乐会，有一次请到了美国低音王、黑人歌唱家保尔·罗伯逊在大礼堂演唱，我们没票的就在礼堂外草坪上欣赏那用厚重男低音演唱的《老人河》《祖国进行曲》《伏尔加船夫曲》，历史悠久的清华园上空回荡着世界一流的歌声，那感觉简直过瘾至极。

说起清华园和清华大学的建立，

[一]《莫斯科郊外的晚上》，苏联文献纪录片《在运动大会的日子里》(1956)插曲，索洛维约夫—谢多伊作曲，弗·特罗申首唱。1957年7月莫斯科举行第六届世界青年联欢节，该歌曲获一等奖及大金质奖章，从此风靡世界。

[二]《共青团之歌》，苏联话剧《路途的起点》(1947)插曲。话剧描写两代共青团员参

建九班篮球队校友重相聚。
自左至右：詹庆旋、程恩健、田学哲、王者香、毛德亮、费麟

有必要回顾一下她的历史。原址为清康熙年间所建的行宫“熙春园”的一部分。道光年间，熙春园被分成两个园子，西边为“近春园”，赐皇四子(咸丰皇帝)；东边仍为“熙春园”，赐皇五子，咸丰即位后改名为“清华园”[一]。咸丰十年(1860年)英法联军火烧圆明园，兵火殃及西边的近春园，园内斋堂轩榭逐渐败落荒芜，被称为“荒岛”。(另有一个说法：根据清华校史研究室特邀研究员苗日新的考证，近春园后来是被清朝皇帝下令拆毁的)朱自清在《荷塘月色》中描述的“荷塘”就是这荒岛的荷花池；东边的清华园在兵燹中得以幸存，却因为园子的新一代主人载濂、载漪兄弟俩参与义和团起义，失败后被革职或发配，园子被皇家收回。直到1909年8月，皇室把清华园赐给清政府，用庚子赔款的退款[二]筹建“游美肄业馆”，此乃清华大学的前身。1911年4月29日“游美肄业馆”改称“清华学堂”，正式开学;1912年清华学堂更名为“清华学校”;1925年设立大学部，开始招收四年制大学生，并开设研究院;1928年8月17日更名为“国立清华大学”，归属教育部，拥有文、法、理、工等院系。教育家罗家伦(1897—1969)、梅贻琦(1889—1962)先后于1928年、1931年担任清华校长，树立了严谨的校风。

1914年，梁启超先生在清华以“君子”为题做演讲，以《周易》“乾”、“坤”二卦的卦辞为中心内

加苏联国内革命战争和卫国战争的经历。该歌曲在中国流传极广，20世纪50年代初期，许多中国青年唱着这首歌跨过鸭绿江参加抗美援朝战争。

[三]《喀秋莎》，又作《卡秋莎》，米·伊萨可夫斯基(1900—1973)作词，玛·布朗介尔(1903—1990)作曲，1938年在联盟大厦圆柱大厅内首演，获巨大成功。1941年7月14日苏联军队投入战场的一种新型火箭炮，以其命名。

[四]《纺织姑娘》(《纺纱姑娘》)，俄罗斯民间歌曲，大意是姑娘坐在窗下将纱捻成线，思绪飞扬。词曲作者佚名。

[五]《祖国进行曲》，前苏联音乐故事影片《大马戏团》(1937)插曲，格·阿列克桑德罗夫(1903—1983)导演，伊·杜纳耶夫斯基作曲，列别杰夫—库马契填词。影片描写外国马戏团一女艺人因生育黑肤色的孩子而为社会所不容、羞辱，后在苏联得到真爱，表达苏联的国际主义人道精神。1941年该电影配乐和歌曲获斯大林文艺一等奖。

[六]《小路》，词曲作者佚名，原为1941年群众国防歌曲创作比赛获奖歌曲，1947年，前苏联阿尔汉格尔斯克州某村的苏维埃业余合唱团根据采木场上的民间传唱改编词谱后，参加1947—1948全俄农村业余文艺汇演。在前苏联不太知名，1951年被译成中文并刊载于《广播歌选》九月号，在中国流传甚广。

[一]黄延复.《校园风物》.选自庄丽君.世纪清华.北京：光明日报出版社.1998。

[二]庚子赔款来自中国清朝政府针对1900年(庚子年)的义和团运动，于1901年9月7日在北京和西方11国签订的《辛丑条约》，其规定赔偿各国关平银4.5亿两(年息4厘，分39年还清)，其中美国占7.32%，合3，200多万两，相当于美元2，444万。经中国驻美公使梁诚三年半的游说，美国国会于1908年5月25日通过罗斯福总统咨文，7月11日向中国政府声明，美国从1909年1月起，将当时尚未付足的款项一千多万元退还中国，用以供资助中国学生留美之用。1908年10月28日，中美两国政府草拟派遣留美学生规程，并商定在北京由清政府外务部负责建立一所留美预备学校。1909年6月，清政府在北京设立游美学务处，即清华大学的雏形。第一次世界大战期间，1917年8月中国对德奥宣战并停止付款，战后除日本外，各国皆陆续放弃或退回庚子赔款

费麟在"行胜於言"座右铭旁

容——"天行健，君子以自强不息；地势坤，君子以厚德载物"，用以激励清华学子发奋图强。此后，学校便将《自强不息，厚德载物》八个字尊为校训，制定校徽。1917年修建大礼堂时，即以巨徽嵌于正额，以壮观瞻。1920级毕业同学曾给学校一个纪念物，即位于大礼堂前草坪南端的日晷，上刻"行胜于言"四字，也成了清华大学学生的座右铭。此后，清华大学规定了校庆日——四月的最后一个星期天。经历了沧桑岁月，清华大学桃李满天下，正如校歌[一]中所唱：

西山苍苍东海茫茫，
吾校庄严巍然中央。
东西文化荟萃一堂，
大同爰跻[二]祖国以光。
莘莘学子来远方，
莘莘学子来远方，
春风化雨乐未央，
行健不息须自强。
自强，自强，
行健不息须自强！
自强，自强，
行健不息须自强！

就在1914年，毕业于耶鲁大学建筑系的美国建筑师墨菲(Henry Killam Murphy 1877—1954)来到中国，在中国第一代建筑师、清华校友庄俊(1888—1990)的配合下，做了清华大学校园规划及清华一些早期的建

余额，并将其用于中国教育文化事业和实业。1917年十月革命后的苏俄政府以承认苏维埃政权为条件，向中国北洋政府宣布放弃帝俄在中国的一切特权，包括退还庚子赔款中尚未付给的部分；1924年5月，中俄两国签订《中俄协定》，规定退款除债务外其余全用于中国教育事业。1920年初，李石曾与蔡元培、吴敬恒利用庚子赔款退款，创办中法大学于北京。1924年，美国国会再次通过决议，将庚子赔款余额用于成立"中国文教促进基金会"("中国基金会")，其中相当一部分金额以奖学金的方式提供给清华大学。1949年掌管"清华基金"的梅贻琦先生到台湾，利用该款创办新竹清华大学。

[一]清华大学老校歌，何林一夫人作曲，汪鸾翔先生撰词，共三段，此为第一段。

[二]爰：音元，于是；跻：音记，登，上升。

清華大學校歌

费麟在清华工字厅

筑设计。墨菲在总体规划中巧妙地避开中式园林“清华园”中的工字厅[一]，让它保持现状，在它的东边和北边采用了他所擅长的西方园林手法：长轴线、大草坪、西洋式。先后建了图书馆[二]、科学馆[三]、体育馆[四]和大礼堂[五]四大建筑。其风格多采用青瓦红砖、铜门钢窗、梁柱穹拱等欧式古典建筑元素，与清华学堂[六]、同方部[七]等一起奠定了“红区”的发展基调。

红区从南面的“二校门”[八]开始，那是一座白色三拱的洋“牌坊”，在两边小拱边上各嵌希腊陶立克柱式，大拱上方有清政府兼管外务部和学部的军机大臣那桐书写的“清华园”三个大字。红区的中央是大草坪，草坪的北面是大礼堂，草坪的西边是科学馆，东边是清华留美预备学校的前身——同方部，东南为后来建成的清华学堂，它们围合出旧清华园的教学建筑中心。

清华学堂是清华兴建的第一批校舍，也叫“一院”或“一院大楼”，其实只有两层，青砖红瓦，法式孟萨屋顶。门楣上有那桐书写的“清华学堂”四个大字。它曾经是“国学研究院”，在这产生了王国维(1877—1927)、梁启超(1873—1929)、陈寅恪(1899—1946)、赵元任(1892—1982)四大国学导师，他们主张“中西兼容、文理渗透、古今贯通”，昭示着特立独行的清华人文风采。20世纪50年代起，清华学堂成为我们的建筑系馆。

进了建筑系馆，能感受到厚重的历史文化气息。门厅中央为T字形木制两跑大楼梯，全楼都是木地板，楼上楼下单面走廊，墙上挂满了学生作业和老师的示范作品。一楼是建筑构造教研组；二楼东头是建筑专业教室（以后改为建筑设计院的设计室）和美术教研组，西头是建筑历史教研组。美术教研组的门口陈列着昭陵六骏[九]的石膏浮雕复制品，办公室里放满了各种石膏像。历史教研组资料室内放了许多中国古建筑的构件，墙角有个巨大的古建筑大屋顶局部模型。后来上了中国建筑史课，经常和同学到这模型前相互考问。这是飞檐，那是金柱，那是檐柱，哪是脊瓜柱，什么叫斗，什么叫拱，何处是梁，何处是枋，如何分清“霸王拳”、“菊花头”、“桃尖”等构件，高兴起来还要背背

[一] 工字厅，指皇室清华园的古建筑群落及庭院，共有房屋100余间，总建筑面积2 570平方米。因前后大殿中间连有短廊，平面呈“工”字，故得名。

[二] 清华图书馆始建于1916年4月到1919年3月，1930—1931年扩建西翼，总建筑面积7 700平方米。新馆1992年建成。

[三] 清华科学馆建于1917—1920年，建筑面积3 550平方米。

[四] 清华体育馆原称“罗斯福纪念馆”，前馆建于1916—1919年，后馆于1931—1932年扩建，总建筑面积约4 000平方米。

[五] 清华大礼堂建于1917年9月到1920年3月，建筑面积1 840平方米，1200座位。

[六] 清华学堂始建于1909—1911年，1916年扩建东部，总建筑面积约4 650平方米。

[七] 清华同方部为清华建校首期建筑，在大礼堂建成之前曾作为礼堂和祭孔之用。1923年改称“同方部”，语出《礼记·儒行》：“儒有合志同方。”英文称Social Center，是学校“德育指导部”的课外训育场所。[黄延复.校园风物.庄丽君.世纪清华.北京：光明日报出版社,1998.]

屋脊上的仙人走兽[一]名称。听老师讲，这些模型都是根据梁思成先生整理编制的宋《营造法式》和清《工部工程做法则例》而制作的，有些是营造学社珍藏的模型教材。梁先生于1946年创办了清华建筑系，引进了欧美建筑学的现代教学经验，又用科学的方法研究中国传统建筑。西为中用，古为今用。制定了切合中国实际的教学大纲、教材和方法。

梁先生身体不好，经常带病奔波，除了系主任外，又兼任北京都市规划委员会副主任。我在建筑系迎新会上第一次见到梁先生。他身材矮小，目光炯炯有神，说话生动幽默，每每引起全场哄堂。他勉励我们要勤学苦练，掌握基本功。他有一把削铅笔的小刀，刀刃已经磨凹。他示范如何削铅笔，要求均匀整齐，犹如卷笔刀卷出的效果。梁先生博古通今，要求严格。他的水彩画、铅笔草图、钢笔速写曾在系走廊上展出。其深厚的功底一丝不苟，刚柔兼备的线条令人叹服。他还要求写文章时注意标点符号，不能乱用，这是学好中文的组成部分。到他家里去拜访时，他总爱拿出一件宝贝古董——拳头大小、棕黑色的小陶猪，要我们闭着眼睛去摸它，感受那巧夺天工的优美雕刻曲线。

1952年全国高校院系调整后[二]，清华建筑系学苏，改成了六年制。很明显加强了基础课。一年级设立投影几何、高等数学和普通物理。物理课

费麟在清华美术教室（1954）

[八] 二校门建于1909年，原为清华大学正门，两侧有短墙连接东边邮局和西边守卫处。1933年学校扩建，西校门成为新的正门，原来的正门遂被称为二校门。1950年，大门两侧的短墙被拆除，仅留主体。1966年8月24日，“清华大学红卫兵”以破四旧为名砸毁二校门，并押来蒋南翔等校领导令其亲自动手。1967年4月，由建筑系美术教研组教师程国英提议，北京建筑艺术雕塑工厂师傅设计，土木工程系计算，美协张松鹤、美术教研组宋泊、郭德庵等实施，在二校门空地上建立全国首个毛泽东全身塑像，“清华大学井冈山红卫兵团”领导人蒯大富得到林彪“四个伟大”(伟大的导师 伟大的领袖 伟大的统帅 伟大的舵手 毛主席万岁!万岁!万万岁!)题字，并将其刻于基座，1971年9月13日林彪事件后，该题字被修平。1987年8月29日，校方拆除毛塑像。1991年4月校庆80周年时，由高冀生主持的二校门重建在原址落成。[张玲霞．读清华群像〔N〕.新清报，1999(1393)．]

[九] 六骏，是唐太宗李世民在唐朝建立前骑过的战马——“拳毛騧”、“什伐赤”、“白蹄乌”、“特勒骠”、“青骓”、“飒露紫”。为纪念这六匹战马，他令工艺家阎立德及其弟画家阎立本，制成六匹马的青石浮雕石刻，列置于陕西醴泉自己的陵墓昭陵北面祭坛东西两侧，故名昭陵六骏。每块石刻宽约2米、高约1.7米。1914年，“飒露紫”、“拳毛騧”石刻被打碎装箱盗运到美国，现藏于宾夕法尼亚大学博物馆。其余四块也曾被打碎装箱，盗运时被截获，现陈列于西安碑林博物馆。

[一] 飞檐、金柱、檐柱、脊瓜柱、斗、拱、梁、枋、霸王拳、菊花头、桃尖、仙人、走兽，皆为中国古代建筑构件名称。

[二] 1952年，全国高校进行大规模院系调整，照搬苏联模式，拆分综合大学，加强工科院系。被拆分的名校有：清华大学、中央大学、浙江大学、天津大学、武汉大学、上海交通大学、山东大学。

老师介绍了爱因斯坦的相对论，让我很感兴趣。俄语要学两年。政治理论课大大加强，除了中国革命史、马列主义基础、联共(布)党史外，还有辩证唯物主义论和历史唯物主义论、政治经济学、马列主义哲学和美学等。一年级开始学理论力学，二年级学材料力学，三年级学结构力学，四年级以后学钢筋混凝土、钢结构和木结构。测量、施工、建筑材料、建筑设备(水、暖、电)都是必修课。建筑专业课业很多，一年级有建筑设计初步，练习墨线图和单色渲染图。素描、水彩一直学到三年级。

“建筑课程设计”从二年级的小住宅设计开始，接着有中学、露天电影院、疗养所以及城市住宅小区规划和工业建筑等设计题目。建筑物理、阴影透视、民用建筑构造、民用与工

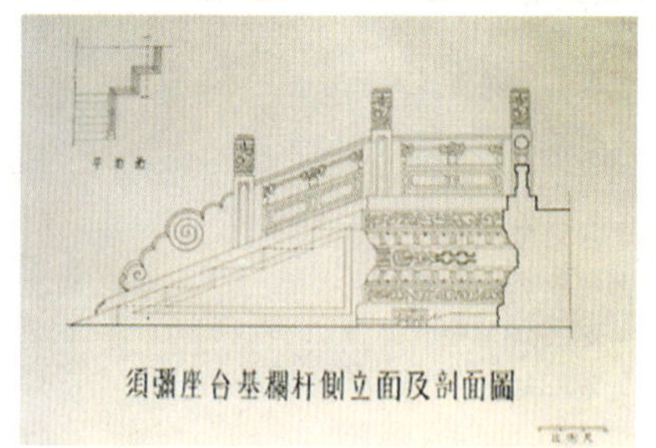

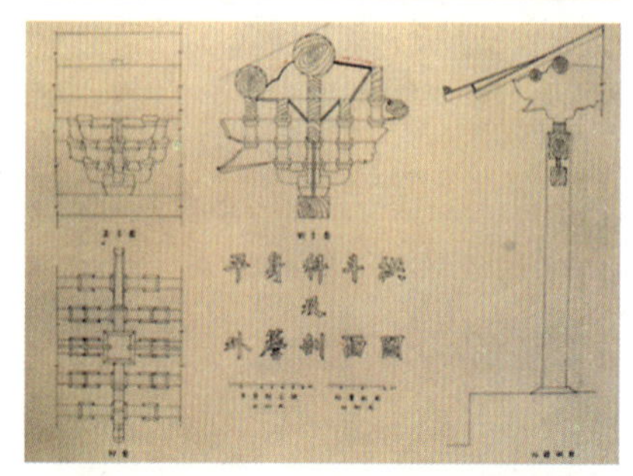

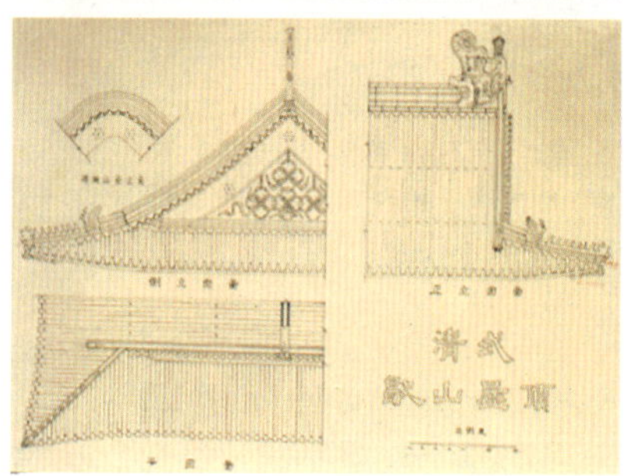

墨线习作

静物习作

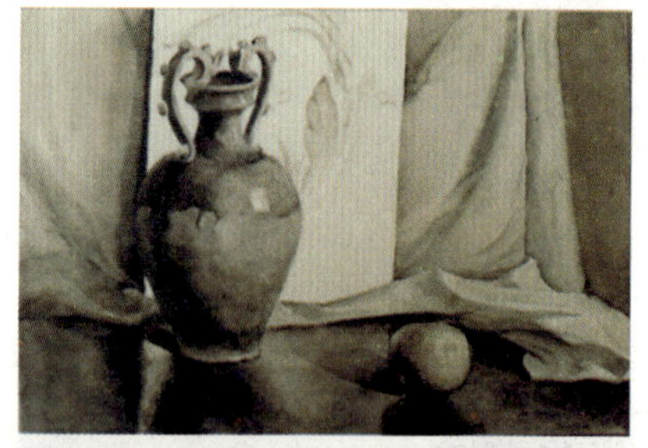

业建筑设计原理、城市规划原理都在教学大纲之内。

给我印象最深的是每个寒暑假的实习，一年级有测量实习，学习平板仪测量，到故宫乾隆花园做建筑测绘实习，实地测量出尺寸，回来画出单色渲染图。二年级时在北京首都剧场工地工人实习，带队老师是王炜钰先生。我们实习小组有程华昭、姚伏生、张家璋、王玉莹、周玉华、杨玲玉、刘秀云和我共九人。我先学木工，然后学油工。当工人师傅的下手，热情的师傅手把手教我木工活和油漆活。我的手脚较笨，推刨子时手不稳，老刨不平木材，心里干着急。实习中遇见了设计首都剧场的建筑师林乐义。他来工地视察，穿了一身浅咖啡色的西式正装，戴了一顶同样颜色的鸭舌帽，手中拿的手帕也是咖啡色的，很有风度。到三年级，我被分到北京朝阳医院建筑工地，这次是工长实习。我协助钢筋工长看图、检查钢筋绑扎质量。工长交我一任务，让我取了冷拉钢筋的样材，拿回学校，到土木馆材料实验室做抗拉引力鉴定试验。通过这阶段实习，我能闭着眼睛用手握摸钢筋，分辨出它的直径是圆6、圆9、圆12，还是圆16、圆19、圆21。按教学计划，还有段长实习和设计院实习，接着还有建筑参观实习。现在回想起来，这些实习，通过工程实践加深了我对建筑学的理解，掌握了一些最基本的工程技术知识，从工人师傅那里学到了很多书本上学不到的东西。

我很幸运，在南模中学时，遇到了许多启蒙老师，为我打下文史数理

故宫乐寿堂测绘图习作

上图：建九同学与王炜钰先生（前左2）在实习工地 下图：北京首都剧场工人实习小组（1955）

建九同学与罗征启先生在工长实习工地（1956）

的基础。到清华后又遇到了许多好老师，他们的言传身教让我终生难忘。大学的老师带领我走进了建筑专业之门，在我面前展开了一个新天地。从这时开始，我感到有一种使命感，要好好学到本领，为祖国的建筑事业贡献一份光和热，不辜负老师们的培养和期望，也才对得起含辛茹苦把我带大的亲爱的妈妈。

在清华建筑系，老师被称为先生，和上海南模习惯一样。比先生更尊敬的称呼为“公”。称梁思成先生为梁公，吴良镛先生为小吴公，王炜钰先生为女王公，张守仪先生为女张公。这是对老一辈师长的一种很有敬意的爱称，也许是从营造学社带来的习惯称谓。提起营造学社，就想起梁思成、刘致平、莫宗江、赵正之等在建筑系任过教的先生。打一进校，我就听说了。莫宗江先生不是科班出身，他教过我们中国建筑史。他的钢笔制图和水彩画很见功底，完全是自学成才。有一次，他给我们讲颐和园的布局，他发现颐和园的山水环抱是一幅太极图。万寿山的智慧海是“阳中阴”的极点，昆明湖中知春亭是“阴中阳”的极点。我听了真是口服心服。他擅长工业设计，和梁思成、林徽因等先生一起参加了国徽的设计。他还能设计汽车的造型。摄影是他的专长，他经常一个人带着三脚架和摄影器材去颐和园等地拍照。他用的是一个老式相机，对曝光时间和光圈要求极严，光圈要以1/10来精确计算。

建筑课程设计是我们的主课，授课老师都很认真负责，从构思草图到设计定案以及裱纸上板绘图，都是个别辅导。有时还示范画一些草图，启发我的思路，但始终尊重我的原始构想，帮我完善设计。二年级第一个课程设计是小住宅，殷一和先生辅导。我还买了一本1955年建工部出版的《建筑设计规范》作为依据，画了许多草图。交图后，有一次黄报青先生碰到我，说我设计的小住宅是“老摩登”，我想他是说我设计的东西不太现代的意思。是啊，做古典的我不愿意，做现代的我又不会。下个设计题目是中学，由何重义老师辅导，我基本上按“苏式”设计的。

第三个课程设计是露天电影院，由王炜钰先生辅导。我的设计放开了一些，但基本上还是保守的。记得同寝室同学姚伏生设计得比较现代，他欣赏密斯的风格，用3H的硬铅笔画出方案，强调横竖线条对比。这个设计在系馆走廊学生作业展出时，引起了争论，竟然有些老师说姚的设计是结构主义，太资本主义了，王炜钰先生也因为学生挨批掉了眼泪。我心里很佩服姚的才气和大胆，但不免有些打鼓，现代派和资产阶级思想能挂上钩的啊，换了我可不敢这么做。这种“上纲上线”的批评，对同学压力太大，造成很不好的影响。难怪说中国现代建筑滞后了30年，一点也不过分。

之后一个民用建筑设计题目是“北戴河干部休养所”，由周维权先生辅导。周维权先生设计过科学馆南边的第二教学楼。那是一栋二层西洋古典式建筑，楼下有两个大阶梯教室，楼上是贵宾接待室，学校里接待外宾经常在那开会。我在他的细致辅导下，学到不少有关旅馆客房、园林景观的设计手法。后来，姚伏生设计的“露天电影院”和我的“北戴河干部休养所”设计图，被先后选登在建筑系同学自办的《建筑学生》创刊号和第2期油印刊物上，可惜这个刊物刚出了两期就被迫停刊了。

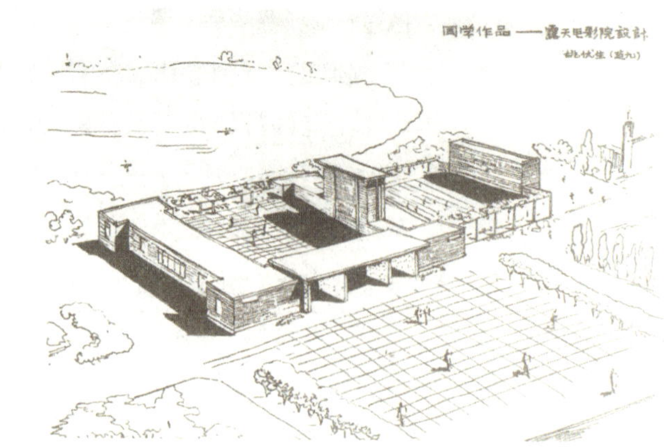

1956年姚伏生设计的露天电影院鸟瞰图

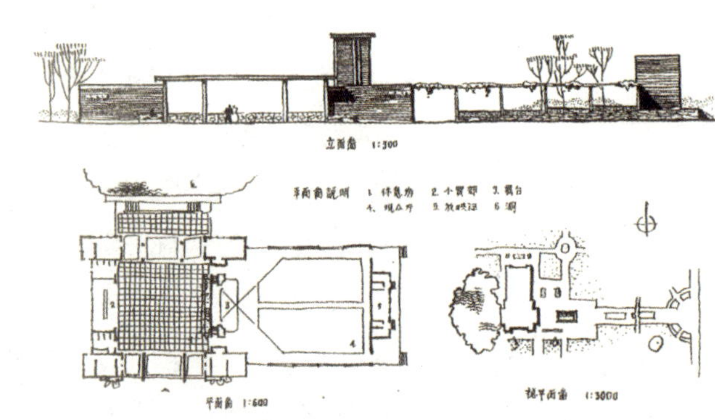

1956年姚伏生设计的露天电影院立面平面图

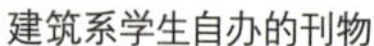

建筑系学生自办的刊物

北戴河干部休养所鸟瞰图

在北京当年建九班同寝室的姚伏生（中）与吴宗铎、费麟重聚（2009）

到高班，有个城市住宅小区规划设计，由赵炳时先生辅导。规划前首先做石膏模型，将住宅条房和小公建做成小比例尺的石膏条块，一边摆弄一边推敲规划布局。最后一个大型的课程设计是工业建筑（单层机加工车间和煤气站），由张昌龄和李承祚两位先生辅导。通过这个设计，我对工业厂房有了初步的认识。

建筑历史课的分量也很重。胡允敬先生开课讲“建筑通史”，每堂课下来，还要交钢笔徒手画，熟悉一些希腊罗马的典型建筑和花式大样。有一次胡先生讲到维特鲁威（Marcus Vitruvius Pollio，公元前1世纪）的《建筑十书》，我很感兴趣。下课后到系图书馆去找那本书。图书馆毕树棠老先生精通英、法、德、俄多种外语，人们称他为“活字典”。他很快找到一本油印本《建筑十书》给我，是由陈志华先生的哥哥陈志经翻译成的。当时书店还未正式出版中文本。拿到此书后，我连夜读了一遍，收获甚大。原来，当一名建筑师要知道那么多知识。《建筑十书》说得很透彻：“建筑师的知识要具备许多学科和种种技艺”，“因此建筑师应当擅长文笔，熟悉制图，精通几何学，深悉多种历史，勤听哲学，理解音乐，对于医学并非茫然无知，通晓法律学家的论述，具有文学或天体理论的知识。”全书闪耀着智慧的火花，经久不衰，是一本建筑学的经典启蒙教科书。

建筑通史课一直讲到现代主义的勒柯布西耶（Le Corbusier，1887—1965）、格鲁皮乌斯（Walter Gropius，1883—1969）、密斯凡德罗（Ludwig Mies Van de Rohe，1886—1969）和莱特（Frank L.

费麟阅读《建筑十书》摘抄

Wright,1867—1959)，我知道了巴黎美术学院(École des Beaux Arts)和包豪斯(Bauhaus)两大学派，以及许多近现代建筑大师。接着，陈志华先生给我们上《苏维埃建筑史》。让我知道苏联十月革命之后，建筑思想很活跃，出现许多先锋派、工业象征主义的作品，舒舍夫设计的列宁墓就是反映当时思潮的典型作品。在工业建筑中较早提出“对工人关怀”的口号。斯大林在执政期间把现代派的设计看成资本主义的东西，提出“民族形式社会主义内容”的口号，走上复古主义、形式主义的道路，典型的建筑就是莫斯科大学和全苏农业展览馆。西方建筑史学完后，赵正义、莫宗江先生给我们讲了中国建筑史，他们严谨、风趣，给我留下很深的印象。

美术课是一门专业基础课，我也很感兴趣。第一次画石膏像，我觉得很新鲜，有点紧张。建91班上有些同学很熟练，如陈浩凯、秦萃德就很突出，画得又快又好，经常受到老师夸奖。相比之下，我感到有不少差距。第二年开始上水彩课，先画单色，再画彩色；又学了碳笔写生画。三年级有一星期的水彩实习，先后到苏联展览馆、颐和园、樱桃沟等地写生。外系的同学看到后，往往羡慕建筑系同学老能“游山玩水”。除了学画，从老师那还学到一些绘画以外的道理：画石膏相要从大处着眼，掌握比例关系，然后再扣细部；做事要从大处着眼，小处着手。画石膏相要掌握“明暗交界线”；做事也要先抓关键点。写生画画要用脑细致观察，分清明暗色彩的关系，然后动手；做事要先思而后行。

美术教研组的主任程国英(程果)和王乃壮、曾善庆、华宜玉、于学信、郭德庵、傅尚媛、宋泊、康寿山等先

素描习作

写生习作

生都教过我们。有一个星期日，程国英先生突然邀我当一次“模特”，他笑着说，因为我有一个希腊人似的鼻子，比较入画。那天我带了好奇心应邀前去美术教室。熟悉的美术老师坐满一大屋，安排我坐在一角，叫我放松。我第一次当起了画室里的“模特”。那次，在我的印象中，程先生画得最像。很可惜，我没好意思要他签名送我这张画。更遗憾的是，在“文化大革命”中，他不幸自杀身亡。

入学不久，曾由戴志昂先生(1933届中大校友，妈妈的高班同学)上了一堂设计原理课。他上讲堂没开口，就在黑板上写了几句诗：“身是菩提树，心为明镜台，时时勤拂拭，勿使惹尘埃”。随

写生习作

临摹习作

之讲了一段佛教问禅的故事。随后又写了一句:“菩提本无树,明镜亦非台,本来无一物,何处染尘埃?”他说前诗是入世心态,后诗是出世境界,是禅宗的一种很高境界。他对红楼梦有深入的研究,从建筑的角度悟出了大观园的总体布置,最早发表在《建筑师》杂志创刊号上。那可能是最早的大观园园景复原图。这次讲课给我很深印象,感到要成为一名合格的建筑师,要学的东西还很多,路还长着呢!

我毕生从事于建筑业,回顾往事时,饮水思源,感谢在清华学习时期老师们的辛勤教导。他们都是入门老师,给我们授业、解惑,引导我们去学会正确的学习方法、思想方法和工作方法。俗话说,“师傅领进门,修行在个人。”在建筑行业中我还得一步一个脚印,踏踏实实地往下走。在漫长的人生道路上,我们还会遇到不少有形和无形的三岔口,要自己拿主意定位,寻找一个适合自己的正确道路。

14 定位

Moulding

全国院系调整后，教育全面学苏联。清华大学建筑系在全国率先改成六年制，我们建九班有幸正赶上第一班车。除教学大纲、实习大纲之外，学习上的考核办法也与过去不一样。学习成绩考核采用五分制，每个人发一本“记分册”，教务长钱伟长加盖了红印章，梁思成系主任也盖了章。从一年级到六年级所有考试、考查、实习的成绩都记录在案，最后一页有毕业论文设计题目和答辩日期与考试分数，封底内页有发给学位的毕业证书、日期和签发人，并有“派往何处工作”一栏。当时有一说法，六年制毕业后即相当于获得硕士学位。考试办法和中学不一样，采用口试。同学依次进入考试教室，主

清华大学记分册

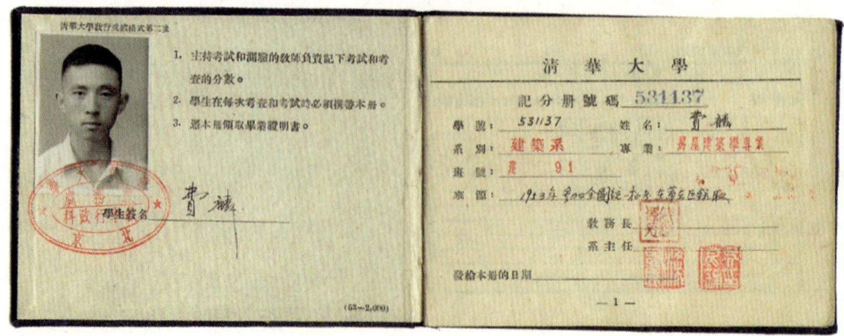

1. 主持考試和測驗的教師負責記下考試和考查的分數。
2. 學生在每次考查和考試時必須攜帶本册。
3. 憑本册領取畢業證明書。

學生簽名 費麟

(53—2,000)

清 華 大 學

記分册號碼 531137

學號：53137　姓名：費麟

系別：建築系　專業：房屋建築學專業

班號：建 91

教務長

系主任

發給本册的日期

—1—

考教师坐在桌子正中，有时有位助教坐在边上。通过“抓阄”，选出考题，然后准备五分钟，向老师回答考题中的问题。考题并不难，只要复习过，都应回答得出。但在回答时，一定要自信，要有逻辑性。如果一紧张，语无伦次，就会被扣分。这种考法，很有道理，可以锻炼学生的语言表达能力，这对一个学工程的学生来说，尤为重要。建筑系要求学生具有绘画基础和一定的审美能力，而这些都在素描、水彩课上得到了锻炼。在中学时，我自认有绘画基础，在家里都画过素描和水彩。到清华以后，感到压力很大，有很多同学具备极好的基本功。每次画完作业，都要在系馆的走廊中展出交流，三个班许多高手脱颖而出。例如，陈浩凯、秦萃德、梁鸿文、程立生等都很突出。我自感有不少差距，有待迎头赶上。

一年级时，学校要选派留苏预备生，先去俄专学一年俄语，然后到苏联或东欧国家上大学。这次又通知我，要我填表报名。我有自知之明，在南模高中就经历过一次，不想报名。在政治辅导员劝说下，还是填了表。在家庭成分一栏上，我填了资产阶级知识分子，社会关系填上了香港伯叔的关系。我虽参加了学校举办的学习班，最后因政审未通过，没被批准。总之，我已经背上了沉重的家庭包袱，有一点自悲感。

写生习作

20世纪50年代中期，在“反右”之前，整个社会的思想是比较活跃的。报纸上还提倡姑娘穿花衣服，要像苏联电影《幸福的生活》那样，辛勤劳动，尽情欢乐，个个争做斯塔哈诺夫式的劳动模范[一]。在建筑界也比较热闹。杨廷宝先生在王府井大街金鱼胡同设计了和平宾馆，完全用了现代建筑的设计手法，对宾馆前的一棵大树，采取避让保护的办法，设计了单层餐厅厨房把它围在内庭中，将建筑与大树巧妙地结合成整体，是为一绝。北京市建筑设计院华揽洪总建筑师设计了北京儿童医院，采用现代和传统结合的手法，一条偏斜的南礼士路对景就是儿童医院的一个烟囱，它和水箱、钟楼结合起来成为地标性塔楼，形成很有现代气息的活泼街景。很可惜，最近这个烟囱被拆除了。北京市建筑设计院总建筑师张镈设计了亚洲学生疗养院、友谊医院、新侨饭店，形成了“民族形式社会主义内容”的北

[一] 指苏联式的劳动竞赛英雄。

费麟在有毕加索和平鸽浮雕的苏联展览馆前

京新建筑代表作。与此同时，苏联专家安德烈耶夫在中方总建筑师戴念慈的配合下，设计了北京苏联展览馆，展览馆入口正上方，镶嵌了一个毕加索为世界和平大会创作的一只飞翔的和平鸽。真遗憾，这个和平鸽在重新装修时连同历史痕迹一起被抹掉了。上述这些20世纪50年代前期的建筑，可说是百花齐放，活跃了建筑界的思想，也打开了我们这批刚入学的建筑学子的眼界。在建筑系听课时，我们同学很喜欢上周卜颐、张守仪先生的课。他们都是从美国回来的，比较熟悉外国建筑事务所的工作，讲课内容新颖，理论和实践结合，很能启发思路。在城市规划课中，也喜欢听程应銓先生的课，他对国外的建筑很熟悉，讲课风趣。在他的课上，我第一次听到了英国哈罗城的规划，知道了居住小区中的邻里单位。让我习惯于单幢建筑的思维向外延伸到小区和城市，意识到城市规划理论对城市住区的重要作用。可是这三位很受学生欢迎的先生却在1957年不幸被打成了“右派”。

1954年12月7日，赫鲁晓夫在全苏建筑工作者、建筑师以及建筑材料工业、建筑机械和筑路机械制造工业、设计机构和科学研究机构工作人员会议上发表了重要讲话，题目是《论在建筑中广泛采用工业化方法，改进质量和降低造价》。一开始他强调“在我们建筑事业中是有一定的成绩的，但同时也存在着很多的缺点。我们应该彻底揭发这些缺点，并动员所有的力量来消灭这些缺点。揭发缺点是要勇敢、尖锐、找出具体的错误负责者，因为缺点不是自己产生的，而是由某些工作人员所造成的。批评不应该无的放矢，要对那些犯错误的人或缺点负责者展开批评，以及对那些看到缺点、容忍缺点而又不去纠正这些缺点的人们予以批评。”在谈到消除设计工作中的缺点，改进建筑师的工作时，他提出：“许多年轻的建筑师，刚刚跨出学校的大门，还没有站稳脚跟，就想学建筑大师那样只愿意设计单独性质的建筑物，想马上为自己树立纪念碑。如果说普希金为自己建立了非工人所能建造的纪念碑，那么许多建筑师却总想用他单独设计的房屋给自己建立‘人工的’纪念碑。”他在批评中说道：“在设计高层建筑时，建筑师主要是注意建立建筑物的主体轮廓，而不去考虑这些建筑物的费用和使用过程中的费用。仅是为了装饰而特别做一些复杂凹凸的墙壁，就会由于使热能受到很多损失而过多地增加维持费……我们不反对美，可是反对铺张浪费。”在谈到建筑工程的计划时，他说：“最主要的是必须严格遵守制度：没有设计，没有预算，没有施工图就不能开工。而目前的实际情况又是怎样呢？刚通过进行建造的决议，‘开始施工’的报告已经飞过来了，而实际上文件都没有呢。”这个报告所提的问题有普遍性，在苏联有，在中国也存在。因此这一报告对中国的建筑界震动很大，在建筑系里广为流传，至今这些批评并不感到过时。

这一时期，学生思想也较活跃。在上政治经济学辅导课时，有同学就提问，在社会主义社会中有没有剩余价值？老师回答说，两个社会性质不一样，在社会主义条件下没有剩余价值，只有公共积累。同学们私下议论开来，这不是一回事吗？副校长陈舜瑶给我们上哲学课(即辩证唯物主义)，介绍了很多西方的哲学观点：黑格尔的“绝对理念”、康德的“二律背反”、休谟的“不可知论”、莱布尼茨的“多元论”、贝克莱的“主观唯心主义”(唯我论)、杜威的“实用主义”等。让我们知道在辩证唯物主义之外还有这么多形形色色的学派，增长了不少哲学方面的基本知识。创刊于1954年6月的《建筑学报》是我们建筑学生喜爱的专业杂志，这阶段发表了不少有关现代建筑介绍的文章，活跃了建筑思想，如登载了周卜颐先生的文章《格罗比乌斯——新建筑的倡导者工艺和建筑教育家》和《近代科学技术在建筑中的应用》等。这让我感到，中国建筑应走出复古主义的牢笼，要走现代化的道路，要将传统与创新结合起来，创造当代中国新建筑。持这种观点的同学往往在一起讨论。正巧和梁鸿文、徐民苏谈起新建筑创作之事，突然一个动议，咱们三人成立一个事务所吧，取名“文苏麟建筑事务所”。虽然这只是一种畅想，并没有什么实际行动，但这种“越轨”想法或多或少地为以后带来了麻烦。建筑系要求各班都出黑板报，让我负责建筑的专版。每期的报头很重要，我找了我班绘画高手秦萃德，他二话不说，很热心地为每期画报头。经他妙手一挥，每次黑板报报头很醒目，吸引了很多人。在上课或开会时，如果他看到哪位人画，不管是男是女，他能很快速写下来，十分逼真。有一次，建九一班集体去圆明园郊游，他一人悄悄爬到圆明园西洋残柱顶上，在柱顶檐壁上用6B铅笔写下了“建九一到此一游”几个大黑字，引得大家一阵赞叹声。他能说会画，想法很多。后来在“大鸣大放”时，他正埋头写一篇论文——“美是电磁波”，压根就没参与任何活动，侥幸逃过“反右”一劫。他毕业后分配在湖北工作，“文化大革命”中，被人翻出了日记——“狂人日记”，成为一大“罪状”。他受到批斗后自杀了。当我班同学听到此消息后，都为他惋惜，真是好人命短。

20世纪50年代中期，学校经常举行一些大型社会活动。每年劳动节和国庆节必定去天安门广场参加游行。我们如果前一天晚上进城，一般住在王府井中央美院的大教室里。那时天还冷，还要带上一件棉大衣才能过夜。第二天天不亮就得起床，排队走到东单路口集合。上午10时开始向天安门进发，手中拿着标语或红旗，大家都争先恐后从远处想看清楚城楼上的毛主席等国家领导和外国贵宾。有一次，周总理陪着印尼总统苏加诺来参观清华大学，苏加诺拿着一根指挥棒和一张白手帕，站在西大操场的体育馆检阅平台上，向全校师生作了演讲。还有一次，在中山公园举行五四青年节联欢晚会，我们建筑系同学围成一个大圈，大家跳起了集体舞，互相邀请。有一些清华舞蹈队的队员，还在圈子里跳起了蒙古舞。忽然，响起一片欢呼惊叫声，原来毛主席陪同苏联国家元首伏罗希洛夫元帅走入了我们这个圈子。这是我第一次这么近距离看到身材高大、红光满

妈妈（右3）与苏联专家出差大连（20世纪50年代）

面的毛主席。当时舞蹈队有两名女同学，机灵地上前请这两位领导跳交谊舞。建0班的李孝美(李笑美)请了主席，另一位请了苏联元首。这两对足足跳了一个曲子，引得大家一阵阵掌声。这次两个大国国家最高领导能与民同乐，共度佳节，一直传为佳话。事后才知道，这次游园活动就是为迎接伏罗希洛夫而举办的。

1953年起我国开始了第一个五年计划，苏联援助了我国156项大型工程项目。清华大学是“工程师的摇篮”，要求学生全面发展，要双肩挑，走“又红又专”的道路，要求学校尽快培养一支“又红又专”的科技队伍。我也认真地制定了一个“红专”规划，争取做到全面发展。当时班上已有一些同学申请入党了，政治辅导员启发我，是否应考虑这一问题。我在中学时就学习过中国共产党七大党章，中国共产党“在现阶段为实现中国的新民主主义制度而奋斗”，“要为建立独立、自由、民主、统一与富强的各革命阶级联盟与各民族自由联合的新民主主义联邦共和国而奋斗”。在将来阶段，“经过必要步骤，为在中国实现社会主义与共产主义的制度而奋斗”。1949年3月5日毛主席在七中二次全会上还谆谆教导我们说，要警惕“用糖衣裹着的炮弹的攻击”，并说，“夺取全国胜利，这只是万里长征走完了第一步”。今后，“党和军队的工作重心必须放在城市，必须用极大的努力去学会管理城市和建设城市”。这都指明了今后的大方向。要投身祖国建设，必须把个人的力量与集体组织结合起来，就像打篮球一样，必须有团队精神。我申请入党的最大障碍是家庭包袱和政治业务的关系处理不好。我有“入党吃亏论”的想法，很怕入党后影响我的业务学习。经过政治辅导员的耐心帮助，我终于下决心选择了自己的道路，“端正了态度，提高了认识”，于1956年入了党。入党不久，我将经风雨见世面，面临新的考验。

15 风雨

Storming Years

自从我1953年到北京求学后，妈妈每年都有机会出差来北京。有时到第四宿舍来看我，有时到第二教学楼的“建筑设计初步课”专用大教室找我，曾经遇见不少我的同班同学。听她说除了为北京新侨饭店的技术设计忙碌之外，还在为华东土建设计公司迁京寻找院址。她找了时任都市规划委员会副主任的梁思成先生，了解北京城市总体规划的情况。梁先生告诉她，北京东郊将来是工业区，西郊是文化区。她当即选定西郊阜外甘家口黄瓜园地区作为新的院址。公司随即组织人员进行规划设计。当时受苏联的规划思想影响，在一块长方形的地块上设计采取了中轴对称的围合式街坊布置方式。围绕着一块中心绿地，南边是四层的办公楼，北边是两层的幼儿园。东西对称布置了L形四层单元住宅。建筑都是红砖木窗，木屋架歇山红瓦坡屋顶。住宅楼一梯两户，每户三间，按“合理设计，不合理使用”的原则分给两家居住（即每户近期两家合用，远期独门独户）。小户为一间，大户为两间，共用厨房和卫生间，厨卫都有每户独用的通风道。建筑层高3.2

妈妈出差北京到清华来看我（1954）

妈妈于新侨饭店前（1954）

妈妈出差北京与费麟、费琪游览天安门

米，木地板。每户都配齐了双人床、五斗柜，写字桌和椅子。厨房里设置了放煤的橱柜和煤炉，这样就方便了从上海迁来的职工在京安家落户。黄瓜园小区配置了锅炉房、食堂、厨房、浴室和幼儿园，形成一个完整的服务住区，体现了苏联强调“对人关怀”的设计理念。幼儿园建筑南面有一片街坊的中心绿地，在树荫草地中安排了儿童活动场地，设置了滑梯、沙坑等游乐器具，很有生活气息。（很可惜，今天已经变成了修车铺的停车场了。）

黄瓜园幼儿园绿地（写生习作）

妈妈和麟、琪在民族宫前

1954年妈妈响应组织号召，积极报名北迁。她让妹妹费琪暂住大舅舅处，自己收拾行装，搬来北京，所有家具都不带，只带了随身衣物和图书、文件、资料，连我的中小学成绩单、作业本也没丢下。1955年1月上海华东土建设计公司正式调到北京一机部第一设计分局，于1957年改为一机部第一设计院。妹妹费琪于1955年夏考上了北京地质学院[一]。似乎家庭的重心已由上海转移到北京了。每星期六我就骑车从清华赶回黄瓜园新家来住。当时黄瓜园属于西郊，四周尽是荒草坟地，进设计分局，还要到门卫处填写访客单。妈妈是单身四级工程师，按规定可以分到一间，与同事合住一单元。这就是我们在北京定居的新住所。

现在回顾往事，1956年夏到1957

[一]北京地质学院，原属清华大学地质系，1952年分离出来单独建院，现址在武汉，更名为中国地质大学。

与妈妈、二舅母杨元庄、表姐张敏曦、表妹张锦秋在黄瓜园宿舍中心花园前

费麟与张敏曦、张锦秋在北京黄瓜园托儿所前

黄瓜园幼儿园故址已改为住宅和修车铺场地

年夏是个疾风暴雨之年。在这之前已有不断地“运动”。1953年6月中共中央提出了党在过渡时期的总路线：“实现社会主义工业化，逐步实现对农业、手工业、资本主义工商业的社会主义改造。”1954年9月15日到28日召开了第一届全国人民代表大会第一次会议，通过了《中华人民共和国宪法》，取代了《共同纲领》，给我感觉是中国的革命步伐加快了。

1956年1月14日到20日，中共中央召开关于知识分子问题的会议，周恩来总理作了《关于知识分子问题的报告》，他指出：知识分子的绝大部分已经为社会主义服务，已经是工人阶级的一部分，并要求今后必须保证知识分子至少5/6的工作日(即每周40小时)用在自己业务上，还提出“向科学进军”的号召。我这个非无产阶级家庭出身的知识分子很受这些提法的鼓舞，更坚定了要走“红色专家”道路的决心。同时也觉得在清华社会工作太多，会影响业务，因而不时向有关方面反映这一意见。3月，在学校传开了赫鲁晓夫在2月14日到25日苏共二十大上作的“反对个人崇拜及其后果”的秘密报告，大家自然就联系实际讨论，在中国有没有个人崇拜的问题？紧接着4月5日《人民日报》发表了“关于无产阶级专政的历史经验”评论文章。1956年下半年发生了“波匈事件”。12月29日，《人民日报》又发表了“再论关于无产阶级专政的历史经验”一文。这时，毛主席先后提出了“十大关系”和“百花齐放，百家争鸣”的“双百方针”。1956年9月15日至27日中国共产党召开了“八大会议”，大会提出中国关于阶级关系和国内主要矛盾的变化，确定把党的工作重点转向社会主义建设。生产资料私有制的社会主义改造基本完成后，国内的主要矛盾不再是工人阶级和资产阶级之间的矛盾，而是人民对于经济文化迅速发展的需要与当前经济文化不能满足人民需要的状况之间的矛盾。反对个人崇拜，发展党内民主，加强党和群众的联系。引人注目的是新《党章》中没有再提“毛泽东思想”。这些新的提法都引起了人们议论纷纷。到1956年年底完成了对工商业的改造，私人资本家敲锣打鼓迎接了社会主义改造，实现了公私合营。北京和不少城市都兴高采烈地宣布进入了社会主义。1957年5月1日《人民日报》发表了“中国共产党中央委员会关于整风运动的指示”，提出要求：放手让大家讲意见，使人们敢于说话，敢于批评，敢于争论；既容许批评的自由，也容许批评批评者的自由；对错误的意见不是压服，而是说服，以理服人。5月8日至6月3日，中央统战部召开各民主党派、无党派人士的座谈会，展开了“大鸣大放”。这时清华园内也打破了往日的平静，出现了大字报，各级召开了“鸣放会”。5月初黄炎培[一]的儿子、水利系教授黄万里(1911—2001)在《新清华》上发表了短篇小说《花丛小语》，用杂文手法揭露官僚主义。他以清华通向城里平安里的一条马路翻浆为例，批评北京市政建设中的许多质量问题。他说，如在国外，这个市长应下台。在小说中讽刺那些唯唯诺诺、阿谀奉承的小人是“歌德派”和“但丁派”。5月17日《人民日报》曾以大标题发表了一篇报道“钱伟长语重心长谈矛盾”，他提出了要“教授治校”、“民主办校”、“理工合校”，并质疑“外行领导内行”，要“党委多管思想工作，少管业务”等[二]。

5月24日在清华出现了第一张大字报——庶民报。贴在以纪念新四军政治部主任、烈士校友黄诚命名的学生宿舍“诚斋”西山墙的这一大字报，是一篇纲领式的政治杂文《神·鬼·人》。分别影射共产党、国民党、普通老百姓。不久，在学生宿舍明斋前出现了“自由论坛”，学校安放了扩音设备，供人们公开大鸣大放。记得，钱伟长教授还在这论坛上鸣放了

[一] 黄炎培(1878—1965)，上海川沙县人，字任之，中国职业教育先驱。

[二] 钱伟长，1957年为清华大学副校长，民盟中央委员。

他关于“教授治校”的主张。建筑系建九班同学、印尼归国华侨冯国将也利用讲台进行了鸣放。在“肃反”时他曾被怀疑是派遣特务，受到过审查和打击。他说，他热爱祖国，拥护共产党，但是无辜地被违法对待，他的思想发生了变化。他表示积极响应整风的伟大号召，说出灵魂深处的肺腑之言。

那时，建筑系也有一些小型的鸣放会，对于我们四年级的学生来说，还不太关心。记得汪坦副系主任主持了一次座谈会，征求关于学生到外地参观实习的意见。我作为班长，要反映同学的意见，在这座谈会上发了言。积极主张到外地去实习，认为对建筑系学生来说，外出参观绝不是游山玩水，这是增长知识，开阔眼界，培养社会调查能力所必需的教学环节。认为学校不能为这省钱，不能因小失大。1957年暑假参观实习即将到来，所以大家都很关心这事。到四年级，开始分专门化，有城市、民用与工业三个专门化。从我的兴趣来讲，我愿意学城市规划。但由于各种原因，不能如愿，只能在民用与工业中再挑选其一。我觉得工业专门化的学习课程中工程技术性较强，过去未遇见过；考虑到将来如果搞城市规划，不能缺少工业建筑规划这条腿，还是缺什么学什么比较好；再加上，听说民用专门化要去上海、南京等参观实习，工业专门化将去东北长春、哈尔滨等地参观苏联援助我国156项工程中的长春汽车厂、哈尔滨量具刃具厂等。我曾住过这几个南方城市，而北方，我从未去过。经过上述综合比较，我下定决心参加工业专门化了。在那次座谈会上我积极主张外出参观，算是公私兼顾吧。

“大鸣大放”一段时间后，6月8日中共中央发出《关于组织力量准备反击右派分子进攻的指示》。从这一天开始，《人民日报》先后发表了《这是为什么?》、《工人说话了》、《不平常的春天》等社论。6月11日《人民日报》发表社论，文中发问说：“要不要社会主义？要不要人民民主专政？要不要共产党的领导？这是我们国家生活中最根本的是非问题。”很明显，整风的风向转了，预示着已不是“和风细雨”式的“鸣放”，而是“疾风暴雨”式的“反右”了。到“文化大革命”时，才知道毛主席在5月中旬已注意到“事情正在起变化”，他认为党内的“教条主义应当受到批判，不批判教条主义，许多错事就不能改正。现在应当开始注意批判修正主义”。7月1日《人民日报》发表由毛泽东起草的社论《文汇报的资产阶级方向应当批判》，明确地说：“让资产阶级与资产阶级知识分子发动这一场战争，报纸在一个时期内，不登或少登正面意见；对资产阶级反动右派的猖狂进攻不予回击；一切整风的机关、学校的党组织，对于这种猖狂进攻在一个时期内也一概不予

[一] 章罗联盟，指莫须有的“章伯钧、罗隆基反党集团”。章伯钧(1895—1969)，安徽枞阳人，中国当代政治家。曾留德，先后担任中央人民政府委员、全国政协副主席、政务院委员、交通部部长、全国人大代表、民盟中央副主席兼组织部长、农工民主党中央主席、《光明日报》社社长。罗隆基(1898—1965)，字努生，江西安福人，人权理论家，政治活动家。曾留学美国和英国，伦敦政治经济学院政治学博士，中国民主同盟创始人之一，先后担任民盟中央副主席、政务院委员、森林工业部部长、政协全国委员会常委、全国人大常委等职。二人虽政见不同，但皆因在1957年5月22日中央统战部召开的整风座谈会上的言论而获罪，分别被划为头号、二号右派分子。1978年4月5日，中共中央批准中央统战部和公安部关于全部摘掉右派分子帽子的请示报告，决定全部摘掉右派分子的帽子。9月17日，中央批发《关于全部摘掉右派分子帽子决定的实施方案》。11月，全国各地右派分子摘帽工作基本完成。1980年，除章伯钧、罗隆基、储安平(1909—?)、彭文应(1904—1962)、陈仁炳(1909—1990)五人外，其余数十万错划右派的改正工作基本结束。

回击。使群众看得清清楚楚，什么人的批评是善意的，什么人的批评是恶意的，从而聚集力量，等待时机成熟，实行反击。有人说，这是阴谋。我们说这是阳谋。”这时已公开点名章罗联盟[一]，认为资产阶级右派就是“反共、反人民、反社会主义的资产阶级反动派”。7月17日至21日，中共中央在青岛召开省市委书记会议，毛主席写了《一九五七年夏季的形势》。不久，中共中央发出关于《划分右派分子的标准》的通知，其中包括应划为右派分子的6条标准、应划为极右分子的4条标准、应批评纠正错误而不应划为右派分子的6条标准。

“反右”后，暑假实习是四年级的参观实习。我分在工业专门化的工业参观组。由孙翠芸先生带队，先到了哈尔滨，然后去了长春。过去长春是日本人侵华后占领的工业重镇，建了不少日式建筑。在652工程(即长春汽车厂)的北面有一细菌工厂，日本军队撤退时将它炸毁，成了废墟，留下了侵略军在华暴行的历史罪证。

在长春参观中，给我印象最深的建筑是652长春汽车厂即第一汽车制造厂。这是苏联援助的156项重点工程之一。总体布置是由一位苏联建筑师负责的。考虑到职工上下班方便，厂区外规划了职工生活区。厂区入口有东西两个中西合璧的小亭子，建在二层的行政辅助办公楼之上，形成了厂前区的一个标志物。入口门廊正对着一条厂内大道，冷热加工车间与生产辅助间分列两旁，大道尽端对景是四个高大的动力区烟囱。东西主厂房之间有有一条空中走廊，保持动力管道和工序的衔接不被主厂区大道打

长春652汽车厂总体布置及四大烟囱对景 (1957)

长春652汽车厂四大烟囱对景（1957）

戴仁宗、毛德亮、费麟在长春汽车厂参观实习（1957）

断。整个厂区都是红砖墙清水勾缝，在窗上有一条米黄色的窗楣，没有过多的附加装饰物，感到些许有点中国味，但也很现代。当人们进入工厂大门，在门廊中第一眼可看到中央大道的对景——四大烟囱，使人震撼、叫绝，让我感到这是建筑师在工业建筑中的画龙点睛之笔。苏联工业建筑设计很强调"对工人的关怀"：建钢铁厂的同时在附近建一纺织厂，以便每周末召开两场联欢舞会，为青年工人提供找对象的机会；在大车间内必须设有厕浴盥洗间、生活间、休息室，并为女工专设哺乳室、女用卫生间，在厂前区要设职工餐厅、厨房，并建有职工业余教育用房，为培训技工提供场所；要保证厂区内绿化用地，创造良好的室外环境；要精心设计厂区车间的立面色彩……长春汽车厂的设计做到了这一切。这个老厂培养了全国汽车行业的技术和行政管理专家，不断发展壮大，是我国第一汽车厂的前身。这次工业参观实习，要求每位同学写调查报告。我的题目就选了长春汽车厂的铸造车间。铸造车间的工艺比较复杂，通过这次整理调查报告，让我学到很多铸工工艺的基本知识和生产流程，满足了我设想的“缺什么补什么”的要求。在长春汽车厂邻近有一个日本人留下的细菌工厂废墟，我们都去参观过，默默凭吊了那些在抗战中遇害的冤魂。回京途中去了大连、旅顺，我跟着许多同学还在老虎滩游泳场泡了一会儿，第一次体验了海水的浮力，也尝到了海水的咸涩滋味。

实习回校后，“反右”还在继续。建九三个班不幸也出了“右派”。在鸣放中全校闻名的冯国将成了“右派”，罪名是借“肃反”扩大化为题攻击党。他是印尼华侨，并没幸免。据说他被关在劳动教养所里，成天吃不饱，越了“狱”。他想偷渡鸭绿江到朝鲜去，未渡成功，被抓回来，罪加一等，判处死刑。他在印尼学过法律，认为自己的罪行还不够死刑的程度。上诉成功，改判无期徒刑。直到1978年才得到平反。现在定居美国，是当地的摄影家协会副会长。最近为纪念毕业50周年，他给班上同学来信说，他已80岁，终身未娶，现在定居美国，生活没问题。最后他说，要感谢印尼、要感谢祖国、还要感谢美国！没想到的是，我在上海南洋模范中学的同学、篮球球友梁支厦也被打成了“右派”。他的罪名是画了一幅漫画在黑板上，一个穿人民装的干部呼呼大睡，对“大鸣

费麟在大连老虎滩（1957）

毛德亮、戴仁宗、詹庆旋、费麟参观哈尔滨喇嘛台

大放”无动于衷。后来我才知道，在被批判时他一人揽下了罪名，没有牵连旁人。这种品德，让我十分感动。

还有一位同学叫许京强，平时活泼、热情、能干，当了建筑系系会主席。在鸣放中他带头集体辞职，不干了。这也成反党的一大罪状，成了“右派”。让我惊讶的是当时抓“右派”，还要讲百分比(据说是5%)。上面派工作组来到建筑系，认为建九班只有三个“右派”，太少，还要“补抓两个”。我班有一位上海中西女中毕业的唐乙龙，她是我们建九的才女，她的数理水平很高，我们遇到不会做的数学或力学题，只要经她一指点，马上开窍。她是我班力学课的课代表。她经常记日记，对“右派”言论弄不清楚，就在这个时候，她主动拿出了自己的日记向组织汇报思想，拿不准自己的思想是否对头。当工作组知道这日记内容后，立即拍板：她应是找补的一名“右派”。此时还缺一个“右派”名额，工作组认为要在团支委、党支委中找一名干部。听说徐民苏在鸣放中曾参加过鸣放会并向党委提了不少意见。以言定罪，于是我班最后一个找补“右派”的名额就落在徐民苏的头上。他也是我上海南洋模范中学的同学，是清华大学足球校队的守门员，怎么也没想到他也成了“右派”——资产阶级反动派了！过去很熟的同学，现在却成了“敌人”？ 我怎么也转不过这个弯，但我还得跟风在班上参加批判会。我知道我不能说实话，只要为他们辩护或同情，一定也会落得“右派”的下场。为了明哲保身，不可沉默不语；为了同学情谊，不应火上浇油。不管我当时在批判会上说了什么，对这些老同学来说肯定是雪上加霜，让他们的处境更加难堪。这是让我终身内疚的事，无法解脱。

我作为一名预备党员，思想上跟不上形势，是个大问题。我也主动地向组织汇报了自己的活思想并交出了日记本。所幸没有被发现什么出格的东西，但也必须接受批判帮助。在会上，我暴露了我在响应“向科学进军”号召时制订的“红专”规划。我为自己设计了一条“白专”道路：在学校里先应学工业建筑、民用建筑与城市规划的基本知识和工作方法；毕业后，首先应去建筑工地，接触实际，要学习课堂中学不到的施工与材料课的实际内容；然后应到设计院搞设计工作，积累经验；有了设计经验后再设法出国深造，学习国外先进经验；回国后，可以继续搞一段设计，巩固收获，最后应到学校教书，把已有的经验和知识传授给学生，培养下一代；与此同时，应著书立说，把自己的体会和经验总结整理出来，成为社会的财富。这一套设想在那个年代被认为是“个人奋斗”的错误道路，再加上我曾有组织“文苏麟”建筑事务所的念头，因此理所当然也是要清算的。联系到我受家庭的影响，这些资产阶级成名成家思想是必须批判的。无论在党内还是在班上，我都如实作了自我检查、接受批判帮助。

在这次“反右”运动中，南洋模范中学的同学中有不少“右派”是出乎我意料的。在上海交通大学机器制造系的李玙康，是我们高三甲班的同学，他不大爱说话，是位很老实的同学。20世纪90年代初我回上海南模母校时遇见了他，他是53届校友会的联络人之一。他热情地张罗各种校友活动，每次聚会，他闷声不响，跑上跑下做些事务工作。他告诉我，每晚还要上班不在家，让我白天打电话给他。经了解，原来他在学校里被打成了“右派”，一直到退休，没有再从事技术工作。由于家庭经济困难，只能每晚去附近工厂传达室值夜班，挣些零花钱。李玙康有两个儿子，要他俩好好读书，可是回答是：看你，读多了书有什么用？还有一位上海南模的女同学叫王绿漪，考上了清华大学电机系，1957年不能幸免，也成了“右派”。她是我小学二年级的同班同学，后来在初中、高中又是同学。她沉默寡言，功课特别出众，是有名的才女。朱强是我在上海南模初中、高中时代的同学，生性聪明，外语特别棒，在清华大学水利系学习。在我眼中，他是一位才子。他担任了政治辅导员的工作，在“反右”时同情“右派”，被批判成“中右”分子，属于敌我矛盾，按人民内部矛盾处理。毕业后他分配到兰州工作。在这场号称“阳谋”的“右派”斗争中，不少精英被错打成“右派”，虽然后来给予了平反，那也是二十多年以后的事了，整整影响了两代乃至三代人的身心和前途。经历了这场“风雨”，真是见了“世面”，给我的教训就是要“少说多做”，祸从口出，千万不要过问政治。我不是搞政治的料，做个业务骨干就行了。

与妈妈在一机部第一设计院办公楼前（1956）

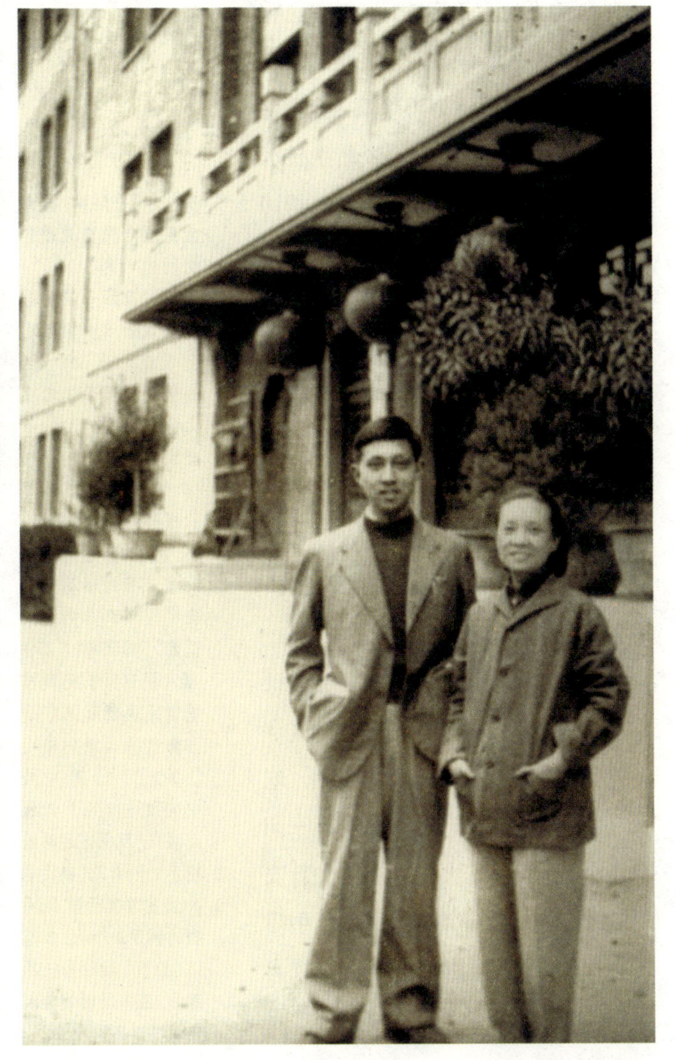

16 磨炼

The Great Leap Forward

1957年9月中共八届三中全会通过《农业发展纲要十四条(修正草案)》，这是农业大跃进的纲领。1958年5月中共八大二次会议正式通过了“鼓足干劲，力争上游，多块好省地建设社会主义”的总路线。同时提出全国钢产量1958年要比1957年翻一番，从535万吨翻到1 070万吨。要实行“小、土、群”，大炼钢铁，各家砸锅炼铁，大办土高炉。当时在妈妈的单位（原一机部第一设计院）的后院中，也垒起了小高炉，白天黑夜连轴转。领导为了照顾妈妈是女同志，不去炼钢，下到厨房帮厨。不久又提出“超英赶美”，要在主要工业产品产量上，15年内赶上美国，10年内超过英国。

这时在清华掀起了“双反运动”[一]，批判资产阶级教育路线，大搞“插红旗，拔白旗”；要大破大立，建立新教育体系，要培养普通劳动者。有的系就批判起牛顿定律、虎克定律。同学中掀起了红专大辩论。有的主张“先专后红”，有的主张“先红后专”，也有的认为应“边红边专”。总之，要提倡“红专道路”，要批判“白专道路”。

随着全民大炼钢铁，农村中也掀起了人民公社高潮，到处出现了高产亩的大跃进。1958年10月1日《天津日报》报道，天津市的东郊区新立村水稻试验田，亩产12万斤。10月8日和10日两天又报道天津双林农场试验田亩产稻谷126 339斤。不少人去参观，并介绍了他们的经验：要用密植法，深翻土地，多施肥。白天用鼓风机向里边通风，晚上要用灯光照射。同年8月4日，毛主席前往河北徐水县视察。徐水县得到毛主席高度评价后，一跃成为“大跃进”活动中的“明星县”，成为风靡全国的“共产主义试点县”。9月20日徐水县县委发布了《中共徐水县关于人民公社实行供给制试点草案》，实行“十包”：生老病死、吃穿用品甚至洗澡、理发、看戏等一切都由公社包下来，大搞共产主义新农村规划，推广竹筋混凝土，先后引得不少国际友人和国内单位人员前来参观。“共产主义是天堂，人民公社是

[一]双反运动，即反浪费、反保守运动，是更大范围全民整风政治运动的一部分。1958年2月1日第一届全国人民代表大会第五次会议在北京召开，国务院副总理李先念在大会上作《关于1957年国家预算执行情况和1958年国家预算草案的报告》，提出“反保守，反浪费，用大规模的增产节约运动来保证实现1958年的国家预算”。1958年2月18日《人民日报》发表社论《反浪费反保守是当前整风运动的中心任务》。3月3日，中共中央发出《关于开展反浪费、反保守运动的指示》。4月2日中共中央发出《关于整风问题的指示》，指出各部门“双反”运动告一段落后，应当及时地转入整风的第四阶段。

桥梁”，“人有多大胆，地有多大产”已成为时髦的口号。这时已有官员在考虑粮食吃不完，多了怎么办？“大跃进”带来了“共产风”、“浮夸风”和“瞎指挥”。在建设上不切实际，追求“大办”、“特办”到高指标，铺张浪费之风盛行，带来了广大群众生活中的严重困难。1958年11月至1959年7月间，国家领导人已经察觉到错误，采取了一系列措施，压低1959年的工农业生产指标。但由于随后错误地批判所谓彭德怀“右倾反党集团”，以及随后全党展开“反右倾”斗争，在清华批判“新富农”思想，使纠正错误的努力中断，党内“左”倾错误更加发展。随后出现了三年的“自然灾害”。

在“大跃进”期间，学校也很热闹。学校提出要教育改革，提出了“教育为无产阶级服务，教育与生产劳动相结合；主张学校要办成教学、生产、科研的三联基地；在井门办学的同时，也积极鼓励同学参加社会公益活动。我们班全体都去十三陵水库参加挑土筑坝的劳动。过去从未挑担挖土的我，也经历了一次体力劳动的锻炼。中午吃饭，只有窝头和咸萝卜干。我一口气能吃下三四个窝窝头，还感到吃不够。有的同学能连吃六七个。回来在学校挖游泳池时我也参加了劳动，并不感到累，也许是十三陵劳动打下了基础。不久，又响应除“四害”号召，所谓四害，是指麻雀、老鼠、苍蝇和蚊子。全班同学跑到北京西郊的红山口小山头去打麻雀。

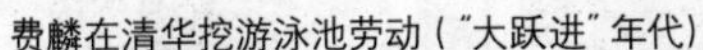
费麟在清华挖游泳池劳动（“大跃进”年代）

大家拿了竹竿、锣鼓、红旗，在山顶上摇旗呐喊，不让麻雀停到树枝上。据说，麻雀的心脏很弱，不能长时间飞。只要不停地制造噪声，麻雀不停飞窜，没有栖息地，最后就会"吓破胆"，心脏衰竭掉下摔死。老百姓抓住麻雀还能享受一顿野味。这时，有些认真的动物学专家，对麻雀做了解剖，却发现，麻雀胃里的残存物，主要是昆虫，不是粮食。把麻雀看成与人争粮的害禽，实在是场冤案。此事惊动了毛主席，很快麻雀得到正式"平反"，把"四害"改为老鼠、苍蝇、蚊子和跳蚤。

1958年的"大跃进"促使学校的办学思路也来了一个思想大解放。各系纷纷走出课堂，寻找生产实践任务，将教学与科研生产相结合。水利系带了头，首先在水利部的领导下参加了北京十三陵水库、密云水库、湖北丹江口以及三门峡水库的设计工作。这就是后来全校推广的真刀真枪毕业设计及"大兵团"、"一条龙"的做法。高班当龙头，带领当龙尾巴

清华建九、建0班学生到一机部一院实习（1958）

科技馆模型鸟瞰南立面

科技馆模型鸟瞰北立面

的低班，一起参与工程实践。在工程设计中分工不同，有主角有配角，有主导专业，有配合专业。低班同学风趣地说，卫星上天，总要有“莱伊卡”[一]，要勇于敢当“莱伊卡”！机械系电机系改进了电子计算机程序控制机床的设计与制造，汽车专业试制了微型汽车，工物系投入了200号原子能反应堆的设计工程，土建系参加了北京国庆工程的设计。为了给1959年国庆献礼，各系纷纷放出特大“卫星”。

[一]莱伊卡，当时苏联第一颗卫星试飞时作为生物实验品的小狗的名字，它为科学试验作了牺牲。

我们建九班很幸运，作为“龙头”班，全力投入了国庆工程。我先参加了“人民大会堂”的方案设计组。有一次梁先生来评图，在教室里转了一圈看图后，就在我座位附近，站着对大家说，人大会堂的设计应该是“中而新”，而“西而新”、“西而古”和“中而古”都是不可取的。接着他拿了一支铅笔在图板上熟练地画起草图，告诉我们在处理檐口时有两种方法：一种是“托枋”，反映了西方石材建筑的构造特点；另一种是“插枋”，反映了中国木材建筑的构造特点。他随手拿起红色和绿色铅笔，边画边说，中国建筑的檐部用色也很讲究，在明处往往用冷色，在暗处往往用暖色。一席话，使我开窍。建筑设计首先要立意，同时还要下功夫，学习各种处理手法，二者皆不可偏废。随后，全班同学分成几组，在老师的带领下，参加国家大剧院、美术馆、科技馆、民族文化宫、革命历史博物馆(以建0班为主)等工程的设计工作。我分在科技馆设计组。蔡君馥先生总负责这项工程。最后方案采用工字形布局，中央大厅的对景是在北边的一个圆形共产主义大厅，中央大厅东西各有四个展览馆，都是四层钢筋混凝土结构。记得建0班韩骥同学画了一张室内展厅的彩色渲染图，在红色的大厅中安放了淡绿色机床设备展品，很醒目，受到好评。建0班同学陈增弼有一手剪纸的好手艺，发挥所长，他和几位同学参加了科技馆铁窗花的设计，采用了剪纸风格，反映了天文、地理、科技、文化各方面的主题内容，为室内装修增色不少。当时是边设计边施工，方案一经确定，在做施工图时就要开工。我被派到现场当工地的设计代表，保持设计与施工的衔接，来往于清华和火车站对面的工地之间。后来因资金紧张，在施工到二层楼板时，被迫停建。到20世纪80年代初，科技馆的已建部分被炸掉，改建国际饭店。

从1958年秋到1959年初，我在工地上呆了近半年时间，收获很大。我虽是学建筑的，但到工地当设计代表后，对结构、设备专业都要管，并及时与校内设计组沟通。从定桩、放线、挖土开始，到打钎、打垫层、支模、绑钢筋、浇灌混凝土等工序，这些工程知识，不可能在学校靠读书、听课学得到。地下箱形基础挖土操平后，要打钎，探测基地下的土壤密实度，要判断是否有垃圾回填土或棺木坟穴。一位师傅扶着大半人高的大铁钎，另一位师傅用5磅大锤敲打铁钎顶部，一般打十多下即可，如几下就下去，说明土质松软，地基土壤就有问题了。看起来容易，学起来就难了。经老师傅同意，我拿起锤子也试打了几次，不是打击力度不够，就是打不准，容易打着扶钎人的手。我没敢多试，担心打出工伤事故。

科技馆的地下一层是钢筋混凝土箱形基础，防水采用两道防线，除了要砌保护墙用外防内贴的方法之外，还要采用松香树脂防水混凝土。在混凝土中形成微小气泡，阻断毛细管的渗水现象(这方法早已过时了)。建筑科学研究院老总杜鹏程专家带了助手亲自到现场指导。他的助手在现场调制松香树脂添加剂，按一定容量倒入正在搅拌的混凝土中。防水混凝土的施工过程很严密，还要求级配砂石，现场都按程序一一照办。现在回想起来，50年前的施工质量是很有保障的，一切按规范，井井有条。工人师傅都是受过考核的，定级上岗，各司其职。这段经历，我至今不忘，这也是在毕业前受到的一次工程实践教育，弥补了已被运动冲击后取消的“工段长实习”(原教学大纲中有这项实习。)

1958年为庆祝国庆10周年，确定了国庆十大工程，原来包含国家大剧院、科技馆工程，后来为了集中兵力打歼灭战，将上述两项工程叫停。最后公布的国庆十大工程是指：人民大会堂、中国革命和中国历史博物馆、中国人民革命军事博物馆、全国农业展览馆、北京火车站、北京工人体育场、民族文化宫、民族饭店、钓鱼台国宾馆和华侨大厦。

1959年初，科技馆工程暂停，我被分到北京第二通用机械工程设计组(简称“二通厂”)。这时由清华土建综合设计院总工程师殷一和等老师带队，组织了建九、房九班的毕业班部分同学参加真刀真枪的毕业设计。妈妈就在一机部第一设计院当主任工程师。我很高兴，这下不用来回奔跑了，可以住在家里。记得到一院的第一天，一院副院长曲波代表院欢迎我们清华师生组成的设计组。在欢迎会上，曲波致了欢迎词。这时我才知道这位曲院长就是长篇小说《林海雪原》的作者，怪不得他的讲话很风趣，没有一点官腔。我当时参加了煤气站设计组，由陶德坚老师负责带领这拨应届毕业生。我负责了建筑设计，房九同学负责结构设计。煤气站的工艺很复杂，由一院煤气科的老工程师陈洪钟、宋克文负责设计辅导。

在“大跃进”的熏陶下，我们清华设计组敢想敢干，提出了开敞式的煤气站，这样可以节省很多投资，而且比较安全。唯一的问题是，在冬天对操作工人不利。为此，可以局部盖一封闭的休息室，而整个热炉车间仍可开敞。我们设计组成天开夜车，修改方案。我经常通宵画“提供设计资料图”，争取时间，第二天可为结构、水、暖、电专业设计创造条件。经过反复调查分析工作，厂方也勉强同意了这一方案，我们就着手画施工图。实践证明，在北京寒冷地区是不宜搞开敞式煤气站的。在“大跃进”后的“调整、巩固、充实、提高”阶段，厂方决心把这已建成的开敞式煤气站炸掉，新建一封闭式的站房。当我事后知道此事时，心中很不安。感到在大跃进的声浪中，我也身不由己地在建筑设计上表现了“极左思潮”，为国家基建带来了损失。建筑师是龙头，如果龙头没当好，走歪了，就是破坏性建设，这个教训让我终生难忘。这也是一种磨炼，吃一堑，长一智。

17 挑担

Shouldering

1958年至1960年的“大跃进”时期，为了改变国家“一穷二白”的面貌，掀起了亿万人的生产热情。随之出现的共产风、浮夸风、高指标风、强迫命令风、铺张浪费风等“五风”又直接导致了全国性的严重经济困难，在中国历史上留下了深刻的教训。据1958年11月中旬统计，在基本建设上共发生了重大伤亡事故408起，伤亡职工1 407人，其中死亡348人。当时杭州半山钢铁厂发生了钢筋混凝土拱形屋架倒塌的恶性事故，造成18人死、19人伤。主要原因不是风雨气候外因，而是设计错误和施工质量低劣。这事惊动了中央领导，1958年12月26日中央和建工部在杭州半山钢铁厂召开建筑工程质量问题现场会。国家基本建设委员会主任陈云在会上说：“目前全国建筑工程的主要倾向已经不是保守和浪费，而是在各种类型的厂房建筑上降低了结构的质量……当前的主要倾向是注意多、快、省，而注意好不够。”建工部部长刘秀峰说，规章制度破得多，立得少。这次会议指出，关于厂房建筑结构问题方面存在有用木材、竹材代替钢筋，用砖木结构甚至砖拱结构代替钢筋混凝土结构现象，这是一种不适当的节约，不适当的因陋就简；关于设计工作问题方面，会议强调没有勘察不能设计，没有设计不能施工；提倡两个结合，即领导、设计、工人三结合，设计与生产相结合；关于施工问题方面，会议认为不能搞“人海战术”，不能急于“放卫星”。这次会议在当时起了一定作用，但仍不能阻止1959年后的“大跃进”热潮。追昔抚今，杭州半山会议距今已有半个世纪，其会议精神并没有因时光的流失而黯淡褪色。当我国基本建设上屡屡出现忽左忽右的摇摆现象时，反思历史教训，是一种明智的科学态度。

1959年是我该毕业的年份，也正是建国10周年的年份。这年春天，乍暖还寒。在4月中的一天，我正在为二通煤气站画建筑详图，陶德坚老师突然来找我，悄悄地说，你快要带红牌喽！我一时没听懂，心中一怔，是否我做错什么事要红牌警告了?她又重复了一遍补充说，系里决定要我提前毕业，留下当助教，与此同时，建九还有詹庆旋、徐莹光同学提前毕业留校[一]。我没有任何思想准备，不知能否胜任。我回家后把这消息告诉了妈妈。我能到清华任教，留在她身边，让她很高兴。就在这年5月份我戴上了教职工用的“清华大学”红底校徽，领到了教工证，我的证号是9003，第一次领到了46元的工资。妈妈为此赠诗一首：

[一]建九留校共22人：周玉华、费麟、张家璋、田学哲、梁鸿文、谢照唐、徐莹光、詹庆旋、郑光中、胡绍学、凤存荣、张祖荫、程立生、沈芝珍、张世镛、李吉人、高玉瑾、徐亚英、潘国强、许宏庄、李晋奎、陈浩凯

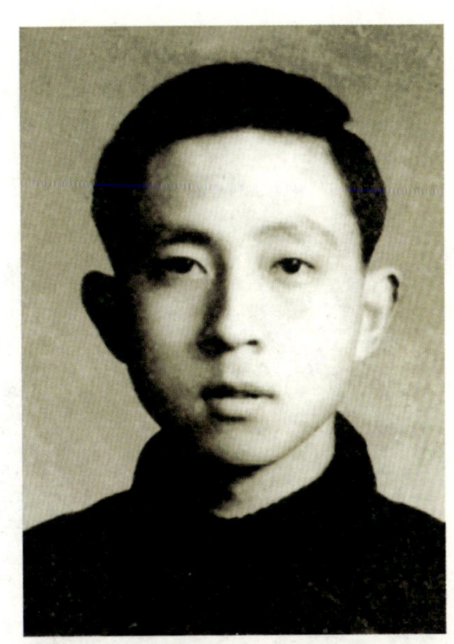
费麟大学毕业照（1959）

勉麟儿（1959.4）

麟儿读清华大学建筑系，转瞬已六年。今年四月春，学校决定，提前三个月毕业，留校当助教。因勉之。

襁褓番禺日，提携淞沪边，
七岁为孤子，承欢阿母前，
寒灯窗下读，夜夜总迟眠，
时时知勤俭，事事每求全。
首都攻大学，转瞬已六年，
师资需要急，提前执教鞭，
培养下一代，重责担儿肩，
赤心忠于国，为民服务先。
社会主义好，远景乐无边，
区区慈母心，祝尔永康健！

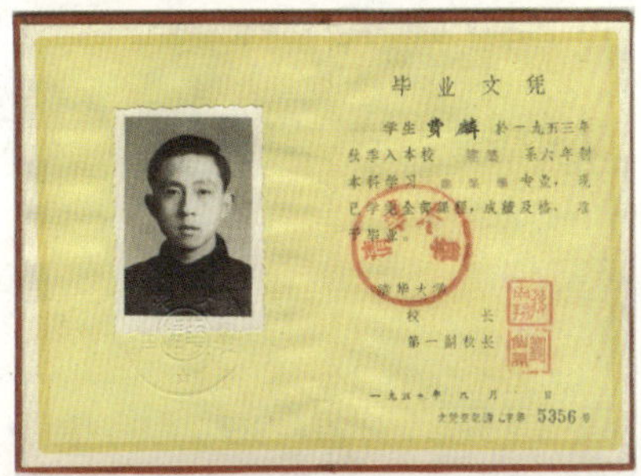
毕业文凭

学生费麟于一九五三年秋季入本校建筑系六年制本科学习……专业，现已学完全部课程，成绩及格，准予毕业。

清华大学

校长

第一副校长

……5356号

费麟的工资条（1959年6月）

清华建九班毕业照 (1959)

↓妈妈与麟、琪 (1959)

毕业后我分到工业建筑教研组，随即派我去建校组设计室参加学校的基本建设设计工作。建校组有徐伯安、叶茂煦先生，还有建零班(即五年级)的同学丁鄂怀、徐棠仙、彭济伯、梁文若和恒贵阳。我发现这几位低班同学都很能干，绘制方案草图能力很强，施工图画得也好。由于我曾参与过北京科技馆的设计与现场配合，后来又在二通厂真刀真枪搞过设计的全过程，对建筑设计的过程实践还能适应。组内两位先生也很有经验，徐伯安先生曾教过我建筑初步设计，耐心地为同学示范水墨渲染。在建校组内，他设计了工程物理馆，一幢四层的砖石结构实验楼，设计得很得体。清水勾缝红砖墙的大楼入口，用了四根白色水刷石壁柱托住一块轻巧的屋檐，几步斩假石宽台阶，让整幢建筑提了神。朴素、大方，简洁、明快。在低年级时，我班曾参观过这幢楼，印象很深。在科技馆设计时，他又亲自动笔画1∶20的外檐剖面图，示范我们如何做建筑详图设计。后来，让他去了历史教研组，帮梁思成先生整理古建筑资料。改革开放后，他主持了颐和园后山苏州街的恢复重建设计工作。建成后，获得好评。叶茂煦先生很有工程设计经验，和徐先生一起负责校园区内的学生宿舍、食堂、浴室等各种教职工和学生的公共用房设计。在这两位先生的带领下，我和建零同学一起参加了各种建筑设计工作。在两位先生的指导下我参与了主楼前的主干道设计、校医院的方案设计和“洋电厂”(1958年拆了关帝庙建设土电厂)、学生宿舍、教职工食堂等设计。

在1959年前，建校组承担了清华大学园内的规划与设计。确定了由老校区(现称红区)向东发展(现称白区)的基本格局。在大礼堂的四周，先后建起了阶梯教室、新水利馆和二教。在白区继工程物理馆之后，建了主楼的东西配楼。大操场以北陆续建了学生宿舍。接着又盖了1~4号楼学生宿舍，由汪国瑜、周维权先生负责设计。该宿舍为四层(局部五层)的大屋顶砖混结构，用了和平鸽做屋顶上的鸱尾，大出檐下倒挂木制斗拱，棂花门窗。四栋建筑组成南北两个大院。整幢建筑的群体空间、尺度、比例均经严格的推敲，建成后受到好评。当时北京许多院校纷纷仿造，成为一种很有民族特色的学生宿舍模式。

1959年9月份，北京市委向清华大学下达一项任务——要建精密仪器大楼，其中设置大量的精密仪器制造与测量的恒温室。恒温精度达到20±0.1~2°C，并有防震、防尘的要求。这个工程设计任务由建筑系和机械制造系共同合作完成。为适应承接国庆工程设计需要，1958年成立了清华大学土建综合设计院，院长由建筑系副主任汪坦教授兼任。他在留美期间曾在美国著名建筑师莱特的事务所工作过，有着丰富的理论和实践经验。殷一和先生担任设计院总建筑师。本次工程设计就由设计院全面承担。工艺设计由机械系负责。该系副主任沈钊亲自抓这个项目，并派了范荫乔、常世民、杨友堂负责该楼工艺技术设计资料。建筑设计交由工业建筑教研组全面负责。这时领导把我从建校组抽调到设计院当工程负责人(工程主持人)。教研组主任张昌龄先生、刘鸿滨先生直接领导这个项目，李承祚先生任建筑专业负责人，陶德坚先生负责建筑技术工作，并开始成立防微震研究小组。建0班的罗森、付克诚、杨瑞兴参加设计组，杨良为、廖云森、吕筱媛、陈德奉等参加防震组。设计院的结构组有郑金床等老师以及房零班同学负责设计，结构教研组的留美教授施士昇先生一起参加和把关。暖通组有彦启森、莫咏芬、岑幻霞、汪训昌等人负责设计。暖通教研组主任留美教授吴增菲先生(冯玉祥将军的女婿)亲自指导高精度恒温恒湿的设计工作。给排水组有刘存礼、彭楚生等人负责。电气组的陆景炎负责弱电设计，电机系派了朱亚尔先生、宝志雯和张瑞武参加强、弱电和自动控制的设计工作。总之这样强大的阵容，让我这挑重担的新兵也松了一口气。边学边干，边干边学，关键要当好工程负责人的技术协调和综合工作。我意识到，我不能只顾建筑设计本身，还要充分与非建筑专业(含工艺专业)配合好。这是一场团体赛，酷爱打篮球的我又想起了团队精神的重要。

由于这工程是市委下达的、带有保密性的工程，取了一个代号名“9003”工程。这是1959年第三号工程。记得9001和9002是氧气站和氢气站工程。经过1958年“大跃进”，学校工程遍地开花。中央主楼工程也上马了，由高亦兰、关肇邺、殷一和等先生牵头，带了一批建九、建零的同学。工物系的原子能发电站工程[一]相继开始设计。丹江口水电站的设计也开始进行，调了一批建九留校生和建零毕业班同学，在老师的带领下，真刀真枪地设计。

9003工程最精密的工艺部分是光栅刻线机室，要求恒温20±0.1°C，防震要求垂直震幅不大于1μm，防尘要求颗粒直径小于1μm。首先碰到总体规划问题。按校园规划，这幢系馆楼应放在中央主楼广场的南面，沿着南北中央大道的两旁布置。考虑到东边有铁路，只能放在中央大道西边，离铁路500米。从防微震角度看，火车的低频震动对楼还是有影响。为此，陶德坚先生带领了建0同学专门调查研究并做实测试验工作，以确定刻线机基础的防震方案。经过多次通宵实测，收集了24小时内东边铁路线火车的震动频率、震幅等基础资料，整理出分析报告。同时又抓紧时间到北京计量局、北京二机床(精密机床加工)以及上海的机床厂和仪表厂进行大量调研实测，最后拿出了隔震基础

[一]即200号(清华基建项目代号)，又作200#，指1960年兴建的原子能实验核反应堆，在北京市昌平县南口镇虎峪村。项目于1960年建成，是清华大学核能技术设计研究院的试验化工厂前身。

的设计方案。作为建筑设计负责人，我同时提出高精度恒温室(代号1209)的平、剖面方案设计，让刻线机房与主楼完全从基础上隔开，成为一个独立系统。人员经过更衣、换鞋、喷淋等洁净通道进入刻线机房。内装修完全按照洁净车间要求设计。9003工程的恒温空调设计的难度很大，对建筑维护结构的热工要求很高。经过调查、计算，高精度恒温恒湿的外墙传热系数*K*值定为0.245。由于建筑比较重要，结构设计考虑了抗震设防，采用了现浇钢筋混凝土刚性墙(剪力墙)框架四层结构。在第一层现浇钢筋混凝土施工完后，由于缺乏木材模板，从第二层开始，一律改为整体装配式结构。设计借鉴了在建的民族饭店经验，柱子钢筋接头用“熔杯”焊接，大梁用“熔槽”焊接，这一技术在当时是比较先进的。为了保证设计质量，于1960年1月24日至26日连续3天由清华大学出面，邀请校外院校专家，分专业审查建筑、结构、暖通、电气、给排水等设计，举行了多次设计答辩会，以便深入审查原始设计方案、原始资料和施工条件，学习各单位的经验。

9003工程的工艺要求确定以后，建筑设计面临了许多综合难题。按规划，主楼南广场前有三对六组建筑群(系馆)相对布置，形成南北轴线上的中央大道，直通五道口。9003工程只是机械系Π形楼的南楼。这样离主楼前东西大路较远，离东边铁路也远，对布置防震恒温的刻线机房最有利，以后再接建东楼和北楼。这楼既有生产实验室性质，又有行政科研楼性质，具有工业与民用建筑的综合特点。柱网采用跨度(7+3+7)米，间距4米的框架结构。由于恒温室布置在首层和二层，层高采用了5.6米和5.0米，三、四层为4.8米和4.2米，檐高24米。在做立面方案时，校系领导要求与主楼协调。北京工业建筑设计院总建筑师林乐义设计的西单电报大楼具有波兰建筑的风格，我很欣赏。那时波兰在社会主义阵营中算是思想比较开放的，建筑很新颖。于是我曾按西单电报大楼风格，做了一个比较能反映科技性质的现代建筑形式的方案，可是没有被校系通过，又改成有点像工程物理系的不对称方案，在审查会上，

清华大学9003工程专家审查会邀请函(1960)

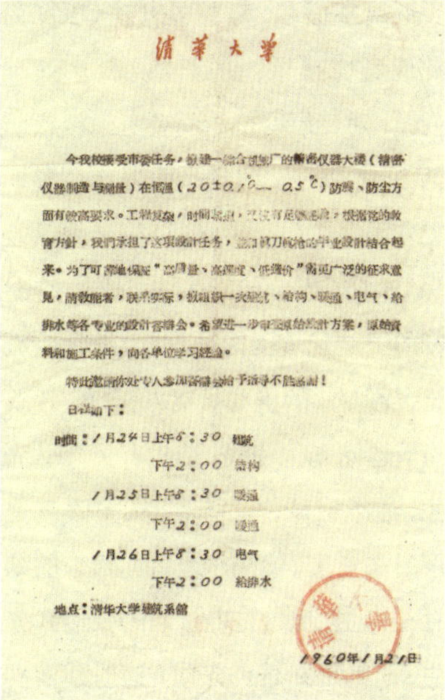

清華大學

今我校接受市委任务，拟建一综合机制厂的精密仪器大楼（精密仪器制造与测量）在恒温（20±0.1°— 0.5°C）防震、防尘方面有较高要求。工程复杂，时间紧迫，又没有足够经验，根据党的教育方针，我们承担了这项设计任务，并与真刀真枪的毕业设计结合起来。为了可靠地保证“高质量、高速度、低造价”需更广泛的征求意见，请教能者，联系实际，拟组织一次建筑、结构、暖通、电气、给排水等各专业的设计答辩会。希望进一步审查原始设计方案，原始资料和施工条件，向各单位学习经验。

特此邀请你处专人参加答辩会给予指导不胜感谢！

日程如下：

时间：1月24日上午8:30 建筑

下午2:00 结构

1月25日上午8:30 暖通

下午2:00 暖通

1月26日上午8:30 电气

下午2:00 给排水

地点：清华大学建筑系馆

1960年1月21日

校方认为没有突出主入口，太小气，结果还是未通过。经过多次方案比较，最后采用现在这个大门廊、大台阶和主楼协调的中轴对称方案。

整个9003工程是“三边”设计[一]。1959年10月6日工艺部分正式提出资料，建筑部分修改平、立、剖面图，结构部分于10月20日出基础刨槽图，11月15日开始打钢筋混凝土基础。1961年8月鉴于全国处于大跃进之后的“调整、巩固、充实、提高”的形势，要压缩基本建设投资规模，9003工程首层完工后，被迫停工。到1963年11月份，根据上级指示9003工程复工，接着建二层以上的结构。复工后遇到的第一个问题就是，对甩了两年多的结构进行安全鉴定。采用了回弹仪方法，对于混凝土因碳化降低了标号的部分梁柱进行加固补强。其次一个大问题是，工艺部分要作调整，增加了恒温室面积，增加了电镀车间，为此应考虑排风、防腐以及废水处理问题，对二层的机床间要考虑楼板防油处理。第三，建筑平面要作调整，要着手解决门厅装修、外檐装修以及保温、防尘窗的加工订货问题。这时期的工地代表工作很重要，设计院派出了各专业的主要负责人担任。建筑有周逸湖先生和我，结构有黄介弘先生，通风空调是莫咏芬先生，暖气是彦启森先生，给排水是留苏归来的刘存礼先生，电气是电机系的张瑞武先生，弱电是陆景炎先生。这时建四同学也参加了，以后建五同学朱治安、王鸿，建六同学李兆慧等参加到设计现场配合工作。那时我每天一早去9003工地，到现场转一下，如发现有什么问题，立即找工段长或放样师傅，尽快解决。由此我学到了好多书本上学不到的实际知识。

施工单位先后有北京三建、五建公司，力量都很强。全国闻名的张百发青年突击队(钢筋工)曾在9003工地大显身手。施工单位有一位放样师傅刘文政，是河北人，很有经验。我一直和他打交道，称他为刘师傅，有许多施工详图做法都要请教他，设计中对保温墙、保温防尘窗，我们提出了许多方案，也去征求他意见。他说：“千万不要受洋罪！应采取简易可行的方法。”9003工程作为生产、教学、科研的三联基地，全部工程包括16350 m^2的主楼、458 m^2锅炉房、530 m^2的冷冻机房以及31 m^2的深井泵房等各单体项目设计。

9003工程上马、停工、再上马，经过了整整六年半时间，直到1966年5月份才竣工验收、交付使用。与此同时，中央主楼也按计划完工建成。这是“文化大革命”前，最后建成的一些学校师生自行设计的大型校园建筑。时隔40年，2006年3月，北京市规划委员会正式组织编制《北京市优秀近现代建筑保护名录》(第一批)，由北京市城市规划设计研究院城市设计所承编。2007年11月，保护名录得

[一]“三边设计”，指边勘察、边设计、边施工。

清华9003恒温试验大楼

到市政府批复并正式公布。第一批名录包括近现代建筑71处，188栋。清华大学的校园建筑群规划、清华大学主楼、清华大学1、2、3、4号楼(学生宿舍)、闻亭与自清亭、清华大学9003大楼被收录于第一批名录中[一]。

建设9003工程的时期正逢我国处于“大跃进”之后的“三年困难时期”[二]，教职工的生活也很困难，每年的定量粮票、布票、油票、肉票、糖票、糕点票、鸡蛋票都不够用。居民凭粮本还可以买到几两白糖和芝麻酱，但每次都要排长队。南方人不习惯吃面食，米票每月限量很少，只能用面票去和北方人换米票，当然不能1∶1去换。有不少人因营养不良，得了“浮肿”病甚至肝炎。校园内有些职工在门前屋后的边角地上开荒种地，有的种玉米，有的种蔬菜，走“自己动手、丰衣足食”的自力更生的道路。为了节省燃料费，学校食堂推广了用超声波煮粥饭、烧开水的新办法。用电能来换取热能，其实并没打破“能量守恒定律”。在妈妈工作的一机部第一设计院大院内，兴起了各种养生之道。有的在家用玻璃瓶子养“小球藻”，据说喝了这种汤液能增加抵抗力，防止浮肿。有的抱了一只大公鸡，到院医务所排队，请大夫帮忙从公鸡身上抽出鸡血，往自己身上“打鸡血”，据说能增加营养。那时候，我和同班留校同学程立生住在一个屋子，每到晚上10点后，肚子就咕咕叫，没东西可吃，无法入睡。后来学到了一招，练气功。采用逆式呼吸，气沉丹田，闭目打坐。经过十来分钟，感到身体发热，肚子也不叫了。赶紧收功，

[一] 北京市城市规划设计研究院城市设计所．不该忘却的城市记忆(中)——北京市优秀近现代建筑保护名录(第一批)全记录〔C〕//北京规划建设.2008.04 (121)：152—156.

[二] 在1959、1960和1961三年期间，由于中国1958年“大跃进”和工农业生产一系列政策严重失误而导致粮食减产和全国饥荒，称为“三年自然灾害时期”，20世纪80年代以后改称“三年困难时期”。

上床入睡。这办法倒很灵，延用了很长时间。从此，我对气功有了一个好印象，确是自我强身健体的好办法。

在9003工程中途停工之后，教研组分配给我了教学任务。先是带领建三的同学到马鞍山车辆轮箍厂工地实习，这是德国援助的一个大型项目。困难时期的粮食尽是粗粮，每月按照定额发的28斤粮票不够吃，学校给予了一些粮票补助，但对下工地的男同学仍不顶用，有的只能买些高价粮食(白薯馒头)补充。回校后，我和刘鸿滨、周逸湖、陶德坚先生、张祖荫(同班留校同学)一起给建四班上工业建筑设计辅导课，并给建四、建五上工业建筑设计原理构造课。由于有了9003工程的实际项目，教学上就可结合起来。工业建筑课程设计的题目确定为“精密仪器厂设计”。到晚上，在这段困难时期，校系也不安排活动了，大家有些空余时间。系里举办了各种业务学习班，梁思成先生亲自给我们讲魏晋时期的佛教与雕刻，还把家里那只古董小陶猪带到了课堂上，让我们多方面提高自己的文化艺术修养。我还参加了由留美回国的结构老师李著景主讲的英语学习班，因为我在小学和中学学的是英文，到大学改学俄语，两门外语都是“半吊子”，正好借此机会把丢掉的英语再捡起来。有一次，中国建筑学会组织各院校参加了UIA(世界建筑师协会)举办的国际设计竞赛，题目是古巴猪湾海滩的胜利纪念碑，为古巴打退流亡者组织的一次海滩登陆进攻而建。系里参加了这很有意义的设计竞赛活动，广泛征求方案。我也提出了概念方案，很不成熟，这是我第一次参加设计方案竞赛，理所当然败下阵来。后来公布了竞赛结果，我国建工部工业建筑设计院(中国建筑设计院的前身)总建筑师戴念慈的“三把甘蔗刀”方案入了围。一等奖是波兰建筑师。该方案比较前卫，采用象征手法，在海滩中满布了稀稀拉拉的几何体型，好像是被打断头的蛤蟆残体。让我感到了现代建筑设计思想的独创和新颖。而我国的设计太注意具像设计，思想还不开放。

有一天，系里领导找我谈话，要我兼任建筑系办公室主任，负责对外接待和系内一些行政管理(包括住房分配)的事。根据学校规定，两肩挑的教师兼职行政工作，只占工作时间的1/5，大部分时间仍搞教学生产，并不脱产。毕业不久的我当然只能服从。这段工作时间中最头痛的是代表系里为申请职工住房的教职工分配房子。必须先调查教职工的住房实情，要了解他们的实际困难和需求。要与学校行政处房管科沟通，搞好关系，争取多给我们这个土建老系一些房源。最后还要全系平衡，不能厚此薄彼。我知道这工作是吃力不讨好的事，肯定会得罪人。经过一段摸索，尽量一碗水端平，做到公开、公正，争取系里的领导和帮助。多年来，我尽力而为，帮系里教职工争取到一些住房。好在我自己是单身汉，不涉及申请住房问题，负责起这工作，没有什么顾虑。

说起单身汉，我年纪已不小，每周末回家时，妈妈很关心问我，是否有女朋友。“不孝有三，无后为大。”我也无奈，在学校里没有合适机遇，在工作中也未有相好。有好心的老师曾给我介绍过，没成。我希望随缘而成，不希望“拉郎配”。说来也巧，有一次回家时，遇见房九班同学李桐，她毕业后分配到一机部第一设计院搞结构设计，就在妈妈当主任工程师的那个室。妈妈也曾提到过有清华同学分到一院之事。我和李桐不是初次见面。1958年在一院搞“二通厂”设计时就共事过。有一次我负责变配电所建筑设计，她负责结构设计，正好遇见她互审我的施工图。在建筑图上她找到不少毛病，很严肃地给我指出问题所在。这位女同学给我的印象是顶仔细、顶认真，有点不留情面。那天晚上，我开了夜车，才把图修改完。没想到“冤家路窄”，又在妈妈的工作单位见面了。那时我在学校，工作忙，星期六也回不了家。李桐的家就在清华附近的北京矿业学院，有时妈妈就托她回家时顺便给我带一些东西。那阵设计院正兴起设计技术革命，改革绘图工具。绘图用鸭嘴笔，画错了要用刀片刮。后来发明了尼龙丝笔，擦图很方便。我写信让她搞一些工具给我，她抽空到清华给我送些技术工具。就这样，两人交往、通信渐密，逐渐产生了好感。她还把每月发下的四两糕点票(能买四个“自来红”)省下来送我，我当然欣然收下，满足我那填不饱的肚子。日子长了，我们一起逛颐和园、压马路，把终身大事提到日程上来。她邀请我去她家。第一次进门，很不好意思。她的父母很热情，给我倒茶吃点心。她父亲李谦若是北京矿业学院的三级教授，早年考取庚子赔款赴美国康乃尔大学留学，回国后曾在上海交通大学土木学院当教授和院长，他很坦诚地对我说：“我没有什么嫁妆，把她培养成人，进了大学，这就是嫁妆。”

费麟与李桐（1960）

费麟李桐在颐和园（1961）

与妈妈、李桐母亲和李桐在北京矿业学院　↓与妈妈和李桐爸爸、弟弟在颐和园(1961)

费麟、李桐结婚纪念（1961）

裙，是她姐姐李均的结婚礼服。妈妈将爸爸送她的纪念遗物——金色鸡心项链戴在李桐脖子上。我的终身大事办了，完成了妈妈的一个心愿。

第一个女儿出生，我们当了父母。我白天在清华上班，晚上要回家帮忙料理家务，半夜起来热奶、换尿布。这时我想起一句老话："有子方知父母恩。"想起妈妈早年丧偶，把我们兄妹抚养成人，送进大学深造，是多么的不容易！妈妈是里外一把手，慈母严父的责任一人担当。如今，我有了下一代，肩上的担子又增加了，必须两肩挑：一头是工作，一头是家庭。在人生旅途上，挑起重担向前走，这还只是刚开始哩！

经过双方家长的认可，我们终于在1961年年底登记结婚。清华没有房子，一院分给我们一个朝西的小间，与别人合住一单元，就在妈妈住房的楼上。结婚仪式很简单，在一院的会议室举办。一院的总工程师陈民三在交通大学毕业，是我岳父李谦若的学生，他当了主婚人。那时糖果很贵，5元一斤，妈妈支援我们，买了不少高价喜糖。我们到国泰照相馆拍了结婚照。我穿的那身西装，是将父亲的衣服改制的。李桐穿了一件深紫色连衣

费麟、李桐合影（1999）

迷茫篇（1966—1976）
Mid-life

170

18 困惑 Confusion

我经常在各种“运动”中感到困惑，老觉得跟不上形势，自责自己是否思想未改造好？ 社会主义改造时如此，“整风反右”如此，“大跃进”如此，批“新富农”思想时也如此。没想到全国刚刚摆脱“三年困难时期”之后，正在恢复元气、重新整顿之时，竟爆发了“无产阶级文化大革命”，全国又陷入新的灾难，造成新中国史无前例的十年大动乱。我的困惑也就更多了。

176

19 混战 Turmoil

这时，在清华校园内出现了大量“反干扰”批蒯大富的大字报，同时也有对工作组有意见的大字报，认为反蒯不够策略，转移了大方向。有些大字报很隐晦，指桑骂槐，也不知将矛头指向哪里。有一张大字报引起我的注意，我很欣赏其搞笑文笔与丰富的想像力——《鬼大夫救鬼秘方序文》。

20 清队 Escape to Shanghai

每天在学习班上还是照念那些有关“肃反”、“镇反”的语录。大家心中都发毛了。这时又来了一位系级领导杨师傅，显然要加强火力了。那位干巴瘦的王大牙师傅吹胡子瞪眼，直盯着我。我心想，也许还有什么事忘了没交代。

182

190

21 学农 Jiang Xi Farm

清华江西鲤鱼洲是个劳改农场，是鄱阳湖边的血吸虫疫区。在清华的同事中也在传，既然是血吸虫疫区，为什么偏偏还要选上这块农场，为什么还要说什么“摸鱼捉虾”等欺人之谈？大家心知肚明，但是谁还敢吃了豹子胆去反映实情呢？

22 战备 An Hui

既然梁先生对建筑都绝望了，我留在清华建筑系还有何意义呢？下决心，不能再在清华园的教改闹剧中浪费青春了，还是去设计院干一些实在的工作吧！我离开鲤鱼洲后，有些五七战士还很羡慕，称之为"费麟道路"。

206

23 援外 Shan Xi

到第一设计院后，我分到四连(援外)工作。参加了(援)巴基斯坦塔克西拉铸锻件厂的设计任务。

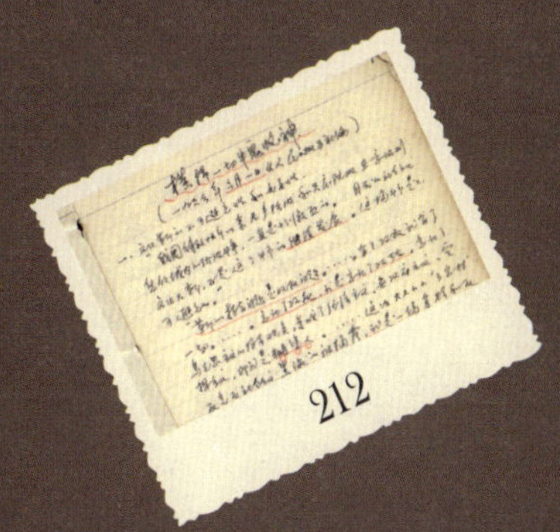

24 脱产 New Tasks

1973年秋院里人事科通知我，副院长杨廷藩要找我。我心中一怔，又有什么事要发生了。自从在清华受过那次"折腾"后，总感心有余悸；再加上自己属于非工农出身，又有港澳海外关系，心中老有一种"原罪感"。

25 剧变 The Open Door Policy

"四人帮"倒台，标志着"文化大革命"的结束。国家形势的剧变，给我带来了新的希望。于是我大胆向杨院长提出，按原来的约法三章，我该归队了。建筑科中有些了解我的同事也帮我说话，认为应该落实知识分子政策，学以致用，让我回建筑科。

18 困惑

Confusion

我爱较真，对任何一件事都不愿意糊里糊涂地混过去。因此，我经常在各种“运动”中感到困惑，老觉得跟不上形势，自责自己是否思想未改造好？“社会主义改造”时如此，“整风”“反右”如此，“大跃进”如此，批“新富农”思想时也如此。没想到全国刚刚摆脱“三年困难时期”之后，正在恢复元气、重新整顿之时，竟爆发了“无产阶级文化大革命”，全国又陷入新的灾难，造成新中国史无前例的十年大动乱。我的困惑也就更多了。

在“文化大革命”爆发之前，农村开展“四清”运动[一]，学校里也派出了工作队(教职工脱产参加)。由于我正忙于9003工程的施工配合以及验收工作，没派我去。有一次在工地检查施工质量时，我爬进了恒温室的钢吊顶夹层中，不小心摔了一跤。当时我没觉得膝盖有疼痛感，到第二天，感到不适，走路也隐痛。去校医院检查后知道，右膝盖的半月板受伤，产生了积水。大夫诊断后认为可以不开刀，采用封闭疗法，但要做长期理疗。自此，我天天去校医院理疗室，先做电烤，又做蜡疗。过了一段时候大夫教我一个自己做理疗的方法。把酒精涂在膝盖上，用火柴点燃，让酒精在膝盖表面燃烧。开始有点紧张，后来也习惯了，感觉不比蜡疗差。这样可省下去医院的时间，疗效还不错。

在我作为设计代表配合施工时，又遇到了一件事，给我上了一堂课。9003工程的楼面采用现浇水磨石，用铝条分格。在检查施工质量时发现铝条边上有许多气泡。请教了一些有经验的工程师后，才知是水泥中的石膏$CaSO_4$和Al发生了化学变化，产生了氢气H_2,分子式如下：

$$2Al+3CaSO_4+4H_2O+O_2 \rightarrow Al_2(SO_4)_3+3Ca(OH)_2+H_2\uparrow$$

于是将铝条作了阳极氧化处理，解决了气泡问题。我在中学时，对化学最不感兴趣，没有学好。没有想到在工作中却遇到了不同材料之间的化学腐蚀问题。

在配合9003工程施工阶段，我还在兼课。教研组老师曾征求过意见，

[一]“四清”，指1962—1965年从农村开始、由中央布署领导、数百万干部下基层、广大工人和农民参与的政治运动。“四清”原为在农村“清工分、清账目、清财物、清仓库”。1963年3月1日，中共中央发布《关于厉行增产节约和反对贪污盗窃、反对投机倒把、反对铺张浪费、反对分散主义、反对官僚主义运动的指示》，要求在县以上机关和企业事业单位开展“新五反”运动。1964年12月15—28日，中共中央政治局召开全国工作会议，讨论农村社会主义教育运动问题。1965年1月14日，中共中央发布《农村社会主义教育运动中目前提出的一些问题》《二十三条》)，规定乡村和城市的社会主义教育运动(“四清”和“新五反”)，此后一律简称“四清”，并把四清的内容规定为全国城乡范围内的“清政治、清经济、清组织、清思想”(“大四清”)，

问我是否有兴趣搞科研，譬如防微震、防尘洁净或恒温节能等专题。我很明确表示，还是喜欢搞建筑设计。我想，刚毕业，还缺少许多工程实际经验，不宜去搞理论性很强的科研工作。何况这些题目要有很好的结构、空调、热工理论和数学基础，绝非我所长。至于在做完一项工程设计的全过程之后作一些技术总结，倒是我应做的事。于是我抓紧时间参与了《精密仪器厂建筑设计参考图集》的编写工作。除了负责部分实例的绘制工作之外，我还编绘了有关精密光学仪器制造的工艺流程图。接着就精密恒温室的地板材料设计与施工经验，写了《浮铺聚氯乙烯卷材地板设计总结》。此二份技术资料分别于1963年、1965年由清华大学出版社出版。这时9003工程已接近尾声，我开始着手编写《9003工程设计总结(建筑部分)》，其他如结构、暖通、给排水、电气也准备分头写专业总结。记得当时有这样一个说法：做工作不做总结，等于只做了一半。有关9003工程设计中的经验与教训，我都准备记录下来。学校里提的教学与生产、科研三结合的方向，我认为是很切合实际的。建筑系没有实验室，成立了设计院，参与实际的工程设计，配合施工这就是建筑实验室，可以促进教学更切合实际。

作为“文革”的前奏，到1966年春，在农村，全国大约有1/3左右的县、社先后开展了“四清”运动。

在工程设计中遇到的新技术、新材料，完全可以及时反映到教学中。我在讲授工业建筑设计原理和构造课时往往结合“科技馆”、“二通厂”和“9003”等工程实例来讲，并带同学到9003工地参观，加深印象。同时我又参阅了一些国外资料情报，介绍

精密仪器厂建筑设计参考图集（1963）

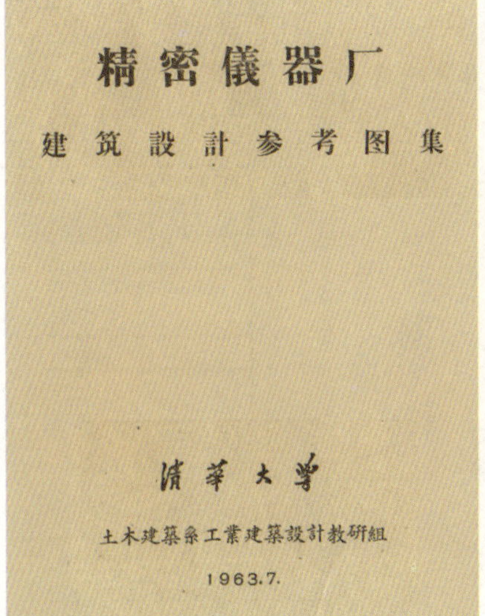
精密儀器厂

建筑設計参考图集

清華大学

土木建築系工業建築設計教研組

1963.7.

光学玻璃工艺流程（1963）

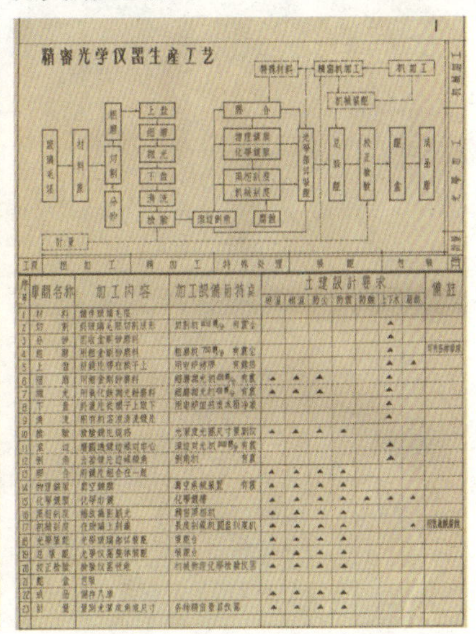

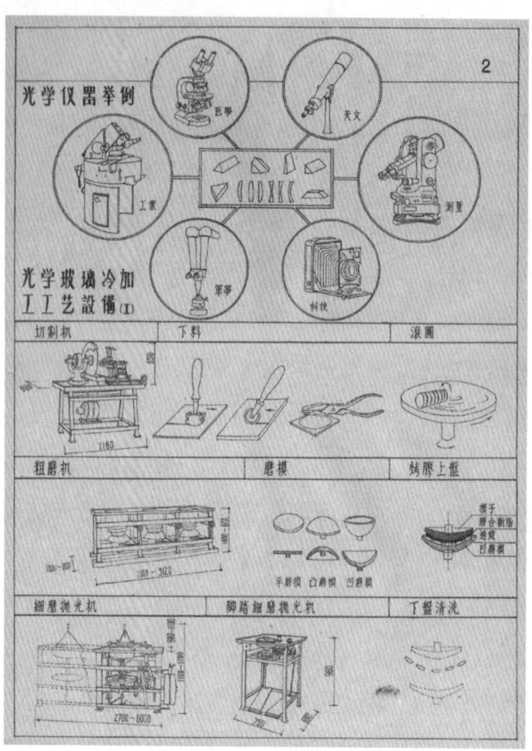

光学玻璃工艺设备

光学玻璃工艺设备

精密仪器厂总平面方案

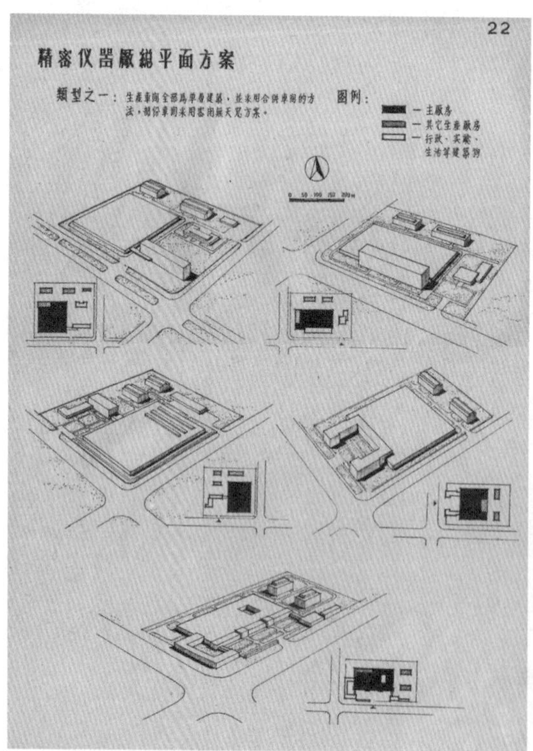

学生作业实例

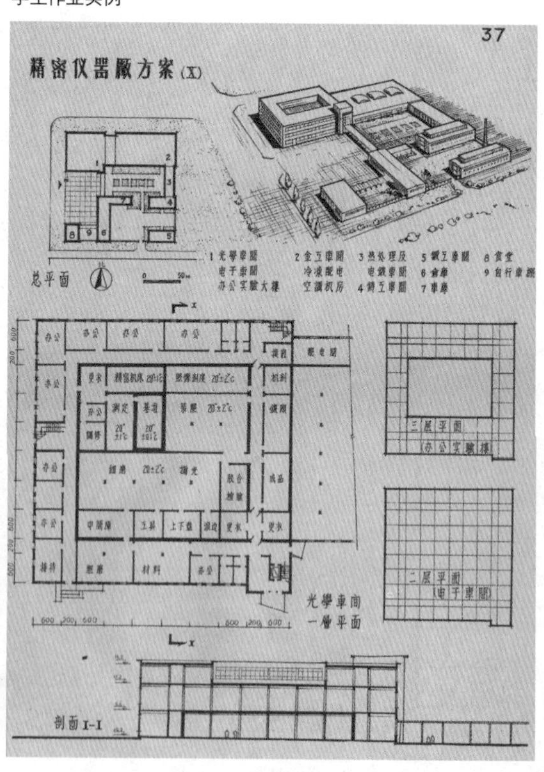

有关恒温、防尘、防震等精密实验室设计的现代化技术。在教学工作中先后和建零、建三、建四、建五、建六、建七、建八等毕业班同学有过接触，教学相长，从这些低班同学身上也学到不少东西。正如韩愈在《师说》中所说，“是故弟子不必不如师，师不必贤于弟子；闻道有先后，术业有专攻，如是而已。”1965年底，我接到学校校长蒋南翔和副校长刘仙洲签署的“清华大学职务名称通知书”，从1965年10月起，我被提升为讲师，意味着我的担子更重了。

为了写自己的全面思想与工作总结，我通过人事部门要求看一下过去写的“思想小结”与“红专规划”，便于回忆参考。在翻阅这些旧材料之时，我发现在字里行间有很多铅笔符号，在一些字上有圈有钩。我顿时恍然大悟，这在查笔迹！清华大学在“整风鸣放”时期，出了很多匿名大字报，如“庶民社”的《神·鬼·人》、《还政于民》等，这都是很有影响力的鸣放大字报。我看后深有感触。认为这些匿名者文笔非常高明，简单的几笔就把问题说透，而且是用春秋笔法，指桑骂槐。为了破案，查出匿名人，保卫科肯定对师生的笔迹进行过排查，我一定被列入了排查对象。这件无意发现的秘密，在我心中留下了一层抹不去的阴影。我有一种“原罪”感，为家庭社会关系背上了沉重包袱。我也常为妈妈祝愿，像她一个从旧社会出来的知识分子，千万不要被历次运动所伤害。“不求有功，但求无过”，成为我的一种“赎罪”信条。那时整个社会风气很“左”。小孩子从幼儿园回家后，唱的儿歌是：“小皮鞋，嘎嘎响，资产阶级臭思想！”我本来想教小孩读一些经典启蒙读物，一看都是“封资修”的东西，只能作罢，别好心办坏事，“毒害”了无辜的下一代。

根据毛主席的指示，落实“备战、备荒、为人民”的方针，1964年开始，为了应付“原子弹时期”，全国来个工业大搬家，要进行“三线”建设[一]。当时提出了“山、散、洞”(靠山、分散、隐蔽)。一院正在负责设计德阳第二重机厂，妈妈和李桐都下了现场，从事现场设计。设计要“先生产，后生活”，“设计要以工人为主体”，提倡“干打垒”精神[二]。为响应号召，建筑师与工程师们积极研究用单砖墙盖楼房、“旱厕上楼”等课题。在工业建筑车间中要取消钢筋混凝土的吊车梁，改用砖拱吊车梁。1965年2月4日，毛主席在《关于北京修建地下铁道问题的报告》上作了批示：“精心设计，精心施工。在建设过程中，一定会有不少错误失败，随时注意改正。”全国各设计院的设计人员纷纷下楼出院，大搞技术革新、技术革命，大力提倡“干打垒”精神。

这时我正在学校从事9003工程的收尾、验收工作。觉得全国设计行业比清华学校走快了一步。清华大学土建综合设计院成立后，正处于全国

[一]1963年中苏关系急剧恶化、1964年北部湾美军军舰事件后，根据毛泽东针对苏美的军事战略思想，为反修防修和防备世界大战，中共中央于1964年5月15日至6月17日在北京召开工作会议，制定包括三线建设在内的一些政策，拟形成三道国防线，东南沿海、东北、新疆等边境地区为“一线”，江西、安徽等靠近华东沿海地区为“二线”，中西部地区为“三线”。“三线”覆盖13个省和自治区，其中“大三线”指西北西南的7个：陕西、甘肃、宁夏、青海、四川(含重庆)、云南、广西。

[二]干打垒，指北方农村普遍采用的以土作为主要建筑材料的房子。筑墙以两块可拆卸的木夹板中填入黏土并分层夯实，房顶用草把子作垫层在其上覆泥抹光，取暖用火墙或者火炕，仅门窗和房檩需要少量木材。因材料便宜、施工简单，1960年东北大庆石油会战时得到大量推广，将就地取材、因地制宜的作风称为“干打垒”精神。[宋连生.《工业学大庆》.武汉：湖北人民出版社，2005.]

继大跃进之后贯彻“调整、巩固、充实、提高”八字方针的阶段。设计院传达了陈云副总理在杭州召开半山现场会议的精神。设计院总工程师殷一和先生带领一些老师专程到一机部第一设计院去取经，学习设计院的管理、制度等经验。学校里经过“大跃进”之后，先后建起了主楼、9003、200号(低功率原子能发电站)等工程。殷一和先生要求我们参与设计的人员，好好总结成文，并准备陆续出版一些技术文本，为今后设计工作参考。当我埋头写9003工程总结时，看到报上不断有批判文章，大有“山雨欲来风满楼”之势。1965年11月10日上海《文汇报》刊登了姚文元的文章《评新编历史剧〈海瑞罢官〉》。《海瑞罢官》是吴晗在1959年写的剧本，1961年初由北京剧团公开演出。记得毛主席曾说过，应当提倡魏征精神和海瑞精神，因为海瑞敢讲真话。我很担心，是不是像批《武训传》电影一样，又要批一下海瑞了？1966年5月8日，江青主持写作、署名高矩的文章《向反党反社会主义的黑线开火》在《解放日报》发表。5月10日上海《解放日报》和《文汇报》同时发表姚文元的文章《评“三家村”——〈燕山夜话〉、〈三家村札记〉的反动本质》。平时每天在《北京晚报》上连载的《燕山夜话》是比较受欢迎的“豆腐干文章”，怎么一下子成为反动的了？ 这是否又要搞一次“反右运动”？ 我的思想恐怕又跟不上形势了。不几日，彭真所领导的旧市委解散了。中央改组北京市委，李雪峰担任市委第一书记，吴德任第二书记。5月16日发布了《五·一六通知》，宣布撤销彭真领导的“文化革命五人小组”，重新设立以陈伯达为组长、江青为第一副组长、康生为顾问的“中央文化革命小组”，隶属于中央政治局常委之下，直接具体领导“文化大革命”。从此，一场标志着否定历史、不要文化的“文化大革命”在全国展开了。

《五·一六通知》批评了“在真理面前人人平等”这一“资产阶级”的口号，提出“凡是错误的思想，凡是毒草，凡是牛鬼蛇神，都应该进行批判，决不能让它们自由泛滥”。引人注目的是在通知中提出了“那些支持资产阶级学阀的党内走资本主义道路的当权派”是混进党内的资产阶级代表人物，是一批反革命的修正主义分子。这些提法促使人们猜谜，“在真理面前人人平等”是错了？牛鬼蛇神指的是谁？“走资派”又指的谁？清华园里有吗？蒋南翔校长有问题吗？根据“反右”的经验判断，运动的矛头是不能向上的，那么这次运动的重点对象会是谁呢？面对着一系列问题，我无法猜透，再一次地困惑了。

在这阶段，我有些空闲时间，在岳父家无意中看到一本《孙中山选集》，我借来看了一下。我知道孙中山的著作不会被批判，每年国庆时在天安门广场上还要挂他的像。《三民主义》《建国大纲》《建国方略》是孙中山的核心文章。他在政治上提出了军政、训政、宪政三个阶段，提出全民政治，主张五权宪法。在建设上，提出了北方大港、东方大港、南方大港和有关铁路、粮食、衣服、居室、印刷以及矿业、冶金等工业建设的系统设想，而且是图文并茂。他提出“平均地权，节制资本”。在土地定价上，他并没有让政府兴师动众、成立什么委员会去评估各地的土地价格，而是在政策控制下让市场自动调节。他要求地主自报地价，规定“地方政府则照价征税，并可随时照价收买”。地主抬高地价，则交税也高；如果有意降价避税，政府即按法收购。我真佩服孙中山的品格，又为他那深思熟虑的战略气魄和科学务实精神所感动。

19 混战

Turmoil

“文化大革命”中流行着林彪提出的口号，对毛主席的最高指示，理解的要执行，不理解的也要执行，在执行中加深理解。对于出身不好的人来说，更是要“夹着尾巴做人”，紧跟形势。《五·一六通知》发表以后，全国形势发展很快，清华园里也很热闹。有点像走马灯，你方唱罢我登场，今天你“革别人的命”，明天可能别人来“革你的命”。其实，毛主席在1942年2月1日《整顿党的作风》一文中早就说过：“共产党员对任何事情都要问个为什么，都要经过自己头脑的周密思考，想一想它是否合乎实际，是否真有道理，绝对不应盲从，绝对不应提倡奴隶主义。”

1966年6月1日人民日报发表了社论《横扫一切牛鬼蛇神》，提出“这次大大小小‘三家村’反党反社会主义黑线的被揭露，就是一场复辟和反复辟的斗争”，并指出，“无产阶级文化大革命是要彻底破除几千年来一切剥削阶级所造成的毒害人民的旧思想、旧文化、旧风俗、旧习惯”，“革命的根本问题是政权问题……有了政权就有了一切。”当晚八点，在各地广播电台联播节目里，播发了北京大学哲学系党总支书记聂元梓的大字报全文。在北大的带动下，北京的55所大专院校和部分中等专业学校、普通中学掀起了揪斗党委第一、第二把手的浪潮。以后，社会上也掀起了“扫四旧、揪斗牛鬼蛇神”的“红色风暴”。在这场洪流中，沉渣泛起，带着不同动机、代表不同利益的人们都被卷入。马克思说得好：“政治经济学所研究材料的特殊性质，会把人心中最激烈、最卑鄙、最恶劣的感情，把代表私人利益的复仇女神召唤到战场上来反对自由的科学研究。”[一]学生揪斗老师、妻子揭发丈夫、子女批判父母、朋友反戈一击、墙倒众人推、痛打落水狗已成为时髦。清华园的大字报也逐渐多起来，不少是转抄的。“拿起笔做刀枪，干革命打黑帮”的“造反歌”也出来了。这时，我还想不明白，什么叫“黑帮”？“地富反坏右”是黑帮，反动学术权威是黑帮，各单位的第一、

[一]马克思.资本论.中央马克思恩格斯列宁斯大林著作编译局.北京：人民出版社.1975：12。

二把手也都是黑帮了？系里有黑帮，学校有黑帮，各部委有黑帮，上层领导也有黑帮？底下人们议论着，聂元梓真胆大，批斗起北大第一把手了。《人民日报》表示支持，可见来头不小，一定有大人物做后台。“反右”时造领导的反，成为“右派”；今天造领导的反却成英雄了?6月12日清华大学工作组进驻。6月13日工作组长叶林[一]作报告，郭影秋代表中共新市委宣布三项决定：第一，派叶林为首的工作组到清华大学对无产阶级文化大革命进行领导；第二，停止蒋南翔党委第一书记和其他一切职务，改组清华大学党委；第三，党委改组前，工作组代理党委职权。

这时，我的二女儿诞生了。我白天到学校，参加设计院的小组学习，“天天读”、看大字报，晚上要忙家务，思想不易集中，对运动还很不理解。在“天天读”时，我逐渐养成了抄报的习惯，一边听一边抄，效率很高。对重要的社论，抄一遍比读一遍印象要深多了。这是加深理解的一种方法。不知不觉，这习惯从1966年6月1日起到1972年1月17日止，一直没有间断过。现在再拿出这1 421页的笔记本，百感交集。从中让我回忆起那风风雨雨不平静的日子，在大风大浪中让我学了不少东西，让我也领悟到一些事。所抄的报纸有《人民日报》《文汇报》《江西日报》《安徽日报》和《山西日报》，这正记录了我在这六年中先后在北京、上海、南昌、蚌埠、太原等地待过的经历。

工作组进清华后，各系纷纷贴出大字报，矛头直指各系领导和校领导。清华大学土建综合设计院选出了“无产阶级文化大革命”工作组，并筹备建立建筑系“文化大革命委员会”。设计院也开始张贴大字报对校系领导的工作及作风提意见。工作组为了发动群众，放下包袱，轻装前进，让我们教职工开“放包袱”的座谈会，每人讲一遍，无非是检讨一下对清华大学的“黑线”认识不清，对“黑帮”的批判不力。

紧接着，6月16日《人民日报》发表社论《放手发动群众，彻底打倒反革命黑帮》。6月18日北大开始对“黑帮”进行批斗，带高帽子、拳打脚踢、游街示众。在清华，将校、系等领导干部组织在一起，白天劳动，挖土挑担扫厕所，带高帽子，挂上黑牌，上面写着自己名字，用红笔打了一个大叉，晚上还要写检查。6月21日清华大学工程化学系三年级902班学生蒯大富[二]贴出了大字报，提出要赶走以叶林为组长的工作组。工作组立即组织了声讨大会。记得，在设计院的学习小组会上，围绕着蒯大富是什么性质的问题、工作组的大方向对不对、要不要应战，是否将辩论继续下去等问题进行表态讨论。工作组认定，蒯大富是右派学生，想夺权。这时，在清华校园内出现了大量“反干扰”批蒯大富

[一]叶林，原国家经委副主任.

[二]蒯大富(1945—)，江苏滨海县人。作为清华大学1969届(化九班)学生时，是“文革”北京五大学生造反派领袖之一。先后任首都大专院校红卫兵革命造反总司令部(又称首都红卫兵第三司令部，简称三司)副司令、首都大专院校红卫兵代表大会核心组副组长、北京市革委会常委。1968年7月27日工宣队进驻清华后失宠，1968年12月被分配到宁夏工厂，1970年回清华接受审查，1973年在北京监督劳动。1978年4月19日被捕。1983年3月10日，北京市中级人民法院以反革命宣传煽动罪、杀人罪和诬告罪判处其有期徒刑17年，剥夺政治权利4年，先后被关押在北京和青海。1987年10月31日被释放回宁夏工作。

"文革"中清华大学建筑系的大批判展板

的大字报，同时也有对工作组有意见的大字报，认为反蒯不够策略，转移了大方向。有些大字报很隐晦，指桑骂槐，也不知将矛头指向哪里。有一张大字报引起我的注意，我很欣赏其搞笑文笔与丰富的想像力。现抄录于后：

《鬼大夫救鬼秘方序文》

本方乃祖上秘传，溯源于日耳曼、伯恩斯坦氏，业已一百秋之矣。后经三世鼻祖尼基塔佛号赫秃传至中华亦已十数春矣。辛丑年初五得于八达岭三堡寺，乃悉心修炼，将祖传秘方和平演变成三十六剂，赐名鬼大夫救鬼秘方是也。

夫三十六计者，虽各得奇妙，然核心皆为夺权也，此乃祖传秘方之根基。故三十六剂者剂剂相通，变化无穷。举凡一切牛鬼蛇神、魑魅魍魉碰得头破血流或元气大伤，腰断骨折，神魂颠倒，气息奄奄皆可请用“鬼大夫救鬼秘方”。且一经试用，无不百试百零(效果等于零也)，呜呼哀哉！

三堡寺鬼大夫蒯某于辛丑年《鬼大夫酒鬼秘方正文》

第七十九页

[第二十一剂：《混战剂》]

症状：头破血流。双目密布红丝，狰狞可怕，经脉乱跳，尚有少许之气。

药方：上味　铁制大棒五条，狼心狗肺三双，政治投机(鸡)一只，狗血一盆

　　　下味　混水摸鱼三尾，指桑骂槐两钱，无中生有(油)一碗，渗水三倍

膏药：左派画皮，美女蛇皮，笑面虎皮(应与汤剂同时使用)

煎法：煽风点火后即可趁火打劫，三日后釜底抽薪，将水搅浑即可。

服法：见风使舵，随机应变，龇牙咧嘴，血口喷人，不限时辰剂量，见效即可。

注：上味供死心踏地、病入膏肓者用，下味供中毒很深、病已极重者服用。

第一〇三页

[第三十四剂：《败战剂》]

症状：气息奄奄，双目无神，马脚外露，经脉微跳，贼心未死

药方：上味　花岗石三斤，鸵鸟蛋一对，阿Q狐栗(立)各三两，烈酒一斤

　　　下味　金蝉脱壳三双，鸡毛蒜皮二分，泡蘑菇、驴皮膏各四钱，眼泪鼻涕口水混合液三碗

膏药：赖皮、扯皮、牛皮(应用汤剂同时使用)

煎法：用半湿稻草燃气浓烟幕(切勿起火)，煎后草灰应置于东山下，并须妥为收藏，来年即可死灰复燃

服法：抱头鼠窜，装疯卖傻，张口结舌，吞吞吐吐，每日至少三服

(九一　叶XX公布)

1966年7月29日《人民日报》发表了社论《先当群众的学生，后当群众的先生》，当天在人民大会堂召开了“北京市大专院校和中等学校文化革命积极分子大会”，蒯大富也参加了会议。会上宣读了关于北京市委撤销工作组的《决定》。至此才知道工作组犯了方向路线错误，老革命遇到了新问题。这时又传出了毛主席的声音：谁去镇压学生运动？只有北洋军阀。凡是镇压学生运动的人都没有好下场！8月5日，毛主席在中南海大院里贴出了《炮打司令部——我的一张大字报》。8月8日八届十一中全会通过了《中国共产党中央委员会关于无产阶级文化大革命的决定》，即《十六条》。这之前，清华附中的红卫兵公布了毛主席写给清华附中红卫兵的信，实际上告诉了人们，目前“文化大革命”中存在了两个司令部。毛主席是公开支持红卫兵的。8月18日举行了大规模的“庆祝文化大革命大会”。在天安门城楼上，北京师范大学附属女子中学1966届高中三班的学生宋彬彬将一个红卫兵袖章佩戴在毛主席的左臂上，毛主席成了“红司令”。8月19日开始，在北京开始了一场轰轰烈烈的“破四旧”运动。清华园里的“井冈山”红卫兵除了批斗“黑帮”之外，也到一些“黑帮”家抄家、扫“四旧”。有一天红卫兵跑到建筑系馆，砸开了美术教研室存放石膏像的库房，准备把石膏像统统砸掉。这时我正好从系馆二楼下来，看见这些熟悉的石膏像即将粉身碎骨，也不知从哪来的胆子，跑上去向红卫兵建议：先别砸！因为我们这一代“中毒”太深，今后要开展大批判，先把这些石膏像封存起来，作为教育革命大批判的反面教材吧！不料红卫兵竟然默许了这建议，将石膏像库房大门贴上了封条。

在这段日子里，听说不少文教界的知名人士都挨斗了，有的还挂黑牌、剃上阴阳头游街。不久，听说作家老舍投太平湖自尽[一]，北师大女附中校长卞仲耘被该校红卫兵毒打至死[二]。城里的红卫兵把矛头指向“黑五类”分子，一时抄家、揪斗、打人之风盛行。有的被遣送到农村，有的被打死。自“文化大革命”爆发以来，建筑系的黄报青[三]先生跳楼自杀，会游泳的规划教研组程应铨[四]先生投水自尽，程国英(陈果)[五]在荒岛自缢，还有学生因被扣上反党帽子，在五道口附近卧轨[六]。这时，我很耽心妈妈的处境。从旧社会过来的知识分子，肯定在“文化大革命”中不能幸免。平时我住在学校，到周末才回家。有一次回到家，才知红卫兵已到妈妈那里抄过家，东翻西翻，把一部全套的线装“经史子集”抄走了，还抄走了几本旧照片，包括1934年中央大学建筑系毕业纪念册，爸爸曾为这书当过美术编辑。20世纪60年代初，爸妈的同班同学、西安冶金建筑学院建筑系建筑史教授林宣先生特意把他精心保存的

[一] 老舍(1899—1966)，男，原名舒庆春，字舍予，满族正红旗人，中国现代小说家、戏剧家、作家，曾任中国文联副主席、中国作家协会副主席。代表作有《茶馆》《骆驼祥子》《四世同堂》《龙须沟》《正红旗下》等。1966年8月24日投太平湖自尽。

[二] 卞仲耘(1926—1966)，女，北京师范大学附属女子中学书记兼第一副校长。1966年8月5日在北京师范大学附属女子中学校园内被殴身亡。

[3] 黄报青 (1929—1968)，男，清华大学第二班 (1947级) 校友。曾任系党支委员、副教授，民用建筑教研组副主任。“文革” 期间受到迫害，1968 年 1 月 18 日跳楼身亡。

[4] 程应铨 (1919—1968)，男，清华大学土木建筑系讲师，1957 年被划为“右派”，“文化大革命” 期间在“清理阶级队伍”运动中被“审查”，1968 年 12 月 13 日投水自杀身亡。

[五] 程国英(1922—1968)，男，1922年生，建筑系美术教研组副主任、讲师，1968年11月12日在清华园荷花池南边土坡上自缢身亡。

[六] 朱德义，男，清华大学工物系1969届学生，1966年6月底到7月底之间，因反对工作组而受到批判，在五道口卧轨，失去一条腿。

这本册子送交妈妈。他认为在北京比较安全，交妈妈保存才放心，谁知在“文化大革命”中这书没给保护好却给丢了。每谈起此事，妈妈深感遗憾。万幸的是，这几个红卫兵还比较客气，没有动手打人，没有打砸抢，应算是“文明”的抄家吧！

红卫兵前后受到毛主席的八次接见，以后又开始了全国规模的大串联。这时形形色色的红卫兵像雨后春笋一样在全国多地兴起。由于种种原因，形成了多种派别。为了制止派性，《人民日报》也连发了社论《在革命的大批判中大力促进革命的大联合》，要求实现革命的大联合，实现革命三结合，实行本单位的斗批改。这时，各地都形成了势不两立的两派。安徽省有“好派”和“屁派”，北京市有“天派”和“地派”，清华大学有“井冈山团派”和“井冈山414派”。全国各地打起派仗，不仅在学生之间，在工人干部之间也开始了，部队机关也产生了派性。派仗逐渐从“文攻”发展成了“武卫”，真枪实弹的“武斗”开始了。

清华历来是兵家必争之地。从“打黑帮”到“工作组”进驻，从派工作组到撤工作组，从成立团派到分化出414派，风云突变，批斗不断。随之社会武斗升级，清华两派也斗起来了。“团派”以大礼堂为据点，“414派”以科学馆为据点，相互用各种武器对打，洋的有炸药、枪炮、手榴弹，土的有自制长矛、巨型弹弓、燃烧瓶。不少老师和同学都纷纷大逃亡，离开这多事的清华，谁也不愿意在这场混战中当牺牲品。我和几位设计院的老师邹永素、宝志雯、郑金床等商议后，决定“走为上策”，卷起铺盖用自行车驮着，回家逍遥了。

20 清队

Escape to Shanghai

清华的两派大联合失败后，文攻武卫逐步升级。双方都自称捍卫毛主席的革命路线，打起语录仗。从我是你非的文攻论战起，发展成你死我活的剧烈武斗。我隐约感到双方都有很大来头，经常能在派仗中传出中央的最新讲话精神。在清华，我已成为多余的人了，自己又不是"红五类"，很怕被卷入到无谓的派性斗争中去。我回家住了一段，妈妈劝我去上海大伯父家呆一阵。

大伯父早于1951年1月30日在香港因心脏病突发而去世，大伯母带了二姐姐费明修和弟妹们返回上海定居。1968年初夏，我征得大伯母同意后去了上海。15年后故地重游，让我备感亲切。天平路还是那样幽静，两旁梧桐树叶梢间透出夏日的阳光，点洒在柏油马路上。只是在路的两旁增添了不少标语口号，把弄堂口的"树德坊"三字盖上了。大伯母热情地招呼我，她的头发已添了不少银丝。明修二姐和姐夫王文华已有一儿一女，下一代和我是初次见面，把我叫做"北京大舅舅"。我大有"少小离家老大回……儿童相见不相识……"之感。二楼还住了堂妹明佶一家，已有两个女儿，小的还在襁褓中。妹夫张秉文是上海中国中学的老师。我来后，两位堂弟明熙、明煦腾出一间房让我住下。30年前，我随爸妈从广西来到树德坊定居，是避战乱；今天我只身一人从北京来这里住下，也是避战乱。不同的是，一个是"抗战"，一个是"派战"。大伯母信佛。她对我说，"男到三十三，好比上刀山"。言外之意，今年我三十三岁，是命，在劫难逃。既来之，则安之。

工作以来，还从未这么清闲过：早上起床洗漱，早饭后，帮忙整理一下家务，翻翻报纸看看书；下午姐夫文哥从单位回来得早，和他"手谈"——下围棋；晚饭后，一大家聊聊家常。由于大伯伯费穆是20世纪30年代的名导演，在红卫兵破四旧抄家时，费家成了重点户。所有祖传的红木家俱都被抄走了，大伯伯藏的图书几乎都被扫地出门，其中有全套木盒装的《二十四史》，有中外名著全集、明清书画册等，大伯伯的编导手稿被付之一炬，不少祖传的照片和曾祖父当御医时的衣物也被一扫而光。万幸的是，大伯母等家人没受到皮肉之苦。

在上海期间，我每天看《解放日报》，仍保持边学社论边重点抄录的习惯。还精读《共产党宣言》英文版，既学习了马克思主义的原著，又复习了英文，通过英文又可更好地理解原文。本来我想在大伯父家能多看到一些中外文学名著，事实上已不可能了，幸好找到一套人民文学出版社1956年出版的《鲁迅全集》。这个版本比较好，带有附注，“文化大革命”中出版的《鲁迅文集》已将附注全部删去。我通读了前10卷，从《呐喊》到《书信集》，重温了一遍《阿Q正传》《药》《狂人日记》《为了忘却的纪念》。鲁迅文笔犀利，切中时弊，在文中引用了不少先哲们的箴言：“大道废，有仁义；智慧出，有大伪；六亲不和，有孝慈；国家混乱，有忠臣”，“直如弦，死路旁；曲如沟，反封侯”，“窃钩为盗，窃国为王”。爱抄笔记的我，这段箴言不敢记在本上，免得自找麻烦。鲁迅如果活到今日，恐怕很难逃过“反右”与“文革”这两劫。

有一次在天平路上巧遇多年不见的南模同学陆时准的父亲。他脸色憔悴，主动向我打招呼，我就请他到树德坊大伯母家小坐，与老人交谈得知：陆时准于1950年参军后，一直都很顺利，刚结了婚，就在“文化大革命”闹派性时，有一天他在合高压电闸时被电死了，详情并不清楚。此事让我很惊讶。在南模七宝初中时，我俩是三乙班，到天平路高中部后，又都是三甲班，在北京还见过多次。他的思想较进步，是七宝初中部第一批被批准的新民主主义青年团团员。在他的鼓励下，我才申请入了团。他和我同岁，为人正直，思想敏锐。难道是一时思想走神造成误操作触电事故，还是另有他因？令我存疑。他父亲也茫然不知，因为涉及部队内的事，我也不便多问了。

到上海不久，李桐二姐李兰的儿子陈荣亮要从北京回上海，趁此机会，李桐托他把大女儿带到上海和我一起住。女儿的出现，打破了我在上海的单调生活。她从小在北京长大，没出过门，初到上海，一切都很新鲜。白天，我带她去逛淮海中路、尝上海小吃、看外滩轮船、观动画电影。晚上，她用京腔京调表演几段革命样板戏，比如《红灯记》里的李铁梅、《沙家浜》里的阿庆嫂、《白毛女》里的喜儿、《智取威虎山》的小常宝，引来一大家人的热烈掌声。

到7月末，家中传来消息，7月27日万名工宣队队员[一]进驻清华大学制止了武斗。听说有上百工人被打伤，还打死几个人，让工人师傅付出了生命代价，才制止了这场真刀真枪的派性武斗。一场“文化大革命”闹成这个样子，实在是个悲剧。传闻在武斗期间，

[一] 1968年7月27日，在北京市革命委员会的组织下，由六十个工厂、三万余名工人组成的“首都工人阶级毛泽东思想宣传队”（“工宣队”）进驻清华，意在结束1968年4月21日开始的“百日武斗”，在10多个小时里，5名工人被打死，731人负伤。1977年11月6日，中共中央转发教育部党组《关于工宣队问题的请示报告》，批准工宣队撤出学校。

一位从外地返校的同学，在主楼广场被当作练习新式武器的靶子射中[一]。8月17日《解放日报》发表了社论《知识分子要老老实实向工人阶级学习》，8月18日为纪念毛主席首次检阅红卫兵两周年，《解放日报》转载了《人民日报》发表的社论《坚定地走同工农兵相结合的道路》。至此，我也觉得形势已稳定，该返校了。

8月下旬我回到了久别的清华园，满园伤痕，科学馆的木屋顶在武斗中被烧掉了，像战争后的残垣断壁。工宣队进驻清华后，将教职工组织起来学习，我仍回到设计院。

先进行忆苦思甜的阶级教育，吃忆苦饭、看忆苦戏(北京五十二中来演出)、学“老三篇”、办毛泽东思想学习班。第一阶段，学习文件、掌握武器、专题讨论；第二阶段，对照检查、深挖根源、斗私批修；第三阶段，总结讲用、大表忠心、落实行动。全校开展革命大批判，揭露清华大学两条路线的斗争表现，要揭阶级斗争的盖子，挖思想根源、阶级根源，大查在两条路线斗争中的立场。从工宣队进校后大家就开始了“早请示、晚汇报”的做法，在工宣队师傅的带领下，每天要在毛主席像前背诵“老三篇”，虔诚地表“忠心”，在下午休息时要跳“忠字舞”。在这种敢怒不敢言的环境下，还得违心地随大流，跟着走。学校开大会批斗蒋南翔校长、高沂副校长，还找了许多党委委员一起陪斗。系里也开始批斗刘小石书记，说他包庇“反动学术权威”梁思成。这一阶段，成天大批判，火药味很浓。过去认为是对的东西现在都成错的了，思想上跟不上，也只得在会上承认自己在清华大学修正主义的大染缸中中毒太深了。

与大女儿在上海外滩 (1968)

1968年10月31日晚上，全校开了“全面开展清理阶级队伍动员大会”，要求深入持久地开展革命大批判，要求稳、准、狠地打击“一小撮阶级敌人”。土建系也成立了“清理阶级队伍”领导小组。设计院里我和邹永素、

[一]钱平华，女，25岁，清华大学自动化系1968届自82班学生，1968年7月18日从家乡返校，在主楼前被团派枪弹击中致死。

宝志雯、殷一和、薛殿华、郭庚瑞、黄宏禧、朱亚尔、彭楚身、杨士萱、叶知满编成五班，还有房01、房02、材00班同学11人参加，班长是邹永素，副班长是学生刘鹏飞，工宣队有杨学和、王德润和吕富余三位师傅。

在这阶段，除了批判梁思成之外，也批判建筑历史教研组的陈志华老师。他教我们苏维埃建筑史，写了一本教科书《外国建筑史》，是一位治学态度严谨、敢于说真话的老师，他的讲课深入浅出，很受欢迎。校方发动同学对《外国建筑史》进行批判，同学到大图书馆借了十几本书翻阅。同学们好久没有读书了，如饥似渴地阅读，多数同学认为，书写得很好，书中涉及公社、把领袖比作太阳等描述不是大问题。校方认为批判缺少炮弹、没有火力、很难深入，又深怕同学中毒太多，影响不好，赶紧刹车。

当时还组织批判设计院中的“走资派”殷一和和“美国特务”汪坦，结果也是一场捕风捉影的闹剧，草草收场。殷一和老师是清华大学土建综合设计院的总工程师，他和副系主任兼设计院院长的汪坦先生一起挑起了设计院这副担子。在1958年“大跃进”后整顿设计院管理制度、走正规化的道路上，下了很大的功夫。过去这些受尊敬的老师，今天却成了革命批判的对象。大家思想上虽然一下子转不过这个弯，但为了紧跟形势，也要联系自己的“活思想”，参与这场人人过关的大批判。

党的政策是：讲成分，不唯成分，重在表现。实际上，这是一个松紧皆可的紧箍咒。对于我这个出身不好的“可教育好的子女”来讲，到处小心，宁可无功，但求无过。我时刻想到妈妈，千万不要因为我犯错误而影响了她。明哲保身的处世哲学，不是我的本意，但在这场史无前例的“文化大革命”中，我可不能摔跤。为了自保，我在批判会上无法沉默，也跟风发言。在这场大批判、表立场的学习活动中，我一面保持抄写社论的习惯，一面做一些力所能及的宣传活动。和我同在一个学习小组的邹永素，是李桐房九班的同学，她在设计院做结构设计，有点儿艺术细胞，能画人像，做小工艺品。为了庆祝12月26日毛主席生日，我们商量决定以学习小组的名义合作出一期大字报。拟定了创意，利用投影仪，把毛主席不同历史时期的木刻全身像和相应的毛体诗词书法打在整开的大字报纸上，用毛笔描出，为避免色彩单一，又补画了几枚红色印章。完稿之后张贴出去，十多张的大字报纸，铺满了清华学堂建筑系馆西墙边的大字报栏，效果相当不错，受到大家关注。

工宣队师傅除了组织我们下厂、下乡劳动，向工人、农民学习，还负责督促我们的清队工作继续深入。每天在学习小组会上，工宣队师傅要求大家大批判、大揭发，要自我检查，深挖藏得很深的阶级敌人。早晨天天读的内容从老三篇改为批判“胡风反革命集团”的语录：“在拿枪的敌人被消灭以后，不拿枪的敌人依然存在，他们必然地要和我们作拼死的斗争，我们绝不可以轻视这些敌人。”“以伪装出现的反革命分子，他们给人以假象，而将其真相隐蔽得十分彻底。”“人民大众开心之日，就是反革命分子难受之时。”“凡是敌人反对的，我们就要拥护；凡是敌人拥护的，我们就要反对。”“凡是错误的思想，凡是毒草，凡是牛鬼蛇神，都应该进行批判，决不能让它们自由泛滥。”

平时，领导系工作的王师傅也跑到我们这个学习小组。他态度严肃，操着山东口音，瞪圆了大眼睛，瘦瘦的脸形，有“王大牙”的绰号。来者不善，善者不来。用他的话说，要用毛主席的教导来“攻心”，要大家放下包袱，深挖“阶级敌人”。

开始，我们还以为要设计院员工对学校、系各级领导和职工进行排队深挖。由于天天读，没完没了地念阶级斗争语录，逐渐感到这次深挖是有针对性的。实际上是针对我们小组内的。同学们参加小组学习，是为了增强战斗力，同学们也不清楚我组的问题在哪。过不久，组内有个同事“沉不住气”了，谈了自己曾收到一封自制信封的信，那个自制信封是将一个寄自台湾的旧信封翻转过来制成的，旧物利用。由于有台湾的邮戳，那位同事很紧张，一直隐瞒了此事。有的还坦白自己曾隐瞒家庭成分和年龄。总之，人人要检查一下自己有无问题。我也在想，有什么问题要交代一下。先是谈了一下小时候，1938年夏曾随父母从梧州到上海看望祖母，在归途中因虎门失守(被日本人打断了航线)只能暂时转到香港等候了三四个月，最后又折返回上海。难道这会有什么问题？接着又说了一下家庭的海外关系。显然这些“交代”都不是要害，每天在学习班上还是照念那些有关“肃反”、“镇反”的语录。大家心中都发毛了。

这时又来了一位系级领导杨师傅，显然要加强火力了。那位干巴瘦的王大牙师傅吹胡子瞪眼，直盯着我。我心想，也许还有什么事忘了没交代。想起在清华武斗前后，有两件事。一是当全国“大串联”时，班上老同学姚伏生从贵州来北京，当地两派武斗，他来清华避一下难。他与我同窗、同寝室、同是苏州老乡，很熟。一见如故，就安排他在我们宿舍的空床上住了一阵。那时已是初秋，他从南方来京，我借了他一件旧毛衣御寒。我很同情他的境遇，在派性斗争中，受打压的派往往都会被掌权派戴上一顶“反革命”的大帽子。我了解他，他出身于农民家庭，性情耿直，有正义感，绝对不会是反革命。我认为，从人道主义来看，接待他是人之常情。另一件事也类似。在清华“武斗”期间，我去了上海大伯母家当“逍遥派”。在堂妹费明信家，遇见了她爱人的弟弟章某。在我回京不久，有一天傍晚，有人敲门，打开门竟然是章某。他从医学院毕业后当了大夫，在上海两派斗争中，成了少数派，被打压，说是反动学术权威，还有海外关系，把他关了起来，怕逃走，给剃了阴阳头。他趁一个机会逃了出来，到北京来找我想避避风头。我虽在上海堂妹家和他有一些接触，但不太熟。面临这情况，我也同情他的境遇。考虑到我爱人刚生一个女儿，只有一间房，没法帮他解决住宿问题，就给了他一点儿现金和粮票，建议他到别处找一个地方安顿下来，等过了这阵再回去。只要没做错事，也不必怕，对方不会胡作非为，何况上海各医院里也进驻了工宣队，总要讲点政策的。当我讲完这两件事后，工宣队师傅找我谈了一次话，我又详细复述一遍，并交出章某临走时送给我一把他画了花草的折扇。所有这一切，我按当时进驻清华的领导迟群所说，“竹筒倒豆子”，已全部倒完了。工宣队师傅又说，贵阳和上海两个单位曾派人来清华外调，认为当时我在接待时，“态度蛮横”，外调人很不满意，认为我有意隐瞒了什么。我说，当时我只说，要讲政策，重证据，不能轻易听当权造反派的一面之词，我没有什么错。如果是错，最多也是同情弱者，人性论而已！自此之后，学习小组每天念的语录也变了，都是一些斗私批修、增强阶级斗争观念、彻底改造世界观之类的语录了。经过这段时间的折腾，原来设计院中认识的同事和建筑系里的熟人，在路上见面

“文化大革命”时建筑系大批判展板

时，很少主动跟我打招呼。在这场运动中，人人要与错误的人和事划清界限，也是常情。在小组中还敢和我讲话的也只有邹永素和宝志雯两人了。我想，她俩大概出身好一些，没什么辫子，才敢这样做。有一次全系运动员献血，我也打算去，可是工宣队师傅找我，劝我不要去献血了，因为这段时间要集中精力写思想检查，怕献血后影响身体健康。表面是关怀，实际上，还是把我看作审查重点，另眼看待。我也识相，不去就是了。

在“文化大革命”中，因为我是讲师，又是建筑系办公室主任，工宣队进校后，被列入到要审查的干部系列中，一举一动都要特别留神。原来还能和设计院同事殷一和、宝志雯、郑金床、黄宏禧等人一起去颐和园游泳，也曾一度参加了横渡昆明湖的活动。工宣队进校后，我就不敢再潇洒了。当听到大舅舅病重住进医院，需要家人去护理的消息后，原本想陪妈妈一起去上海，经关心我的同事劝告，在“清队”阶段不宜外出，也只能作罢，甚是遗憾。

这段时日，家里长辈也受到不少冲击。妈妈在第一设计院是主任工程师，“文革”中也免不了受到批判，所幸没受皮肉之苦。在“清理阶级队伍”时，她成了被清理的对象。先是扣发工资，然后把她的住房从朝南18平方米压缩到11平方米朝西的房间，仍与人合住，从三楼搬到四楼。没有被扫地出门，在那个时代已经算是不错了。我的大舅舅张竞成新中国成立后任上海市营造处处长，1965年来北京社会主义学院脱产学习，回沪后发现患有肝癌，正在进行积极治疗。“文化大革命”中受到批判，被红卫兵“破四旧”抄家，导致他病重住院，于1968年3月27日含冤而逝。十年后，上海市人民政府给他开了追悼会，给予平反。

我岳父更是在劫难逃。“文革”时老人已经八十多岁，从北京矿业学院的三级教授，被打成“反动学术权威”、“吸血鬼”，遭到无休止的批斗、挂黑牌、游街、抄家，被勒令几天内交出一万元钱，还被逼得每天从家属区来回走四五里路到校园去看批判他的大字报。他在上海当教授时的月薪是500大洋(保姆每个月才6块大洋)，“文革”时他的工资被减为每月30元(二人生活)。不久，老俩口又被迫和李桐的妹妹、弟弟四人搬进不到10平方米的

岳父母送给我俩的纪念照（1966）

[一] 乐口福，又称麦乳精，一种速溶性的固体营养粉，多用热水冲饮。主要成分包括可可粉、奶油、葡萄糖等，在当时算比较高档的营养品。

朝北小屋。老岳父后来经不起折磨，加之不慎摔倒骨折，1968年11月住进北医三院，医护人员对出身或成分不好的病人敷衍了事，他的身心受到很大打击，终日沉默不语。一次见我带了瓶乐口福[一]送给他，他悄悄地问我，这是不是很贵啊？他于1969年4月5日含恨而去。十年后，矿业学院根据中央政策在八宝山给他开了追悼会并予平反，算是给了家属一个说法。

比起长辈来，我算幸运的，毕竟没有被批斗、被抄家。但是"清队"对我来讲，总有一种精神上的压力，我不明白自己怎么就成了"革命"的对象了呢？这些事，我一直没敢告诉妈妈，怕她担惊受怕，增加她的负担。李桐知道这事后，劝我不必把它放在心上，没做亏心事，不怕鬼敲门。但我心中的这块石头不能落地，我究竟犯了什么罪？要在"清理阶级队伍"的运动中发动群众向我政策攻心？难道问题已经严重到不属于人民内部矛盾性质了？

陪大舅舅、大舅母和妈妈游长城（1965）

21 学农

Jiang Xi Farm

清华大学在工宣队进校后，校级领导是军宣队的军代表迟群和谢静宜。在清理阶级队伍时，迟群多次作了报告，要有问题的人如实交代问题，不能"竹筒倒豆子"，只听豆子声，不出豆子。工宣队是把帽子拿在手里，是否给戴上帽子，要看你在清队中的表现：看你"倒豆子"是否彻底，态度是否端正。至此我才知道，前阶段小组天天读，早请示、晚汇报，所选择的语录是针对我的。既然把"豆子"倒完了，下一步是等候处理了。这段时间，我感到很不自然。尽管也和大家一起学习、跳忠字舞、参加大批判和"活学活用毛泽东思想讲用会"，我总感到我是一个受怀疑的局外人物。过去熟悉的同事同学见到后，也不打招呼了。在设计院中有个别的同事还能关心我讲几句话。工宣队师傅也对我谈了几次话，我也谈不出更多的东西。只能说，由于有纯技术观点，缺乏阶级斗争观点，受"人性论"的影响，同情弱者。要我写检查，我也无法上纲上线。章某和姚某的性质我不认为是敌我矛盾，因为没有证据，怎能定我的性质呢？此事也就这样拖了下去，让时间来作结论吧。

到6月份夏天了，学校突然开了全校动员大会，动员师生员工去江西南昌附近的"鲤鱼洲"建设清华大学实验农场。其实我们师生员工心中有数，与其说去建设农场，还不如说是"下放"，到农场去"修理地球"，去与工农兵结合改造思想。在"文化大革命"中，我们这批"臭老九"[一]，迟早会赶到工农第一线去，好好向工农学习，彻底改造思想，美其名曰"走五七干校"的道路。在动员大会上，迟群代表校党委向全体师生员工讲了话。他说，这是响应伟大领袖毛主席的号召，知识分子要走与工农兵相结合的道路，要在劳动中磨炼，改造思想。接着，他又眉飞色舞地形容了一下江西鲤鱼洲，这是鄱阳湖边的军垦农场，有点像沙家浜，可以摸鱼捉虾，是个鱼米之乡。他号召大家积极报名，开赴农场，建场育人。

与此同时，妈妈所在的单位一

[一] "臭老九"，指知识分子。在"文化大革命"中的革命对象是地主、富农、反革命、坏分子、右派分子和叛徒、特务、汉奸等八种人，知识分子有点儿臭，排第九位。

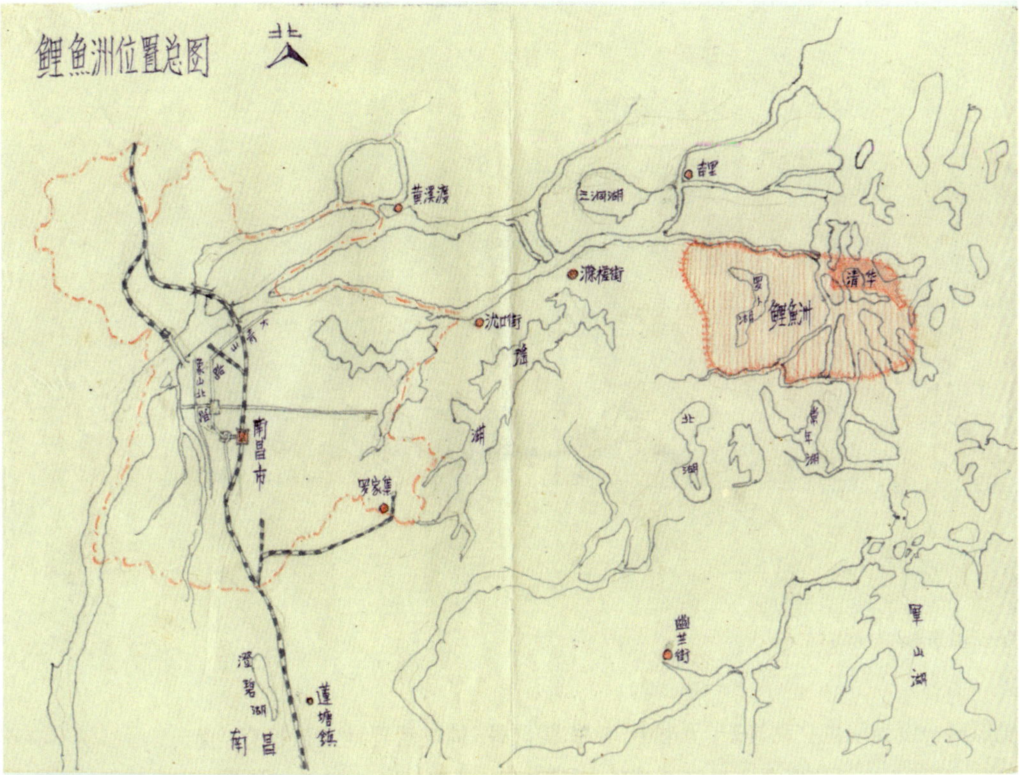

鲤鱼洲农场位置图手稿（1969）

↓鲤鱼洲农场总平面图手稿（1969）

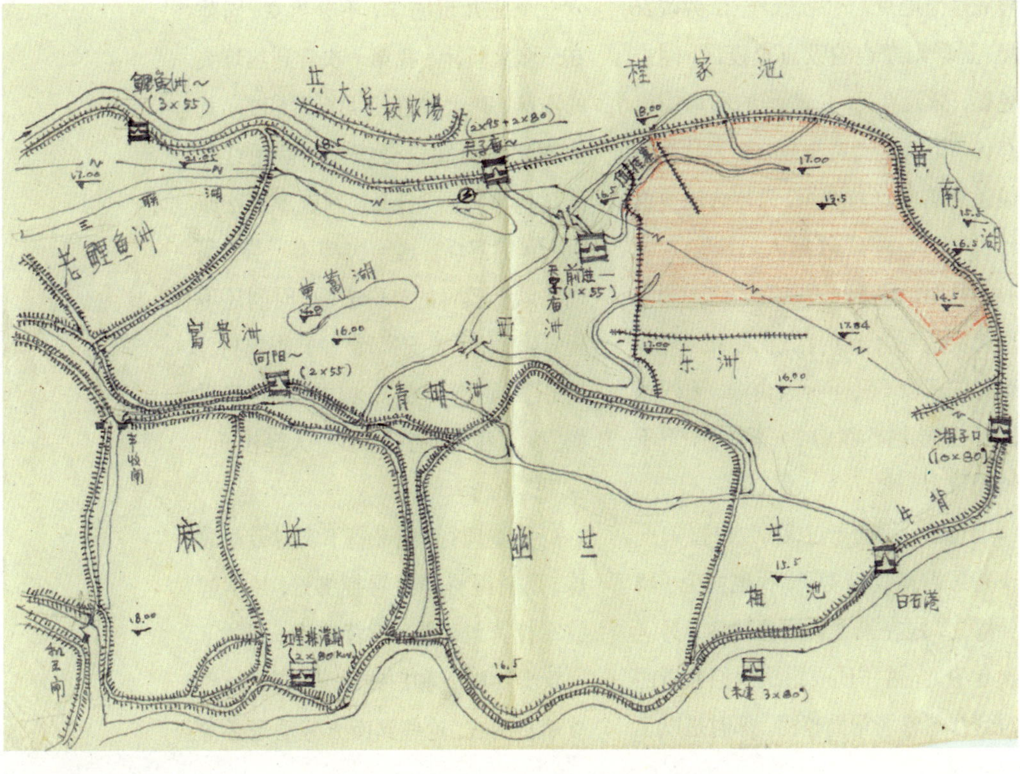

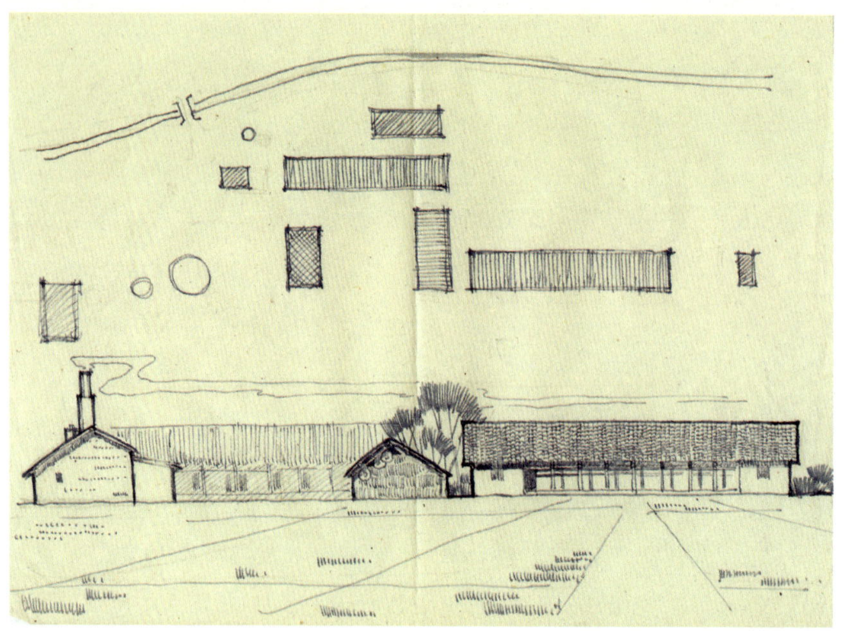

鲤鱼洲住房速写（1969）

机部第一设计院也在动员去“五七干校”。据说不少单位也曾选过江西鲤鱼洲这个地点，只因这是一个劳改农场，是鄱阳湖边的吸血虫疫区，闻虫色变，都放弃了。在清华的同事中也在传，既然是吸血虫疫区，为什么偏偏还要选上这块农场，为什么还要说什么“摸鱼捉虾”等欺人之谈？大家心知肚明，但是谁还敢吃了豹子胆去反映实情呢？这时，我们这批“可教育好的子女”只能听天由命，硬闯疫区了。这要培养我们“一不怕苦，二不怕死”的精神。

过去，我也去过北京农村。有一次是帮忙夏收割麦子，我也学会了舞弄镰刀，跟在别人后面慢慢割。另一次是冬天，清华团委组织我们共青团员到京郊农场帮助整团。那时是以工作队自居，神气活现地入户检查、找人个别谈、整理材料、提出处理意见。六七个建九班同学，不分男女，同睡在一张大炕上。我第一次尝到热炕头的滋味，晚上躺在上面挺暖和的，就像那次右腿膝盖受伤去医院用红外线烘烤一样。一日三餐到农户家吃派饭，倒也习惯。这一次却不一样，我们是以受教育的身份去的，时间还不短，弄不好还要安家落户，扎根农村。反正我是豁出去了，只是惦记着妈妈、爱人和三个小孩。我一人轻松了，家里怎么办？

我整理行装，准备下农村劳动锻炼，用长绳将铺盖卷捆绑好，并学解放军打背包，能上肩背着走。我找了一双半筒雨靴和白线手套，带了一件玻璃布雨衣，这些到南方劳动是必备的。好在我初中时住过校，离家独自生活不会有多大困难。

我有记流水账日记的习惯，去江西鲤鱼洲农场从第一天开始，到离开那天，每天都有简单的记录。40年后的今天，重温这一小本笔记，别有一番滋味，引起我怀旧的兴趣。下面就按日记摘要追叙一下这段学农的经历。

1969年7月10日(星期四)

上午10:16乘601次火车离京。次日下午5:00到上海，晚7:40离沪。第三天下午14:05到南昌北站。接着16:00乘船，于18:30到鲤鱼洲农场。我们是土建系，编入八连的队伍，住在土坯墙、茅草顶的宿舍。按习惯，我选择了双层床的上铺，再一次开始了集体宿舍的生活。与22年前在七宝南模初中部寄宿的条件比起来，要差很多。但与第一批来鲤鱼洲打前站的基建连比起来，我们还是幸运的。南昌地区已属南方，在鄱阳湖边，夏天较热，但多雨有风，冬天一般在零度以上。住房透点风也没关系，室内外温差不大。最大的问题是潮湿，只要有好天气，大家抢着把被絮晾到阳光下去晒晒。

7月13日(星期日)

上午全团开了欢迎大会。

7月14日(星期一)

上午去棉花地锄草，让我们这些新来的新学员只做些轻微的劳动。

7月20日(星期日)

一早4:00就起床，去附近幽兰县支援防洪加固堤坝。过去我没用肩挑过东西，这次也开始学着挑土，师傅教我要换肩，让左右肩轮流休息。

7月22日(星期二)

晚全连动员“双抢”[一]。

全团提出了口号：“高举毛泽东思想伟大旗帜，以阶级斗争为纲，以革命大批判为动力，团结一切可以团结的力量，调动一切积极因素，大战四天，完成1 500亩，向‘七· 二七’献礼！”[二]。

7月23日(星期三)

一早就下地割稻。这确是对我的一次锻炼。左手抓把稻子，右手用镰刀割，弯着腰，边割边进。一人管几行，有点像百米赛跑，大家比着干，谁快谁慢一看就知。我老是落在后面，两边临近的收割快手还帮我割几刀。割一段，腰就酸了，要直直腰，这样又慢了。我心中一急，不小心用镰刀把小手指割了一块肉，直淌血。师傅看到后，立即让我停止，用手捏着伤口回营地包扎。中午，工宣队杨师傅批准设计院同事宝志雯到镇上买了一包红糖，给我冲水喝。按农场劳动的规矩，未经同意是不能到镇上买东西的。当日下午，没让我再去劳动，就在宿舍里帮炊事班抄写在讲用会上的发言稿，晚上帮忙出了一期黑板报。第二天也没让我去抢收，让我去防洪堤上送饭。

[一]双抢，指农忙时节抢收、抢运早稻。

[二]“七· 二七”，指1968年7月27日工宣队进驻清华大学纪念日。

7月24日(星期四)

上午又跟着大部队下地收割了。当晚22:00至0:30夜战，捆稻子。

7月25日(星期五)

一早5:00又去捆稻子，挑运稻子，一直干到晚7:00。我也跟着挑稻子，只是分量要轻一些，还要走一长段田埂路。到堆场上将稻捆扔到稻垛上，垛上两位教工很熟练地接住，将稻子整齐码好。一看就知道这两位知识分子来自农村，有着务农的基本功。相形之下，我很惭愧，生长在城市里，的确对农活一窍不通。

7月27日(星期日)

一早5:00开始下地抢收稻子，一直干到下午1点，回来吃过饭参加全团“隆重纪念‘七·二七’一周年活学活用毛泽东思想讲用会”。

7月28日(星期一)

上午挑芦苇，下午天天读政治学习，晚上6点到第二天早6点值夜班。到7月底为插秧作准备，并开讲用会，全团总结”双抢“劳动。农场领导张主任在会上提出五个问题，要我们这些受教育的知识分子好好想想:一、是否从思想上接受工人阶级再教育？二、是否从思想上愿意走与工农结合的道路？三、是否克服了知识分子的动摇性？四、是否翘尾巴了？五、是否真正领会了毛主席的“五·七指示”？[一]7月份来农场短短的20天，我有种新鲜感，逐渐习惯了这种半军事化的劳动生活。除了下田干活外，还让我和土木系水八班钱易(比我高一班，钱穆的女儿)被安排一起为八连写广播报导稿。两人在一起琢磨怎样来完成这写稿要求，经常开夜车，通宵达旦。有时还要帮忙出黑板报。作为“修理地球”(农活)的一个弱劳动力来说，我也乐意借此机会喘一口气。

这时，农场成立了“革委会”，有军宣队、工宣队的代表，有干部、学生、职员和工人的代表。学生中有两名鼎鼎大名的两派领袖，“团派”的陈际芳，“414派”的沈如槐，都是第二把手。第一把手蒯大富和孙怒涛都进了学习班。听人说造反派的头头有一首打油诗：“受不完的批判，请不完的罪，写不完的检讨，流不完的泪。”工宣队进校后，红极一时的红卫兵造反派就被解散了。阶级斗争的风浪反反复复，真是此一时彼一时，时过境迁！

8月份到来，天气炎热，前一阵双抢任务已结束，要总结，又要写一些稿件。接着开始参加拔秧、插秧、耘禾以及修田埂、种大豆等田间劳动。政治学习抓得很紧，又开始了“三忆三查”劳动：忆贫下中农的苦，查自己的阶级感情；忆刘少奇的反革命修正主义路线，查自己所受毒害；忆“七·二七”以来工人阶级领导后的翻天覆地的变化，查态度。8月8日是立秋，上午插秧，下午到花生地锄草，晚

[一]“五·七指示”，是1966年5月7日毛泽东《给林彪同志的一封信》的简称，其中谈到教育革命设想：“学生也是这样，以学为主，兼学别样，即不但学文，也要学工、学农、学军，也要批判资产阶级。学制要缩短，教育要革命，资产阶级知识分子统治我们学校的现象，再也不能继续下去了。”

上开全连大会，宣布双抢任务胜利完成。第二天整休一天，这也是来鲤鱼洲后的第一个假日。假日里首要任务是晒被褥、洗衣服，缝缝补补。到鲤鱼洲后发现教职工穿着上有一规律，凡是衣服越破，补丁越多的，往往是工资高、级别大的。

8月14日一早4:10，突然紧急集合，急行军到一连大堤。据统计，这次从吹起床哨到集合在营地前共花了两分半钟，急行军到大堤花了36分钟。早5:10–5:45就地开全连声讨会，6:20去四连耘禾。下午吃过饭“天天读”，16:40—19:00去地里耘禾。晚上读报、学习。这一天很紧张，但“五七战士”纷纷议论，这次紧急集合算什么？没有目标，重在过程，纯粹是锻炼队伍。

8月18日6:00—12:00到基建连搭桥、运沙，下午自学毛选1小时，晚上19:00–0:00参加“热烈欢迎我校工宣队革委会慰问团大会”。第二天晚上举行全团“誓师大会”，迎接新任务。基建连、副业连(里面有许多“猪倌”鸭倌”“牛倌”“水倌”，都是教工中在农场养猪、放鸭、牧牛、管田埂水渠的能手)、机务连、打井队以及工宣队师傅代表发言表态。提出了“抢、拼、炼！”，发扬“一不怕苦，二不怕死”的精神……

8月21日晚开全团广播大会，主题是宣传“防治血吸虫”。其实“五七战士”们都知道鲤鱼洲农场是血吸虫疫区。领导从来不在大会上提起这问题，大家也心照不宣，听天由命了。按规定，在下水田之前，应在小腿和脚上涂抹一层防血吸虫叮咬的薄膜药剂。每隔2~3小时就要重新涂一遍。可是在水田里插秧、耘禾或到鄱阳湖中去捞圆木并运上大堤的劳动时，根本没有可能每隔2~3小时抹一次药。如果谁胆敢提出要暂停片刻去抹药的话，“活命哲学”的大帽子肯定就戴定了，等着以后的批判和检查吧。我也曾抹过几次，后来也不那么认真对待了。但是“小虫病”(血吸虫病的俗称)却毫不含糊地侵入“五七战士”的身体里。不到半年，已有不少人感染上了。越身强力壮的越容易感染。在200号工作的工物系、工化系职工是第一批来农场的先遣部队，他们年纪较轻，身体较好，素质也高，一不怕苦，二不怕死地劳动在水田里。发病率数他们高。我们八连的土建系职工也有不少染上小虫病。美术教研组的康寿山先生，是女同志，年纪又偏大，照顾她不去田间劳动，就在伙房帮厨。不久，她也染上了此病。据说，每天清晨小虫会从水中上升到芦苇草丛顶端的露水中。康老师清早要去菜地摘菜，免不了碰到芦苇杂草的露水，这样就给小虫钻了空子。如果得了小虫病，要到医院吃药、注射“锑剂”。这种药剂可以杀死寄存在肝脏中的小虫卵，但有影响心脏的后遗症。不少得小虫病的人，把小虫消灭了，可是患了心脏病。我们的“鲤鱼洲战士”对这些常识是一无所知，只是事后方知，可是所付出的代价也太大了。当时，大家也只是敢怒不敢言，听天由命而已。

根据团部的要求，从9月份起贯彻“备战备荒为人民”“继续革命”“五·七指示”等精神，开始准备收早稻、脱粒、打场，晚稻要继续耘禾两次，并施化肥。秋耕秋种，开荒地500亩，要种芝麻、花生、大豆、油菜、红花草等。还要种菜、施肥400亩。我们土建系(八连)要承担修路、运砖、盖房的任务。这段时期，我参加了挑砖、倒砖、和石灰、搭脚手架的劳动。经过运稻的锻炼，我可以肩挑16块砖(前后各8块)，长距离运送了。扁担要求用竹子的，走起来上下颤悠，可减轻肩膀的压力。换肩时不能停步，边走边换。日子一久，我的后颈椎压出来一个大肉包，至今还有一块突起的颈椎骨，这也算是学农的一个纪念标志。

经过这段时间锻炼，大部分“五七战士”都能适应劳动、生活、大批判等新的农场环境。差不多一个半月可以休假一次，晚上除了学习开会之外，偶尔可以看看电影《地道战》《庆祝“九大”顺利召开》《列宁在十月》《创业》等。在开展活学活用毛泽东思想时经常采取“讲用会”“批判帮助会”等形式，要联系实际“斗私批修”“狠斗私字一闪念”。批判的内容很多，例如“劳动惩罚论”“劳动省心论”“知识无用论”“干部危险论”“政治危险论”。有的暴露活思想说，已进入“三无世界”——无矛盾可谈、无活思想可亮，无问题可批。到农场劳动是“舍我之长，用我之短”“当一天和尚撞一天钟”，“当一个快乐的和尚”等。在批判时也经常出现一些豪言壮语：“黄泥水冲刷旧思想，烂泥地走出革命路”“过去是成名成家，‘文化大革命’中隐名归家，到鲤鱼洲落户安家，为革命四海为家”“镰刀不磨要生锈，思想不磨要变修”“建场建房建新人”“走一路红一线，住一地红一片”“小雨大干，大雨猛干，不下雨拼命干”……

八连都是土建系教职工，吴良镛、汪坦、陈志华等先生一边劳动，一边还要在各种会上检查，小组再对他们进行批判帮助。吴先生前后作了4次检查，直到1970年1月19日才开全连大会给他落实政策。吴良镛先生和汪坦先生都是已过半百的老教授，都和我一起分在木工班，班长是土木系木工毛师傅。在师傅带领下，我们学了拉锯、刨料、凿眼等基本木工活。后来又跟着一起做门窗，做木屋架，直到上房安装屋架、钉木檩、钉望板和顺水条以及铺瓦。作为建筑系领导的两位教授也跟着做一些木工活。我问汪先生是否太累？他笑笑，现在已是半截子埋入土里的人了，无所谓。他以前在美国莱特建筑师事务所学习建筑设计，对于干木工活还适应。莱特是现代建筑大师，很重视学生动手能力的培养，不光是设计，要学会自己盖房子。莱特曾认真地对汪坦说，建筑的老祖宗在中国，你为什么到美国来学建筑？随后他就引用了老子的名言：“埏埴以为器，当其无，有器之用。凿户牖，以为室，当其无，有室之用。故有之以为利，无之以为用。”汪先生和他的夫人马思琚(马思聪的妹妹)都喜欢音乐，家中有大量的古典音乐唱片，在困难时期我们还到他家欣赏过音乐。经过“文化大革命”，唱片失散许多，他每谈起此事，很感无奈，但也想得开。“文革”之后，我曾请教过他，老子的那段经典名言，该怎么翻译成英文？他认真地给我写信作了答复。在鲤鱼洲劳动，工宣队师傅经常抓典型进行教育。美术教研组王乃壮先生灵感挺多，当插秧时用手伸入水田中，听见有“噗通噗通”的声音，觉得很有音乐节奏感。当他在小组暴露这活思想时，挨了师傅一顿批判，认为他的小资产阶级情调太深。

在鲤鱼洲劳动时我们八连出了一次工伤事故。1970年1月11日上午，是个大晴天。快中午时，土木系职工陶炳林帮另一位同事剖竹子，不慎一根五六厘米长的竹丝弹射入左眼，当时陶闭着眼让同事拔出竹丝。随后陶即感失去视力，只能见半尺内的光影。工宣队李师傅让我陪他去四连找医务室大夫，经诊断，决定要送南昌市医院治疗。在人民医院第二附属医院挂了急诊，因为是星期日，只有一位大夫值班。由于竹丝已伤眼球正中，房水已流出，表面浑浊，临时处理后要我们明天再挂号正式看眼科。我当晚陪小陶住下。第二天清晨5:30我就去挂号。眼科莫大夫诊断为晶体已破，以后可按“白内障”“青光眼”处理，当前还不能动手术。先要养好外伤，不要感染。最后连队师傅决定送陶回北京治疗。1月15日一早去车站买票，买到16日78次车票。正巧联队有师傅回京，可以一路照料。

第二天下午送小陶去火车站。17日早正好有拖拉机回鲤鱼洲，我即随车返回农场。第二天我又开始帮忙锯、刨木料活。在木工活中的关键部件都是毛师傅亲手干的，在做门窗、上屋架等劳动中，我只能打个下手，干一些粗活。但经过这阶段的锻炼，我学到了木工的一些基本操作技能。后来回家后，也亲自做了一张圆饭桌，但还不能像某些“五七战士”那样能自己打造一整套家具。1月27日那天，连里通知我当副班长，协助木工班长毛师傅管管宣传、学习之类的工作。一些关心我的同事，悄悄对我说，看起来你的审查已通过了，这也是落实政策。

1970年初，邹永素一家都来了鲤鱼洲，表面上是响应林彪发布的“一号通令”，离开北京，实际上是工宣队师傅对她的惩罚。她是个直性子的人，当知道我没有问题后，认真地找

鲤鱼洲土建系结构老师邹永素、材料教研组老师苗赫濯、小红、小青一家（1970）

了工宣队师傅，认为这样搞费麟是错的，应该承认。这显然得罪了师傅，理所当然没有好结果，接着她的班长职务被撤了，然后下放到鲤鱼洲农场，接受贫下中农的再教育。这就印证了当时盛传的“劳动惩罚论”。什么再教育？大家心知肚明，我们农场附近找不到农家，无法与贫下中农相结合。在这片鄱阳湖血吸虫疫区，农民根本就不来种地。当有人提起这事时，工宣队领导马上认为这是阶级斗争新动向。后来清华大学撤销鲤鱼洲农场时，工宣队师傅第一批先走，让臭老九留守。清华师生得小虫病（即血吸虫病）的人很多，即使医好了，后遗症很多，据说还死了七人。至今这也是一笔糊涂账，没人能说清，也不想说清。反正知识分子不值钱，是革命的对象，是“臭老九”，历次运动中久经考验，价廉物美，经久耐用。

2月26日，全连大会动员开门整党，我在班上也接受了大家的批评帮助。整党后期，连里开了党员大会，要求全体党员重新宣誓，今后要按“九大”党章的标准，发挥党员的先锋模范作用。说实在的，我对九大党章一直保留意见，怎么能把林彪当接班人也写在党章中呢？党的领袖要通过党代会选举，怎么就在党章中规定谁是接班人呢？当然这种思想不能流露，一旦被揭发出来，不打成反革命才怪呢。我上有老母，下有三个孩子，还有妻子，决不能因我犯错误而拖累她们。沉默是唯一的办法。但这天却要我宣誓，怎么办？心想我入党宣誓时，依照的是七大、八大党章精神，今天怎能再一次宣誓呢？我只能应付过去，实际上我没认真念誓词，也算是蒙混过关，好在身边的党员没发现。

我在农场劳动的日子里，有一个晴天的夜晚，被值班的人叫醒，到住房外面看星空中出现的一颗大彗星，就像一把大扫帚，从天空中缓缓掠过。看起来有点吓人，好似一个天外来客，不知会给地球人带来什么灾难——传说中，扫帚星出现是不好的兆头。我们几个看到后，默默无语，各人都会有不同的想法，明知是迷信，但也很在意。第二天，大家也没再提起此事。

后来我从一些资料中查到，原来这颗拖着长尾的彗星[一]，被许多人认为是20世纪最美丽的彗星之一，在南方的夜空从2月份起肉眼可见，直到5月中旬。在4月中旬时该星亮度可达1到2等，拖出两条彗尾，最长的延伸达20度。到月底时，亮度3等，位于仙后座，成为拱极天体，整夜可见。对我来说，这次巧遇天象，也是我学农时期的一次难忘的经历。

1970年4月25日是星期六，一大早我们要去鄱阳湖岸边运杉篙。这些杉篙扎成木筏，从上游水运到鲤鱼洲大坝下的湖岸边。我们任务就是把木筏拆散，然后将一根根杉槁由两个人从坝底抬上坝顶码在路边。由于经过几个月来挑扁担的锻炼，上肩抬杉槁没问题，只是往坝上走，还感吃力，能咬牙挺住。放下一根后，下坝时可以歇口气。这天一早就广播了振奋人心的消息，昨日4月24日我国第一颗人造卫星上了天，卫星上还播放了《东方红》的曲子。当晚我们大家亲眼看到了一颗明亮的卫星缓缓从空中划过。在学农时期，这又是一次难忘的夜晚。

[一]Bennett彗星，亦称C/1969 Y1，或1970 II，亮度达到0等。1970年3月20日通过近日点，3月26日最接近地球。

22 战备

An Hui

在农场里成天劳动、学习、批判，我已记不清1970年的春节是怎么过的。这是一生中最平淡的春节。不久，连里已准许“五七战士”可以请假探亲回家，也可请家人来农场小住几天。我和妻子商量了一下，要选择一个黄道吉日团聚，一时还拿不定主意。不久，就听说为了响应林彪发布的“一号战斗命令”，所有设计院都要战备疏散，搬迁到三线或小三线[一]。一机部一院已选好址，准备全部迁至安徽省蚌埠市。这时为解决夫妻两地长期分居的问题，可有两种选择：或是将家全部搬到鲤鱼洲安家落户；或者我离开清华去蚌埠一院，还可美其名曰“支援小三线”。我当然不希望将家搬到这个可怕的血吸虫疫区，但不能明说。只是说老少三代一起到农场，搬迁量太大，老人也不习惯。我向师傅口头表明了这意向。正巧一院土建科结构工程师石裕翔想调到清华，因为她丈夫也在清华，而我妻子在一院。就这样，我和石两个人相互对调一下，不就两全其美，各得其所，也符合政策。于是我打了一个报告，原文抄录如下：

“最近接到我爱人来信，谈到有关搬迁的一些情况。现随同我的意见一并汇报如下：

1. 我的家属情况：共五人，爱人李桐现在一机部第一设计院工作，是1959年清华土建系工民建专业毕业。母亲张玉泉现在一机部第一设计院工作，学建筑。还有三个小孩。一机部第一设计院最近要搬迁至安徽，计划是三月底前搬。

2. 爱人来信谈到情况：她有一个同事石裕翔是学结构的，石的爱人钱绍圣是清华工物系教师，现在已来鲤鱼洲。在春节前，工物系革委会去人看石，谈到不在一个单位的双职工调动工作问题，工物系考虑钱绍圣不调走，具体意见是让石裕翔换我，并表示准备和土建系革委会联系。为了便于在一院搬迁之前能使双方组织全面考虑、妥善安排，她一方面向第一设计院组织反映，另一方面也希望我向清华组织反映。

3. 我的意见：在毛主席的五七光辉

[一]三线，是指我国长城以南、京广线以西的内陆地区。1964年5月15日至6月17日，中共召开工作会议，毛泽东提出“三线”问题。一般称川、桂、云和陕、甘、宁、青为大三线。俗称江西、安徽为上海的小三线。

指示下到鲤鱼洲来已半年多。在工宣队领导下，接受了再教育，深深感到要彻底改变旧思想，必须一辈子与工农结合，一辈子走五七大道。从革命的全局来看，和家属分在两地，那也是个人的、可以克服的小困难。因此我的态度是：

(1)服从革命工作需要，由组织全面考虑。

(2)思想上做好三种准备：第一种情形，我调至爱人所在的单位，和一机部第一设计院的石裕翔对换；第二种情形，我的家属(五人)调至清华；第三种情形，根据工作需要，在较长时间内和家属分居两地。

(3)在落实毛主席革命路线的大道上继续革命，无论是哪种安排，我都要安心于本职工作。

(4)最后希望：组织上将考虑后的决定尽速通知工物系革委会和一机部第一设计院革委会，以便在可能条件下得以妥善安排。

费麟

6月3日全天上工棚屋顶钉挂瓦条。晚上开全团广播大会。当晚工宣队杨师傅找我谈话，通知我，校党委会已批准我调到一院。让我速回学校办理手续，到一院去报到。我问他，审查我这么多时间，要给一说法，是否有书面结论？杨师傅只谈了八个字：“事出有因，查无实据。”接着几天，准备行装。石裕翔爱人钱绍圣来找我，称石裕翔已调至清华。6月8日下午13：00我乘清华小车去南昌。临行之前和班上“战友”一起拍照道别。宝志雯、黄宏禧等设计院同事一同上车，送我到南昌市，然后依依惜别。当晚住清华联络处宿舍。抽空去省人民医院看望因胃出血住院的土木系沈恒滋。他也是我在上海南模中学的老同学，又是苏州人。6月9日上午，托运行李。下午16：15乘78次列车赴沪。同路的有几位回北京的工宣队师傅。6月10日早7：52到达上海，看望了李桐的二姐李兰，中午在大伯母家吃饭。晚上乘18：30车回北京。6月11日，车误点，晚19：15到北京。李桐带领老大、老二来接站。阔别一年的北京没有变化，住惯了茅草房，走惯了烂泥路，感到北京的房子忒明亮！沥青马路忒干净！如果躺在马路上，也能舒舒服服地睡上一个安稳觉。

回到黄瓜园家里，看到了迎接我的妈妈。她还是那样，不显老，挺精神。原来她住在三层的大屋，“文革”中把她调到四层朝西的小屋。这小屋原是我们住的，让我们调至原来她住的大屋。面对这种分房政策，我无奈，我难过，我气愤，把自己的老母亲挤走，儿子一家去住大屋，太不尽情理了！妈妈一向很大度，顺其自然，逆来顺受，在这种减工资、压住房面积、挨批判的环境中，还是很坚强地挺住了。由于准备搬迁，家里家具已经用草绳捆好，行李打成包，准备陆续托运，晚上只能睡地铺。

6月12日 星期五，两年前的这天，北京新市委派出工作组，进驻清华、改组党委。当时也未曾料到，两年后我就要离开了这“兵家必争之地”。当天上午去清华办理离校手续。因一机部调令未到尚不能办，我就找到一些清华教职工家属，将带京的物品与信件转交给他们。接着我去校医院，请大夫给我这个从小虫病疫区来的“五七战士”检查一下，是否染上了该死的小虫病。大夫让我留下大便检验，过几天再等结果。

6月13日 到一机部第一设计院联系，人事科说已发调令，让我过几天再去清华。

6月14日 去陈瑞宁(新华社高级编审)和陈瑞珍(在部队工作)家告别。他们的父母是妈妈的挚友，我们这一代也很熟，从小在上海来往就很密切，到了北京后又经常见面。这次离京，就不知道何年何月再相聚了。

6月15日 上午再去清华办离校手续。同时去校医院看化验结果。大夫看了化验单笑笑说，没发现血吸虫卵。由于血吸虫的排卵有一周期，在不排卵时很难查出病源。在大夫看来，鲤鱼洲战士得了小虫病，已是司空见惯之事。我这情况也不少，既不肯定，又不否定。临走时，他叮嘱我：吃点好的，想吃什么就吃什么，好好休息。小虫病的潜伏期有30~50年，注意保养身体就是了。给我的感觉是，一个判了缓期执行的死刑。吃点好的，休息好，无非是在执行死刑前的一种自我解脱的心理安慰罢了。

6月16日 进城买些日用品准备带走。听说蚌埠市是一个30万人口的小城市，供应不好，多带些日常用品为好。

6月17日 到清华大学转粮油关系。下午土建系革委会张主任和吕师傅找我“谈了心”，只是一番官话，我也不计前嫌，给一个人情面子就是了，以礼相待吧。

6月18日 进城到市委转组织关系。下午去第一设计院人事科报到。晚上去北京矿业学院岳母家告别，当晚在那住下。

6月19日 上午去颐和园，做一次告别游访。

6月20日 下午乘13次列车南下，前往蚌埠安家。上海南模中学同学(也是清华水利系同学) 吴国昌到车站来送我们。

1970年离开在那学习工作17年的清华园，别有一番滋味在心头。能说的理由是组织“照顾”，和家人战备疏散到小三线，符合政策；不便说的理由是对清华彻底失望了。在鲤鱼洲劳动时，经常能听到清华大学本部关于教育革命的消息，其中最令人寒心的有两件事：一是学校的教改，另一则是建筑系的教改。

学校的教改，是基础课教研组对某些新“大学生”要补上中等教育的课：讲数学，要从四则应用、分数、小数点讲起；教力学，要从勾股弦定理教起；专业基础课取消了，要学生下工地劳动，以体现实践出真知。1958年“大跃进”搞插红旗、拔白旗的“教改”、高举“先破后立”大批判大旗，批判牛顿、批判爱因斯坦、批判库伦定律……要批判一切权威理论。那时至少还要读书，还要讲理论、建立新体系新科学。而当前的这场“文化大革命”，真是革文化的命，连书本都不要了，要彻底砸烂。马克思在补充黑格尔关于伟大的历史事件和人物往往以不同方式重演时说，第一次是悲剧，第二次是闹剧[一]。我感到这场教改是历史的重演，是倒退。

至于建筑系的教改更不可思议了。听说梁思成先生在不断遭到批判后，他老人家竟提出取消建筑学的主张[二]。这未必是他的本意，也许是出于无奈，才故意说出他自己都未必相信的惊人之语。在那个“假作真时真亦假”的年代，说真话几乎不可能，说违心的话是可以理解的。既然梁先生对建筑都绝望了，我留在清华建筑系还有何意义呢?下决心，不能再在清华园的教改闹剧中浪费青春了，还是去设计院干一些实在的工作吧！我离开鲤鱼洲后，有些“五七战士”很是羡慕，称之为“费麟道路”。我是在鲤鱼洲农场第一个离开清华的教师，是褒是贬，不得而知。还是走自己的路吧！

一机部第一设计院的院址选在蚌埠西郊张公山西侧的蚌埠化工学校校址。该校于1965年7月建立，由第二机械工业部(简称二机部)所属的合肥化学工业学校、西安机器制造学校化工专业班、蚌埠机械专科学校合并而成。最初有教职工302人，学生655人，设置放射性材料工艺、化工机械和化学分析三个专业，学制四年。原来的师资和设施很好，有投资200万元的实验室，有藏书10万册的图书室，后均流失。校址移交一机部第一设计院后，建筑物共计47个，建筑总面积5.3万平方米。四周是农田，环境还不错。久住城里的设计院职工，到了这新的环境还感到适应，只是对南方潮湿多雨、冬冷夏热的气候不太适应。蚌埠属于黄河以南地区，按当时政策规定，不允许集中采暖。院址里有办公楼、实验楼，也有宿舍、礼堂。在附属工厂还有一个400米跑道的大运动场地。这些条件很符合设计院的需要。我们一家五口就安排在一号筒子楼的二层朝北的一大间。厕所厨房都是公用。妈妈分配在三号楼集体宿舍里，住在三层朝北的一间，与一位很有礼貌的年轻同事秦芝芬合住，厨厕也是公用。一幢四层单面走廊的办公大楼就在一号楼边上，上班很近。每到工间操，职工纷纷回家开炉门[三]，十分方便。有一批1964—1965年毕业的青年职工是壮劳力，承担了从北京装运办公家具、随车押送到蚌埠车站卸货、转运、将所有家具送到位等全部搬迁工作。他们身强力壮，能挑善扛，发扬了“一不怕苦，二不怕死”的精

[一] 马克思．路易·波拿巴的雾月十八日．中央编译局，译．马克思恩格斯选集（第一卷）．北京：人民出版社，1972：603。

[二] 1960年，清华大学建筑系与土木系合并成土建系，由陶葆楷、梁思成共同担任系主任至1966年。1970年土建系改称建工系，撤销建筑学专业。1966年至1978年间，以“革委会”主任取代系主任之职。1978年恢复建筑学专业。详见：方惠坚，张思敬．清华大学志．北京：清华大学出版社，2001。

[三] 每家有煤炉，上有炉盖下有炉门，平时封好炉盖炉门只燃小火节约用煤，工间操提前打开炉门，保证下班时做饭炉火较旺。

神，将所有搬迁运输的任务完全包揽了下来。这批年轻人也是各专业的设计能手、出图快手。

从北京来的设计院打破了张公山农村公社往日的宁静。每天要有大量进出的人流、车流与货流。如要进城，我们必须走一段有10多分钟的土路，两旁的农村小朋友，对我们这些外地人投入了好奇的目光。20世纪70年代初，市场供应很紧张，买肉、蛋、油、米都要票证。可是在蚌埠确实比较宽松。口粮是定量的，在北京多数是面票，而在这里米票较多，这对设计院中的南方人是非常高兴的事。蚌埠有个肉联厂，还出花生，不凭证可以买到牛肉干和花生米，这两个特产在困难时期很有吸引力。在大院门口一清早，农民们摆出了自由市场，蔬菜、鱼虾、活鸡、活鸭随便买。设计院职工的平均工资要比当地高很多，显得设计院购买力很强。过不久，周围农民把设计院称作“杀鸡院”。一点也不假，职工中不少人喜欢买活鸡，在北京可不容易办到。久而久之，又传出设计院看大门的人月工资300元。原来一些二、三级的老工程师要轮流下放劳动，看大门是轻微工作，也是一种照顾。谁知引来了这些闲言碎语，好似设计院的职工人人都是大款似的。到肉铺买肉，在京要肥瘦搭配，在蚌埠没这规矩，可以任你挑瘦肉，当地老乡专要肥的，各得其所。

中秋快到了，我去市场看到有不少螃蟹，五角一斤，比肉便宜，还可以承受，买一斤解解馋吧。边上老乡看到后，问我这东西怎么吃?可见当地人并不认同这玩意儿。

离开北京到蚌埠，大家都准备在这里安家落户了。小孩的教育是个大问题。学龄前儿童还可以在院里自办的幼儿园、托儿所安排解决，小学生和中学生怎么办?为此，一院在北京设立一个留守处，负责管理留在北京上学的中小学生，利用原来黄瓜园的幼儿园旧房子，改为中小学生的集体宿舍。我的大女儿在蚌埠跃进一小读书，老二和老三就送设计院的幼儿园。有一天李桐推着自行车，前后各带一个孩子送至幼儿园，小茳从前面的棉袄斗篷中滑掉了下来，所幸没事。

调到设计院后，又开始了人生新的旅途，面临着一张刚打开的新考卷。在工业设计院中如何发挥作用？工业

费麟、李桐和菁、萍、茳在蚌埠（1970）

妈妈与费麟全家随同第一设计院疏散到蚌埠（1970）

建筑有没有建筑创作?工业建筑的发展前景如何?我早有所闻，在工业建筑设计中，工艺是主导专业，功能平面由工艺定，总图定总体平面，结构定剖面，建筑只能画平立剖和厕所、楼梯、门窗等构造节点大样。我想，初到一个新单位，一切都有一个熟悉过程和适应过程，先安下心来从头学起吧。

整个设计大院搬迁到蚌埠，表面上，在院墙里面的生活、工作照常运转。实际上，这种战备搬迁和疏散到大小三线，对单位和国家来说，是一次大折腾，在现代战争的防卫上究竟有多大意义，只有天知道了。但是对个人和家庭来说，却带来不少困难，往往是人生经历中的一个转折点。

23 援外

Shan Xi

从学校到设计院，工作岗位变了，既适应又不适应。毕业后在清华一直没脱离生产，从建校组到设计院，参与并主持了一些工程设计项目，经历了工程建设的全过程。我1970年7月到设计院后对设计工作并不生疏，能较快地投入。过去在学校有寒暑假，平时中午有较长的休息时间，人际关系都熟。换了一个岗位，一切都要重新适应。好在经过前一阵的折腾，我的适应能力已有长进，在新的环境中还能调整。经过一年的下放劳动，又和家人团聚，这是最大的欣慰。尽管和妈妈分住在不同的集体宿舍，但能天天见面。妈妈的独立生活能力很强，已近60岁的人，不显老，还经常出差，参加长沙重机厂、株洲车辆厂、德阳第二重机厂的建筑设计工作。

到第一设计院后，我分到四连(援外)工作。当时一院来了军代表，编制由专业室改为综合连队，按部队建制组织生产。各连队有队长和指导员(书记)，配有工艺、总图、建筑、结构、水暖电及动力不同专业的设计人员。全体人员跟着项目做现场设计，出差频繁。援外连承担了(援)巴基斯坦塔克西拉铸锻件厂的设计任务。全套班子都曾设计过塔克西拉重机厂的任务，该厂正在建设。巴铸厂的设备、供应、安装、调试的包建厂是山西太原重型机械厂。我们的现场设计地点在太原。这是我到一院后承担的第一个工程设计任务，于当年秋天下现场。

太原，久仰了。那有闻名的晋祠。到太原，一定有机会去那参观。我手头没有现成的资料，于是写了一封信给在清华设计院工作的同班同学高玉瑾(后改名为高雷)，请他给我提供一些有关晋祠的资料。过不久，他寄来了一封长信，附上详细的手绘图和晋祠历史的详细资料。我感谢他，也佩服他那种认真负责的敬业精神。我想，老同学就是老同学，有困难找老同学一点儿没错。

去太原现场设计，对于打背包，我已训练有素；让人最担心的是到那要吃粗粮。太原是重工业城市，供应很紧张，一切凭票。主食是玉米面窝

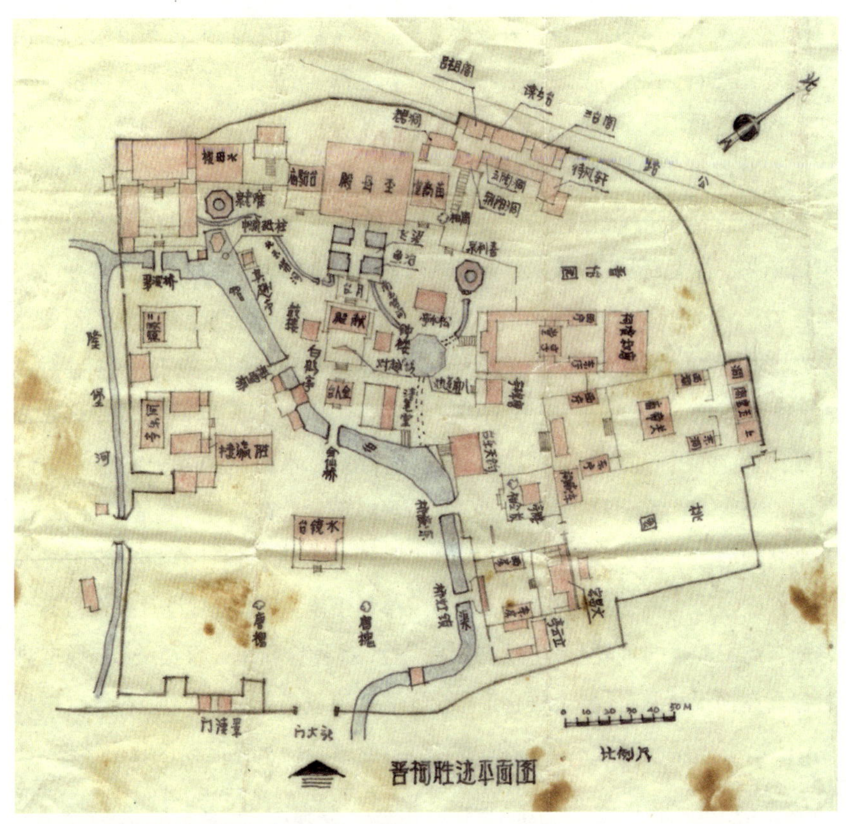

建九同学高玉瑾（高雷）晋祠手稿（1970）

窝头和“巧克力窝窝头”(白薯面做的，黑黑的像巧克力)。这次下现场设计，时间不会太短，弄不好要在那过春节。我整理了一下行装，又再次和家人道别。让我不放心的是李桐要带三个小孩，与妈妈分住，不能相互照应。

到了现场，我们就住在太原重型机械厂的厂部办公区的宿舍中，住地和工作地点都很近。大家挤在一个大统间，很快就和新战友混熟了。巴铸厂厂区占地42公顷，总建筑面积98 500平方米，全厂职工2 300人，年产钢水60 000吨，有2台15吨及1台3吨电弧炉的铸钢车间，还有3台5吨冲天炉的铸铁车间，并配置了3 000吨锻造水压机的水压机车间及砂处理车间、木工车间。这是一个配套齐全的热加工厂，涉及30多个工种的技术人员。援外队中又分成工艺组、土建组、管道动力组、设备电气组。我们土建组集中了许多有经验的建筑、结构老中青相结合的设计人员。

我是新手，分配给我的设计任务是木工车间(2 880平方米，长144米，跨度2×15米，3吨吊车轨高7.5米)和铸工车间的生活室与办公楼。这可是第一次遇到的新建筑类型，铸造车间要用钢结构，采用带挡风板和挡雨板的纵向通风采光天窗。我首先要做的是熟悉巴重厂已出的施工图纸和为该工程准备的项目标准图。巴重厂的总图布置很整齐、简洁，车间结构完全采用钢筋混凝土柱和钢屋架。屋面采用钢檩、石棉瓦(那时还未禁止使用石棉产品)。车间外立面用砖墙和通长带形窗。完全突破了苏联的肥梁胖柱、重盖深基、竖线条的模式，让人耳目一新。专用的建筑标准图厚厚一大本，整个体系都有详细节点大样。在平立剖面图上大量“吹泡”(即用圆圈图例引注标准图纸的页马和节点编号)，省却了大量的重复性劳动。在做石棉瓦屋面设计图时，要根据标准节点，把所有固定石棉瓦的紧固件(螺钉、螺帽、垫圈、异形件)的数量列出一览表，以便援外承包时提出材料用料清单。图纸上标注中文和英文，所有阿拉伯数字、度量衡符号和英文字母一律以针管笔用套板写出。这些套板和针管笔都是从德国进口的“红环”(Rotring)牌绘图工具。每张施工图看起来都很整齐、统一。这一切让我印象极深，深感一院的援外建筑设计水平绝对属于国内一流。过去在清华，我也学过工业建筑，也教过工业建筑，可都是苏联老大哥的一套，相比之下资料都显得陈旧了。我暗自庆幸，离开学校到设计院从事生产第一线设计工作，这条路是走对了。

在这里我可学到许多新的东西，还能交到许多新朋友。当时，建筑组的大拿是汤应鸿，他是20世纪50年代初上海圣约翰大学(后并入同济大学建筑系)毕业的，基本功很好，英文极棒，在援外队建筑设计中起了重要的作用。还有之江大学(后并入同济大学)毕业的高锡钧、同济大学毕业的许思明。高锡钧在设计完巴重厂后即赴巴基斯坦现场配合施工，长期在外。在现场他不仅要管建筑问题，还要兼管结构、水暖电的各种在施工中遇到的设计修改问题。他是多面手，在大跃进时带头搞计算机自动化技术革新工作。许思明对设计工作很有经验，对我这新手一直很关心，经常热情地给我指导设计工作。在设计中我有问题就经常去请教这几位学长。日子久了，我们之间就讲起上海话了，更感亲切。在援外队中的建筑专业有黄锡璆、刘偲、佘德维、陆大铭、金菊林等，结构专业有邵光奎、蒋兆基、顾乃珊、盛克强、黄佳人、冯铭森等人。在太原现场设计中我和他们同吃、同住、同工作，相处很愉快。援外连队建筑、结构专业设计人都是少壮派，脑子灵活，出图麻利，能写一手漂亮的仿宋字。我感到有点望尘莫及，这对我是一种鞭策。

在我们忙于成天出图时，有好几次还请从巴基斯坦现场回来办事的肖洪芳（巴铸厂设计主师）、刘巽章(援外专家组组长)、王骏荪(巴重厂结构设计组长)、高锡钧(巴重厂建筑设计负责人之一)给我们介绍现场的经验

巴基斯坦重机厂鸟瞰照片

↓车间外景

教训。虽然我们设计人不可能都有机会去现场配合施工，但能及时了解设计中的缺陷，随时从巴重厂设计中吸取教训，在巴铸厂设计中加以改进。

在太原现场设计阶段，由副院长李辛之带队。她是去延安的知识分子，操了一口上海口音的普通话。她很关心我们援外设计的质量，很重视让常驻巴基斯坦援外工程工地的技术负责人回到设计队来讲述设计工作的现场情况。她又组织大家利用这次来山西的机会，去参观大寨，学习大寨人“战天斗地”的革命精神。还带队去刘胡兰家乡，瞻仰英勇抗敌、宁死不屈的中国卓娅的故居。我们经常要加班加点，每到星期日就可劳逸结合一下，洗洗衣服，整理内务。平时食堂的饭菜单调，油水太少，此时就结队进城，到太原的柳巷商业街逛逛，在餐馆里吃顿饺子，要一碗过油肉，打个“牙祭”。有一次，我们还专程去晋祠参观了一天。由于我事先收集过这名胜古迹的资料，心中也感到有些底，等于复习了一次中国建筑史。

晋祠位于山西太原市西南50里的悬瓮山麓。这是晋水的源头所在，在其西南20里有举世闻名的天龙山石窟。因为此处祭祀的是春秋晋诸侯的始祖叔虞而称晋祠。“桐叶封侯”就是指周成王在游戏时将一片剪成圭形的桐叶封他弟弟叔虞为侯、弄假成真的故事。晋祠中最著名的有“圣母殿”，该殿重建于宋崇宁元年(公元1102年)，殿内用减柱法。内有“宋塑侍女像”，与殿前的“齐年古柏”(据说是周柏)和“难老泉”共称“晋祠三绝”。

在圣母殿前有一方形的池子(古称“沼”)，因为沼中有鱼，故叫“鱼沼”。沼中泉水清碧，沼上有一十字板桥，就像鸟儿展翅飞舞的姿态，古人取名为“飞梁”。这“鱼沼飞梁”也是晋祠的一大特色。坐在参天柏树、潺潺流水的岸石边，欣赏那800多年前的古建，我产生了一股思古之幽情。半天时间，走马观花，流连忘返。这是一次难忘的潇洒假日。据说，晋祠有八景：难老泉声、胜瀛回照、莲池映月、齐年古柏、石洞茶烟、仙阁梯云、望川晴晓、双桥桂雪。我们也只看到了其中二景。

这一年的元旦就在太原过了。不久，全班人马回蚌埠过春节，准备节后再回现场做设计。离家快四个月了，回到院里也算整休一段时间。李桐带了三个小孩仍住一号筒子楼宿舍。我背着行李一进门，就看见了久别的家人，大女儿、二女儿迎了上来。唯独小女儿却躲在她妈妈身后直问，这位叔叔是谁？这一天真的举动，惹得一家人直乐。她才两岁多一点，见到我这出差回来的爸爸，难怪要问客从何处来。放下行李又去了三号楼看望久别的妈妈。她还是那样精神、乐观，生活完全自理。她正在做菜，要留我在她那吃饭。她给我做了一个拿手菜——炒素，将豆腐干、豆腐衣、冬菇、扁尖、黄花菜、木耳炒在一起，再加一些糖，吃起来味鲜爽口，很下饭。这是我最喜欢吃的地道苏州菜，自己吃了不算，还带了一碗回去。她告诉我，她正受中国建筑工业出版社彭华亮总编的委托，主编一本《单层厂房建筑设计》[一]。为编这本书，她要到全国各地去调研，收集资料图片。院里建筑专业的沈庆举、李起鸿、李芳年等人都参加了这项工作。我为她高兴，在她快退休之前编出这本书，为中国工业建筑留下了工厂设计技术综合资料，也是一份宝贵的精神财富。

[一]《单层厂房建筑设计》编写组．单层厂房建筑设计．北京：中国建筑工业出版社，1978 年 12 月。

为了援外任务，我接连两次去太原重机厂做现场设计。在太原过了一个冬天，又过了一个夏天。那里给我的感觉是冬天不冷夏天不热。太原重机厂的冬天暖气很热，在室内很舒服，不像在蚌埠那样湿冷。夏天出太阳时很热，一到晚上就凉快了，典型的大陆性气候。整个夏天，没用上凉席，有时还要盖上薄被，比蚌埠的炎热天气要好过多了。

利用出差机会和亲友见面，也是一件乐事。在太原援外现场设计期间，我抽空去太谷看望了李桐的妹妹李鸿。她是北京工业学院(现北京理工大学)1961届毕业生，毕业后分配到二机部第五设计院。该院原属于1952年成立的二机部，1958年并入一机部，1960年从一机部被拆分出来成为三机部，1963年又从三机部被拆分出来成为五机部(兵器工业部)。1969—1970年，在“文化大革命”的“斗批改”(设计院职工戏称“斗批散”)运动中，五院又被拆为五个单位，分散到山西省太谷县、河南省南阳市、甘肃省兰州市、四川省成都市、湖南省长沙市。“文革”后期，太谷的人马再次一分为二，1973—1974年，部分职工陆续搬迁到河北省石家庄市，成立第六设计院。1975年，部分职工返京，重组第五设计院。

24 脱产

New Tasks

援外设计工作进入尾声后，大队人马返回蚌埠大本营，在院内做一些扫尾工作。一时闲下来，组内安排我参加高锡钧负责的蚌埠图书馆设计工作。该项目正进入施工图设计阶段，我帮忙出了一些构造节点大样图，抽空画了一张炭笔淡彩透视图，借此机会练练建筑的基本功。在设计图书馆主入口的雨篷时，我采用了悬挑2.5米的方案，但遭到结构设计人的反对，因为在工业建筑中的雨篷一般都是套用标准图中的预制构件，最多挑0.6米。在图书馆里挑雨篷采用现浇钢筋混凝土结构，不能挑太多。经过协商，采取折中办法，挑了1.8米。这个尺寸与整个楼的比例不太相称，但也无奈。我心想，在工业建筑设计院搞民用建筑设计，确有不少观念和技术上的不适应。特别是民用建筑的技术储备太少，几乎就没有适合公共建筑的标准图。自己是刚来的新手，没有多少发言权，只能好好商量，尽量争取较好的处理办法。

1973年春我参加邯郸石油化工机械厂改扩建的初设工作。主设计师是赵镇乾，他在石油化工机械工艺方面很有经验。这次的现场设计就在邯郸市。该厂新建铸铁车间和压力容器车间要利用老厂的许多已有生产辅助设施和生活辅助设施。这一切对我又是生疏的，好在我对工业建筑还有一些基础知识，可以边学边干。担任了建筑设计负责人。邯郸是古城，是战国七雄之一的赵国国都。赵王点将台、蔺相如与廉颇将相和故事中的“回车巷”都是名胜古迹。每到一个新的城市，只要有机会，我总要去凭吊一下当地有典故的名胜，也是长见识复习历史的好机会。

20世纪70年代初，全国学大寨，学大庆，还要学军“拉练”。设计院组织职工打背包，急行军，练队伍，学习两万五千里长征的“一不怕苦，二不怕死”的精神。有一次“拉练”去凤阳，军代表带领着队伍，要求保持队形，不让一个人掉队。有时内急，就跑到农家露天茅坑去方便。中午就地坐下休息，边吃干粮边喝水。一天来回走了整整50里地，不少人脚上磨出了水泡。平时我喜好打篮球，对走路还能适应，脚上没起泡，只是腿肚子肌肉有点酸胀。为了鼓舞士气，减少疲劳，领队的指导员组织了一些宣传员，随着队伍，不时指挥大家唱歌，念几段快板。我也滥竽充数，随时编写一些快板词，即兴把好人好事编入其中，给“拉练”加油。偶尔有些逗趣的词，引起一片笑声，也能解乏。还有一次“拉练”去怀远，我大女儿也要求参加，自己学着打了个小背包，一早就跟着我出发。大家肩上扛着背包，兜里揣着“红宝书”(毛主席语录)，边走边呼口号，唱革命歌曲。基本上走田埂或者土路，胶鞋上粘了泥，步伐越来越重。中午到了怀远镇，我带她到新华书店买了本长篇小说《高玉宝》[一]，算精神奖励。

干部“下放”劳动，是当时对每个职工要实行的制度。一般要轮流“下放”，每人大约40天。在蚌埠，一部分职工就在院办工厂的金工车间学习开机床，另一部分就去附近的农村公社插队劳动。我因为刚从鲤鱼洲回来，也就免了。李桐的劳动场所就在附近张公山公社大队，与当地农民同吃、同住、同劳动，一个星期回家休整一次。大女儿就和她奶奶一起住三号楼，二女儿和小女儿日托在院办的幼儿园，我负责每天早送晚接。第一设计院的幼儿园比较正规，园长是一位将退休的老干部，老师和阿姨都经过培训，不少是学过幼儿师范的，管理严格。我也被逼上梁山，要自己买菜做饭，要洗洗缝缝，必要时还要用缝纫机做一些简单的活。好在我曾住过校，这些活也还可以应付。妈妈经常烧一些菜给我们送来，让我们打打牙祭、开开胃。我想，妈妈每天上班，下班后还要做许多家务。她一生管了子女一代，还要再带孙辈，真不容易。

1973年秋院里人事科通知我，副院长杨廷藩要找我。我心中一怔，又有什么事要发生了。自从在清华受过那次“折腾”后，总感心有余悸；再加上自己属于非工农出身，又有港澳海外关系，心中老有一种“原罪感”。我走进了院长办公室，杨院长笑脸迎来，很客气地让我坐下。顿时气氛有些缓和，我感到不会有什么倒楣的事了。杨院长开门见山地说出意见，院领导决定要我担任宣传科副科长的工作，这是出乎意料的任命。我只说，我是业务型的人，纯技术观点很重，没法担任这一重任。我希望从清华出来到设计院后能踏踏实实干一些建筑设计工作，不想全脱产，实在不行，半脱产也行。杨院长给我说了一些大道理，他认为我是学建筑的，在书写和画画方面有一定的基础，这正是宣传工作所需要的。院里正缺这方面的工作人员，希望我服从大局，需要全脱产，这已是组织的决定。听到这，我已知道生米煮成熟饭，我是没有退路了。除非我脸红脖子粗争辩一番，坚

[一]《高玉宝》，长篇小说，高玉宝著，中国青年出版社1955年出版。该小说先后被译成15种文字，不断再版，国内各种民族文字版本发行量超过600万册以上，部分章节如《我要读书》、《半夜鸡叫》被收入小学课本。《半夜鸡叫》于1964年被上海美术电影制片厂改编成木偶动画片。作者高玉宝(1927–)，辽宁复县人，自幼家贫，仅上过一个多月的学，曾当童工、长工。1947年参加中国人民解放军，1948年加入中国共产党，曾任通讯员、警卫员、军邮员。1949年开始创作，1951年写成长篇自传体小说《高玉宝》，经荒草帮助整理出版。1954—1962年在中国人民大学新闻系进修后重返部队。曾参加过第二、三次全国文代会和全国文教群英会，曾任旅大警备区大连军人俱乐部主任。

决不服从分配，但这样做，可不是上策。我只能退而求其次，我说组织上决定，我可以服从，但是我认为我的思想跟不上当前形势，例如对张铁生交白卷的事[一]我就没想通，这怎么能叫我去宣传这些想不通的事呢？杨院长说，对张铁生交白卷的事他也有疑问，这没关系，要我保留意见就是了。我最后提出了三个要求：第一，这次调动工作是暂时的，一旦有合适人选我就归队；第二，在担任宣传工作期间，不要让我完全脱离生产第一线，有机会也要参与一些业务学习交流活动；第三，像张铁生这类事，允许我保留意见，不随大流，我只做正面宣传工作。杨院长听后，点点头同意。就这样，我开始了一生中的又一次转折——全脱产搞宣传工作。

我对宣传工作一直有看法，认为这个工作无非是动不动就写"八股式"的大块文章，言之无物，空话连篇，装腔作势，借以吓人，大帽子到处扣，大棒子漫天挥，拉大旗作虎皮，打击别人抬高自己。如今却让我干起了这份工作，真是乱点鸳鸯谱，赶鸭子上架。如果我把宣传工作搞好了，恰恰证明搞宣传工作的不一定要同意所宣传的内容，口是心非者也可搞宣传工作。如果把宣传工作搞得不好，就可另请高明，早些下台洗手不干，也不是坏事。我带着试试看的心情和决不整人的底线，走马上任。第一设计院的政治部设有组织科、保卫科、人事科和办公室，老干部王治水是政治部主任，有位姓张的军代表分管院内军训并协助管理保卫工作，何大为是宣传科长，我是副科长，宣传科下设广播室和内部图书室，由小赵负责。初到政治部，气氛很严肃，不过大家对我这个新人还挺客气，相处得不错。

宣传科的任务较多，人手不够，给我加了一位小蔡，他是职工子弟，刚插队回来。他喜欢运动，能打一手漂亮的羽毛球，又能摆弄广播器材和各种仪表、机械，手巧脑灵，多才多艺。宣传科负责广播室工作，每天早上6∶50开大喇叭，放《东方红》曲子，接着就是中央人民广播电台的《新闻联播》，直到8∶00上班。上下班前后，都要播送革命歌曲和稿件，工间操休息时播放第五套广播体操。宣传科任务还有组织稿件，我就和原来宣传科的一位同事林老师一起负责约稿和写稿任务，她是外语学院毕业的，学的是俄语。宣传科的另一个重要任务就是每个周末要放露天电影。院里有两台16毫米的电影机，小赵、小蔡负责张罗。周末之前我就要和小蔡商量能借到什么片子，他和蚌埠电影公司有联系，可以挑选近期市里能上映的片子。20世纪70年代初，新片子太少，最初只能放放样板戏《智取威虎山》《红灯记》《沙家浜》《海港》《奇袭白虎团》《白毛女》《红色娘子军》，科教片《地道战》《地雷战》，故事片《奇袭》《打击侵略者》《铁道卫士》

[一] 1973年8月10日，《人民日报》转载《辽宁日报》7月19日发表的《一份发人深省的答卷》文章，以及"文革"后期高校招生恢复文化考试中的"白卷英雄"、辽宁铁岭张铁生的一封信，并加编者按："这封信提出了教育战线上的两条路线、两种思想斗争中的一个重要问题。"各地报刊纷纷转载并发表文章和评论，指责恢复高考制度是"复辟"、"资产阶级向无产阶级反扑"。

[一]1972年，为纪念抗美援朝战争胜利20周年，四部故事片被解禁后重新发行上映：《奇袭》（八一电影制片厂，1960）《打击侵略者》（八一电影制片厂，1965）《铁道卫士》（长春电影制片厂，1960）《英雄儿女》（长春电影制片厂，1964）。

《英雄儿女》[一]等，1974年以后新摄制了一批故事片《火红的年代》《青松岭》《艳阳天》《战洪图》，当时能借到的片子实在有限，《闪闪的红星》《春苗》《创业》都是经常放的片子。偶尔放几部外国故事片，如《列宁在十月》《难忘的一九一九》《斯大林格勒大血战》等苏联早期电影。有一次放朝鲜的《卖花姑娘》，可谓轰动一时。动人的情节，委婉的歌声，让大家耳目一新，很受欢迎。每到周末晚饭后，我就和小赵、小蔡一起推着平板车，将放电影的设备运到设计院大门外马路尽端的广场上，利用路边的电线杆和树干拉起大银幕，架起放映机。银幕的两面都摆满了小凳子，不少职工早早就让子女来抢摊占座，张公山公社各大队的农民也拖家带口赶来在银幕的背面摆上了座位。如果遇到像《卖花姑娘》那样的新片子，那真是人山人海，相当壮观。放映过程中，大家秩序井然，从来未发生过一次纠纷。由于只有等小蔡拿回胶片后才确认片名，故每次放电影没法预先通告，往往是我最先知道片名的，院内许多小朋友习惯性地找我几个女儿打听，今晚有什么新片子，何时放映。日子一久，我也跟着学习放电影，当起小赵、小蔡的下手。有时放映机出现故障，小蔡比较熟练，能及时排除故障，这是他在插队时学到的本领。

到了年终，院内要搞一些大型文娱晚会，除了个别时候请外面专业文艺团体演出外，一般是组织职工搞文艺会演。这个任务又是属于宣传科的，往往要由政治部主任、宣传科长负责动员，把任务下达给各室（或连）的负责人，要求积极准备。出乎我意料，一院人才济济，不仅专业设计过硬，还有大批的文艺骨干，在较短的时间内，就可组织一台文艺联欢晚会。独唱、合唱、舞蹈不在话下，有的还能配对上演相声，有的能打竹板表演天津快板，有几位能唱现代京剧（当时不可能唱属于四旧的老京剧），拉二胡、吹黑管、拉小提琴、打扬琴也大有人在。在大饭厅的简易舞台上，举行过多次自拉自唱、热热闹闹的职工业余文艺演出晚会。这时，我们宣传科的几位同仁，手忙脚乱，包揽了所有场务、组织排演的任务。我们最为关心的是千万不要出政治性的错误。在那个时代，一旦有政治错误，那将记入档案。首要的责任一定落在我这负责宣传的芝麻官头上。有好心人劝我，一动不如一静，干脆别组织这种活动，不干没人说，干了总会有人评头论足，不干事最保险！但这与我的秉性不合。既来之，则安之，只要负起了责任，在可能条件下，我就要尽量办好，而不是当个“老油条”。

一院的年轻人很多，许多都是1965—1966年的大学、大专毕业的，又来了许多职工子弟，刚从插队中调回。他们在院里比较活跃，为这个1953年建立的老院带来了朝气，让许多老同志也焕发了青春，跟着年轻人一起热闹起来。除了文娱活动，体育活动也开展起来。小蔡带头组织了一支羽毛球队，在大饭厅拉起网、划上线，经常练习或比赛。工艺主任工程师黄汝聪是广东人，是排球老将。土建结构专业的年轻工程师盛克强、黄佳入等都是排球能手，弹跳好，跳杀球很有威胁力。院内的排球队很自然形成，经常举行院内外比赛。喜好玩篮球的也大有人在。土建科科长耿建德“文革”前就是院代表队员，他的块头大，是一员猛将。经他同意，我带头组织了一支篮球队，每个周末下午四点半可以抽出人来练球，成员有耿建德、宋知诚、黄佳入、盛克强、杨建军等。对外比赛时，由计划科的魏金田当领队，再找一个啦啦队，一起参加。胜败乃兵家常事，重在参与，重要的是让我们这些整天趴图板坐办公室的绘图匠们换换脑筋。

宣传科的主要任务是组织学习开展大批判，要紧跟形势，每隔一段时间就要出一期墙报，贴在实验楼山墙出入口两旁的墙面上。这个出入口正对大路，很醒目。首先要确定主题，然后到科室约稿，还需要一张有吸引力的报头。抄写任务由几位有书法基础的职工来完成，最后刷浆糊、贴大字报纸的任务就由宣传科来完成了。报头是至关重要的，我就请几位美术基础好的建筑师来完成。内容必须和院内学习大批判同步。1974年，根据中央报刊精神，全院兴起了“批林批孔”热潮，这是继“林彪事件”[一]之后开展的“批林整风”[二]“批右倾回潮”[三]等运动以来接踵而至的又一次大批判运动。我很犹豫，怎么把林彪和孔夫子联系起来？报刊相继发表的《林彪是现代中国的孔子》《批判林彪“复孔”的理论纲领“天才论”》《“克己复礼”集中反映了林彪修正主义路线的极右实质》《儒法斗争是路线之争》等文章都是政治学习中必读的材料。《人民日报》连续发表了《林彪与孔孟之道》材料之一、之二的文章。我作为宣传科的负责人之一，当然要照办。按照林彪在“文革”初期提出的“名言”，理解的要执行，不理解的也要执行，在执行中加深理解。

不久又传说，“批林批孔批周公”，很多文章含沙射影，批中国的“大儒”[四]，大家心中明白，矛头是指向周总理的。这时已传闻周总理病重，1975年1月在第四届全国人大会上作了他一生中最后一次的政府工作报告，从照片上已看出这位总理身心憔悴的病容。邓小平自1973年4月12日复出，1974年4月6日率团参加联合国大会第六届特别会议并作大会发言，回来后临危受命，分担总理工作，开始全面整顿。在四届人大上他被任命为第一副总理，开始主持国务院日常工作。1975年3月5日他在全国工业书记会议上的讲话，着重强调了要坚持加强集中统一领导，建立、健全必要的规章

[一]1971年9月13日凌晨，林彪、叶群、林立果等乘飞机越过国境，途经蒙古温都尔汗时坠落，机毁人亡。

[二]批林整风，1971—1972年中共中央领导批判林彪“形左实右”的政治运动。1971年12月11日中共中央发出通知，将《粉碎林陈反党集团反革命政变的斗争》材料之一下发全国，后陆续下发材料之二和材料之三，在全国开展批林整风。1972年5月21日—6月23日，中共中央在北京召开“批林整风”汇报会。1973年1月1日，《人民日报》、《红旗》杂志、《解放军报》联合发表《新年献词》，指出林彪路线“是一条反革命的修正主义路线”，“要把批林整风这个头等大事继续抓紧抓好。”

[三]1973年10月，江青等在清华大学、北京大学发动“反击右倾回潮活动”，要上揪“资产阶级复辟势力的代表人物”，下扫“复辟势力的社会基础”。两个大学成立“大批判组”，编辑林彪与孔孟之道的材料，以笔名“梁效”撰写大量批判文章。

[四]1974年6月14日，江青召集会议授意写作班子批“现在的儒”。随后，多次讲话、文章中暗示党内“现代的大儒”，掀起一阵“评法批儒”的浪潮。

制度，增加组织纪律性、坚持反对派性的三条方针。在全院组织学习时，大家都认为应该整顿了，不能只抓革命不抓生产，感到一切都会好起来。

从1975年初开始，《人民日报》连续发表了有关无产阶级专政的社论，其中有《马克思、恩格斯、列宁论无产阶级专政》（辑录了33条语录，简称《三十三条》[一]）、《论林彪反党集团的社会基础》[二]、《论对资产阶级全面专政》[三]，其中还引用了列宁在《国家与革命》中提出的“资产阶级法权”概念，在全国范围内进行阶级斗争和无产阶级专政教育，批判“资产阶级法权”。我很糊涂，为什么要学这些，其矛头是针对什么？在我担任宣传工作阶段，我订阅了《北京周报》（英文版），为的是从英译本上来理解许多新名词。例如这个“资产阶级法权”就不好懂，以前从未听说过；可是英文很好懂，就是资产阶级权利(bourgeoisie right)。

1975年夏天，报上又发表了《重视〈水浒〉的评论》、要批投降主义[四]。我真是被搞晕了，这又为了什么？为了深入学习，经院政治部批准，给全院职工每人发了一套《水浒传》，为单调的政治理论学习增加一些有趣的素材，很受大家欢迎。

1975年冬，正当全面整顿在铁路、钢铁、工业、科教、文艺以及军队中初见成效时，报刊上又连续发表了一些政治性很强的社论，如《要害是复辟资本主义——批判“三项指示为纲”的修正主义纲领》[五]、《教育革命的方向不容篡改》[六]等文章，把矛头直指全面整顿，随即又发表了《痛击右倾翻案风，狠批唯生产力论》《批判党内那个不肯改悔的走资派，反击右倾翻案风》，又一场运动开始了。

这样翻来覆去的批判、整人，在群众中是有看法的。大家对整个国家的经济发展、民族前途是很担忧的。在小组学习中，有的人就提出想不通、不理解。作为宣传科的干部，我虽有同感，也只能听着。至于向市里宣传部汇报学习情况时，我也只笼统地谈一些情况。市委党校经常有些学习讲座，配合形势给宣传干部上辅导课。然后各单位再回去传达，布置学习。配合无产阶级专政的理论学习，大家先后选读了有关《国家与革命》《哲学的贫困》《法兰西内战》《哥达纲领批判》《反杜林论》等马列著作的片段。其中系统学习了《反杜林论》，在学到自然哲学的时间与空间时，党校的老师还点名让我结合自然辩证法谈谈工程技术人员的学习体会，要求在学校学习大会上交流。这部分内容要引入时空概念，要搞清什么是二维、三维、四维空间等名词，还要讲到空间的坐标参照系统。这些对我们学工程技术的人来说，并不难懂。好在这些理论与当时政治形势没有什么联系，我就鼓起勇气在党校讲了几次。事后我也好笑，我这个学建

[一]1975年2月18日，中共中央发出通知，将毛泽东关于理论问题的指示发到全国。2月22日，《人民日报》发表《马克思、恩格斯、列宁论无产阶级专政》，要求在全国开展学习无产阶级专政理论的运动。

[二]1975年3月1日，姚文元发表文章《论林彪反党集团的社会基础》，认为现在的主要危险是“经验主义”、是“当前的大敌”。4月23日，毛泽东针对大反“经验主义”指出：“提法似应提反对修正主义，包括反对经验主义和教条主义”。

[三]1975年4月1日，发表张春桥文章《论对资产阶级的全面专政》，提出在“一切领域”、“在革命发展的一切阶段”实行“全面专政”的理论。

[四]1975年8月14日，毛泽东在同一位教师谈话中讲到：“《水浒》这部书，好就好在投降。做反面教材，使人民都知道投降派。”报刊上一度掀起一场评《水浒》、批投降派的运动。

[五]三项指示为纲，指在1975年5月8—29日中央召开钢铁工业座谈会上，邓小平针对张春桥等人只讲学习“无产阶级专政理论”的情况，提出毛泽东的“安定为好”、“全

筑的，怎么会讲这些政治理论呢？没准还是我在清华大学五年级学过哲学课，有了一些基础知识，临时抱佛脚也能从容地上讲台说上几点心得体会，应付差事，反正不去涉及政治敏感问题，我也不用担心。

妈妈和李桐对我脱产去宣传科的事没有阻拦，这是对我的信任与支持。只要实事求是，多请示领导，不自作主张，也就渐渐适应了。那时利用宣传科的关系，经常从特殊渠道得到一些“内部”书籍，比如《国外译丛》《第三帝国的兴亡》。偶尔我还能从北京出差回来的同事或亲戚朋友那里得到一些小道消息，作为试探上面政治气候的风向标。在我40岁生日的时候，妈妈用她得到的自行车票和她长期积攒下来的工业券，购买了一辆崭新的永久牌锰钢自行车，送给我做生日礼物。从此我迈入不惑之年。

党全军要团结”、“把国民经济搞上去”三项指示就是今后的纲领。

[六]1975年11月3日，清华大学党委召开常委扩大会议，传达毛泽东对经由邓小平转交的、该校党委副书记刘冰等人反映该校党委书记迟群、副书记谢静宜在思想、工作和生活方面问题的信的批示：“我看信的动机不纯”、“矛头是对着我的”、“小平偏袒刘冰。”从此开始所谓“批邓、反击右倾翻案风”。

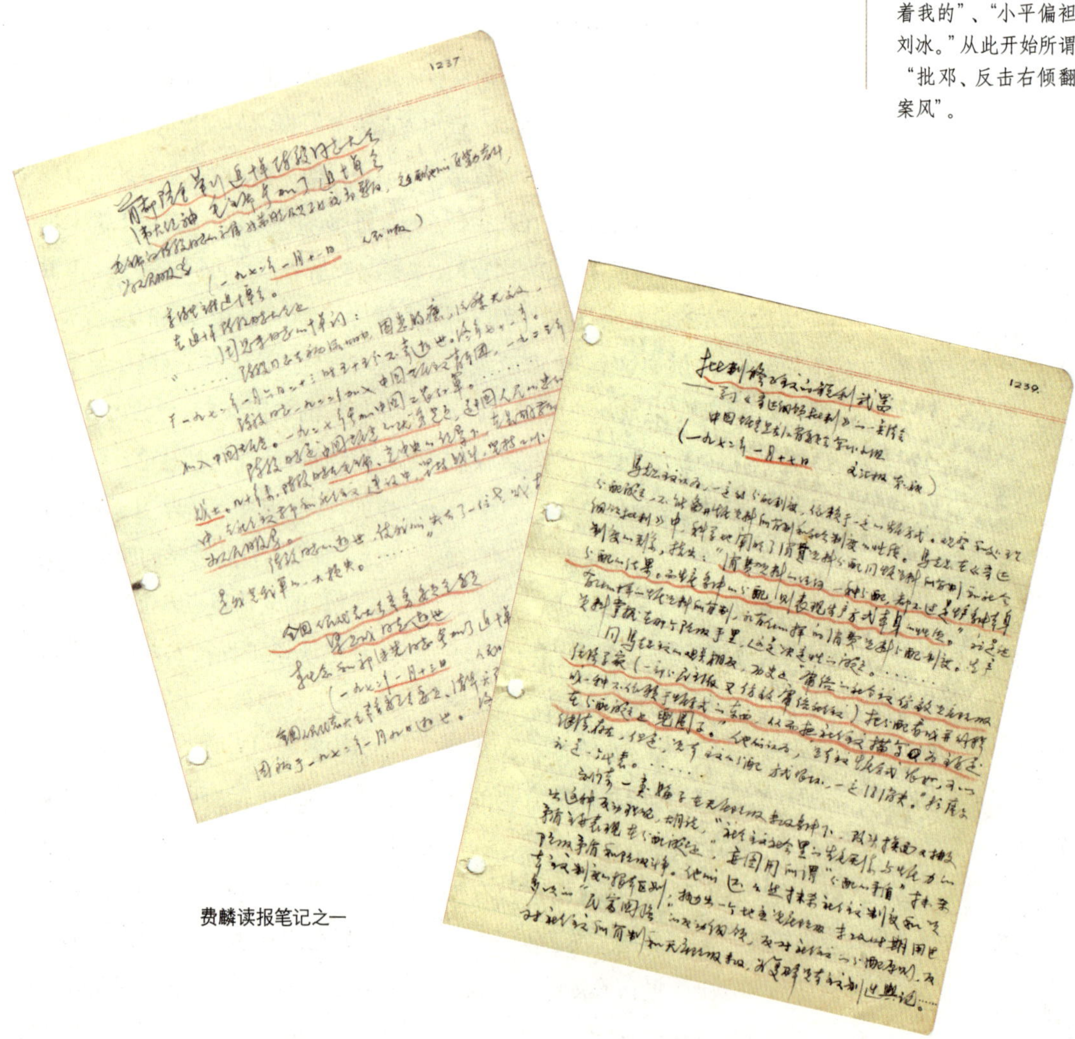

费麟读报笔记之一

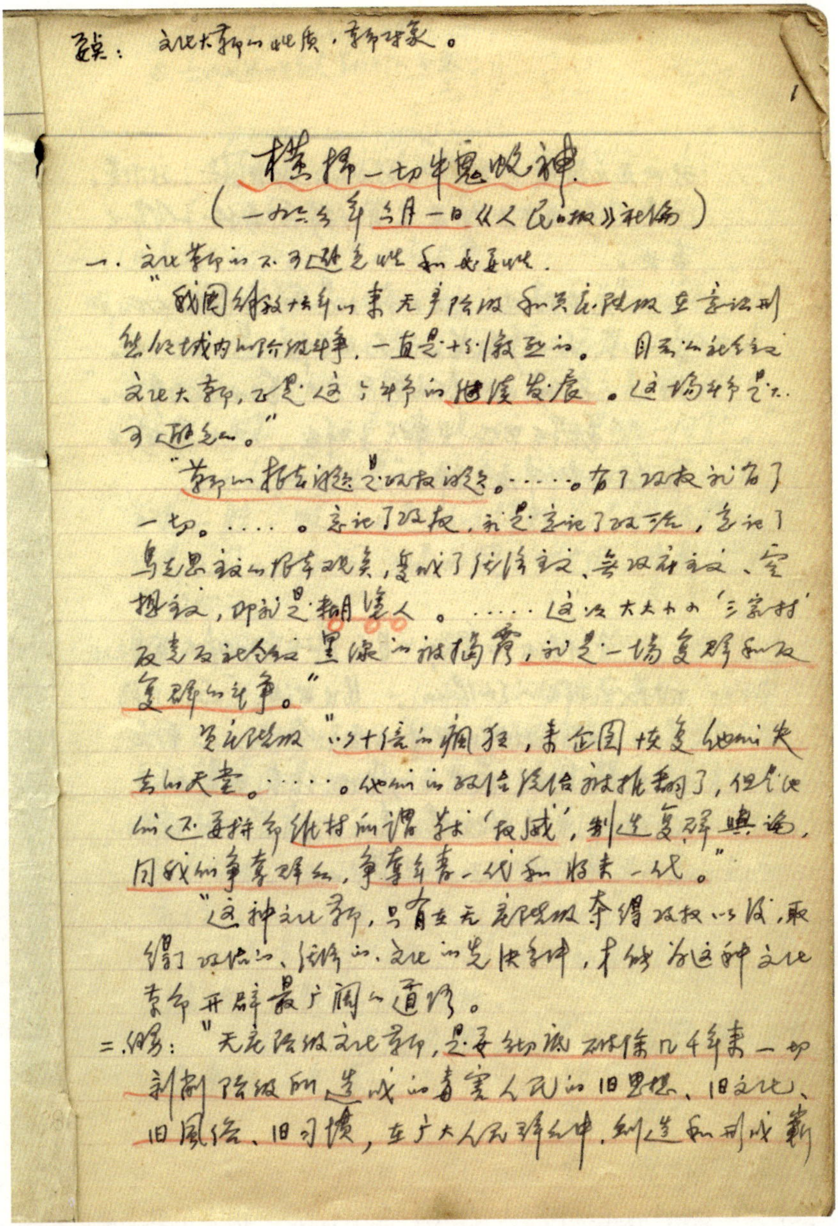

题：文化大革命的性质，革命对象。

1

横扫一切牛鬼蛇神

（一九六六年六月一日《人民日报》社论）

一、文化革命的不可避免性和必要性。

"我国解放十六年以来无产阶级和资产阶级在意识形态领域内的阶级斗争，一直是十分激烈的。目前的社会主义文化大革命，正是这个斗争的继续发展。这场斗争是不可避免的。"

"革命的根本问题是政权问题。……有了政权就有了一切。……忘记了政权，就是忘记了政治，忘记了马克思主义的根本观点，变成了经济主义、无政府主义、空想主义，那就是糊涂人。……这次大大小小的'三家村'反党反社会主义黑线的被揭露，就是一场夺权和反夺权的斗争。"

资产阶级"以十倍的疯狂，妄企图恢复他们失去的天堂。……他们的政治统治被推翻了，但他们还要拼命维持所谓学术'权威'，制造复辟舆论，同我们争夺群众，争夺青年一代和将来一代。"

"这种文化革命，只有在无产阶级夺得政权以后，取得了政治的、经济的、文化的先决条件，才能为这种文化革命开辟最广阔的道路。"

二、任务："无产阶级文化革命，是要彻底破除几千年来一切剥削阶级所造成的毒害人民的旧思想、旧文化、旧风俗、旧习惯，在广大人民群众中，创造和形成崭新

费麟读报笔记之二

25 剧变

The Open Door Policy

在我脱产搞宣传工作的这几年，正赶上“文化大革命”后期“批林批孔”、“评法批儒”、评《水浒》、学习无产阶级专政学说、反击“右倾翻案”风等不间断的批判运动。大家思想反复大，理论性强，联系人物多，批判火力猛。过去在革命中立过功的老干部们几乎全军覆灭。思想上想不通，组织上还得服从，违心地去做宣传工作。宣传报刊公然提出“宁要社会主义的草，不要资本主义的苗”，用革命大批判来冲击生产，“文化大革命”成为不要文化的大革命。1976年是中国农历的龙年，对中国来说，这是不平凡的一年，是剧变的一年，也是否极泰来的一年。

1976年元旦，在“文化大革命”批判“右倾翻案风”的高潮中，《人民日报》头版头条发表社论《世上无难事，只要肯登攀》，以及毛主席1965年填写的两首词《水调歌头·重上井冈山》和《念奴娇·鸟儿问答》。词中除了“旧貌换新颜”、“到处莺歌燕舞”，还出现了“捉鳖”、“蓬间雀”、“土豆烧牛肉”、“不须放屁”等俗语，火药味挺浓，对大家震动很大，纷纷猜测，它们在暗示什么?为什么在这个时候发表?

我们那时在蚌埠，从北京出差回来的同事带回许多新闻。1976年1月8日上午9点57分，周恩来总理病逝。1月11日向遗体告别。1月15日天安门降半旗，人民大会堂举行追悼大会，毛主席因故未能出席，下午首都百万群众自动聚集在通往八宝山殡仪馆的数十里长街两旁，静然肃立，目送灵车缓缓通过。随着清明节的临近，北京群众大规模悼念周总理的活动从3月中旬就开始了。4月4日清明节正逢星期日，在天安门的纪念碑前堆满了花圈和挽联，出现了许多悼念诗词，也传到了蚌埠，其中一首是：“欲哭闻鬼叫，我哭豺狼笑。洒泪祭雄杰，扬眉剑出鞘。”谁是鬼?谁是豺狼?大家心照不宣。据说这首诗后来被列为“001号反革命案件”受到重点追查。4月5日晚9点左右天安门响起了大喇叭，宣布这次悼念活动是一起“反革命”事件，随即开始了流血的镇压。4月7日晚8点，中央人民广播电台联播节目播出中共中央的决议[一]，公布

[一] 1976年4月7日，根据毛泽东提议，中央政治局通过《中共中央关于华国锋同志任中共中央第一副主席、国务院总理的决议》和《关于撤销邓小平党内外一切职务的决议》。

《天安门广场的反革命事件》一文。第二天《人民日报》刊登《天安门广场的反革命政治事件》等文章。不久，中央宣布这起事件的总后台是邓小平，说他是中国的纳吉[一]，再次罢了他的官。

[一] 伊雷姆·纳吉，1956年秋"匈牙利事变"的匈牙利领导人，两任匈牙利总理，1958年6月16日被亲苏派处死。

不久，北京一院留守处传来消息，在北京要人人过关，每人说清楚，是否去过天安门悼念？是否传抄了"反动"诗词？后来在蚌埠，也在追查。幸好这种事已属刑事犯罪，宣传科无须过问，属党委直接领导下的保卫科管。很多单位领导也是睁一只眼，闭一只眼，把事情搪塞了事。"事有必至，理有固然"，"月晕而风，础润而雨"，冰冻三尺非一日之寒，法不责众，哪能打击一大片呢？

1976年7月6日，朱德委员长病逝，11日在人民大会堂举行追悼会。这位在解放战争中的总司令，在"文化大革命"中毫无例外地受到冲击，他喜爱养兰花的习惯也被当成罪状。

1976年7月28日，唐山、丰南地区发生强烈地震，也波及到北京。那时我和李桐带了小孩在蚌埠，还未有震感。全院人心惶惶，传说地震断裂带经过安徽，还会不断有余震。为安全起见，职工们自己动手搭起了抗震棚。好在是夏天，在临时的窝棚中支起蚊帐，一家人挤挤，还能凑合睡个安稳觉。那些天妈妈正在北京出差，为编写《单层厂房建筑设计》主持编写会议。通过长途电话，我知道她住在留守处，一切都安全，我们才放下心来。事后我才知道，地震发生的第一时间，一院同事徐善铿特意扶着她紧急下楼，一起疏散到安全的地方。我从心底里感谢这位善良的同事。徐善铿是苏州人，毕业于20世纪50年代早期，曾经在第一汽车厂参加基本建设工作，有丰富的经验。他有较好的俄文基础和英文基础，又能看德文、法文资料，经常主动配合设计工作需要，及时义务提供大量技术资料。他是我院一位不可多得的热心技术人才，经常组织我院参加全国和北京地区的情报网交流工作，并整理编印了很有价值的关于工业建筑的设计参考材料，受到大家赞赏。我一直没有机会去苏州桃花坞老家探望，拍个照，留下纪念。最近请热心人徐善铿趁探亲之机，替我到桃花坞街拍了几张照片，了却了我的一个心愿。

1976年9月9日零时10分，毛主席病逝。当天下午3时全国联播节目宣告了噩耗，震惊了全国，也震惊了世界。我院在大礼堂布置了灵堂进行悼念，宣传科负责布置工作。职工们怀着沉重的心情，戴着黑纱，缓缓列队进入灵堂，向毛主席遗像行礼，以表哀悼之情。人们心中也自然地关心着这场史无前例的"文化大革命"该向何处去?9月18日在天安门广场举行了百万人的追悼大会，华国锋宣读悼词。报上出现了"你办事，我放心"，"按既定方针办"等毛主席的"最后指示"。在那个年代，中国刚生产出电视机，9英寸黑白较多，频道很少，还不容易买到。几位老工程师将自家的黑白电视机摆在门口，让邻居们都来观看这一难忘时刻的现场转播节目。设计院还特意批准宣传科买了一台14英寸的黑白大电视机，摆在大礼堂中连续播放首都的实况转播。

1976年10月6日，中央政治局采取断然措施，粉碎了王洪文、张春桥、江青、姚文元“四人帮”反党集团。未发一枪一弹，未流一滴血，作出了具有历史意义的正确决策。消息传开，举国欢腾。全民庆祝这一历史性的时刻，就像过节一样。爆竹声音不断，烟酒销量猛增，螃蟹三雄一雌成捆叫卖。院里一些老同志打开多年舍不得喝的茅台酒，款待好友，痛饮干杯。民心所向，可见一斑。

10月10日凌晨，中央人民广播电台广播了关于建立毛主席纪念堂和出版《毛泽东选集》和筹备出版《毛泽东全集》的两项决定。

“四人帮”倒台，标志着“文化大革命”的结束[一]。国家形势的剧变，给我带来了新的希望。于是我大胆向杨院长提出，按原来的三个要求，我该归队了。建筑科中有些了解我的同事也帮我说话，认为应该落实知识分子政策，学以致用，让我回建筑科。1977年秋，我正式调回了土建科，挂了一个土建科副科长的名义。我想搞业务的愿望又要落空了。在我们国家中实行官本位制。我在宣传科当了副职，调到土建科也必须挂副职，这叫“平调”，不升也不降。其实对技术人员来讲，这无关紧要，关键是发挥个人所长。

到土建科后，首先要熟悉生产管理制度，并找一些图纸看看，这是一次再学习的过程。为改善老百姓的生活条件，不少单位大兴土木盖住宅。我院是工业设计院，过去规划设计大工厂时，都要根据职工人数规划住宅区的位置，确定住宅标准，提出新建住宅和生活配套的建筑面积。因为基建管理部门在审查建厂总投资标准时，要涵盖生活福利建筑的规模与标准。妈妈在20世纪60年代初就作了大量调查，在全国跑了许多厂矿，整理出一套机械工厂设计生活福利建筑指标。其中涉及全厂职工人数构成分析，有多少在册职工和工人？其中男女比例多少？带眷工人家庭有多少？单身职工有多少？在厂区住的工人比例有多少？生产的工作制是几班制(一般是两班制)？在这些全国普查的资料基础上定出了我国机械工厂的生活福利指标，“文化大革命”前已经有了初稿。只因开始了“十年动乱”，这一非常实用的技术资料完全被扔进废纸堆了。过去我院只做工业建筑，所有民用建筑(住宅、食堂、浴室、办公楼、礼堂、职工学校、厂前区辅助建筑)都只作总体方案规划，初设和施工图设计都由甲方另行委托地方设计院。到蚌埠后，我院也开始着手承接蚌埠市区内的住宅设计任务。为了考虑住宅建筑热工设计，土建科组织了一个实测

[一]1977年8月12—18日，中共第十一次全国代表大会在北京举行。华国锋代表党中央作政治报告，宣告“文化大革命”结束，提出在本世纪内把我国建设成为社会主义的现代化强国，是新时期党的根本任务。

小组，分别在冬季和夏季到市里已建成的住宅去实测。正好，我遇到了这机会，参加了几次实测。沈庆举、曹亮功、李芳年等建筑设计人员都是骨干成员。现在看，这么早就重视住宅建筑热工设计，并进行实测，在工业建筑设计院中是难能可贵的。清华大学建筑系有建筑物理教研组，读书时学过建筑物理中的建筑热工。我毕业后搞9003工程，曾跟着暖通教研组主任吴增菲教授和莫咏芬、汪训昌等老师参加中国建筑科学研究院组织的以汪善国暖通专家为首的北京市恒温恒湿工程考察组，做了大量的调研、访问、实测工作。这些经历对于在蚌埠进行住宅热工实测工作是很有帮助的。

1978年初过完春节，院领导找我，要我收拾行装去北京总院报到，参加一个学习班，准备于6月随"一机部赴法工厂设计考察组"出国考察。我感到很突然，当然也很高兴，能走出国门开开眼界，对设计工作者来说，绝对是一次再学习的好机会。说来也巧，前些年在宣传科工作时，曾利用业余时间自修法语，每天早上收听法语广播讲座，学习初级教材。4月份到北京后，住在总院的招待所，做出国前的准备工作。办护照、申请签证要拍照，一时找不到合适衣服，穿了一件中山装凑合一下。当时给了一笔置装费，做了两套西服、一件呢料大衣，衬衫、袜子、皮鞋、领带都要新买，钱不够就自己贴上。出国人员的呢大衣颜色统一是灰色的，与全国服装几乎一样。到国外，一眼就认出这是中国大陆来的宾客。考察组是以一机部名义出国，总院院长张逢时带队，成员有总院郭堒总工程师，一院赵永年和我，二院陈绍元，四院钱振中、沈炳铨，八院黎方曦，九院蒋一子，情报所法文翻译王兆义，另一位法文翻译由机械部派人。成员中大部分是各院的机械工艺专业老总，只有我一人是建筑专业，除翻译外年纪数我最小。张院长交给我一个任务，负责向一机部情报所借了一个手提式16毫米的摄影机，随团拍摄纪录片。张院长认识中央广播电视台的某单位负责人，以一机部考察团团长的名义向电台借用16毫米的彩色正片。当时能冲洗彩色电影胶片的只有中央广播电视台。我不会使用这新玩意，张院长介绍我去情报所去学摄影技术。情报所一位姓张的摄影采访记者，年纪比我稍大一些，北方人，热情地教我整个拍摄技术。让我试拍了一些胶片，冲洗出来后让我看效果，指出在取景、曝光、速度、防抖等方面的注意技巧。经过临时抱佛脚的快餐式训练后，我带了机子和几十盘16毫米彩色胶片盒，仓促上阵。考虑到参观时可能分成两组，最好团内借用两个摄影机，于是请郑州四院总图专业的沈炳铨也来北京突击学了一下摄影技术，我和他两人就这样担负起随团摄影的任务。全团成员都是机械部系统的，在北京集中学习了一下外事纪律。临走时，时任一

一机部访法工厂设计考察组成员在访问中（1978）

机部外事局局长江泽民还特意接见了我们，说了一些鼓励和关心的话。

应法国雇主协会邀请，在中国贸促会安排下，我们机械工厂设计赴法考察组一行11人于1978年6月13日登上国航班机开始了为时50天的参观访问。前后访问了73个单位，其中有49个机械工厂和公司、8个工程设计公司、9个科研和计算中心等单位。这次考察的重点是法国机械工业专业化协作和工厂设计的体制和方法。作为建筑师，我除了希望看到一些新老著名建

费麟在法国访问中摄影（1978）

筑之外，还要注意法国建筑中的新观念、新技术、新方法、新体制。我国过去太封闭，不断搞运动，和世界先进国家的技术差距太大了。这是我第一次出国，一切都很新鲜。根据外事纪律，我们不能单独外出自由活动，为保证安全起见，必须“双人行”。大家隔三差五相互约好，集体去超级市场采购早点和日用品。那时国内还没有超市，初次看到丰富多彩的商场货品和井井有条的管理，让我们很开眼界。我想不知道中国何年何月才会开放超级市场。我们一行下榻在巴黎郊区的使馆商务处招待所内，中午在外由接待单位负责午餐。晚餐就回招待所用餐，是中式饭菜，饭后还有水果，伙食标准比国内高很多。不少人不习惯西餐，吃不饱，整天在外，午间不休息，晚上回来才能饱餐一顿。我从小喜欢吃甜食冷点，出国后对黄油咖啡之类的西餐很快都能适应。6月下旬有几天，一直阴雨连绵，突然变冷。我们访问的公司都生起了暖气，原来法国的供暖是根据天气实际温度来确定的，只要低于某个温度，就供暖。因此，夏天供暖也是很正常的事。这对于中国客人来说并不是什么特别的优待，只是让我们感到很新鲜。

法方对我们的接待规格较高，视同部级代表团，对开放的中国寄予希望，希望我们能够买法国的汽车、原子能设备等产品。这次针对我们机械工业的特点参观了雷诺和雪铁龙汽车厂，还有克鲁索—卢瓦尔公司夏龙重型容器厂、包克兰液压挖掘机厂、杜夫林厂双层铸工车间、阿尔斯通计算机元件厂等。接待单位普遍挂出鲜艳的五星红旗和欢迎标语横幅。宾馆都是三星级以上的标准，早晚派专车接送。我法语不行，交谈用英语也有困难，但只要抓住关键词指手划脚也能对付一下。

初次到法国，总想看看建筑和名胜。先后去了卢浮宫、凡尔赛宫、巴黎公社纪念墓地、巴黎圣母院。我登上了埃菲尔铁塔，一览巴黎全城风光。我们少数几人专程去看了蓬皮杜中心，在老建筑群中出现了这个把结构和管道全部“翻肠倒肚”暴露在外墙的前卫建筑，让我们惊叹巴黎城市建设中的大胆尝试。

法国的工业建筑中处处可以看到建筑师的精心设计。奥尔内(AULNAY)汽车厂有180万平方米厂区面积，建筑面积285 000平方米。在联合车间的屋顶上有五条防火通廊，和管廊相结合贯穿整个屋顶，在山墙处设计了一个带玻璃竖窗的楼梯间作为管廊的端部处理，巧妙地把艺术与功能技术结合起来，和厂前区其他办公、食堂等辅助建筑共同形成一个自由布置的围合空间，很有人情味儿。另外，我们参观了法美原子能公司夏龙厂(CHALON FRAMATOME)，从远处看到的全景，让我们眼球一亮：米黄色外墙，咖啡色的包孕式通风天窗，台

法国Framatome核能发电容器厂（1978）

阶式的山墙开了硕大的上悬与推拉的组合大门，两根鲜红的吊车梁一直延伸到索纳河边，与河水倒影，共同构成一幅动人的工业建筑景观。据说，整个建筑是由法国一位国家级建筑师牵头设计的。建筑面积33 000平方米是为原子能电站制造压力壳、蒸发器的重型容器车间，为130万千瓦原子能发电设备服务。主车间总长268米，有四个不等高的平行跨，其中重型跨35.5米宽，柱间距16米，檐高37米，有600吨和450吨两台吊车，可以合抬1 000吨的产品。东面山墙上有一1 000平方米的大门由上下两部分组成。上面的大门由两台屋顶吊车吊起，下面是两扇电动推拉门。加工装配好的重型容器直接从

法国Framatome核能发电容器厂山墙大门（1978）

车间内用吊车通过大门送到河边的露天跨，吊装到河上轮船运走。

参观奥的斯(OTIS)电梯公司时，看到了一种“漏斗式”的消防疏散设施。这种带松紧的软管道包括了制动套、承重套、防火套，由具有弹性的一种叫KEVLAR的三层综合织物组成，拉伸强度比钢高10倍。套子间有空气层，可以淋水降温。疏散时，人员可以连续跳进“漏斗式”软管，靠自重慢慢下降，一分钟可疏散25~35人，比健康人的普通疏散速度快3倍。

漏斗式消防逃生设施 (1978)

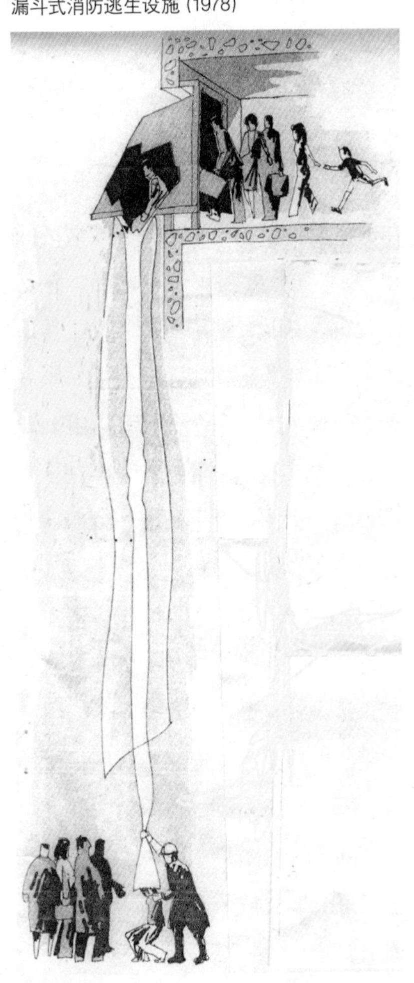

我们访问了雷诺 (RENAULT) 汽车集团下属的“舍埃”(SERI)工程设计公司，知道法国在工厂设计中考虑了“人类工程学”(ERGONOMIE)，它是研究人们在劳动过程中取得最佳适应性的一门学科，并涉及工程学、管理学、建筑学、心理学、生理学以及一些边缘科学的综合知识。在工厂设计中为工艺、管理和环境上创造良好的劳动条件，正确处理好人—机—环境三个方面的协调关系。这使我想起苏联在工业建筑设计中提出的“对人的关怀”原则。相比之下，我国在这方面还有很大差距。

此外，趁这次出国之际，考察组申请了一笔外汇，我为我院采购了一批设计绘图工具，有透视画用尺、多功能三角板、带绘图尺的图板、挂图架、针管笔、中英文写字套板以及各种文字、符号和图形的即时贴等。在20世纪80年代初，这些绘图工具在中国设计院还未曾大量使用。回国后我院将这些设计绘图用具作为样板，建议我院下属设计用品公司和德国红环公司合作，制造、进口和销售设计绘图工具。

经过50天的访问，除了巴黎之外，我们还访问了北部的梅兹、东部的贝尔福、中部的里昂和南部的马赛，搜集了大量技术资料，于1978年8月2日回到北京。考察团团长并未马上解散考察组成员，要求大家写专业考察报告。考察报告共六卷，我负责写了第六卷第二章《建筑、建材、人类工程学、设计工具》的专题总结。在写总结的同时，我带着几十盘16毫米彩色胶片，经团长介绍，去一机部情报所映像室编辑胶片。情报所热情接待，派出专人教我剪辑原始胶片。将3小时的胶片压缩成半小时放映时间的内容。首先我要写一个电影脚本包括解说词，编出大纲和剪辑内容，然后根据脚本，坐在胶片剪辑台上一张一张过目取舍，之后请我院声像组刘亚平给解说词配音并配上背景音乐，请情报所帮助完成片中部分图片和片头片尾的设计制作。经过多次修改、试放、定稿，大约两个多月后，终于完成了这部16毫米纪录片《一机部赴法考察工厂设计见闻》。10月，一机部组织了赴法工厂设计考察组的巡回报告活动。先后在北京、西安、安徽各设计院作了报告介绍，分专业谈了访问收获和感想，最后放了这部自制的考察记录片，受到大家欢迎。

费麟在巴黎圣母院（1978）

现在回想起来，1976—1978这三年的剧变，确实难忘。国家经历了大动荡：唐山大地震、三大领袖相继去世、“四人帮”倒台、拨乱反正、改革开放、“以阶级斗争为纲”转变为“以经济建设为中心”，这些都成为中国当代历史的重要里程碑。到1978年底，各项工作逐步恢复正常秩序[一]。政治气候比较宽松，思想上的解放包括打破“两个凡是”[二]等教条主义的禁锢，开展关于“实践是检验真理的唯一标准”的讨论[三]，组织上的解放包括平反大

[一]1977年8月13日—9月25日，全国高等学校招生工作会议在北京召开，恢复高等学校招生考试制度。

[二]“两个凡是”：1976年10月26日华国锋对中共中央宣传部门负责人说，凡是毛主席讲过的、点过头的，都不要批评。1977年2月7日，《人民日报》、《红旗》杂志、《解放军报》发表社论《学好文件抓住纲》，提出“凡是毛主席作出的

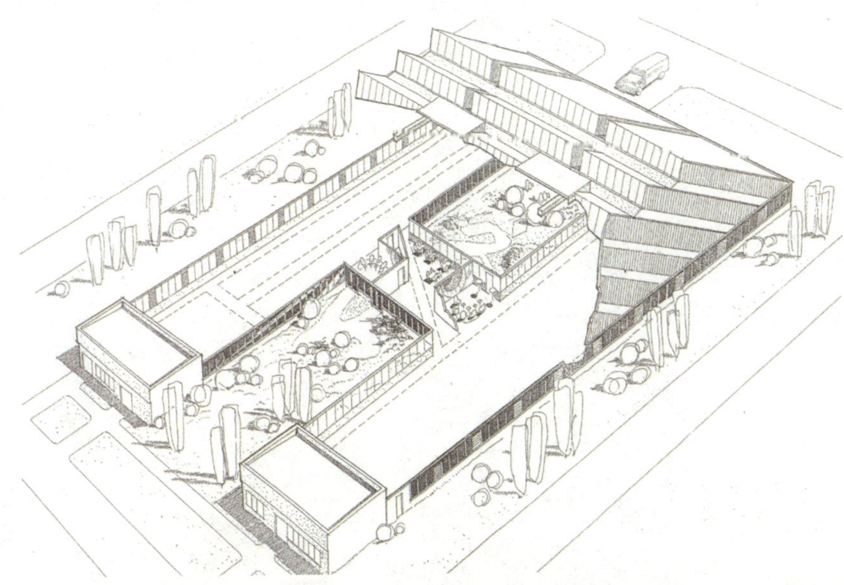

法国发动机厂车间内庭院

很有建筑味的法国小水电站

量冤假错案，为曾经受迫害的干部和群众恢复名誉和人身自由[一]。就我个人来说，也经历了剧变。离开清华调到设计院后没按我的设想去搞设计，阴差阳错让我干了几年宣传工作。打倒“四人帮”后逐渐让我归队。第一次让我出国，也是破天荒的事。到法国，就像给我打开了一扇关闭很久的窗，看到了另一个世界的真实现状。在巴黎，法国建筑师也遇到我们同样的难题，传统与现代的碰撞，既有经验也有教训，这是在建筑规划设计中永无止境的探索过程。相比之下，我国在建筑领域上，特别在工业建筑方面，与法国的差距太大了，我希望在不久的将来能迎头赶上。

决策，我们都坚决维护，凡是毛主席的指示，我们都始终不渝地遵循”。1977年4月10日，邓小平给中共中央写信，针对“两个凡是”，提出应以“准确的、完整的毛泽东思想”作指导，5月3日，中共中央转发此信。

[三]1978年5月11日，《光明日报》刊登特约评论员文章《实践是检验真理的唯一标准》，新华社当天转发。第二天《人民日报》和《解放军报》同时转载，在全国掀起热烈讨论。

[一]1977年10月7日，《人民日报》发表文章《把“四人帮”颠倒了的干部路线是非纠正过来》。1978年9月20日，胡耀邦在全国信访会议上指出，凡是不实之词，凡是不正确的结论和处理，不管是什么时候、什么情况下搞的，不管是哪一级组织、什么人定的和批的，都要实事求是地改正过来。10月10日—11月4日，中共中央组织部分批召开落实知识分子政策座谈会，要求复查并平反昭雪知识分子中的冤假错案。11月10日—12月15日，中共中央工作会议在北京举行，11月25日，中央政治局宣布为“天安门事件”、“反击右倾翻案风”以及涉及党的领导人的一些已经查明的重大错案平反。[中国共产党大事记/1978年 人民网]

232

26 归队 Back to Normal

我想归队，不只是脱离宣传科，而是能回清华，一面教书一面搞设计。对我来说，这种兼有教学与生产的建筑生涯是比较理想的。我认为，建筑理论很重要，但不能专搞理论，脱离生产实践，理论就失去生命力；也不能埋头只搞设计，缺乏理论的指导，设计也会缺乏生命力。

238

27 培训 Training in Stuttgart

1981年初，根据中德双方协议，建设部设计局和外事局要机械部派两名工程技术人员去西德魏特勒工程咨询公司(Weidleplan)在职培训。机械部将这任务下达给了总院。经过研究后，院里安排我和结构工程师陈明辉于1981年2月28日至9月28日，去西德斯图加特该公司工作七个月。

248

28 取经 Visiting Berlin

1981年12月24日让我俩去机械部司局长业务学习会上作了一次技术汇报，并写了《赴西德魏特勒咨询公司培训综合报告及附件》。至此，"西德取经"就告一段落。

260

29 支柱 Pillars

20世纪80年代初开始，总院在设计领域中逐渐形成了三大支柱——工业、民用、能源。走这步棋，也是在重型机械行业新建任务不多条件下的产物。

30 合作 Joint Ventures

可我院的三大支柱离不开合作。从建设过程看有甲方、乙方（设计院）、丙方（施工方）的合作；从设计过程看有多专业工种合作；从涉外工程看，有中外合作。任何一个建筑设计，不可能只靠建筑师单枪匹马完成，即使在方案阶段，也有必要找有关专家配合咨询，要考虑到任何创意都要有可操作性。说到底，建筑不是纯艺术，不是绘画或雕塑，建筑是艺术性很强的系统工程。

274

286

31 平台 A New Platform

如果说20世纪80年代初开始形成的工业、能源、民用三大支柱是旧平台的话，那么到2009年，逐渐又打造研究、咨询设计、工程承包三位一体和医疗、物流、工业、能源、民用、承包六大板块，构成了一个新平台。

26 归队

Back to Normal

我想归队，不只是脱离宣传科，而是能回清华，一面教书一面搞设计。对我来说，这种兼有教学与生产的建筑生涯是比较理想的。我认为建筑理论很重要，但不能专搞理论，脱离生产实践，理论就失去生命力；也不能埋头只搞设计，缺乏理论的指导，设计也会缺乏生命力。参加教学工作是一个教学相长的过程，是一个再学习的过程，也是自修理论的过程。留校做老师的那几年，我和许多低班同学接触，从年轻人身上学到许多东西。他们敢想、敢干、敢于创新，建筑基本功好，手头功夫扎实，思想敏锐，适应性强。就以9003工程设计来讲，建0、建五、建六班的同学起了很大作用。我欣赏《师说》一文中所说的："是故弟子不必不如师，师不必贤于弟子；闻道有先后，术业有专攻，如是而已。"在设计院呆了近十年，多少也参加了一些工程设计，特别是援外设计，对今后的教学工作也不无好处。有一次清华大学建筑系主任吴良镛先生见到我，竭力劝我回清华，并说现任第一设计院新调来的朱院长和他有一面之交，他愿意立即去信商调。他多次写信给我院领导，并派高亦兰教授专程到北京总院找我院院长商量调动的事宜，都被院领导婉言谢绝。我也向院里打了报告申请调回清华，哪来哪去，顺理成章，可是院里一直不松口，坚持要我留下。有人关心我，给我出主意，叫我撂挑子、磨洋工，表现得坚决些，就有可能放我。但是我本性难移，拉不下面子，不愿吵吵闹闹、不欢而散、一走了之。调离之事也就慢慢降温了。

1978年召开了全国科学大会[一]，年底又开了中央十一届三中全会[二]，拨乱反正，奠定了改革开放、以经济建设为中心的基调，全国呈现一片百废待兴，欣欣向荣的局面。机械部决定要在恢复北京总院的基础上重组一批设计队伍，准备分别从蚌埠第一设计院和湘潭第八设计院调回北京一些设计人员。我们在蚌埠的职工，当然很高兴，问题是什么人能回北京？调回北京的条件必须是户口在北京的双

[一] 1978年3月18—31日，全国科学大会在北京召开，华国锋作了《提高整个中华民族的科学文化水平》的报告，邓小平强调科学技术是生产力。大会制定了《一九七八年至一九八五年全国科学技术发展纲要(草案)》。

[二] 1978年12月18—22日，中共十一届三中全会在北京举行，提出把全党工作的着重点转移到社会主义现代化建设上来。

职工。有的职工到蚌埠后，把爱人关系也转到了蚌埠。按规定，这些双职工就不符合调回的条件。有的职工家属一直留在北京，自己的北京户口关系也没转来，这些职工就有资格优先调回。我比较运气，当时离开清华后到第一设计院的报到地点在北京甘家口第一设计院大楼的人事科，户口仍落在北京。李桐和小孩的户口和多数职工一样没有转来。这样，我俩属于符合回北京条件的职工。至于是第一批回京，还是第二批回京，那就根据手头的工作安排轻重缓急而定。一院许多职工的家属和子女仍留在北京，为此在北京设了留守处，并将原来宿舍区中的二层幼儿园小楼改为学生宿舍。我的大女儿上初中时就住在那里。

“文革”期间，妹妹、妹夫为了照顾妈妈方便，一家四口人将西单四合院中的三间西厢房换到黄瓜园西边简易楼房“白楼”顶层的一间房。因妹夫所在单位北京地质学院南迁，来不及住进“白楼”就按“一号通令”全家外迁到江西省峡江县仁和镇，不久妹妹又返迁到石家庄附近的石油地质队。1973年，由于长期两地分居，经学校和地质队协商后，妹妹才带着有病的婆母和两个孩子从石家庄调回到北京地质学院，住在一幢筒子楼[一]式的学生宿舍。楼梯口一小间朝南，一大间朝北，公用盥洗室与厕所间。妈妈是1976年6月份办的退休手续，由于有了我妹妹在北京留下的房子，

张玉泉主编著作（1978）

方可退休到北京。退休后，她继续编写《单层厂房建筑设计》一书，直到1978年全书完成，才正式迁回北京，暂住在地质学院我妹妹家。当时，妹妹、妹夫腾出了南小屋给妈妈住，一家人挤在北大间。那时我们还在蚌埠，大女儿、二女儿回京读书，也都曾住在那里，受到热情的关心和照顾，大女儿读初中后才回到黄瓜园集体宿舍。在这期间，妹妹常年出野外，妹夫除了要照顾自己年迈体弱的母亲和读小学的一对儿女，还要照顾岳母和外甥女，非常辛苦。我衷心感谢他帮我解除了后顾之忧。1980年我们从蚌埠调回北京，两个女儿才和我们一起住进了一机械部一院的宿舍。

20世纪80年代后期，妈妈从地质学院迁到了黄瓜园附近的“白楼”。这是四层临街、一梯四户的简易楼，

[一] 筒子楼，20世纪50年代起大量兴建的多层长条式板楼的俗称，一般用作机关单位的办公或教学楼，纵轴中间为长走廊，两侧为房间，端头设公共水房和公共厕所。20世纪60～80年代，为缓解因大量人口迁移而引起的住房紧张问题，一度成为居住用房。

张玉泉在地质学院女儿的集体宿舍中作画

張玉泉 同志

光荣退休

一机部一院革委会

证书

張玉泉同志：

为了表彰您为发展我国工程技术事业做出的突出贡献，特决定从一九九二年十月起发给政府特殊津贴并颁发证书。

国务院

荣誉証書

張玉泉同志从事建筑科技工作五十年，贡献卓著，特予表彰

中国建筑学会
一九八七年十二月

妈妈的一些证书

↓妈妈送小荭的画

每两家共用仅有一个蹲位的厕所，厕所外侧是公用盥洗池，与楼梯间正对。妈妈就住在四层顶层楼梯间旁边的一个朝东的小房间。一进门有一个2.5平方米的小过厅，刚好放下一个取暖、做饭两用的煤气炉，蜂窝煤只能堆在门边。穿过小厨房是单间卧室，可放下一张单人床，一张书桌和椅子、一个大沙发和小沙发，这些家具都是妈妈当年从上海搬来的、自己设计的作品。在卧室中间靠墙放了一张

妈妈一直使用的蝴蝶牌缝纫机

下一代的表兄弟姐妹们

折叠式方桌和两张折叠椅。妈妈做了一辈子建筑师，为他人设计房子，退休后却一无所有，只能借住女儿这间陋室安度余生。她倒想得开，随遇而安，淡泊名利，比上不足，比下有余。就在这间陋室，她照样吟诗作画，看报读书，墙上挂了自己用行草写的横幅《陋室铭》。

在1980年前后，我和李桐回到了北京。根据机械部决定，从1979年开始，约有500名在蚌埠的一院双职工分批先后回到了北京机械部总院。十年前我院响应号召，把职工连锅端到蚌埠，北京职工的住房已交给了机械部。因此我们这批返京的职工绝大多数都成了无房户，不得不挤在朝阳区针织路(小庄)机械学院的办公楼上班，在办公楼边搭起了临时板房，先让返京的职工住下。与我对调的原土建科石裕翔在黄瓜园有两间与别人合住的单元房，清华大学分给她爱人住房后，她就让自己的姨妈住。不久她姨妈病故，房子空在那。石裕翔很慷慨地将这两间房借我们一家五口先住下，帮我们解决了燃眉之急。这种机遇，是一种运气，也是缘分吧！

离开北京足足有十年，从北京到江西，从江西再去蚌埠。在这动乱的年代中，我们这批“老九”就像是多余的人，被时代的浪潮推到风口浪尖上，身不由己，随波逐流。好端端的一个实力强大的机械部第一设计院就被肢解了。1970年一院从北京疏散到蚌埠，流失了一批技术骨干。从1979年到1981年，先后有大批职工从蚌埠调回北京，又削弱了一院的技术力量。这种折腾，耗费了大量的人力、物力和财力，更可惜的是让很多技术骨干浪费了宝贵的大好青春年华。

回到北京后，总院成立了设计处，陈远椿任处长，全面负责设计处的工作。他一面安排好回迁职工的生活，一面要千方百计地到建筑市场寻找设计任务，开展工程设计工作，自己养活自己。除了一些工厂设计任务之外，还必须积极承接一些公共建筑、住宅和锅炉房等的工程设计任务。在总院院长的领导和支持下，经过努力，我院逐渐形成了工业、民用和能源三大支柱，相应地培养和整合了技术队伍，适应了改革开放后的市场需要。

在蚌埠待了十年，过去的人脉关系断了，一切都要从头做起。工厂设计的任务很少，最多是一些技术改造的零星任务。过去工厂设计的承接单位是第一设计院，现在以总院身份去接任务，就有一定的难度。要维持500多人的设计处队伍，不能只搞工业项目，民用建筑和能源项目也必须开拓业务。清华大学基建科科长和我很熟，找到总院，委托我们改造原有锅炉房并扩建成大锅炉房。总院领导中有的和部队有关系，先后介绍总院设计处为空军总医院设计了制剂楼，为军事科学研究院设计了师级干部住宅、礼堂、图书馆等工程。

有一天清华大学建筑系建五班(1955届)高班校友甄开源来找我。他毕业后分配到南京工学院建筑系。在我印象中他是建筑系同学中对结构特别有专长的一位奇才，能给建筑系同学讲结构课。他这次陪同南工的齐康教授来京承接在复兴门外的电教大楼工程设计任务。他找到我，希望总院和南工合作，共同完成设计任务。我当然很高兴，于是陪着院计划科长去拜访了一次齐康教授，表示愿意承担合作任务。齐教授希望看看我院在北京曾搞过的那些民用工程设计。我一时还想不起来有哪些建成的工程。计划科长介绍说，我们第二通用机械厂是我们院设计的，其中有一个实验室和生活室小楼已建成，可以去参观。那次见面后，这个项目就一直没有进展。据说资金有问题，电教中心的功能也未最后定下。时间一拖长，南工也不能老等，最后甲方将任务给了北京市建筑设计院，我们也空欢喜了一场。我心中明白，如果将长安街这一公共建筑交给很少做民用建筑的工业设计院，无论是哪个甲方，都会不放心的。我深感，我院今后要在民用建筑领域上站住脚，还有一段转变观念、转变机制、培训人才的艰苦道路要走，路还长着呢。

不久，我院又要被迫奉命再次搬迁。从蚌埠返京后，总院院址是在机械学院的旧址，原机械学院已外迁。在王府井大街的《人民日报》社要扩建，看中了我们这院址，要我们和他们的院址对换。我们虽属部属单位，但还要服从大局。1970年外迁到蚌埠，1980年回迁到北京，现在再次作第三次搬迁，与《人民日报》社对换地址，都是工作需要，服从大局！现实让我明白，设计院的地位甚低，说搬就搬，说撤就撤，谁也不会考虑这种无谓的调动带来的负面影响。人才的流失，设计人员心灵上的伤害，才是无法计量的损失，才是无形资产的流失。

习惯于搬迁的职工们，很快就在王府井大街277号一个多层办公楼中安定下来了。这是北京市的商业大街，有金街之称。四周有各类商店、旅馆、餐馆，新华书店总店也在这条街上，职工们买东西、逛商场很是方便。最大的问题就是交通，每天早晚都要进出很多辆大轿车，接送住在通县、小庄、百万庄等地的职工。由于频繁的搬迁，带来很多员工看病就医、子女上学和住房问题，这些问题的存在，让我们这批技术人员无法安心，不得不花很多精力在生活问题上。

我终于归了队，今后想一心一意搞技术业务工作。但是，事与愿违，回北京后不久，又挂上了设计处副处长的名义。看起来，已不可能全身心地投入到建筑设计上了，需要不断再调整自己的心态，适应多变的环境！

27 培训

Training in Stuttgart

在迁到王府井大街之前，一院杨廷蕃副院长曾到北京各处选址，准备为总院设计处寻找一个较理想的工作场所。西三环路与阜外大街交界处，在核工业二院对面有一片空地，白颐路中央团校边上也有一块地，他都不满意，嫌小：要建办公楼，又要盖职工住宅，显然是不够用的。后来又在安定门外找到一个刚建的新楼，只因缺少停车场地，也作罢。经过多次努力，一直未找到合适的新院址。等到上级下令要我们去王府井大街时，寻找新址的设想已全无意义了。

20世纪80年代初，时兴一阵学外语风。电视台每天播《Follow Me》，很受欢迎。院内也请老工程师朱锡茂教日语，老建筑师吴景枢教英语。院里还对技术人员进行摸底的英文测试，由老总出题。我也兴致勃勃地参加了，借此测试一下自己的英语水平。考题很简单，限时翻译一篇不涉及专业的通用文章，允许带字典。考试结果，我的成绩还可以，但尚未达到可以送到上海某外语学校脱产培训的标准。这次机会只有一个名额，我当然不会有此奢望了。

1981年初，根据中德双方协议，建设部设计局和外事局要机械部派两名工程技术人员去西德魏特勒工程咨询公司(Weidleplan)在职培训。机械部将这任务下达给了总院。经过研究后，院里安排我和结构工程师陈明辉于1981年2月28日至9月28日，去西德斯图加特该公司工作7个月。主要任务是通过实际工程和参观座谈，全面学习咨询设计工作，并搜集有关图文资料。对我来讲，又面临了一个新考验。

赴德前，我们参加了一个月的短期英文口语强化班，临时抱佛脚。院里结构老工程师黄辉宙的德语较好，还特意去请教他有关德语的基本日常用语。至今我仅记得一句德语："对不起，我不会说德语！"考虑到这次单独出国，一方面要了解和学习德国的经验，另一方面也应让德国朋友了解中国。我匆忙准备了一些介绍北京颐和园、故宫、长城的风景幻灯片，并带了两本建筑界的"天书"——《建筑设计资料集》和北京建筑明信片、小工艺品作为礼物，打算在适当的机会放一些幻灯片，展示一下图册，介绍中国建筑概况。

按计划我俩于2月28日乘国航班机经法兰克福于傍晚到了斯图加特市机场。魏特勒公司的人事经理科恩(Kuhn)先生来接我们。他个子不高，瘦瘦的，很机灵地从众多到站的旅客中找到我俩。我们穿着同样黑灰色大衣，拖着个大箱子，背着黑包，是当时中国人出国时典型的打扮。科恩先生很有礼貌地用略带德国音的英语跟我们打招呼。没有翻译，我硬着头皮和他寒暄了一番，反正都用第二外语沟通，胆子也大了点。我们一行人迅速坐上了魏特勒董事总经理的专用车开往住处。这是一辆黑色“奔驰600”，在当时算是豪华轿车了。司机也能说英语，他向我们友好地打招呼，挤了一下眼睛对我们说，这是资本家的车(capitalist’s car)。一路上看到了斯图加特的市貌并听科恩先生介绍。这是一个中等城市，二战时几乎全毁，以后变成美军的驻地，因此当地人一般都能讲英语。它是一个山城，市区在山脚下的平原地带。我们的车不久停在一个三层公寓边。在科恩先生的带领下我们坐电梯到了二层。我们两人住在相邻的两间客房。一进屋是个朝南的大间，靠窗放上了一套三件的长短沙发，沙发对面是一张方形餐桌，有两把椅子。靠东墙放了一张沙发床，卧具齐全，房间的东北角紧接着就是开敞式的厨房，有煤气灶、冰箱、咖啡壶，墙上吊柜中放满了锅碗碟盆和刀叉餐具。不锈钢组合厨房洗菜盆和灶台靠近入口。墙上挂满了餐巾、汤勺、菜铲等用具，台上放了切菜刀具和木砧板，还有一个烤面包机。进门左边是无窗的卫生间，有三大件，可以洗盆浴或淋浴。盆浴龙头上方是一个煤气热水器，一直有小明火，只要一打开水龙头，立即可以放出热水。由于加热炉上有一自动抽风机，因此比较安全。大间南窗窗台下放了一台煤气加热取暖炉，与室外相通，老有明火点着，为整个屋子取暖。这种取暖方式在中国被认为是不安全的，但在德国却被认可。科恩告诉我们明天一早八点半来接，并给了我们一些马克作为临时开支，当晚可到附近餐馆就餐。初次见面，德国朋友给了我很好的第一印象，友好、礼貌、热情、周到。

因有时差，当晚睡得很迷糊，一早靠闹钟叫醒，胡乱吃了点飞机上剩下的点心。按规矩，我放了一点小费在茶几烟灰缸中，顺手把垃圾袋放到户门外，每天有人来打扫，会把垃圾带走放入大门外的大垃圾箱中。科恩先生准时等在门厅，用英语说了声早上好。我用临时抱佛脚在院里学到的德语，说声早安！他很吃惊，以为我会德语，我只能笑笑，如实告诉他，就会说这么几句简单用语。科恩先生给我们几张有轨电车票，今天他陪我们坐电车去办公室。要我们给他照片，办张月票，可以方便乘车。斯图加特市区是带丘陵的平原，电车爬小坡地，一路上下颠簸，挺有趣。

魏特勒咨询公司(Weidleplan Consulting GmbH)，总部设在巴登符腾堡州(Baden-Wurttemberg)斯图加特市(Stuttgart)，在美国设有建筑事务所(Urban Associates)。该公司由理查德·魏特勒(Richard Weidle)先生于1948年创建，开始时只是结构事务所，33年来发展成一个多方面、多行业的咨询公司，现拥有专家和职工约300人。由于公司面向美国、中东各地的工程咨询任务，聘用了美国、埃及、印度等专家。该公司是西德咨询工程师协会(German Association of Consulting Engineer)成员之一。协会有140家各行各业的公司组成，魏特勒本人曾在1964年至1978年任协会主席，为该协会常务董事。

魏特勒公司办公楼是一个四层独幢小楼，框架结构，带形窗并有可调节的百叶遮阳板，是典型的德国包豪斯现代建筑风格。室外有停车场，每个车位可放两辆车，用油压机把上层车斜顶上去，呈“之”字形车架。一进门就是门厅大堂，有位漂亮的文书小姐。昨天接机的司机也坐在一旁，

魏特勒工程咨询公司办公楼大门 (1981)

魏特勒咨询公司办公楼 (1981)

微笑着向我们打招呼，他不开车时就帮忙做些收发信件、内外部电话插接线的零星工作。通过电梯上二楼，走道前室上有挂衣架。我们存放了那件笨重的大衣后，即进入明亮的开敞式设计室，半截高的隔断分出许多小空间，建筑和结构设计人员都在这层，组长和大家坐在一起。设计人员多数都备有带丁字尺和调角竖尺的图板架。那时电脑(CAD)还很不普及，大多数都用针管笔画图。个别需要用电脑画的图纸，可以拿到电脑协作单位去制图打印。当我们一进屋后，设计人员都用好奇的眼光看着我们，有的还频频点头，笑脸相迎。魏特勒先生的女儿(Loris Weidle)是大秘书，她迎着我们走来，给我们分别在建筑组和结构组的一张早已准备好的绘图桌安排了座位，并介绍我认识了一位叫槐孟(Edmund Weinmann)的建筑师。第一阶段(3月1日到17日)我们先在这组内结合印尼造纸厂施工图设计，了解规章制度、熟悉图纸文件。公司所有技术图文都是英文，这是通用的国际语种，便于沟通。

上午10点钟和下午3点都有休息茶点，饮料免费，糕点自费，有人推小车到设计室。如果遇到组内有人过生日，则会更丰富，大家凑钱买蛋糕和红酒，表示祝贺。中午我们被领到地下室的职工餐厅就餐，每人一份饭。优待我们两位中国客人，免费供应。餐厅有位年纪稍大的妇女，也能讲几句英语，很礼貌地让我们选择各种不同的汤、菜和主食。

魏特勒公司的组织结构和国内设计院大同小异，总经理下设副总经理和建筑师，并有行政部(技术统一、

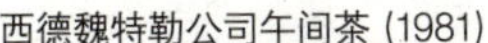
西德魏特勒公司午间茶 (1981)

人事、会计、文书科)、建筑公用技术部(建筑、结构、土木、设备、电气、测量、施工现场管理各科)、国外部(国际市场项目管理和一般项目管理)以及军事工程部(保密)。各部负责人由副总经理兼任。公司的设计程序分成基础分析及设计要则、优选方案及初步设计、技术设计及报审文件、报价分析及施工图设计、施工现场管理并调试验收等五个阶段。设计组织体制采用纵横矩阵式,董事总经理总负责,其他四位董事副总经理负责技术部门,其中包括城市规划和方案组,另一位董事副经理和项目经理管项目。每个工程项目设项目负责人受项目经理领导,从技术部门抽调有关专业设计人员组成项目梯队,相应要调整座位,相对集中。每位职工有一张工作计时卡,实行弹性上班制,根据上下班打卡记录工时。早上8:30上班,下午16:00下班,中午11:45—13:15为午餐时间。每天7:00—18:30为弹性时间,可以早来晚走,每月考核总工时和加班与缺勤时间。各项目工程根据卡片可统计出每天、每月、每年的工时耗量,并且由行政管理部折算出完成工程量的货币价值。

第一天上班,让我们了解到该公司的基本秩序和有关制度。当我坐在设计桌前看图纸资料时,在地下室文具库的一位老职工就用手推车送来所需绘图工具和图纸。他告诉我以后缺什么用具,只要打电话,他就可及时送到。经一天的接触,我深深感到德国人这种严格、秩序、认真、负责的态度,反映出日耳曼人的精神,这也是振兴国家必不可少的可贵的民族素养。

过了几天,魏特勒先生专门到建筑组大屋来看我和陈明辉,了解我们有什么要求,对住房、就餐、工作安排有什么意见。他很高兴能在他的公司接待两位从中国来的客人,希望我们能通过7个月的在职培训,对咨询工作有一全面了解。按计划我们在第一阶段,主要是看图纸和技术规定,项目经理给我们详细介绍公司的基本情况和咨询工作的内容。

初次讲课,德国朋友讲得很详细,让我们较全面地了解咨询公司的基本情况。给我感觉,和中国的设计体制相比,德国咨询公司承担的业务范围要比我们广泛。咨询公司还包括政策咨询、经营管理和产品技术咨询。工程咨询分可行性研究、工程设计和工程实施管理三个阶段。根据业主的委托,可以全面咨询,也可部分咨询。魏特勒公司拥有大量的高级职员(专家)并配有部分的制图员。专家(建筑师、工程师)只作方案设计和计算。技术图、详图均由制图员承担,无描图员。有一位年长的制图员,只要交给他基本草图,他就可按要求完成各种深度的图纸,年薪不亚于一般工程师。公司只作初步设计,最后施工图设计分包给其他事务所或由施工承包商完成。公司有两位建筑师专作设

费麟在魏特勒咨询工程公司工作

计竞赛方案；另有一位建筑师负责公司标准图工作，并搜集国内外产品、材料资料，供设计人员选用；还有一位专职图书管理员，精通业务，与市内情报网建立联系，能及时提供最新技术资料。

魏特勒咨询公司在设计中创出了品牌，擅长作造纸厂、体育场馆、航空港和学校的设计。在作造纸厂设计时，公司不设大套工艺专业班子，而是和造纸厂合作，由厂内技术专家作工艺设计，相互配合，已形成长期的协作关系。他们在中东地区作了不少体育场馆和航空港的设计，公司专聘了懂阿拉伯文的专家，便于沟通。有一次公司承接了东南亚某国的居住区规

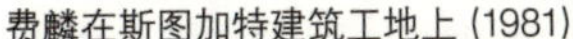

费麟在斯图加特建筑工地上（1981）

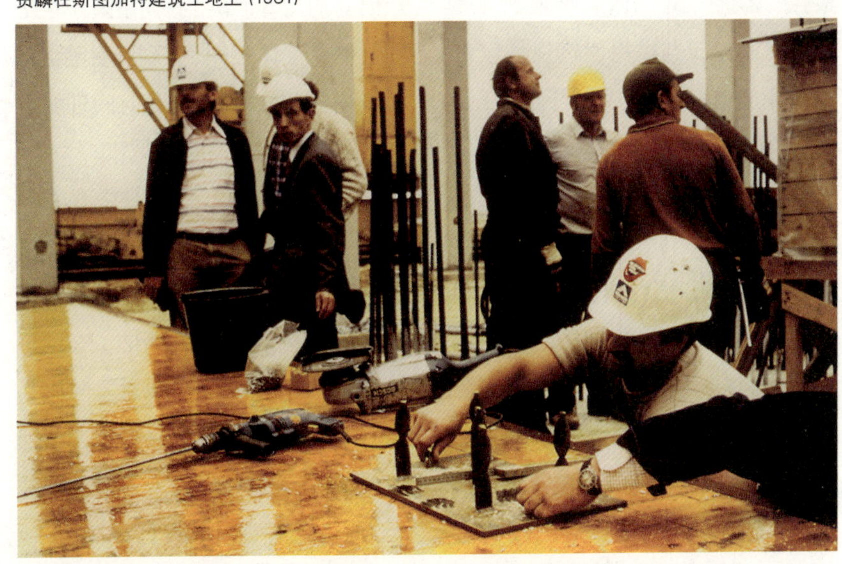

划，花了20万马克向瑞士买了四本有关第三世界经济住宅调查技术资料，用钱买来了时间，弥补了技术资料上的空缺。

通过设计竞赛中标也是一种获得项目的途径，但是中标率不会太高。魏特勒先生认为胜负乃兵家常事，即使不能拿到任务，却可扩大影响。在沙特阿拉伯有一个工业区规划项目，采取了国际设计竞赛。该公司动用了十名建筑师参加，前后共花了两个月。结果一等奖被美国拿走，公司白白花费了5万马克的工本费。通过竞赛，沙特阿拉伯了解到魏特勒公司的实力，不久，将一个体育城的规划设计项目直接委托给该公司。这就是“堤内损失堤外补”。魏特勒先生积极开辟新的领域，他收购了一家在纽约的美国建筑事务所(Urban Associates)，弥补了在医院建筑设计上的空白。我感到非常幸运，能在这样一个综合实力很强的咨询公司工作，可接触到许多有关工业建筑与民用建筑规划设计的项目。这对全面完成学习咨询工作的培训要求是很必要的。

在工作时是培训，在生活上也是培训。这是我第一次在国外独立生活。白天上班，晚上要自己做饭。我和陈明辉两人经常利用下班回来的途中去超市购物。我们是公派出国，实行包干制，结余归己。平时我们要省吃俭用，希望能攒些零钱买些东西带回家。在西德，水果比蔬菜便宜，将近保质期的食品比新鲜的便宜，超市的商品比商店的便宜，这些规律慢慢就摸到了，可以用低价买到同样不差的食物。鸡翅、鸡蛋、水果、面包、香肠、油、糖、咖啡等是常用的食品。每晚饭后整理一下工作资料，洗澡、洗衣服，时间很容易打发。不懂德语，有些电视、电影也能看懂一二。魏特勒人事经理每月给我们每人2000马克作为生活补助费，他关心地问我够不够用？其实这笔额外收入，按外事纪律，我们是不能用的，回国后必须如实上缴。每月将马克存入银行，存款管理费比利息还高，这种负增长的存款还是第一次遇到。

德国实行5天工作制，星期五周末，交通拥挤，大量车涌向郊区。许多家庭开了车直奔第二居所，既邻近城市又与大自然亲密接触，共享天伦之乐。星期六、日市面就很冷清，商店、银行不开门，因此周末成为去超市商店购物的高峰时段。我俩中国来客是“假单身”，休假日除整理资料笔记、处理内务之外，就有充分时间进城观光，欣赏一下这个闻名的城市。

斯图加特市在建筑史中有着精彩的一页，这是在我读建筑史中知道的。现代建筑的四大元老之一密斯·范·德·罗(Mies Van der Rohe, 1886—1969)是当时“德意志制作联盟”的副主席。1927年联盟在斯图加特市魏森霍夫区举办了住宅新村展览会，他也是展览会的设计主持人。他邀请了国际上与联盟的建筑观点一致和有名望的建筑师参加设计，除他之外，有格罗皮乌斯、夏隆、勒·柯布西耶等16人，他们共设计了21幢住宅。威森霍夫住宅新村显示了一种新型住宅的诞生。这种住宅建筑设计基于功能分析、节约材料与工时，平屋顶、白粉墙、带形横窗，没有外加装饰。后来，格罗皮乌斯把这种建筑称之为“国际建筑”。第二次世界大战中，斯图加特市破坏得较厉害，这次我们见到的已是一座拥有58万多人口、207平方公里的巴登符腾州首府，全城修复了许多古建筑，许多新建筑都保留了“包豪斯”的建筑风格，新老建筑和谐相处。

每到休息日，我和陈明辉习惯性地逛街、坐电车，一路欣赏新老建筑组成的街景。中途经过一个街旁公园，天鹅绒般的草地、茂盛的树林、清澈见底的小溪、远处小丘上点缀了白墙绿顶的庭园小品，据说这一公园还曾举行过国际园艺博览会。大约一刻钟的路程，我们就在火车站下车。毗邻这个老火车站就是闻名的国王大街，全长1 100米，比北京王府井大街还长。这是一条著名的商业步行街，两旁有商店、书店、剧院、电影院、展览馆。在这条街上买东西，可以货比三家。有一次我买了一盘录音带，发现买贵了，要求退货，没想到售货员满口答应，售后还带微笑地用德语说“谢谢”。国王大街另一端对景是一座建在小丘上的修道院教堂，给商业街增添了一些怀旧感。在大街中段有一宫殿广场，广场中央有一纪念柱，柱顶有一女神像，是1841年为庆祝国王威廉一世执政25年而建。在广场边有新老宫殿，远处还有国立美术馆老馆，1984年英国建筑师斯特林(James F.Stirling，1926—1992)设计的新馆在此建成。广场有一条汽车道垂直穿过步行街。人们不必担心没有红绿灯，汽车开得很慢，见人礼让，摆手示意，行人优先。广场中部还有一个小亭子，每个星期日早上10点，准时有音乐团体来此义务演出，吸引了大批游客。在贝多芬的故乡，音乐不是奢侈品，不是学生升学的垫脚石，它已融入了每个德国人的生活里。在公园里、在街头，随时可看到有人在摆弄乐器，怡然自乐。有的就是老少一家在那演奏，为城市增加了一道颇有民俗风情的风景线。在斯图加特市中心爱伯特大街上一座小屋，是哲学家黑格尔的诞生地。市中心还有一个席勒广场，纪念德国的著名剧作家和诗人席勒。德国首屈一指的斯图加特市大学有着历史悠久的建筑与规划专业，培养了不少人才。这些都让斯图加特市引以为豪。

除了逛街购物外，我们每周有一天下午4点到6点要去“灵格风”英语补习学校去进修英语。这是魏特勒先生给我们安排的培训课之一。他认为，到德国短期培训不必学德语，还

斯图加特国王大街广场

↓国王大街广场的周日音乐演奏

是提高英语水平为好。他承认，英语在世界上比德语更通用，在他的公司中，要求每一员工都会英语，并定期给予大家培训。对于一个面临国际市场的工程咨询公司来讲，这样为全体职工进行培训是很有远见的措施。

在斯图加特市里经常遇见中国留学生，不少是上海人，给我们介绍好多生活上的经验。正巧那时我的上海南洋模范中学老同学罗经宇也在德国。他是清华大学老师，取得了德国洪堡大学奖学金，在那里进修。有一次他来斯图加特市办事，在我的住所住了一晚。老同学在异国讲起家乡话时更感亲切。

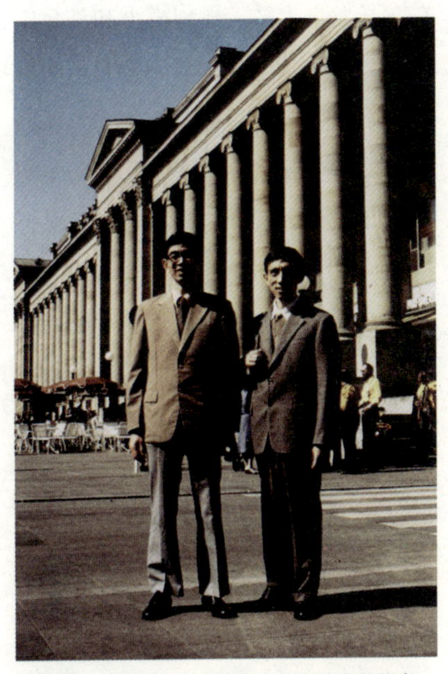

费麟（右）在斯图加特遇见了上海南模中学校友罗经宇（1981）

在西德期间，二伯伯费彝民从香港寄来一信，认为我在国外，生活清苦，特意汇了一些美金给我零用。没有想到，万里之外他还这么关心我。于是我回信说，一切顺利，请他放心，并认为"受之有愧，却之不恭"，表示感谢。

离家远行，时间一久，未免想家，每隔一两周都要去信问候，免得妈妈、妻女、妹妹等亲人牵挂。妈妈来信说，5月中北京陶然亭公园有月季花展，她带了孙女们同去观赏，经过一场风雨，园林焕然一新，她一时兴起，口占一绝：

赏花有感

1981年5月16日

陶然亭畔物华新，劫后春葩分外馨。
可爱绯红深浅间，赏花须记育花人。

妈妈抄录此诗寄给我。看诗后，我触景生情，也写了两首打油诗。我不会平仄，请妈妈修改后，成诗如下：

一

慈母手中诗，游子心上吟，
万里迢迢路，犹待步步行。

二

莱茵河畔盼乡音，万里飞鸿获母吟，
胜境百花须记取，勿忘培育斯苦心。

28 取经

Visiting Berlin

“他山之石可以攻玉”，到德国学习咨询工作，是一次“取经”的机会。半个月的经历，无论在工作上还是生活上都有很多收获。但是学习还只停留在表面，尚未深入到设计过程。魏特勒先生征求了我们意见后，对培训计划作出了调整。他请了一位刚退休的老工程师亚历山大(Alexander)先生来全程安排我们的工作。这位先生退休前是搞计划管理工作的，很有经验。他给我俩订出了详细计划。从3月18日至5月17日，主要参加伊拉克巴格达理工学院设计组工作。就这样我们开始了培训计划的第二阶段。

在伊拉克巴格达理工学院建筑组内，除了德国建筑师外，还有两位美国和埃及建筑师，他们都能说流利的英语。我就坐在一位叫艾斯林的德国建筑师对面，他很热情地给我介绍该工程项目的情况。当时中东正处于两伊战争时期，这个项目并未停止。该项目总造价2~2.7亿西德马克，总建筑面积17万平方米。参加设计的有15位建筑师、6个结构师、6个电气师和6个公用专业人员。其中部分教职工住宅区单体和结构施工图设计分包给其他协作事务所。总体规划由公司总建筑师莫泽(Moser)负责，他的一张炭笔淡彩规划草图挂在设计室墙上，在一张大桌上放了规划模型和许多单体设计模型。这个大学完全是自由布局，由鸡心形校内主路把校区各功能部分联系起来成一整体。总图和各幢建筑都用统一模数网格定位。初步设计已定稿，正进入最终设计阶段，要逐个设计单体。每位建筑师分别负责教学实验楼、教学楼、图书馆、剧院、文化中心、宿舍、餐厅等项目。艾斯林先生正在琢磨实验楼的遮阳、挑檐尺寸，画出了日照阴影图，推敲立面效果。埃及建筑师负责剧院设计，做了模型，研究观众厅的布置方案。他找我一起商量哪种方案的声学效果和观演功能最好。美国建筑师在深化图书馆、文化中心综合体的平立剖面。每位建筑师的资料柜中都有许多材料设备样本资料，并有巴格达理工学院工程设计专用的统一节点大样图。这种统一图由一位建筑师负责制定。整个立面风格与材料都由总建筑师莫泽统一成具有阿拉伯传统风格的现代建筑，尊重阿拉伯的民族传统。有一天，公司通知我参加校园中心广场的景观设计方案讨论会，涉及广场铺地材料颜色、绿化景观等设计。为照顾我，讨论时一律不用德语改用英语，这让我很感动。为了集思广益，许多单体都用泡沫塑料制成了工作模型，放在设计室的大桌子上，随时征求大家的意见。这种技术民主作风，给我很深刻的印象。

由于各单体建筑都已有人负责，我不便插手帮忙，总建筑师莫泽先生交给我一个任务，设计该学院的大门和传达室。我先看了该工程的初步设计文件和各单体的方案图纸，按照总建筑师的意图做了几个不同的构思方案供选择。由于意见不一致，始终未作定案。在作方案过程中，我找了那位美国建筑师和埃及建筑师，征求他们的意见，得到不少建设性的意见。为了配合校门设计，还要我设计学院围墙统一图，供设计人选用。结合当地情况，所有围墙都采用预制块拼装，并采用统一的模数。

参加巴格达理工学院的设计是这次培训计划中的重点任务。通过参与过程，对西德的设计体制、设计程序、设计管理、设计理念、设计深度、设计方法有了一个较全面的了解。该公司还设了一个现场监督(Supervision)的团队，专门负责各施工现场工作。建筑组长盖斯特(Reinhold Geist)很热情，他邀我俩去派拉特林造纸厂各地参观，该项目由他负责主持。现场服务由建筑部的施工现场管理科派人，负责该工程的质量、进度和造价的监督工作。在德国没有监理公司，施工现场管理工作是设计部门的分内工作。

在德培训期间，有一天突然接到院里通知，机械部某副部长在机械部总院郭琨总工程师的陪同下，要访问德国，还来斯图加特市顺访魏特勒咨询公司。我立即通过公司秘书转告魏特勒先生，他很高兴，作了接待安排。我俩出国已有多月，能在异乡见到机械部领导来访，感到格外亲切。那天下午时间很匆忙，魏特勒先生作了简单介绍后，即带客人参观了公司大楼。由于晚上另有安排，魏特勒先生改变了邀请晚宴的主意，略备茶点招待。我俩也趁此机会汇报了两个多月来的培训工作情况，他们表示满意。魏特勒先生对客人说，他愿意在工程咨询工作方面为中国培养技术专家，以期今后加强中德方面的合作，开拓国际咨询业务。这次接待是临时安排的，没有准备德语翻译，我只能滥竽充数，客串一次英文翻译。

德国人好客，每逢双休日，我俩经常受到邀请。魏特勒先生、莫泽总建筑师、盖斯特建筑组长、柯希诺结构组长、亚历山大先生等先后请我俩到家中做客。德国的生活水平较高，公司里不少高级技术人员都在忙着准备第二居所，往往自己动手设计、装修，在郊区盖一套度假房——周末开着小汽车把全家带去，享受大自然的乐趣。公司对技术骨干的住房都有照顾，给予各种形式的补贴。邀请我们做客的德国朋友都有宽敞的房子。有的在客厅里配置了能烧木柴的壁炉，冬季一家人围炉取暖形成一种怀旧的亲切气氛。每家都有能放一到两辆车的车库，和设备间毗邻。在这小天地中，各种设备、工具一应俱全。修车、修房、整理园艺等杂物工作，都能自己动手。忙碌了一周的白领，干些家务琐事已成为习惯，既省钱，又可换换脑子干一些体力活。在结构组长柯希诺家的花园里，有张乒乓球桌，我和他的儿子还打了几盘。德国朋友的宴请晚餐都很简单，一盘沙拉作为开胃菜，热菜热汤各一份。有的干脆就来一盘炒饭。主妇一般会用自制的烤甜饼来招待客人，作为最后的甜食。有时饭后再来点红酒和奶酪，边品尝边闲谈。

从1981年5月18日到9月16日是培训的第三阶段，主要是座谈参观、访问，全面了解、学习德国咨询工作。整个计划安排得很周到，让我们去了很多地方。首先去了法兰克福，这是一座被第二次世界大战炮火摧毁后重建的现代城市，高楼林立，是商业金融中心，有许多新建的银行大楼。市政府准备新建机场，遭到市民的反对，正处于双方谈判阶段。我们在该市访问了法兰克福机场维修处(Lufthansa German Airlines

费麟（左）、陈明辉（右）与魏特勒（中）先生（1981）

在魏特勒公司莫泽总建筑师家做客（1981）

与德国朋友亚历山大夫妇在一起（1981）

↓在德国朋友家打乒乓球（1981）

Maintenance Division)，这是政府所属的综合设计咨询机构，约60人，该处主要负责航空港飞机库的设计工作，项目经理Filk先生接待了我们。接着我们访问了西德首都波恩，这是一个只有30万人口的城市。西德朋友认为这是过渡性的首府，以后肯定要迁都于柏林。在波恩的北面是科隆，该市以科隆大教堂和邻近的科隆大铁桥闻名于世。在科隆大教堂前广场边建了一座罗马–德意志历史博物馆，大片白色花岗岩墙面与教堂形成了强烈对比。在第二次世界大战中，科隆市破坏得很厉害，科隆教堂千疮百孔，不能幸免，所幸没有坍塌。重建科隆时给予了修旧如旧的恢复。不久，总建筑师莫泽亲自陪我们访问了北方的杜塞尔多夫(Düsseldorf)和北莱茵(Nordrhein)。先访问了设计鲁尔大学的EMW建筑师事务所(Eller–Moser–Walter Partner Architekten)，莫泽先生是该事务所的合伙人之一。他介绍了该事务所的业绩，然后驱车带我们去北莱茵鲁尔大学参观。

鲁尔(Ruhr)大学共有建筑面积383 710平方米，学生18 318人，教师和科研人员1 611人。这个小区建在一个架空平台上，平台下是开敞停车场和设备管道层，车道与城市道路衔接。教室和研究室布置在三跨框架结构的7层高层建筑中，全部是7.5米×7.5米肋形或格子式楼板。结构标准化、模数化、构件化，设备和装修灵活可变。实验室家具标准模数化，其管道从实验室的隔墙和楼板中引出，室内干净整齐。大学设有工程科学学院(设电工学、建筑工程结构和机械制造系)、人文科学院、自然科学院和医学院。校区平台中央是行政办公、图书馆、艺术中心、学生会、学生食堂和大礼堂，东西两翼分建六七栋高层数学教研楼。每栋教学楼前都有一下沉式花园。中央平台北端有一跨越城市道路的步行天桥，直通北区的生活区。这种布局方式与巴格达理工学院不同，是一个集中式校园，节约了大片土地，使交通联系和管网都能紧凑布置。这两种不同布局成为高等学校规划的典型手法。

回斯图加特后，接着又去南面乌尔姆(Ulm)参观乌尔姆大学，这是一座化学、物理、数学和医学预科为主的大学。采用网状单元建筑规划手法。以公用单元连接高低层结合的使用单元，构成井字形体系，中间是小块绿地，总建筑面积56 450平方米，学生1 000人，教师100人。建筑单体的结构形式与鲁尔大学相似。在乌尔姆，我们又参观了一座完全由圆筒式三层建筑组成的教学楼，圆筒相切形成的空间布置了交通核和设备、卫生间。这一学校建筑很有新意，打破了固有的模式。建筑组长盖斯特利用周末时间，开着车携夫人和女儿陪同我们先后参观了东边的雷根斯堡

(Regensburg)大学和南方与瑞士交界处的康斯坦茨(Konstanz)大学。前者总建筑面积152 000平方米，学生10 500人，布局有点像鲁尔大学，有一个中央主道，教学楼都是井字形围合式布局。入口广场处有个抽象金属雕塑柱，好像是学校的图腾。通过广场的台阶上到校园平台，台阶两旁有绿化水景，增添了一些活泼的气氛。后者建筑面积8万平方米，造价4亿西德马克，6 000名大学生，1 500公职人员。这是建筑师和景观艺术设计师合作完成的一座功能齐全、有流动空间的大学城。布置比较自由，基本单元为十字形建筑结构，柱网是7.2米×7.2米，是巴登–符腾堡的学校典型设计。与瑞士隔湖相望的校园内外景观设计，是请29位专业的景观艺术设计师设计的。强烈对比的色彩、造型特异的小品与现代建筑组成奇妙的景观，与蓝天绿波的远景浑然一体，组成了一个轻松、欢快的校园文化空间，许多大学生在课余就喜欢到这小天地席地而坐、促膝相谈。这一段时间的参观重点是学校科研建筑，给我一个强烈的感觉是，德国学校设计把标准化、模数化的原则与因地制宜的多样化、人性化结合得很好，处处注意环境景观设计，形成不同风格、景观的校园。

这个阶段的外出访问安排紧凑，马不停蹄。白天参观，晚上整理资料。我拍照喜欢用正片胶卷，即时冲洗成幻灯片，便于整理、放映、保存。很快，夏天到了，温度也就20℃左右，办公室用空调，公寓里可以不用。这期间正好在北部汉诺威举行国际展览会，公司派人陪我们专程坐飞机去参观了一天。在国际展览会上看到了中国机械部设立的机械产品展位，与别国相比，我国差距太大。回来后7月8日到9日我们访问了慕尼黑，参观了慕尼黑体育场。这是由建筑师奥托(Frei Otto)设计的薄膜帐篷轻型结构，是当时轰动一时的奥运建筑。在斯图加特有一次机会，我们去访问了奥托事务所。在那由同样帐篷结构建成的办公室内，遇见了奥托本人。

很凑巧，我们在慕尼黑正赶上德国啤酒节。在德国朋友Klein和Witt两位结构工程师的陪同下，感受了一次德国民族风情。当晚，我们挤进人群，想找一个座位坐下。由于我们是外国人，德国人很有礼貌地让座，总算找到一个离表演节目较近的座位。服务员立即按同去的德国朋友的要求，送来了大杯啤酒和一些小吃。节目表演载歌载舞，台下的客人可以即兴被邀请起身到台上一起蹦跳。有趣的是，伴奏舞曲正好是苏联卫国战争时期的名曲《喀秋莎》。随着岁月流逝，战争的阴影已经淡漠，在座的新一代青年男女可能根本就不知道这首歌的来源。美妙动听的旋律让不同肤色、不同国籍、不同信仰、不同年龄的人们，忘掉了一切烦恼，摆脱了各种恩怨，尽情放歌欢跳。

我很想去访问柏林，在那有许多建筑可看。魏特勒先生知道我这意愿后，他派了一位毕业于斯图加特大学城市规划系的女规划师Margit Messmer，专程陪我俩于7月15日到20日去西柏林。西柏林是在东德的版图内，飞机要越过东德的领空，还需办理一次签证手续。我们一行按计划到达西柏林，当天就到柏林的布兰登堡大门参观，这是当时东西柏林的分界线，有一堵柏林墙，在西德这一边，满墙都是涂鸦。驱车去西柏林中心广场的途中，看到一座“威廉二世教堂”，一半保留着被战争破坏的残垣断壁，另一半用花格玻璃幕墙复建的方形高塔，与老建筑并肩而立，新老教堂结合成整体，对比强烈，留下鲜明的历史痕迹，告诉后人千万不要忘记战争带来的悲剧。西柏林中心广场是这次访问的重点。广场以一个老教堂为中心。正对教堂有一座密斯（Mies van der Rohe）设计的美术馆，典型的玻璃、钢柱组成的包豪斯风格。广场四周有夏隆(Haus Scharoun)设计的爱乐音乐厅和国家图书馆，还有正在施工的工艺美术馆展览馆，用了红白相间的墙面材料，与教堂的基本色彩相呼应。音乐厅的室内装修尚未完成，完全是一种开敞式的演奏舞台，四周都布置了座位。这种音乐厅的布局，在国内还未见到过。图书馆已建成，有个大阅览室，顶光是用的自然

东西柏林交界线的布兰登堡大门（1981）

与陈明辉和德国规划师在东西柏林交界处（1981）

费麟（右）与陈明辉在西柏林（1981）

↓柏林墙（1981）

柏林中心图书馆外景 (1981)

↓柏林中心图书馆内景 (1981)

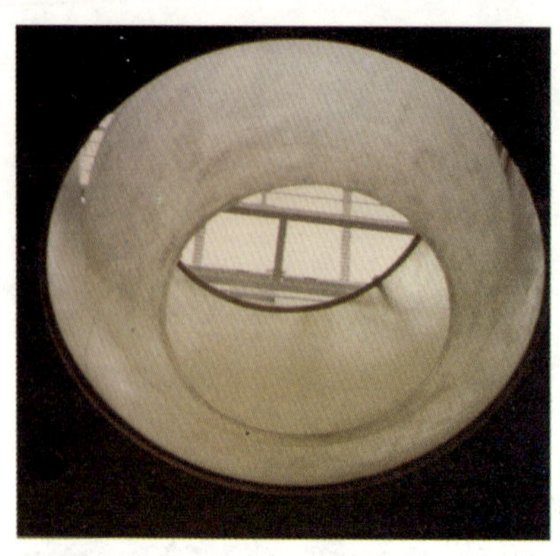

柏林中心图书馆自然采光器具（1981）

采光。室内看起来像满天星斗圆形灯罩，走近一看，灯的上口是室外三角形天窗，把自然采光与室内照明天棚巧妙结合起来，成为节能的艺术照明，真是令人叫绝。

既然到了西柏林，想趁机去看看东柏林、经打听后知道，持中华人民共和国护照的游客去东柏林可免签证。机会难得，我俩一早带了相机、护照就去东西柏林交界处申请入关，一切都很顺利。过境时第一眼就看到的是，在东德一方的岗亭和柏林墙，全副武装的警察站在分界上。隔了一堵墙，把德意志民族分成了截然不同的两个世界。先到了东德的议会大厦广场，这是一个带大片玻璃幕墙的新建筑，对面有新外交大楼，边上还有老的历史博物馆，远处有一座电视塔。西德朋友曾告诉我一个趣闻，在有阳光的晴天，可看到电视塔顶端的大玻璃球上出现由太阳反光组成的一个“十字架”光带。果真不假，也不知有何光学巧合原因。随后我提议去参观一下苏军解放战士纪念碑，这是读苏维埃建筑史时很欣赏的一个园林纪念建筑。深入其境后，的确令人感到气势震撼。入口处首先是国旗广场，有一低头哀悼的母亲坐像，拐弯后是林荫大道，通过一个旗门即可看到高大的主题雕塑——苏军左手托着一个婴儿，右手拿着利剑，脚踩党卫军“万”字徽，昂首眺望远方，凝固着难忘的瞬间。

在西柏林我们还先后访问了擅长医院设计的T-S建筑事务所(Tonnins+Schroter Architekten)以及设计西柏林工艺美术展览馆的Gutbrod建筑事务所(Buro Gutbrod)。给我印象深的是一家城市规划建筑事务所，在西柏林某区旧房改建方案竞赛中获头奖。该方案提出实施的成套设想。由地方政府牵头，首先将旧房一梯两户设计改造成适合青年人居住的集体公寓。每套36平方米，大间隔成一大间和一小间，共三层，每层两套，楼梯间处设有公共厕浴间。这个改造由大学建筑系师生一起绘制施工图，然后让建筑系学生和社会上失业或缺房的青年参加改建施工。改建后参加设计和劳动的青年，可以每平方米2马克的优惠条件租赁(一般同类型房子的租金是每平方米8到10西德马克)。这种办法一举四得：首先，政府对旧区改造的规划可以较快地实现；其次，建筑系学生可以有实习的机会，也是一种公益劳动；第三，解决部分青年住房问题；第四，解决部分社会青年的就业问题。当时我们去改造现场参观，遇到了正在劳动的建筑系大学生，他们表示很乐意参加这个工作。

在德国境内参观访问进行得很顺利。对我来说，大开眼界。德国建筑尽管盛行“包豪斯”风格，但是二战后陆续建了许多新建筑，可谓百花齐放，“后现代”、“新古典”、“高技派”的设计比比皆是，而且在保护古迹、改善环境、节能环保、对人关怀上做得很到位。将建筑艺术与建筑技术紧紧结合起来的做法，给我很深的印象。

为了更深入了解德国咨询设计的经验，在德国境内参观阶段，抽空于7月27日至8月7日由公司介绍我们自己单独去访问瑞士巴登市“摩托-哥伦布咨询公司”(Motor-Columbus Consulting Engineers Inc.)。这是一个有700名职工的国际综合咨询公司，有较强的工艺、土建结构、公用电气设计力量。公司主要承担水利工程和水电站、火力发电站、原子能发电站等工程以及电讯、交通、建筑、经济、规划等咨询设计任务。接待我们的是国际业务处处长德莱尔(Dreier)先生。他热情地接待我们，邀请我们去他家做客，共进晚餐，并带领参观隧道工程和原子能发电厂。我俩有幸获准换了衣服进原子反应堆核心区参观。我们先后又参观了好几个水坝工程，这些都坐落在瑞士山清水秀的大自然环境中。这个公司有自己的工艺设计师，有点像我们机械工业部设计总院。除设计队伍之外还有一支强大的施工管理队伍，常年在施工现场。公司还设了一个有30人规模的国际业务经营管理部，在非洲、美洲、欧洲、亚洲都有业务管理，并设立法律顾问，同时另设了一个合同管理办公室。

从瑞士回来后，我们的培训工作已进入尾声，开始做一些整理总结工作。德国朋友很热情，主动问我们需要什么资料，帮助我们搜集、复印资料，包括某些工程的方案设计、初步设计图纸文本、本公司的规章制度、德国的消防与结构规范以及巴登符腾堡州有关学校、实验室的标准设计图纸和规定，并从图书资料室找到几本介绍德国学校建筑的图书杂志，一并送给我们。用公司的专用资料图纸盒，足足装了八个大盒，准备通过空运给我们。我随身带的两本《建筑设计资料集》(第一版)也作为纪念品送给魏特勒咨询公司。有一位德国建筑师，特意送给我一首建筑师自己做的《设计之歌》(Planungs Song)，他说，建筑师的苦恼是不分国籍的。我不懂德文，回国后请人翻译成中文如下。

设计之歌

今日改，明天改，
有时气愤，有时高兴。
一周七天，天天改，

我们修改有信心。
有时纯粹出于兴趣，
有时有意，有时无意。
有时改得好，有时也有限，
因为要修改，总会添麻烦。

拼命地改，悄悄地改，
按照每人心意改。
老人改，少年改，
改过的，还要改。

我们尽能力改，要改得像样子。
设计成功了，定与修改相一致。
因此我们迟早得改，
要改的地方，统统改。
今天改，随时改，
思考的时间不多了！
准备改吧！

告别茶会

时间：一九八一年九月廿一日下午四时
地点：主办公楼 地下室餐厅
内容：放映中国古建筑及建筑绘画幻灯
主办：中华人民共和国一机部设计总院

告别茶会请帖（1981年9月）

有一天，公司请我俩去德国歌剧院看《罗密欧与朱丽叶》的芭蕾舞。我俩下午提前下班回公寓，随便吃了一些东西，换上了正装。那位亚历山大老先生开了车来接我们。没想到剧中的罗密欧是由著名的非洲裔演员表演，演技无可挑剔，就是不习惯这一与传统不一样的现代芭蕾舞剧。

转瞬已在斯图加特待了7个月，与魏特勒公司的上上下下员工接触得也多，真要说再见了，倒有点依依不舍。在这期间，我们多次被邀请去一些德国朋友家做客，我俩也在公寓里分批回请多位熟悉的朋友共进晚餐。我做了葱油萝卜丝、炸茄盒、红烧对虾、排骨冬瓜汤等中国饭菜，略备酒水请客。经过商量，大家决定在临别之前在公司的地下室食堂举行一个“告别茶会”。为此，我们提前几天就去超市采购，准备了一箱德国产红酒和小点心；前一天晚上在公寓里炸了一大堆在中国商店买到的龙虾片；事先自制了一张“告别茶会”的通知，公司秘书小姐用红纸复印成醒目的海报，并附有德文翻译，张贴在公司交通要道上。我又整理了一些幻灯片，准备作为余兴节目。在茶会的前几天，我就着手准备一个发言稿，尽可能记住主要内容，争取做到不念稿。“告别茶会”准备工作很顺利，于1981年9月21日下午4点准时在地下室餐厅开始。没想到几乎所有的建筑、结构设计人员和办公室工作人员都应约而至。魏特勒先生也特意赶来。我先作了一个开场白，代表陈明辉一起对魏特勒先生慷慨的邀请和公司的热情接待表示衷心感谢。我们将带着对德国、对公司的美好印象，和同事们的真诚友谊以及大量的图文资料一起回到北京，这是一份珍贵的厚礼，是中德友谊的象征。希望今后与魏特勒咨询公司能保持长期联系，寻找机会在咨询工作上进行合作。接着魏特勒先生也讲了话，他很高兴看到中国朋友能按中德技术合作协议圆满完成7个月的在职培训计划，祝愿今后中国的咨询工作业务能蓬勃开展，加强中德合作，共同打入国际市场。接着他从秘书手中拿了礼品分送我俩留作纪念。在鼓掌中，大家频频拿起酒杯，高呼“Cheers”，随后我就开始演示幻灯片，介绍了颐和园、天安门、天坛、长城等北京名胜风景。说实在的，当时也缺少现成资料介绍北京的现代建筑，更谈不上自己参加过的设计项目。经过多次大折腾，中国建筑与欧美建筑的差距拉得越来越大了。就以现代建筑来讲，中国至少滞后了30年。要不是改革开放，我们仍是井底之蛙，还在锁国政策下蹒跚而行。

我在德国成天用英语，和陈明辉习惯讲上海话，遇到不少留学生，也讲上海话。回到家里讲起普通话时，突然感到舌头发硬，把我吓了一跳。没想到语言环境对发音有这么大的影响。回院后向院里汇报，又向建设部设计司和机械部外事司一一汇报。同年12月24日又让我俩去机械部司局长业务学习会上作了一次技术汇报，并写了《赴西德魏特勒咨询公司培训综合报告及附件》。至此，“西德取经”就告一段落。遗憾的是，魏特勒先生通过汉莎航空公司空运给我们的八大箱资料，却没有被及时翻译出来，充分发挥它应有的作用，至今还一直保存在院资料档案柜中，我俩只是编好了归档书目，供参阅选用。

WEIDLEPLAN COLLEAGUES SEND YOU MANY GREETINGS

April 2007

魏特勒工程咨询公司德国老朋友送我的合影照（2007）

29 支柱

Pillars

1981年在西德魏特勒工程咨询公司整整呆了7个多月，时间转瞬即过。我学习了工程咨询工作，参观了工厂、学校、医院、写字楼、住宅区等建筑，收集了八大箱资料，结交了不少德国朋友，至今盖斯特和亚历山大一家还和我保持联系。盖斯特先生的女儿在北京工作，能讲一口流利的普通话。2007年盖斯特夫妇来北京探亲时，我陪同他们一家去参观798艺术中心。我告诉他798厂是20世纪50年代中期由德国援助设计的无线电元件厂，具有典型的德国现代风格，他十分感兴趣，拍了好多照片。那次他带来一张有许多人签名的集体照，都是白发长胡的老人。原来是当年我在他们公司工作时的德国朋友槐孟、艾斯林等送我的纪念品，向我表示亲切的问候。相隔了26年，德国老朋友还这么热情念旧，令我十分感动。这次在德国的经历对我有极深的印象，对以后的工作很有帮助。改革开放为我打开了世界建筑之窗，为建筑师的职责，为设计院的发展，为中国的工程咨询业务都打开了一个新的视野。我有一个直觉，建设部设计司为我俩提供一次在职培训的机会，并选择从机械工业部设计院派人，绝不是偶然的。从长远看，中国大型设计院要走向世界，与国际接轨，转变成工程咨询公司是重要途径之一。去魏特勒咨询公司就很有针对性。该公司与我院有许多共同处：都是本国的大型设计机构，都可承担工业与民用工程设计，也都是一个多专业的综合设计单位。

“FIDIC”一词是“国际咨询工程师联合会”法文的缩写(FEDERATION INTERNATIONALE DES IGENIEURS CONSEILS)。加入FIDIC也是大势所趋。我院的组织机构、业务范围和人员组成已具备组成咨询公司的基本条件。1981年5月国家计委、建委和财政部《关于进一步做好勘察设计单位企业化试点工作的通知》正式发布。时任国务院总理的赵紫阳在全国人大五届三次会议发言中指出：“科研设计单位要改变过去那种编制、设备、任务都取于上级，本身没有承担任务的积极性的‘衙门化’状态，向企业化、社会化方向发展。”同年6月，一机部决定将设计总院改为设计研究总院，并试办“兴华工程咨询公司”。这时总院组织部属各设计院在已有的深圳勘察设计联合公司正式组建两个建筑设计室，我院也派人参加。总院以一个单位两个牌子对外开展业务。有关涉外工程，用工程咨询公司的称谓。不管以什么单位名称接任务，绝大多数还是工程设计任务，并没有以设计为核心向两头延伸，离全面的工程咨询还有许多路要走。以后不久，我院以兴华工程咨询公司名义和几个工程单位作为发起单位之一，联合创议成立中国工程咨询公司。

改革开放后我国体制处在转型期，逐渐从计划经济体制转到市场经济体制。体制上的条块分割、政企不分在咨询工作上就很明显。按惯例，工程设计归口单位是建设部，咨询工作归口单位在计经口。在对外贸易经济合作部管辖下有一个“中国国际工程咨询协会”(CAIEC—China Association of International Engineering Consulting)。在国家发展改革委员会(原称计划委员会)管辖下有“中国工程咨询协会(CNAEC—China National Association of Engineering Consultants)，1996年，中国工程咨询协会代表我国工程咨询业加入国际咨询工程师联合会（FIDIC）后，我国工程咨询国际交流与合作才逐步开展。

直到1998年政府机构改革时，建设部在“三定”方案中才提出了“勘察设计咨询业”这一行业概念。迟至2005年3月4日，终于正式发布了“工程咨询单位资格认定办法”(国家发展改革委员会第29号令)。其中第十四条“工程咨询单位咨询服务范围”包括以下内容：咨询（包括投资咨询）、项目建议书、可行性报告、评估咨询、工程设计、招标代理、工程监理、设备监理、工程项目管理。

从咨询工作的内容看，工程设计是属于咨询的一部分，也就是，咨询与设计不可分。其实，我院比较早就将咨询与设计工作结合起来做的，只是做了部分的咨询工作，上面的归口管理单位就有好几个。

随着改革的深入，1983年7月国家计委、财政部、劳动人事部发出《关于勘察设计单位实行技术经济责任制的通知》。到11月份，机械部发出《关于我部勘察设计单位试行技术经济责任制的几项补充规定》，决定部属勘察设计单位从7月1日起实行承担任务全面收费的办法，不再按人头拨给事业费。大家纷纷议论，由全额拨款的事业单位改为自收自支的事业单位有些突然。打比方，女儿出嫁还要给些嫁妆，怎么设计院突然一下取消了人头费，也没有什么补偿？我们过去的无形资产和积累到哪里去了？其实这也不奇怪，改革总有一个利益重分配的问题，很难兼顾公平和效率。习惯了在计划经济体制下吃大锅饭，现在要到市场上去自找任务，设计院面临了一个新的转折点。

对于从蚌埠一机部一院回迁的500多名设计处职工，住房是个大问题。下迁蚌埠时，在京的办公楼和住房都稀里糊涂地交公了。机械部情报所没有下迁任务，留守北京抓革命促生产，人员不断增多，编制增大。原来一院的用房正好归情报所无偿使用。原来的住房完全没有物归原主的希望，设计处只好自力更生，靠多揽设计任务来自己养活自己。

一机部适时召开了勘测设计安装工作会议，提出了“两个服务”（为国民经济部门服务，为机械工业的改造服务），要求广开门路，多做贡献。80年代初开始，总院在设计领域中逐渐形成了三大支柱——工业、民用、能源。走这步棋，也是在重型机械行业新建任务不多条件下的产物。要解决新迁回京设计处职工的吃饭与住房问题，必须面向市场，总院设计处终于找到了一个新平台。

工业建筑是我院的强项。富拉尔基第一重型机械厂、四川德阳第二重型机厂、太原重机厂、天津重机厂、北京重机厂(原第二通用机械厂)等大厂以及(援)巴基斯坦重机厂、铸锻件厂等大型重机工程设计项目为我院在工业建筑领域建立了信誉，培养了人才，形成了一个具有30多个专业、在科研设计咨询等方面具有强大优势的综合设计单位。科研业务建设作为生产的后盾，也具有了较大的规模。我院先后成立了抗震、环保、声学等研究室，在钢结构、预应力钢筋混凝土结构、地基基础、动力机器基础以及各种抗震规范的编写中发挥了重要作用，获得了各种国家奖项。设计处继承了传统，在机械工业优势的基础上又拓宽了领域。原有实验室专业擅长无损探伤、化学分析等技术，在新的条件下开拓市场，承接了对集装箱加速器检查控制的海关项目。先后完成皇岗、文津渡、深圳九龙以及香港等海关工程。其中皇岗和文津渡项目是我院第一次做的总承包工程。接着我院又开拓了P3、P4高精度生化实验室的工程设计业务。工业建筑中有仓库专业，在新的市场需求下，有关技术人员大胆承接了北京、上海机场的航空货运自动化立体仓库、配餐楼(工业厨房)等项目，进而承接了北京新航站楼的行李机械化运输系统，逐渐形成了物流系统工程的设计专有技术。机械部还有些老厂技术改造任务，但是很少有新建工程。面向市场需求，不能在一棵树上吊死，我们逐渐向石化、轻工、医药行业拓展，先后完成了北京制胶厂、阜新塑料厂、北京制药厂、滁州刨花板厂、沈阳机车厂的设计任务。

能源工程设计方面也逐渐拓展业务领域。除了工厂用煤气站、锅炉房、各种气体站的工艺与土建设计外，自1980年以来我院承接了城市热电站和区域集中锅炉房。完成的清华大学校区集中锅炉房(3台20吨)工程设计是国家经委推行集中供热、节约能源、减少环境污染的试点，是当时容量最大的民用高温热水燃煤锅炉房，第一次把大锅炉房用在学校建筑中。不久我们又设计了北京方庄10台40吨的集中供热锅炉房。热电联产、煤改气以及以后的节能评估等新任务也接踵而来。能源工程设计已从工业厂房的动力站房发展到民用、城市领域的热电联产、节能设计。

民用建筑设计的市场极其宽广。过去我院在设计工厂总体规划时要考虑厂区、厂前区和工厂居住区的布局和规模、标准、投资、分期建设等技术经济问题。设计的主要精力放在厂区内，厂外项目一般都交给地方院去设计。改革开放后，民用建筑项目逐渐增多。到北京后如何能让市场更多了解我们总院，如何打入北京民用建筑市场就成为当务之急。要不要承接民用工程设计项目，是个有争议的问题。设计处有不少同事认为我院的优势是工业建筑，不能舍己之长、用己之短，更无必要搞住宅设计。在北京大量推行装配式大板住宅，户型都定型化了，“80住1”、“80住2”和“80MD1”都是北京市建筑设计院精心设计的标准图纸。我院的民用建筑技术储备薄弱，无法到市场上去竞争。当时北京市的住宅小区像雨后春笋般遍地开花，在建的项目中，规模较大的有劲松小区、团结湖小区。为了增加收入，解决职工住房问题，我们没有理由放弃住宅小区的规划设计。工艺主师赵镇乾和建设部中房北京公司的经理在过去工作中有来往，经过努力，争取到了北京翠微园居住区的规划设计任务，大家开始着手前期工作。这是我院接手的第一个住宅区任务，涉及住宅、公建、动力站房等各种类型的设计。

我从西德回院后不久，院里让我参加到北京翠微园居住区规划设计组，并担任工程项目主设计师工作。甲方催着首先要向规划局正式申报规划方案，人手不够，院里又从建筑一组调配力量。除了原有的赵镇乾(工艺)、沈章焰(总图)、康仲道(建筑)之外，又增加了土建一组的陈维玲、蔡鹤年、肖世荣等建筑设计人员。当时北京规划局方案审查委员会的负责人是马玉璐(清华大学建0班同学)，分管海淀区，具体联系这工程的是姜慧嫌(清华大学建三班同学，是蔡鹤年同班同学)，规划局副总建筑师程恩健是我清华建九班的同学。尽管他们和我在学校里都很熟，但在审查工作上却不讲情面，提出了很多规划、市政条件，要求规划设计严格执行。他们还特别强调，这是在城市边缘上的一块宝地，是处在万寿路与翠微路交界的滨河(京密引水渠)地块，对四周景观的要求比较高。要在这25.7公顷的地盘上，合理设置功能布局，组织好交通，居住区中要建当时北京居住区级的商业中心，为周边提供配套服务。中房北京开发公司是这个项目的业主，据称这一工程已列入建设部的试验性住宅区的计划中。建设部副部长戴念慈(部总建筑师)还特别关心这个项目，我们曾向他直接汇报过规划方案，作为一位老建筑师，他还动笔提出了具体意见。

对于居住区的规划设计，我没有经验，院里也没有先例可循。唯一的办法就是多调研，多请教，集思广益，把规划方案做好。为了解当时的住宅小区的行情，除了收集大量北京市已建住宅常用标准图和各小区的技术经济指标之外，由中房北京开发公司牵头组织甲方、规划局和设计院“三结合”调查小组去南方调查。重点调查了上海、苏州、无锡、常州等地的小区建设经验。我们设计组又访问了北京市建筑设计院、北京首钢设计院，并在新建的团结湖小区、劲松小区对住户、公建配套管理作了详细调研。当时全国住宅每户的平均套型建筑面积规定为50平方米，由于北京普通住宅考虑到北方节能、抗震和层高降低到2.7米等地区特点，因而多层定为56平方米，高层板楼为62平方米，高层塔楼为64平方米。小区建筑标准按北京规定和建设方意见执行。要控制投资，多层住宅不许外粉刷，经争取，才允许在山墙上用“干粘石”饰面。除了高干区设地面停车库外，一律不考虑停车位。地下室只设计自行车库，不考虑汽车库。一般住户不设电话机，在高层每层只设一部公用电话，在多层每个门洞只留一条线，准备以后安装。每户的电表容量只有2.5安。这些标准已经比当时已建的小区建筑标准有所提高了。

在这块用地上如何布局是难点。该区内有一高级住宅组团(部级干部使用，每户约180平方米)，要求有高层和低层两类户型。还有一个集商业、青年公寓(每户43平方米)、写字楼和电影院于一体的居住区级商业中心。为了解决居住区的供热问题，经计算，需要建一个4台20吨的大型热水锅炉房。这三个功能区应放在居住区的哪个位置，对用户、交通、景观、环保、节地最有利？为了做好方案报请规划局审批，在设计组内经过了多次方案比较。经我建议，院里批准，请了清华大学城市规划教研组的徐莹光老师作为院设计顾问，参与方案的讨论。徐莹光是我的同班同学，毕业后留校当助教，曾和我同住在教工三公寓。当时他正在主持清华大学中标的北京塔院小区设计工作，在规划上很有经验。俗话说，“同行是冤家”，我并不认同。同窗好友相互了解，到工作岗位上，虽然各属其主，但并不妨碍在学术、技术上相互切磋、提携。向能者请教，三人行必有我师，对于我来讲是天经地义的事。

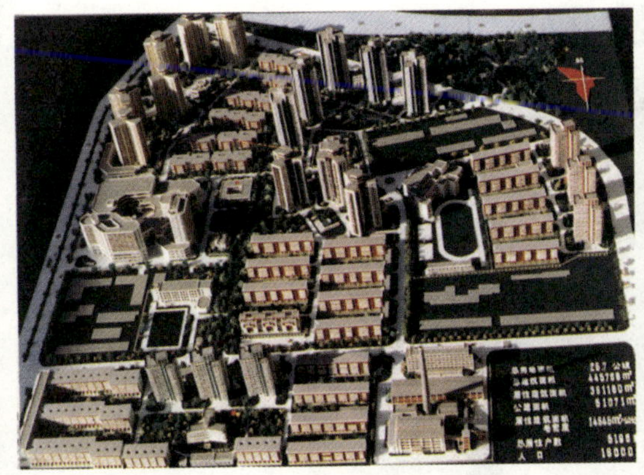
翠微园鸟瞰模型

翠微园居住区航拍鸟瞰照片

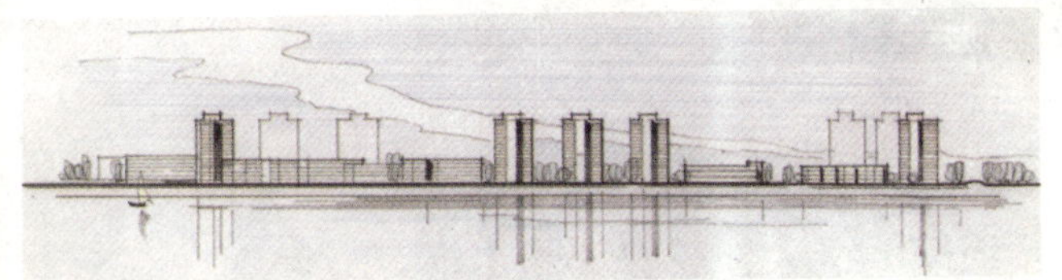
翠微园沿河景观草图

经过反复比较，我确定了最后报审方案。全区分成东、西、南、北、中五个“里”，用一条倒L形主路串联成整体。高级住宅区高低层结合，放在“北里”，成为万寿路自北而南的对景建筑群。商业中心布置在“中里”，面临西边的万寿路，以便为路西其他建筑群居民服务。大锅炉房布置在“南里”的东南角，在住宅小区的下风向。为减少燃煤锅炉房对四邻的污染，采用了有盖的煤库，并采取了烟、气、渣的环保处理。由于节省了库场用地，因而腾出沿街用地，增盖了中房公司自用的一幢办公楼。该规划方案于1982年7月得到批准，1983年5月完成初步设计(含修建性详细规划6图1书)，接着三边设计，开始后续设计工作。许思明、诸耀明、孙宗列、朱曼茜、赵竹佩、李力等老中青建筑师先后参加了设计工作。翠微园1984年开工，1990年基本建成。建成后，我们曾接待一名英国女记者Susan Pares采访，在英国《建筑设计》(*Building Design*. 1992-1-17)上作了报导。该项目于1989年12月获“北京市80年代居住区规划设计优秀作品”二等奖（无一等奖）。

北京市20世纪80年代优秀居住区评选专家到翠微园视察（1990）

遗憾的是，为了追求房地产开发利益的最大化，几年后在翠微园居住区内见缝插针，新建了不少楼座。在贯通南北30~40米宽的步行林荫带旁

翠微园住宅

翠微园居住区沿河景观

↓远眺翠微园居住区

两层医疗门诊楼被拆了，盖起了一座塔楼，打断了绿色景观走廊。在"北里"原来规划四层住宅的位置，建起了高楼，增加了建筑密度，牺牲了环境。规划可以根据开发商的意愿随便更改，无须经过原规划设计单位的同意，这已经是潜规则了。作为规划设计人，我感到无奈。

与此同时，我院又先后承接了北京妇儿医院（蔡鹤年主持）、机工印刷厂办公楼（张振声主持）、灯市口高层住宅楼（赵竹佩主持）、北京北大分校教学楼（李起鸿、谢斐圆主持）、北京师范大学留学生宿舍（曹亮功主持）、北京语言学院学生宿舍（朱曼茜主持）、北京八一中学（赵平生主持）、北京明珠海鲜酒家装修设计（陆懋善主持）等民用建筑设计项目。接着高锡均、沈庆举主持了大学图书馆和实验楼设计项目；陈维玲、赵平生主持了山西大学的规划和教学楼设计工程；曹亮功主持了山东建筑材料工业学院的规划设计任务……自此，我院面向全国，承接城市公共建筑的规划设计任务，从中小型建筑做起，取得了一些经验，也锻炼了设计队伍。我院设计处鼓励建筑师的积极性，先后参加了北京市举办的建筑规划设计竞赛，如北京国际俱乐部扩建方案、方庄居住区规划方案、望京居住区规划方案，都取得较好成绩。尽管做了一些上述实际项目，但在建筑学术界，我院并没有话语权。我总感觉机械部设计院不是建设部的嫡系部队，工业设计院就好像是少数民族，在建筑学会的学术活动中，从来工业建筑的声音就很弱。在中国建筑学会的关心下，经过不断努力，我院从20世纪50年代开始，每届都有一个学会理事的名额。20世纪50年代从第二届学会理事会开始，有张玉泉、张树梅、陈民三、陈远椿、孟祥恩，20世纪90年代后相继有我、曹亮功，孙宗列和丁建(常务理事)担任理事。我院又积极参加了建筑学会下属的几个专业学术委员会。建筑理论与创作学术委员会有曹亮功、学校建筑专业学术委员会有蔡鹤年，住宅建筑(后改为人居环境)专业委员会有朱曼茜，医院建筑专业学术委员会有黄锡璆。我参加了工业建筑专业学术委员会，在学会和我院历届院长的支持下，我院成为主任委员单位。从1991年开始，每隔两三年开一次工业建筑学术委员会，至今已开了7次。会议的代表都是来自各地院校，不仅有工业设计院参加，而且有民用设计院和高等院校参加，并邀请当地的规划局、建筑学会领导出席，成为一个建筑师交流的沙龙。会上宣读论文，会后出版论文集。从第六届(哈尔滨)会议开始，举行了全国优秀工业建筑设计的评奖活动，大大提高了对工业建筑的创作热情。2009年年底，在中国建筑学会的领导和关心下，经民政部批准，正式成立了"中国建筑学会工业建筑分会"，为

第一届工业建筑学术委员会

第一届工业建筑学术研讨会大会发言（1991）

第四届工业建筑学术研讨会代表合影（1997）

↓第五届工业建筑学术研讨会

今后工业建筑专业学术活动创造了一个宽广的平台。

改革开放以后，我院的工业与民用建筑水平有很大的提高，积累了丰富的经验，设计服务观念加强。在面向市场的形势下，设计领域拓宽、设计程序加快、设计竞争加剧、建筑艺术要求提高。一个单位的核心竞争力的形成，关键在于对人才的培养，充分发挥各专业的积极性，形成一支综合团队。在实际工作中我院各专业都涌现出一批专业带头人。例如，刘巽璋（机械工艺设计大师）和赵永年主师参加了（援）巴基斯坦重机厂设计，机械工艺设计大师聂运新主师参加了第二重机厂等重型机械工厂的设计。陈民三是德高望重的结构设计大师。建筑设计大师黄锡璆博士是全国著名的医疗建筑设计专家。工业建筑中结构专业很重要，我院有钢结构专家陈明辉、预应力钢筋混凝土专家殷芝霖、地基设计专家胡连文、抗震与砖石结构专家徐建以及邵光奎、崔鼎九、陈远椿、周廷垣、肖自强、吴汉福、张同亿等老中青结构专家。他们参加了规范的制定，并有丰富的工程设计实践经验。为了推广和应用计算机设计，从20世纪70年代开始结构专家胡祖成、邓潘荣等一批电脑技术先行者编制了许多结构计算程序软件，受到设计界的欢迎。到20世纪80年代，结构专家陈远椿带队组织一批年轻计算机技术人员去美国参加培训，为我院建立计算机站和全面推动设计电脑化立下了汗马功劳。

经过多年努力，三大支柱扩展了业务领域，在实践中涌现了不少新兴工程专业领军人物。

“工业支柱”除了继承发扬原有工厂设计的优势外，又开拓了新的市场。例如机场的货库、配餐楼、航站楼行李机械化运输系统、机场维修中心等都涉及到物流设计和建筑设计，霍丽芙、师清木等都在这方面作出了开创性的工作。再如，对过关集装箱车辆进行无损探测的海关和生物实验室(P3、P4)是科技含量很高的工程项目，在引进国外先进技术的基础上，已做到部分或全部国产化。张道茹、张敏等专家在这个项目中起了决定性的作用。电气自动化专业的苏振娟、王健等在锅炉微机控制系统方面作出了突出的成绩。在这些项目中，往往要运用工业建筑和民用建筑的已有成果。在工业项目设计竞标中，建筑师同样发挥了重要作用。

“民用支柱”除了一般民用工程外，在黄锡璆博士的带领下全面发展了医院设计的技术，在佛山医院之后，我院通过竞标先后又承接了北京医院、301医院、协和医院、北大医院及外地的大型医院，逐渐培养出一大批中青年骨干，如谷建、许海涛、黄晓群、辛春华等都成了总设计师级的设计专家。2003年中国发生了SARS疫情。我院接到北京市政府的紧急任务，要求规划设计北京北部小汤山SARS病房治疗中心。在院、所领导带领下，迅速组成以黄博士为核心的专业综合设计队赶赴现场。奋战三昼夜，大家完成全部设计图纸，保证了一周内建成使用。在承接大型、超高层建筑上，我院又迈出了新的一步。例如在北京财富中心、北京饭店扩建工程北京宫、北京东直门交通枢纽、巴基斯坦“巴中友谊中心”、梅兰芳大剧院等项目中，新一代建筑师不断成为顶梁柱，如丁建、孙宗列、冯腾飞、赵永勃、陈自明、何山、郭子川、王长刚、李东梅、董振侠、雷晓明等都很好地发挥了工程负责人的作用。我院的体育建筑也有较大的成绩。在蔡鹤年、张振声、孙宗列的主持下完成了亚运工程朝阳体育馆和石景山体育馆。近期又完成了北京航空航天大学体育馆和丰台垒球馆，成为奥运比赛场馆的两项重要工程。在城市规划、城市设计的领域，总院发挥了工业院的综合优势，如海南国际科技工业园规划、北京中关村软件园规划、北京市25片历史文化保护区东四地区规划、北京海运仓地区危旧房改造、大连海湾工业区详细规划和城市设计等都作出了突出的成绩。以曹亮功为首，和吕丹、蔡鹤年、朱曼茜、齐放、陈鹏、穆穆等一道形成了老中青三结合的队伍，成为我院规划设计领域的带头人。经过不断努力，于2008年12月我公司获得建设部颁发的城乡规划编制资质甲级证书。

“能源支柱”已不限于常规的供热厂和热力管网设计，而是进一步发展到小型发电站和热电厂的规划设计。近年来又扩展到环保、节能评估改造、垃圾发电等设计领域。在洪向道、罗荣华、熊维榕、舒世安等老专家带领下，涌现了一批年轻的专家。过去锅炉房、热电厂的设计是委托任务，今天在市场竞争中也要招投标，给建筑设计带来了更高要求。例如冯腾飞总建筑师在北京经济技术开发区2号供热厂设计中别具匠心，将燃气烟囱和玻璃外窗、壁柱有机结合，具有时代气息，让人耳目一新，受到甲方好评，并获全国优秀工程设计铜牌奖。

在三大支柱的形成过程，我有幸亲身经历了这一有意义的转轨阶段。我对建筑感兴趣，因为整个设计过程是一个不断摸索、创作的过程。每接手一个新项目，总有一种新鲜感，总是面临一个新挑战，从来不“炒冷饭”。另一个吸引我之处在于，建筑设计全过程是一个发挥团队精神的创意过程。正像演奏一首建筑交响曲，不管扮演什么角色，都要服从一个总指挥，而总指挥必须依靠称职的演奏人员合作共事。只有这种团队才能演奏出和谐感人的乐章。在建筑设计的过程，我之所以还能在院设计发挥一些应有的作用，还在于在我背后也有三个强大的“支柱”，这就是领导、同事和家人。

在改革开放的形势下，总院根据市场需要，结合机械工业现状及自身特点，及时转型，形成三大支柱，大大调动了广大设计员工的生产积极性。历届院领导对设计工作很重视，放手让设计处直接承接设计任务，对工业、能源和民用建筑设计项目给予支持。我院先后派出建筑、结构、供热、机械等专业到法国、德国、比利时、日本、英国、美国去进修、深造；曾经花了培养费到各大院校建筑系招收应届毕业生，以老带新，培养新生力量；先后在各地特区设置了分支机构，综合一室负责海南海口分院和上海分院，三室负责厦门分院，二室负责在广东东莞设点，承接一项超高层商住楼设计任务；设计处还成立了建筑室内装修设计室，并从中央工艺美院和美专招募毕业生充实力量。这些举措有力地推动了总院在北京地区大量承接各类工程设计任务。

我刚进一机部第一设计院时，就听说专门设计非标准化设备炉子的设备室有“八大金刚”。其实在土建室，何止“八大金刚”，还有“十八罗汉”，个个都能发挥所长，在民用建筑设计中大显身手。每接一个大型工程，设计师在做方案时都要征求意见，有的建筑师会主动画出草图，集思广益，提出改进意见。特别在组织设计方案竞赛时，院里还要进行多方案比较。我深感总院的设计团队精神较好，弥补了民用建筑设计上的欠缺。我院的建筑力量较雄厚，一部分是从上海老华东工程设计公司转来的很有经验的技术骨干，另一部分是“文革”前毕业的各大专院校的毕业生，是一批新生力量，可以说大家是来自五湖四海，从南方来的有华南工学院、杭州之江大学、上海圣约翰大学(院系调整后，建筑系并入同济大学)、上海同济大学、苏州工专、南京工学院(现在的东南大学建筑学院)、；在北方的有哈尔滨建工学院(现为哈工大建筑学院)、天津大学、清华大学、北京建工学院、北京工业大学；来自中西部和中南部的有重庆建工学院(现为重庆大学建筑学院)、湖南大学、合肥工业大学、太原工学院、西安冶金学院(现为西安科技大学)等。在建筑设计中，八仙过海，各显神通，老同志带新手，形成老中青三结合的设计团队。

家庭一直是我的强大后盾，让我免除了后顾之忧。妈妈的言传身教给我无形的精神力量，她到64岁才退休。辛苦把子女抚养成人，等我们成家后，又悉心照顾第三代。爱人李桐是结构高工，工作之余还要管家务，勤俭持家，照顾三个女儿，是我的贤内助。特别在我出国、出差期间，她的负担更大。妹妹费琪在北京地质学院(已迁至武汉改为中国地质大学)任教，后来又当了博导教授，工作很忙。1981年9月我从西德回来后，她即去美国芝加哥大学作访问学者。她已有一儿一女，还在地质学院腾出房间给妈妈住。正因为有妈妈、爱人、妹妹、妹夫的关心支持，我才能全身心地投身到工作中去。

妈妈一直有个心病，每逢清明，只能遥祭在苏州的爸爸墓地。1985年5月中，妹妹已从国外回来，经商量决定陪妈妈南下去苏州扫墓。我先陪妈妈去武汉在中国地质大学妹妹家住几天，接着我们仨一起去庐山游览。之后我陪妈妈去上海大伯母家，请我的堂弟费明熙、费明慈陪我们去苏州上坟。爸爸的墓地原来在苏州横堂镇卧牛山下，“大跃进”时，墓地改建化工厂，将遗骨移放在一个陶罐中迁到山上，我们这次去扫墓必须通过这个化工厂。开始门卫不让进，好说歹说交了100元“过路费”，才让我们一行穿过工厂进入后山山坡。经过曲折荒道，终于找到墓地，妈妈不胜感慨，也无限欣慰，了却了一个心愿。回京后，她赋诗两首。

陪妈妈参观黄鹤楼 (1985)

陪妈妈参观白鹿洞书院 (1985)　↓登庐山 (1985)

吴门扫墓感怀之五

1985.5.27

五到吴门已耄年，携儿拜扫墓门前，
一堆荒冢埋英骨，四十余春伴月眠！

扫墓还需买路钱，奇闻竟出艳阳天！
迢迢千里难重到，一掷千金了俗缘[一]！

[一] 原诗注：苏州祖坟原葬于横塘山脚下，“文化大革命”中被迁到山上，现山前新建一厂，堵住去路，今携麟儿不远千里而来，厂方竟索100元买路钱，想不到在社会主义光天化日之下竟有此敲诈行为，能不慨然！因记之。

陪妈妈去苏州为爸爸扫墓（1985）

年费麟陪妈妈游苏州虎丘（1985）

梁支厦陪我们游览苏州园林（1985）

陪妈妈去苏州扫墓总算顺利。到苏州期间遇见徐民苏和梁支厦，他俩是我上海南洋模范中学和清华大学的同班同学。徐民苏也是苏州人，在苏州当了建委副主任，工作很忙，还派车来接我们。梁支厦是上海南模中学篮球校队的队友，从南模七宝初中开始就一起打球。这次相见，他特意抽空陪我和妈妈游览了几处苏州名园。这是毕业后和他们的第一次见面。老同学久别重逢，格外高兴，感慨万分，真是不堪回首话当年！他俩在1957年受到冲击，蒙受不白之冤，牵连全家。我很佩服他俩的坚强性格，度过了难熬的岁月，能坚持下来，无怨无悔，改革开放后又继续发挥余热，不减当年勇。

30 合作

Joint Ventures

我院的三大支柱离不开合作。从建设过程看有甲方（业主）、乙方（设计院）、丙方（施工方）的合作；从设计过程看有多专业工种合作；从涉外工程看有中外合作。任何一个建筑设计，不可能只靠建筑师单枪匹马完成，即使在方案阶段，也有必要找有关专家配合咨询，要考虑到任何创意都要有可操作性。说到底，建筑不是纯艺术，不是绘画、雕塑，建筑是艺术性很强的系统工程。2000年前罗马奥古斯都时代由维特鲁威撰写的《建筑十书》就提出了“实用、坚固、美观”的设计原则。我国的建筑设计方针提出了“适用、经济、美观”的三原则。对于每个工程设计来说，不论是国家投资还是私人投资都应贯彻这个原则。作为建筑师，特别是主持工程的“设总”(也叫工程主持人)更要起到全面掌控的作用，要把握好建设标准，要在各种合作设计中起到协调作用。

中外合作设计并不是什么新事物。早在20世纪50年代初期，苏联援助我国156项工程建设项目中，苏联专家就找了中国专家进行设计咨询。我院工程师就曾在652厂(即长春第一汽车制造厂)帮苏联专家画KMД图，即结构安装节点大样图。北京798厂(现为北京798艺术中心)，是当年由东德

德国朋友盖斯特夫妇和女儿参观798艺术中心

专家设计，三机部第四设计院(电子部四院)负责设计咨询。设计苏联展览馆(北京展览馆)的苏联建筑师找了当时在北京工业设计院(中国建设部设计院的前身)的戴念慈总建筑师进行合作设计。在FEDIC条款中(《业主咨询工程师标准服务协议书条件》)对建筑师跨国设计有规定，必须找当地建筑师进行咨询。我国改革开放后对外敞开了设计大门，中日友好医院和国贸中心的外方设计单位都找了中国的设计院作为咨询单位，进行合作。

我们机械部总院工业建筑合作设计是有传统的。除了和苏联专家合作之外，在1983年的滁州刨花板厂和北京第三制药厂就是分别和德国、意大利合作的项目。以后的H986海关集装箱检查系统工程和P3、P4级实验室工程也是中外合作设计。

在民用建筑中进行中外合作设计开始得较晚，也有一个认识过程。最初，有人反对别人做方案、我们做初步设计和施工图的合作设计，有“不吃嚼过的馍”的想法。在20世纪80年代初期香港李鸿仁建筑师的保利大厦方案中标，要找内地合作设计单位，我院应邀去洽商，在面谈条件时我们没有经验，一位电气工程师要港方提出酒店和剧场的用电指标参数，港方认为我院缺乏设计经验，没再继续找我院。国贸中心的施工图设计合作单位是机械部一院（蚌埠）。1985年该院国贸设计组负责人董善白建筑师找我，根据蚌埠院本部的决定，他们要撤回蚌埠，不再做国贸工程的施工图设计。他希望总院设计处能接这任务，从经济效益和社会效益看，接手国贸中心施工图设计任务对以后的发展是很有利的。当时，作为设计处处长的我很想接这个任务，向院里主管设计处的院长和总工作了汇报，希望能批准这一大型中外合作任务。根据第七个五年计划(1986—1990)，机械部有17个重机厂要技术改造，为了保证工厂设计的重点，土建设计力量不能削弱，因此院里不同意接国贸中心的设计任务，尽管我力争，表示土建力量可以既保证工业厂房的技术改造，又可保证国贸中心的出图任务。但未能如愿，还得照顾大局，服从院里的决定。两个大型工程的设计任务都没接着，前一个是缺乏经验，后一个是领导不批准，实在无奈。

我院在转型，设计人员也要转变观念，特别是建筑设计人员，如果眼界不开阔，经验主义，吃老本，都不能适应新形势。到国外考察的机会对工业建筑设计院来说，工艺专业比较多，土建专业比较少，更不用说是其他专业了。通过中外合作民用建筑设计，对土建公用专业来说，会有较多出国考察机会。我们工业院要提高民用建筑设计水平，光靠自己勤学苦练还是不够的，中外合作设计却是一条取长补短的“捷径”。可以直接学习到国外公司的设计经验，甚至在体制、管理方法上学到别人的长处。为此，凡是经过我对外谈判的中外合作设计合同，我都力争加上一条到外方设计单位联合设计的条款，费用主要由外方负担，并在设计费中列入。

1984年，机械部所属富拉尔基重型机械学院准备把研究生部搬到秦皇岛市，在该处新建一个近期3 000学生、远期5 000学生的新校园，取名“燕山大学”。在新校区中准备建一旅游专业，由新加坡某集团投资。项目立项后，邀请我院和新加坡DP建筑师事务所参加校区规划设计方案竞赛，各家可以拿出2～3个方案。由于我院已做过好几个学院规划设计，有条件积极参加这个设计竞赛项目。另外甲方又请来南京工学院的教授和有关领导及专家组成评审小组。经过多方面筛选，评审团推荐了DP建筑事务所的方案为实施方案。这时已到年底，为争取1985年夏季能招生开学，一定要争取“三边”设计，做到当年设计、当年施工、当年使用。经过商定，我们马上组织设计队伍去新加坡，在DP建筑事务所联合设计。大家结合国情调整方案，完成初步设计，然后回京做施工图设计。同时校方由副校长带队，和建校筹备组的教职工一起，准备和新加坡某投资集团商谈有关新办旅游专业系的规模、标准等问题，并尽快提出设计任务书。

说来也巧，校方教师中有位潘学仁老师，是清华大学1959年土木系结构专业毕业的校友，也是我妻子李桐的同班同学。现在他是甲方，我成了乙方。这次是我院第一次民用建筑项目组团出国参加中外合作设计。院里很重视，由肖洪芳总工程师领队，我作为副领队协助工作。我们与燕山大学筹备组成员组成一个浩浩荡荡28

陪新加坡DP建筑师事务所的建筑师们游长城。(自左至右:费麟、唐惠珍、陈小姐、陈少谦先生、汤察先生、周玉良)

人的设计队，分两批去新加坡。根据工作需要，出国的专业包括了总图、建筑、结构、给排水、暖通、锅炉、管道、电气、经济等设计人员。这次的技术主力依靠土建一室，一室主任周庭垣提出了基本成员名单，建筑专业有曹亮功、李起鸿和李琳，结构专业有周庭垣(马来西亚华侨)、唐惠珍、白璧如(马来西亚华侨)、赵杰、何伟等人。整个设计团队由老中青三结合的班子组成，特别要培养一批年轻的设计力量。事实证明，这批年轻人日后已成为了我单位的技术骨干力量。

新加坡地处赤道附近，全年炎热异常。第一次到这个国家，接触到的新加坡人都能讲华语，感到很方便，有点像到了香港、深圳。从机场到市区，沿途绿树成荫，街道清洁整齐，能看到海岸线。远处的高层住宅，简朴挺拔，深凹的阳台在阳光下形成阴影，增加了建筑的立体感。高层的底层几乎都是架空的“鸡腿”柱子，增加了城市空间的通透感。首层架空好处很多，可以遮荫避雨，也可以暂停自行车或汽车，遇到红白喜事还可以作为社交的多功能空间。从建筑来看，这是地道的“灰空间”。

DP建筑事务所派了一位年轻建筑师负责接待我们。考虑到在新加坡要呆上一个多月，他们给我们租了设备齐全的公寓套间，可以自己做饭、洗衣、冲凉。他特意告诉我们，洗完衣服后晚上晾在阳台上，白天要收进屋。新加坡政府对市容有要求，早上7:00到晚上天黑前，不准在阳台上晾“万国旗”，违者重罚。这种法令和禁止随地吐痰、禁止吃口香糖一样严格执行。一个文明城市的管理从细节做起，依法治国，可见一斑。我国目前尚做不到，这就是差距。

DP建筑事务所办公室设在自己设计的大楼里。整个大楼呈现退台式，最底层有超市、餐饮等商业服务设施，中午可就近用餐。顶层有公寓，可供事务所员工租用。我们每天从住处到办公室上班要打车。由于开工时间已定，甲方要求设计加快进度。到新加坡的第二天，大家就开始了紧张的设计工作。燕山大学的总体布局已定，略作调整之后，马上要进行初步设计。第一期施工的教学楼、学生宿舍、学生餐厅和锅炉房要尽快定案。事务所雇员大部分是新加坡人，有一位主任建筑师汤察先生是菲律宾人，另一位建筑师是澳大利亚人。当我们在调整教学楼方案时，这位澳大利亚建筑师拿了草图找我商量砖墙外檐剖面的保温构造问题，以便确定外墙的厚度。我很惊讶，这位外国建筑师在调整方案时，已经在琢磨根据当地热工要求确定外墙的构造做法。显然，立面与构造不可分，在调整方案中必须考虑。

这一年的春节是在新加坡过的。由于华人很多，春节气氛很浓。新加坡朋友特意邀请我们去“牛车水”逛逛，体验一下这里牛年的民族风情。

在工作之余我们抽空参观了市容，在市中心的湖边有贝聿铭先生设计的中国银行。远远望去，白色的大楼立面用窗墙构成目字形，再加上首层两根架空的宽扁支柱，活脱呈现出一个“贝”字。春节后，第一批设计组回去了，来了第二批接着干。经过努力，按时完成了初步设计全套图纸文件。回京后，大家接着完成施工图设计，保证了在土地化冻后就马上开工。最终，项目当年建成，当年开学上课，这是一次成功的“三边”设计，在民用建筑中迈开了中外合作的第一步。

对于“三边”设计，我一直认为是不合设计程序的做法。但面临市场需求，这也在所难免。是否能又快又好地设计呢？在国际上就有一种快轨(fast track)设计的做法。苏联曾经推广的平行流水作业也是一种快速方法。燕山大学项目能做到这点，并不等于所有项目都可以做到。为了更有效地发挥主观能动性，承接任务和协调专业力量，我们在设计处试点成立一个综合室。为了保证质量，相应也要采取一些措施，如建立一套质量管理办法(早期推行TQC，现在实行ISO9000标准)，综合室各专业的带头人必须配备有水平的专业带头人，同时院里再加强对方案、初步设计的审查，特别是发挥专业委员会的专业审查作用。这些措施可以弥补综合室专业技术水平的不足。

1985年，院里决定撤销设计处，从1987年开始，将土建、公用专业室改组为综合一室、二室和三室。每个室可以有相对独立的计划经营权，下设总图建筑组、结构组、电气组、设备组(水、暖、热力)。我担任了院副总工程师兼总建筑师，主要负责民用建筑生产任务。

我院进入民用建筑市场后，一直想做个大型公共建筑，苦于没有机会。1986年初经熟人介绍，北京市宣武区大观园宾馆筹建处委托我院做设计前期准备工作，并于6月组织了“大观园宾馆设计竞赛”。我院也积极动员，组织人力设计方案，并邀请清华大学参加。1987年5月15日正式宣布，在清华大学建筑系王玮钰教授指导下，她的硕士生做的方案获一等奖，并定为宾馆实施方案。9月28日首都建筑艺术委员会正式宣布调整后的方案审查通过，要求清华大学及机械部总院合作设计，着手进行初步设计工作。同年11月8日大观园宾馆筹建处代表通知说，经有关市领导建议，香港投资方和建设单位同意，决定重新委托设计单位，请有宾馆设计经验的北京市建筑设计院承担全部设计，对原设计方案要做修改、调整。很遗憾，一次与清华大学合作的机会没能如愿以偿。失败乃成功之母，此事激励我院下决心一定要在北京接一个大型公共建筑设计。一回生二回熟，总要找个机会迈出这艰难的第一步。

1988年机会来了。院经营部通过熟人关系了解到北京市住宅开发公司(简称“住总”)和法国波来日集团

(Groupe Pelege)合作建设北京国际金融大厦(BIFB)。法方设计单位爱尔培建筑事务所(Michel Herbert Architecte D.P.L.G)正在寻找中方合作设计单位。住总和法方集团到我院考察后决定委托我院设计。住总筹建处负责人黄松心1959年毕业于清华大学土木系,和我并不认识。另一位高莺总建筑师是我的师姐,她于1958年毕业于清华大学建筑系,在学校里就认识。三位校友不期而遇,共感天下太小了,竟然相遇在同一工程项目中,各自代表甲方乙方,是缘分吧!法方代表贝特利先生听说我们都是同学,也很高兴。过不久,住总通知我院,正式委托我们作为法方的合作设计单位。甲方分别与我们两家订合同,我院再和法方设计单位签个技术协议,中法合作设计开始了。法国爱尔培(Herbert)先生带了两位得力大将:一名叫龙格,是总建筑师,毕业于巴黎美术学院(ECOLLE DES BEAUX ARTS)建筑系,手头功夫很好,能画出很漂亮的彩色铅笔效果图;另一名是总工程师,叫马科维奇,是东欧移民的法国人,他可以代表结构、机电设备专业与我们商谈。有一次我问他,你怎么有这样大能耐,懂这么多专业?他笑笑说,我不懂可以打电话请教在巴黎的咨询专家,但在设计前期的对外联络时可以全权代表。在设计前期阶段,我院副院长宋知诚直接领导这项目,我作为中方总建筑师参加,英语基础好的陈远椿作为中方总结构师参加,经营部的张传才担任项目经理任务。

那是第一次与法国设计方接触,感觉良好。爱尔培先生临走时对我说,机械部总院的实力很强,他们对这次合作很有信心。随后他挤眉弄眼地说,他有一点不满意,就是办公室的厕所太脏。他对细节的直率批评给我很大震动。一个设计院的环境管理,也是不可忽视的企业文化建设,这点往往是我们容易忽视的地方。

北京国际金融大厦(现中粮广场)地处建国门内古观象台西侧,北临长安街与国际饭店隔街相望,西南角正对北京火车站,是一块宝地。规划用地2.31公顷,建筑面积限制在8万平方米以内,限高45米。这是一幢集办公、公寓、商业于一体的综合性公建。根据规划局要求,沿长安街要退红线50米,作为城市公共绿地。当时正处于北京市领导提出“夺回古都风貌”的口号,反对“豆腐块”、“麻将牌”、“排排房”的建筑现状。对建筑设计提出的要求是:民族传统、地方特色、时代精神。爱尔培建筑事务所已经做了许多方案。第一次是高层方案,因限高被否了。第二次方案按限高45米设计,平面功能没问题,就是临长安街的北立面未获通过,因为呈蓝白回文图形,有阿拉伯风格,不适合北京地区。第三次做方案时,我方结构老总陈远椿建议在大挑檐的入口处加两根柱子，有利于抗震。方案仍以蓝窗白墙为主调，加了两根大红柱，因为有代表法国红、蓝、白国旗之嫌，又未获批准。至此首艺委和规委决定发动各大设计院做方案，来一次公开竞选。建筑方案设计竞赛邀请了北京市建筑设计院、建设部设计院、清华大学建筑系、中京建筑事务所四家，然后请爱尔培建筑事务所和机械部总院也参加。这个项目我担任中方总建筑师兼任项目总设计师，对这样的安排，有些担心，一旦我院方案不中标，花落谁家就说不定了。于是我们发动各室能人多出方案，力争取得设计权，有意识将方案分成三类，分三组同时做。第一类是小改，在原有基础上增加一些民族传统符号；第二类是中改，可以做大屋顶、五龙亭之类的仿古建筑；第三类是大改，可以放手用现代手法大动手术。我自己倾向第一类，也和宋希禄、蔡鹤年、孙宗列等一起做方案。在做方案的过程，我带了草图和高莺等先后到北京市建筑设计院总建筑师张镈、张开济家里请教。他们热情接待，亲自动笔给予了指导。

这样发动各院征集立面方案的做法，在北京市还是破天荒第一次。由于是市领导下达的任务，各院校都很重视，教授、专家亲自动手。第一轮

看望张镈伯伯时他赠我《我的创作道路》一书

请张镈对机械大厦方案（计划对白云路汽车局大院改造）提意见

北京国际金融大厦的帽子方案比较（模型采用装配式帽子）

北京国际金融大厦方案模型

方案共有41个(我院提出了11个方案)，第二轮集中成13个，第三轮又集中成5个。第四轮方案以爱尔培建筑事务所、我院和清华大学的三个方案为基础，再集中成两个报送方案。经过多次修改、筛选、综合，最后经规划部门初选用了我院的改进方案，只是对大厦塔顶处理仍不满意。我们立即做了模型，塔顶做成装配式的部件，提供了单檐、重檐、三重檐三个方案，供领导选择。爱尔培先生最不喜欢三重檐方案，他把三重檐活动模型放在大衣口袋里，在审查会上不想拿出来。当年的市长陈希同审查时，恰恰又选中了三重檐方案。法方建筑师只得苦笑，耸耸肩膀，将两手一摊，深表无奈。要知道，在当时“夺回古都风貌”的气氛下，是很难避免这个结果的。

经统计，此项目有前后6家院校

北京夺回古都风貌座谈会（1994）

夺回古都风貌的展板（1994）

共做了106个方案。

北京国际金融大厦方案批准后，中法双方立即进入调整方案阶段，为初步设计做准备工作。波来日集团总裁波来日先生(Michel Pelege)到北京来拜见了市领导，希望通过这项目进一步加强合作。1988年9月20日在

法国展览会在北京开幕 (1988)

北京展览馆举行《巴黎大区城市建设技术工艺展览会》开幕式，巴黎大区议会主席米歇尔·吉罗在讲话中宣布《巴黎大区向北京开放》活动启动。在合作设计协议中规定于次年 (1989年) 7月初总院设计组组团赴巴黎进行联合设计。这个项目是院级重点工程设计，主管生产的副院长宋知诚和我一起和爱尔培先生商讨联合设计的细节。因为在我院去巴黎联合设计的人数上两家意见不一致，白天未谈成，爱尔培先生单独约宋院长和我于晚上10点到他下榻的国际饭店去面谈。他认为去五位设计人已够了，即建筑、结构、水、暖、电专业各一人。我说不行，要考虑中国国情，为了尽快出图，还必须加总图、弱电、锅炉热力以及建筑工程技术(管人防、消防、地下室功能用房)四人。爱尔培同意了，达成协议的条件是：五人的费用他负责，其余四人的费用由总院自己承担。那天我们三人谈得很晚，我俩起身告别，爱尔培先生很高兴地拉着我手说："巴黎见！"我说："不！我俩不去怎能见面?"这时他才明白，说了半天，去巴黎的名单中没有我俩。他于是马上做了决定，由波来日集团邀请宋副院长，由他的公司邀请我去，我院一共11人前往巴黎。这次联合设计的中方组团名单才算敲定。

我们设计组开始在做初步设计的前期准备工作，成天忙于设计。所有图纸和说明书都要用中英文双语，翻译工作量很大。爱尔培先生要求我们将中国有关规范和图纸深度规定摘录、翻译成英文给他。这时我经常要去中法合资筹建处商谈工作。这段时间正值1989年春夏之交的政治风波过后，许多外国投资商纷纷撤资。让我吃惊的是法国波来日集团没有撤，不久在北京电视联播节目中，还播放了北京市长接见波来日先生和贝特利先生的镜头。这让我们吃了定心丸，北京国际金融大厦设计可以继续下去。

根据协议，我们院分成了两组，先后去巴黎爱尔培建筑事务所联合设计。我负责第一组，同行的有三室主任诸耀明(建筑)、副主任顾德民(结构)和建筑设计高手宋希禄。我们先行一步，要和法方一起调整平立剖面

中国BIFB设计第一组在法国爱尔培建筑事务所(1989)

与法国爱尔倍建筑师干杯

图，并确定地下室车库、人防与设备辅助用房的布置。

这是我第二次去巴黎，一切都还记忆犹新。由于没买到直航机票，我们一行四人只得乘国航班机去德国的法兰克福机场，然后转法航飞机前往巴黎。未料到，在法兰克福没能及时转机，因国航的联票无效，法航没接到国航通知。我急了，误机没关系，和巴黎机场接机人没法取得联系却是个问题。一位法航小姐很有礼貌地接待了我们，她立即帮忙办妥转机手续，安排我们尽快乘下一班飞机去巴黎，并打电话给巴黎戴高乐机场，请他们机场广播通知爱尔培建筑事务所接机人，并告知我们四位中国人抵达的航班时间。这一切办得很顺利，让我搁下了心中一块石头，深感法航办事效率和服务态度确实比中国强很多。当我们抵达巴黎机场入关时，又发生一件没料到的事。其他三人顺利过关，却把我叫到海关办公室，他们

北京国际金融中心BIFB设计第二组在巴黎（1989）

仔细看了我的护照后，询问我们来法国的目的和接待单位名称以及邀请人姓名，我立即将随身带的法方邀请信和联合设计的图纸给予证明。他们看后，说了声谢谢，摆手示意可以过关了。事后我才知道，毛病出在护照上，我的出生地是广州，而恰恰“八九风波”后有很多持广州颁发护照的人偷越国境到了法国，引起当地海关的神经过敏。

这一阶段安排得很紧凑。每天从下榻的旅馆处坐地铁至市中心的巴黎歌剧院，然后步行15分钟即可到达办公室。爱尔培先生给我们配了法文翻译，她是位留法中国学生，正在读博士学位。这样在交流上方便多了。

1989年正值法国大革命200周年，为此法国总统密特朗出面，邀请贝聿铭设计“卢浮宫扩建工程”。建成后的玻璃金字塔新入口成为巴黎的标志性建筑，为卢浮尔宫带来了轰动效应。与此同时，巴黎一共建了九个国庆工程，其他还有拉德方斯新凯旋门（又称“拉德方斯大拱门”）、财政部大楼、奥赛尔博物馆、阿拉伯世界研究所、巴士底歌剧院和拉维莱特公园（总体规划）和公园中由屠宰工厂改建的科技馆及公园入口的音乐学院。这些新建筑除卢浮宫项目由总统指定设计人之外，其他八个都通过设计竞赛获得。在法国有法律规定，每届总统只能指定一项总统工程。前届总统蓬皮杜负责选定了蓬皮杜文化中心，尽管他并不满意这个设计竞赛第一名的“翻肠倒肚”式的前卫建筑。上一届德斯坦总统的标志工程就是底方斯新区规划建设。很幸运，我们这次赴法，有机会参观了这九大建筑，并被邀请去香舍丽榭大街参观7月14日法国国庆阅兵典礼大游行。有感于巴黎国庆工程，我用了四句话表达。

传统与现代和谐共存，
建筑与环境相映生辉。
改建与新建并驾齐驱，
艺术与技术水乳交融。

这九大工程的布点照顾到东部和北部的均衡发展，其中1/3的建筑是改扩建工程，其中四幢建筑分别由美国贝聿铭、丹麦斯普力克森(J. O. Spreckelsen)、加拿大卡洛斯·奥托(Carlos Ott)建筑师和意大利女室内设计师奥兰蒂(Gea Aulenti)设计。这种跨国合作设计在国外也是常有的事，看不到有丝毫地方保护的色彩。

我们第一组于7月下旬完成任务后就回北京了。接着宋知诚副院长、陆志军副室主任(兼副主师)总图、暖通、动力、电气等七人组成第二组赴法联合设计。过不久，从巴黎来电要我马上再去一次，因涉及很多建筑问题要协调。

本以为这项目可以一帆风顺地进行了，不料法方合作单位按法国政府通知因故要中断合同，把投资撤回。经过周折，住宅开发总公司把这个

中粮广场

项目转让给北京某房地产开发公司，改成“宝华大厦”。副主师宋希禄负责了相应的建筑修改设计工作。建筑面积增加到12万平方米，商业加了三层，南边公寓楼改成办公楼，立面也作了调整。刚出完图，工地已开工做基础，甲方任务书又变动了。这项目再次转手给中国粮油进出口公司，更名为“中粮广场”。这时与中粮广场毗邻的恒基广场已开工建设，突破了45米的限高，甲方想增加高度，增加面积。只是由于基础已打好，工期已定，无法动大手术去修改平面和加固结构，只好作罢。这个阶段，综合三室建筑负责人郭晋生和其他专业设计人加班加点，进行了“中粮广场”的大量设计修改和工地配合工作，直到建成。

从“北京国际金融大厦”经“宝华大厦”到“中粮广场”，前后做了108(106+1+1)个方案，几经周折，由中法合资、合作设计改成中方独资、国内设计，经历了八年时间，最后终于1996年竣工。

北京中粮广场街景

31 平台

A New Platform

机械部总院的合作设计也包括与国内院校的合作。与清华大学建筑系的合作最早始于1958年的北京第二通用机械厂厂房设计。20世纪80年代初期深圳市筹办深圳大学，委托清华大学建筑系负责该校园的规划设计工作。我院受到清华大学建筑系邀请，我和赵平生去深圳参加深圳大学的校园总体方案规划设计工作。记得当时吴良镛系主任和周逸湖、梁鸿文老师都亲临现场做方案。建筑系1978、1979级的同学徐卫国、刘光亚、王君等同学也参加了。到20世纪80年代中期，又与清华合作设计北京大观园宾馆。此外，与别的院校也有合作。为了1990年9月在北京举行的第十一届亚运会，北京要筹建大批亚运工程体育场馆。经陈远椿介绍，他的哈建工老同学梅季魁系主任找了我院一起合作，共同承担已中标的朝阳体育馆(排球馆)和石景山摔跤馆的初步设计和施工图设计工作。这是一项有很大难度的大跨度体育建筑，朝阳馆用上了悬索壳体结构。我院抽了许多主力投入到这一合作设计中，建筑设计有蔡鹤年、张振声、孙宗列等，结构设计有陈远椿、邵光奎、蒋兆基、陈秀梅等。

经过这几年的国内外合作设计，我院锻炼了队伍，培养了人才。在三大支柱的支撑下，特别是广泛开始中外合作设计后，我院形成了新的平台，设计领域扩大，任务增多，影响扩大，收入增加，经济效益和社会效益明显提高。在中外合作中我们始终坚持四条原则：一是坚持参加从方案调整到初设、施工图全过程；二是坚持把技术参观考察的要求订入合同内；三是坚持全面学习国内外设计、管理先进经验；四是坚持交朋友，争取长期合作。

这时院里为加强企业文化建设，提出要发动群众设计一个院标。经过多次筛选，最后采用土建一室年轻建筑师赵崇新的设计方案。以英文字母M为主体，设计成一个皇冠式的院标，暗示要追求皇冠级的设计质量和服务质量。M字代表机械部(Machinery)，M字顺时针旋转90°，恰好是个“3”，代表三大支柱；如果逆时针旋转90°，则是E字，代表工程(Engineering)和电子(Electronics)。M字顶上是一颗明珠，M字是冠身，M字下的IPPR组成的冠帽帽檐，总体外形就是一顶皇冠。由于这个院标图形简明、含义准确，有较大的包容弹性，一直沿用至今。

1991年院领导通知我，经部里批准，任命我为副院长兼总建筑师。部里人事司还找我谈了一次话，勉励我挑起更重的担子，严格要求自己，并注意自己在院亲属不要搞特殊化。此时正好我妻子李桐已到年龄，准备退休回家照顾外孙，我心想无须再为此担心了。这个任命很突然，我毫无思想准备，一心想埋头业务工作的希望又破灭了！这也许是“命”吧。

按分工，我和徐华东副院长都分管生产，我兼任总建筑师，更多管民用建筑的设计任务和海口、厦门、北海三个分院工作，兼职三个分院院长。当副院长，不能只从建筑专业角度来看问题，视野要扩大许多，要有更多的全局观念，要与其他几位副院长共同协助宋知诚院长工作，依靠各职能部门和生产室进行工作。分院院长只是法人代表，真正常务工作还要依靠各分院的常务副院长。20世纪80年代末深圳爆发了房地产泡沫经济，涉及面大，新建项目骤然减少，设计院任务不多。有些单位纷纷把分院撤销或只设一个代办机构。这时院内也有不少呼声，认为派人到外地分院承担任务，开支较大，个人效益高了，院的效益少了。建议不办或少办分院。过去，院里对分院的考核办法和院总部一样，以产值为标准，与开支无关，计奖办法以此为计算标准，产值与奖金直接挂钩。这产生不公平问题，生产成本高开支大的科室与成本低开支少的科室奖金计奖办法一样。有人认为办分院的开支太大，利润少，效益低。当时海南分院就提出一个“按盈余提奖”的考核办法。为稳妥起见，该办法先在海南分院试行，待时机成熟后再推广。实际上，这一考核制度大大调动了生产人员的积极性，按多劳多得的原则，海南分院的产值急剧上升。效益一高，奖金也多了，对院对个人都有利。不久，这一考核办法在全院实行。

20世纪90年代初，房地产复苏，不少科研设计单位纷纷到开发区买地，做起房地产生意。我院在书记的鼓动下，也积极在北海、海南、珠海等地买地买房置业。这个业务可不是我院的长项，只能采取“摸着石头过河”的办法。于是在北海通过关系，找熟人，准备买一块靠近市中心的宝地。但好景不长，因为有一家来头很大、有通天本领的房地产公司也想买这块地，逼得我们只能让路，选了市郊另一块生地。这是一次教训，没有足够的资金和强大的后台，没有一批有经验的干部，像我们这种设计单位是无法进入房地产开发领域的。即使硬挤进去，也可能血本无归，无法潇洒走一回。

1993年，我院为纪念成立40周年，组织了一次新闻媒体招待会。在会上，院长介绍了我院的历史简况，会后请客人到北京国际饭店旋转餐厅进餐。在餐厅里人们可以俯视在建的中粮广场(即原来的北京国际金融大厦)。这次活动请到了许多外交和新闻单位。其中有外交部国际司有关负责人，新华社国际司高级编审、《北京周报》、《中国日报》以及各大报刊的编辑、记者。会后各报刊纷纷发了消息。1993年3月出版的英文版《北京周报》就有报道我院的。新加坡《星岛日报》也作了报道。这些报刊向外宣传了我院在工程咨询、中外合作、出国培训等方面的情况，在扩大我院影响上起到了很好的作用。

设计院核心竞争力的关键是人才竞争。有了高水平的人才，就有高质量的品牌设计。我院在工业工程、能源工程和民用建筑三大支柱中都有专业带头人，在抗震、环保、节能、声学等科研领域也涌现出许多老中青的专家，在民用建筑领域中医院建筑、城市规划、公共建筑、住宅建筑等方面都有专门人才。这些人才都是通过实际工程锻炼出来的，特别是通过中外合作设计，也有的是通过出国进修、代培或攻读硕、博学位不断成长的。实践证明要不断提高水平，院校结合是一条很有效的途径。有不少建筑师分别在清华大学、天津大学、北京建工学院、北京工业大学、哈尔滨工业大学、合肥工业大学、湖南大学等校建筑学院兼课，并合带硕士研究生。20世纪90年代，总院专门邀请了清华大学建筑学院院长、书记等学院负责人到院参观指导，并且商谈选派优秀的设计骨干到建筑学院攻读工学硕士。这一协议达成后，大大激发了设计人员在职培训的热情。一面工作一面进修，生产和学习两不误，这是在职继续教育的好办法。每隔几年向清华大学建筑学院派送在职建筑师攻读硕士学位已经成为我院的一项制度，清华大学建筑学院给予了极大的关心和支持。这个制度一直延续至今。

为了开展室内装修设计，从20世纪80年代初，我院就组成了设计组。在院长、总工的支持下，我们从工艺美术学院陆续调进一些设计人员，承接了北京明珠海鲜酒家、北戴河高级休养所以及一些北京的宾馆、饭店、办公楼的室内装修设计任务，带动了综合室的综合专业力量。为了开展国际合作业务，发挥已挂牌的兴华工程咨询公司的作用，我院特意调进了一位学建筑、懂外语的年轻人到外事组协助搞对外联络工作。通过她的家庭关系，相关部门先后组织人员到广西钦州、越南、海南亚龙湾和马来西亚等地考察、谈判，寻找新的涉外任务。

当了副院长以后，我时刻提醒自己不要成为“无脚飞将军”而脱离生产第一线，争取机会能与设计人一起参加咨询设计工作。这时全院有800多名在职人员要生存，要发展，必须多接大型项目，多接效益好的任务。俗话说，要兼顾“名和利”。最好是“名利双收”，“有利无名”或“有名无利”也都可以。我院在民用建筑方面，不像工业工程和能源工程有较多的经验和资源积累，很多技术问题往往是第一次遇到。一回生二回熟，总要打出第一炮。医院建筑就是很好的例子。黄锡璆在比利时鲁汶大学取得博士学位后，如期返院，立即被派往深圳联合设计公司，在那承担一些中小型医院建筑。以后他逐渐积累了经验，建立了有专长的设计团队。从1993年到2004年之间，该团队成功地设计了1 500张床位、20.74万平方米的广东省佛山市第一人民医院(包括一期、二期、三期)，赢得好评，并获得建设部和国家优秀工程奖。在医院设计中采用了医疗主街、方格网交通模式、生物洁净区手术室布局、多通道影像中心设计等一系列现代医院设计理念与技术，为我院打响了大型医院设计的第一炮。医院是每一个人经历过生老病死的空间场所。现代化医院提出了信息化、网络化、自动化和人性化、社会化的要求。医院设计是多专业的技术集成设计，正好发挥我院多工种的优势，逐渐形成了我院的品牌设计，取得了很好的经济效益和社会效益。至此各室先后承担了大型公建和中外合作项目，锻炼了队伍，培养了人才。其中不少年轻人后来成为设计院的技术和管理的骨干力量。

20世纪90年代初，北京市要改建老东安市场，建筑规模是8万平方米，用地2.14万平方米。清华大学建筑学院的方案中标，冯钟平、邓雪娴教授找我，希望能与总院合作设计，完成全部设计任务。这时北京市政府到香港举办招商会，新鸿基地产公司愿意接手这一黄金地段的工程。经过谈判，港方决定和东安集团合资筹建新东安市场，规模扩大成21万平方米，在限高30米的条件下建六层商业楼，局部再加五层的办公楼。综合二室由室主任朱曼茜、蒋兆基牵头组织了庞大的设计团队，赵竹佩、张步诚、李力等老中青设计人员相结合，承担了这一中外合作设计任务。

外方请了在商业建筑设计很有经验的美国RTKL设计公司做顾问，重做方案设计，清华大学建筑学院继续当中方顾问，我院为中方合作设计单位。北京市很快就批准了带有两个中庭和一条商业街的哑铃式平面方案。在做方案的同时，确定了香港王董国际有限公司和我院联合设计，完成方案调整、初步设计和施工图设计的全部任务。这个金街上的商业航空母舰，对设计人是个很大的挑战：有八个电影院放在第5层，安装了两台30米长的自动扶梯，从首层直奔5层；两个不规则中庭采用了横向卷帘防火门；首层

已拆除的老东安市场入口

采用地板辐射采暖；横穿首层商业街的消防通道采用了可开启的玻璃隔断大门；屋顶上安置了备用锅炉房和煤气调压站；采用玻璃钢的清式屋顶飞椽构件，整个外部造型采用了传统与现代相结合的手法，力图传递出王府井大街清末民初的历史印记。按原意，沿街店铺应是“东来顺”、“同仁堂”、“同陞和”、“中国照相”、“稻香村”、“盛锡福”等老字号店铺。怎奈黄金地带首层临街商铺的租金太贵，这些老字号只能委屈到地下街，把宝地让给外国名牌专卖店。这完全违背了保持王府井大街传统商业街的初衷。

新东安市场奠基暨开工仪式现场（1993年11月18日）

新东安市场入口

根据市规划的要求，在新东安市场的地下层留出了通道，准备与对面的百货大楼沟通成片，形成地下街。在二层也留出了架过街天桥的缺口，与对面扩建的新百货大楼连成一片。本意是好的，想学香港中环广场的商业街城市设计，但是缺乏可操作性，没有政府主导和相应的鼓励政策，开发商不会投资于这个带有社会公益性的市政建设。在建设工程中传来消息，主管新东安市场的市有关领导被“双规”[一]了。作为该项目的中方总建筑师，我很担心香港投资方会不会有牵连。找了一个机会，我把这个想法告诉了新鸿基在北京的负责经理。他很有信心地说，香港的廉政公署很厉害，新鸿基绝不会做出违纪违规的事，最多是请客吃饭、喝酒抽烟，新东安市场的建设绝对不会受影响。听到此话，我心中的一块石头才得以放下。

[一]双规，指在规定的时间、规定的地点交代问题。

正当我们设计任务很紧张时，得到消息，院址又要第四次搬迁。我们的邻居《经济日报》社要扩大位于王府井的地盘，提出要与我院换房。《经济日报》社在西三环路北京电视台南边找了一块地，要我院自行设计新办公楼，让我院整体迁到新院址。《经济日报》社提出的协议条件是用黄金地带王府井大街的用地和建筑面积，去换西三环外的同样的土地和建筑面积。这种不考虑地价级差的换房条件是极不公平的。我在协助院长进行谈判时建议的换房谈判方针是：“黄金地带，寸土不让；市场经济，待价而估；有理有节，积极谈判；能进能退，留有余地。”现在不是计划经济时代，不能不考虑市场价格因素。王府井办公楼的房产证是机械部总院的，我院有权自

新东安市场

主换房，于是分别找了许多外商，洽谈共同开发方案。有一家外资开发商提出的条件比较合适，答应在三环路以内找一幢面积相当的办公楼换房，并解决一部分已在集体宿舍中居住的职工用房，将来建成新商业楼还可以无偿提供2 000平方米的商业用房，并赠送两辆进口轿车。但由于胳膊扭不过大腿，我院最后不得不同意几乎按1∶1比例的用地面积和建筑面积、以旧换新与《经济日报》社作不等价换房。

为我院搬迁自行设计新办公楼，也不是件容易的事。《经济日报》社出钱替我院盖楼，对投资限制得很紧，还搬出了经委的关于办公楼不许用空调的规定，拼命降低标准。在各室的支持下，做了各种方案比较，最后选中一室丁建的方案。考虑到北京规划局要求，不让遮挡北京电视台街景立面，设计作了退台处理，采用了开敞中庭、大空间办公室的布局，留足了层高和管道位置，准备以后加建空调。这样做为新办公楼留有余地，为以后调整与扩建创造了有利条件。王荣耀院长等领导也积极支持这个新颖的现代办公楼的方案，任命老建筑师陈彧明为设计主师，开始组织设计班子，进行初步设计和施工图设计。以后，就在这设计具有很大灵活性的设计大楼基础上，进行了多次整体改造与装修，加建了车库，改造了职工餐厅和图书资料、档案室，利用边角地修建了苏州庭院小景，增加了会议室、接待室、展览廊、办公室等功能用房，为全院的企业文化建设创造了良好的环境。

1995年夏季，我院完成第四次搬迁，换了一个办公环境。2001年国家经贸委、国家机械工业局撤销，总院改为科技性企业，进入中国机械装备(集团)公司，改名为“中元国际工程设计研究院”。2003年底，我院联合中国机械工业电脑公司、机械工业规划设计院形成以设计为龙头，集设计咨询、工程监理、设备成套、工程承包为一体的工程公司，改名为“中国中元兴华工程公司”。2006年我院再次更名为“中国中元国际工程公司”后，根据市场需要调整组织结构，在研究、咨询设计、工程承包三位一体的运营模式下，整合成立了医疗、机场物流、工业工程、民用建筑、能源工程五个设计研究院，并在海南、厦门、上海分院建立健全法人机构，按照公司直属企业进行管理。如果说20世纪80年代初开始形成的工业、能源、民用三大支柱是旧平台的话，那么到2009年，逐渐又打造成的研究、咨询设计、工程承包三位一体和医疗、物流、工业、能源、民用、承包六大板块，构成了一个新平台。一个平台就是一个台阶，一个台阶就前进一大步，我们沿着改革开放的道路，一步一个脚印，承上启下不断攀登。

这时我已经退休，量力而行，还能继续发挥一些余热，在院内外担任一些顾问工作。在新的平台上我有幸参与了几个挺有意思的设计项目，如北京财富中心、北京东直门交通枢纽、中国驻美国华盛顿使馆等。

北京财富中心地处北京CBD中心区，占地7.25公顷，建筑面积72万平方米，已经建成一期和二期，三期260米高的办公楼待建。总体规划是德国GMP作的，先后和香港柏涛、王董两家建筑师设计公司合作完成一期、二期的全部设计工作。我是项目总设计师，副总设计师分别由建筑总冯腾飞、结构总肖志强、设备总黄晓家

财富中心一期办公楼

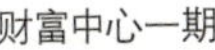
财富中心一期

财富中心金台夕照地铁车站

财富中心施工时出土的乾隆御碑金台夕照

担任。综合三室、一室的赵永勃、陈自明、何山、李兵和王长刚、陈昆元等建筑师都分别承担了建筑设计任务。

第一期150米高办公楼和120米高公寓开工后，挖土时发现了一块石碑，上面刻着乾隆御笔“金台夕照”。这可找到了“燕京八景”之一的出处了。这八景有：居庸叠翠、蓟门烟树、金台夕照、琼岛春荫、太液秋风、卢沟晓月、玉泉趵突和西山晴雪。北京地铁10号线在这专设了“金台夕照站”。石碑出土的地块原来准备盖一幢商业楼，也只能让路，改为一片公共绿地，恢复了石碑原样，供大家观赏。

陪妈妈和妹妹费琪参观北京财富中心销售大厅及样板间

第二期有200米高公寓和99米高六星级千禧大酒店，用商业裙房和第一期连成整体。该楼正好和新建中央电视台CCTV大楼隔路相望，成为CBD的重要建筑之一。

中国驻美华盛顿使馆有4万平方

财富中心二期千禧大酒店

米，由美籍华人贝聿铭建筑师领衔和他儿子贝建中共同完成总体方案设计。外交部通过招标，要找一家设计公司负责项目管理工作，并与美方合作完成方案深化和初步设计、施工图设计工作。我院是综合的工程公司，在监理公司的基础上已成立京兴国际工程管理公司，并有中外合作设计大型公共建筑的经验，通过竞标，顺利承接了这一任务。该工程已于2008年如期完工交付使用。在合作的前期阶段，孙宗列总建筑师和综合二所设计团队去美国到贝聿铭建筑事物所联合设计，我作为顾问总建筑师一同前往。

经一位清华校友的推荐，我院又承接了北京东直门交通枢纽设计任

华盛顿中国使馆南立面及入口大门

务。这是一个集交通枢纽、商业、办公、酒店、住宅于一体的，80万平方米的大型综合体(后来经过“瘦身”减为60万平方米)。这个任务难度很大，进度紧，由公司总裁、院长直接领导，组织综合一室、四室共同完成，并请北京市政设计院作为合作单位。其实真正属于交通枢纽的任务只有8万平方米，为了开发效益，才增加到近10倍的工程任务。原来的开发商是北京大学青鸟房地产开发公司，中途又转让给实力强大的中信公司。北京市副市长、规委主任、交委主任都直接领导这一大型工程。项目预期与西直门交通枢纽遥遥相应，在东直门也建一个复合型主体交通枢纽，成为机场、铁路、城铁、地铁和18条市区、郊区公共汽车路线的枢纽中心。东直门原来就是交通堵塞的地点，现在又集中了这么多的城郊线路，单是因新建60万平方米的枢纽公建就需要考虑近4 000多个新建停车位，真是雪上加霜。不经过交通评估，也可预计到四周城市干道的机动车负荷率将大大超标。我院有物流专业技术人员，在交通分析上也做出了努力，尽量完善设计，避免日后使用时过载、堵塞。

东直门交通枢纽立面图

2004年初，我院受到西班牙波菲

东直门交通枢纽鸟瞰图

(Ricardo Bofill)先生的邀请，到他的建筑事务所联合设计，参加北京东城"阳光上东"住宅街区的竞标。我和综合三室的建筑师李琳与何山一起去了巴塞罗那。事务所处于市郊加泰罗尼亚地区的一片废弃的工业用地上，该办公楼设在一组经改造的面粉厂厂房中，利用并在一起的六个圆筒仓，改建成三层圆形的设计室。其中一个圆

西班牙波菲建筑师利用面粉厂改建成设计楼

自左至右：李琳、波斐建筑师、费麟、何山

西班牙波斐建筑师事务所的外景

筒仓改成直通上层的旋转楼梯间。在边上又利用了一个有加料斗的大跨度厂房，改成一个多功能厅，可以开会、评图、也可以开音乐会。有一天，波菲先生邀请我们三人在这大厅中参加家宴，见到了他的夫人和儿子。波菲先生还在这面粉厂附近的空地上自行设计了一幢400户的Walden高层高级公寓，用中庭和内部廊街将各住户连在一起。红墙、狭窗、半凸的悬挑阳台，组成很有西班牙特色的新古典主义的建筑。这两幢改建和新建的建筑，为原来准备废弃的城郊工业区带来了新的活力，带动周边地价猛涨。这有点像盖瑞(Frank O. Gehry)在西班牙毕尔巴鄂市设计的古根海姆博物馆，

西班牙波菲建筑事务所设计室

↓西班牙面粉厂烟囱改造成餐厅

西班牙毕尔巴鄂博物馆

西班牙巴赛罗那德国展览馆内景

在京设计院总建筑师联谊会签名留念

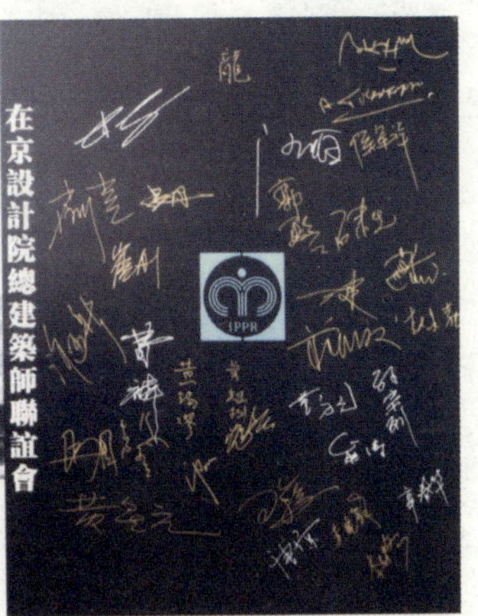

成为世界有名的旅游景点，为该市带来极大的商机。保护、利用工业建筑遗产的做法，在中国已开始兴起。北京的798、上海的四行仓库、上钢十厂等都已有先例。我院在这方面也开始做了一些工作。例如，2006年上海分院通过方案设计竞标，承接了虹口区“1933老场坊”的改造工程，将1933年英国建筑师巴尔弗斯设计的工部局屠宰场改造成上海创业产业中心的新地标。2007年11月项目建成后，受到各界好评，已经进行了多次公共活动，其中法拉利之夜和雷达表50周年活动特别引人瞩目。虹口区准备以1933老场坊为核心，辐射周边1.1平方公里，打造成“上海原生态城市博物馆”。

回顾56年的历程，中国中元国际工程公司随着共和国前进步伐而逐渐成长壮大。改革开放后，我院不失时机，根据机械行业的形势和自身特点，面向市场，面向社会，及时转变机制，挖掘潜力，调动起广大职工的积极性，走自己的路。通过实践，我们不断建立新的平台，积极探索，实现设计院向工程咨询公司、工程总承包公司方向的转型。2008年我公司又取得“城乡规划编制资质证书”(甲级)，在中国工程设计企业60强评选中连续五年入榜，并获得“最具成长性的工程设计企业”称号；同时，还荣获国机集团授予的“十五”时期突出贡献奖；2008年成为首批获得工程设计综合资质的企业之一。

静思篇（2009—）
Reflections

32 责任 Responsibility

尽管每个建筑设计总是会留下遗憾，无法靠个人的力量来排除各方的干扰但终究还是为国家建设添砖加瓦，只能说我已经尽力了。往往过程比结果更重要，更能留下正反经验的记忆。当一名建筑师，必然有一种社会责任感，我总想运用自己有幸学到的知识与技能，来回报社会。

320

33 情缘 My Relatives

2001年10月2日为妈妈祝贺90大寿，地点选在北京新侨饭店，具有特殊意义。50年代初在上海华东建筑工程公司担任建筑设计工作的妈妈，曾经负责过北京新侨饭店的设计工作，故地重游，她十分高兴。

34 思念 Remembrance

我写了一首打油诗，最后一句借用了妈妈的原诗句：

清华毕业五十周年有感

饮水思源清华情，十年执教任风云，

耕耘四十工匠志，不羡虚名不慕金。

我想，如果妈妈健在，她看到这一页，一定会很高兴。于是我将这本纪念册放在她的遗像前，就作为我对她在天之灵的一个书面汇报，以此寄托我的思念。

32 责任

Responsibility

多年的建筑实践，让我经历了一个专业建筑师执业的全过程，除了建筑设计之外，还涉及建筑教育、建筑科研、建筑管理和建筑学会与社会活动等领域。我深感建筑师不可能独善其身、单枪匹马地执业，团队合作精神和社会责任感推动了自己，要力争把美好的创意变为可操作的现实。因为各方面的因素，每个建筑设计总是会留下遗憾，但终究还是为国家建设添砖加瓦，只能说我已经尽力了。往往过程比结果更重要，更能留下正反经验的记忆。当一名建筑师，必然有一种社会责任感，我总想运用自己有幸学到的知识与技能，回报社会。

国际建筑师协会UIA(International Union of Architects)关于建筑实践中职业主义的国际标准中指出："建筑学实践包括提供城镇规划以及一栋或一群建筑的设计、建造、扩建、保护、重建或改建等方面的服务"，并认为"建筑师自古以来就从事艺术和科学的实践。我们今天认识到的建筑行业经历了巨大的发展和变化。对建筑师作品的形象要求变得更为苛刻，业主要求和技术进步变得更为复杂，社会和生态的使命变得更为迫切。这些变化产生了服务内容的变革以及在设计和施工过程中与更多方面的合作。"社会变革要求建筑师具备更多的创意、更多的服务意识、更多的合作精神。我喜欢建筑，因为这是一门将艺术和科学技术紧密结合起来的学科，随着时代的进步，这个特点愈加明显。法国现实主义文学大师福楼拜说得好，科学与艺术在山脚分手，在山顶会合。

上学时我对建筑学理解得比较单一，进入社会后，在设计工作中逐渐认识到建筑学的深邃内涵。不论是工业建筑还是民用建筑，不论是公共建筑还是住宅建筑，建筑设计与城市规划密不可分。建筑师要与政府、开发商、施工商、材料设备商打交道，始终要通过协调、磨合寻找一条最佳途径来实现建筑设计的本意。实践告诉我，每一幢建筑能建成，往往是妥协的结果。对建筑师而言，妥协是艺术，建筑是遗憾的艺术，一点也不夸张。自古以来，建筑艺术总是反映了统治者的意志，用今天的话来讲，“权”和“钱”就是统治者。如果能遇到英明的领导和开明的开发商，那才是建筑师的万幸。作为职业建筑师，我很关心如何能更好地发挥建筑师作用。这涉及改革开放后的大环境和相应的法制、政策、规范以及游戏规则(不排除有“潜规则”)；同时又与建筑师本人的学校教育、继续教育、自身修养、实践经验有关。2001年5月10日《北京青年报》登载了一篇文章《中国的建筑师该醒醒了》，作者是北京华远房地产公司董事长任志强。接着《中华建筑报》在2001年5月29日的“城市周刊”专栏上登载了《建筑师与开发商甲方乙方对对碰》一文，报道了网站上的不同声音。发言者主要从建筑师的角度，对开发商提出反批评，也有对建筑师进行自我反省。任志强的批评中有两点是针对当前建筑师的软肋的：一是建筑师缺乏生活经验；一是所有房子不管是否违规、不论其好坏，都一定出自建筑师之笔。建筑师有终身负责制，对设计质量负责，不应受金钱和权力的影响而违规。开发商与建筑师这种直率、公开的对话，还是很少见的。尽管对话引起不同意见的争论，但还是迈出了可贵的一步。有关我们建筑行业内的评论声太少了，这不能说是正常现象。有时也能看到一些讨论，但多数不会登在报上，而且讨论内容也比较客气，谈远不谈近，谈虚不谈实，谈表不谈里，谈外不谈内，谈下不谈上，隔靴搔痒。在改革开放的今天，人们思想观念的解放仍然滞后于客观上经济高速发展中的物质建设。

面对这个状况，我想说一些大实话，尽到一名建筑师的社会责任，不管是否合乎传统观念、是否适合潮流、是否识时务、是否得罪人。我属于“30后”，经历过抗日战争、解放战争、新民主主义共同纲领、社会主义改造、改革开放等阶段，也经历了“土改”“镇反”“肃反”“反右”“大跃进”“文化大革命”“批林批孔”“反击右倾翻案风”等多项政治事件和运动，逐渐明白了许多事理。可以说我们这一代是承前启后的一代。我希望通过谈一些现实问题，抛砖引玉，为关注国内建设的人士提供更多的话题。作为一家之言，希望言者无罪，闻者足戒。过去我曾就“人居”“方针”“798”“节能”“读书”“中元”“工业建筑”等写了一些“温故知新”的体会，下面就“工程咨询设计业”“注册建筑师”“城市住宅规划设计”等问题简要谈一下思索过程，并提出建议供探讨。

1. 关于工程咨询设计业

1949年后我国学习苏联模式，大规模开展基本建设，各部门成立了大批设计院和勘察院。1983年国家计委颁发的《基本建设设计工作管理暂行办法》明确了工程设计的工作内容。1984年"国务院批准国家计委关于工程设计改革的几点意见的通知"(国发[1984]157号)颁发后，才出现了"工程咨询"的概念，但是仅将工程咨询视为工程设计的组成部分。早在1981年建设部设计司通过机械部外事司，由机械部总院派我和陈明辉去西德魏特勒咨询公司在职培训后，对咨询工作开始有了新的认识。1994年国家计委参照国际惯例，在《工程咨询业管理暂行办法》中，对工程咨询又重新定义，将工程设计、施工监理纳入了工程咨询业的范畴。在1998年的政府机构改革时，考虑我国国情及与国际FIDIC接轨，建设部"三定"方案中又提出了"勘察设计咨询业"的概念。按FIDIC条款的规定，其实，"工程咨询设计业"是一个完整的行业，包括工程建设的决策、立项、规划、选址、可行性研究、融资、招投标咨询、工程设计、工程监理和投产后的运行管理、咨询等全过程服务。但是，多年来国家计委的"工程咨询"仅是投资咨询，为立项服务；建设部所管的勘察设计，也含有前期选址、可研等咨询工作；《建设监理试行规定》(建设部[89]建字第367号)第十四条监理的主要业务内容中，把服务全过程涵盖了建设前期阶段、设计阶段、施工招标阶段、施工阶段和保修阶段。三方相互交叉、扯皮，最不可思议的是监理公司要监理起工程前期和设计。后来经协调，建设部与中国工程咨询协会达成了一致的意见，第一阶段前期的咨询由国家计委所属的中国工程咨询协会负责管理，后面四个阶段的咨询管理由建设部负责。工程监理界定为施工阶段监理，已有的监理公司应逐渐向工程项目管理过渡。

从以上情况看，设计单位领取工程勘察设计证书后，就完全有资格胜任咨询和监理任务，没有必要再去申请工程咨询证书和工程监理证书。合格的注册建筑师和注册工程师当然也有资格兼任工程咨询师和监理工程师，这样可以减少许多不必要的申报、审查、发证等资格认证手续。我国已加入世贸组织(WTO)，服务贸易将进一步对外开放，外国的工程咨询力量会逐渐进入我国市场，竞争也日益激烈。在国际上，建设活动的主体三方是业主、工程咨询方和承包商，呈三足鼎立的关系。项目决策和设计的好坏对项目的投资起决定性的作用，故业主控制的源头应是工程咨询方。一个国家或地区工程咨询设计业的发展程度，基本上代表了其建筑业的管理与质量水平。为了考虑国情又能与国际接轨，我国将"工程咨询业"称为"工程咨询设计业"，英文仍用Engineering Consulting。但是，咨询业已涵盖了工程设计，从长远看还是统称"工程咨询"为妥，符合FIDIC条款的含义。

2005年7月12日建设部、国家发展和改革委员会、财政部、劳动和社会保障部商务部和国务院国有资产监督管理委员会联合发布了《关于加快建筑业改革与发展的若干意见》，其中提出要强化方案设计和扩大初步设计能力，逐步将施工图设计从建筑设计企业分离出去。这就对工程咨询设计企业提出了更高要求。这也是工程咨询设计向国际接轨的必然之路。

2. 关于注册建筑师

我国的注册建筑师制度是得到国际承认的制度。这包含了学校评估、职业考试和职业实践与注册三个制度。美国、英国、新加坡等国都派建筑师参加过学校评估，并观摩考场。建设部和人事部的有关领导都是全国注册建筑师(工程师)工作委员会的领导成员。从1993年启动辽宁省注册建筑师考试试点以来，至今已有16个年头了。除其间曾停考一年修改考试大纲，每年都在全国范围实行统考，为此投入大量人力、物力、财力并得到各省市、政府和院校的大力支持。近年来我们又与香港、台湾等地区逐渐商订资格互认协议，为以后向国外开放创造积累。整个注册建筑师制度的建立，促进了对建筑师的继续教育，加强了建筑师终身责任的责任心，成为保证工程设计质量的重要措施，为与国际接轨、打入国际市场创造了条件。

注册建筑师考试制度对于我国而言是“外来品”，最初不得已采取“拿来主义”，基本参照美国的模式来推行。工作委员会多次组团去美国取经，张钦楠(建设部原设计局局长)将部分美国有关制度和考题译成中文，供国内参考。经过16年的实践，大家发现有许多地方要与时俱进，有必要进一步改革。

首先，是注册建筑师和工程师的责权不统一问题。一方面我们强调设计师终身责任制，另一方面又缺少应有的权力。中国建筑师和工程师在工程设计中不像外国建筑师那样被赋予必要的权力，在领导意志、开发商、施工单位强势面前，中国建筑师和工程师显得无能为力，只能当一名高级绘图匠。最可笑的是，有些开发商为了限制建筑工程的含钢量，竟然指挥起结构设计，俨然以总设计师自居。还有些开发商为了追求利润最大化，不顾房屋安全和功能，偷工减料，削减投资，并对设计单位施加压力——倘若不听话，就另外委托其他设计单位。2009年6月27日发生上海“莲花河畔景苑”13层住宅7号楼整体倒塌的悲剧，绝不是偶然的，不能不发人深思。楼边堆土10米、压力差过大是外因，内因又是什么？除了开发商、施工承包商、监理之外，在资质管理、市场准入制度以及工程咨询设计方面我们又能总结些什么经验教训呢？中国实行设计单位和建筑师、工程师个人双控制办法，执业图章有单位代号，建筑师和工程师不是独立执业的自由职业者，但是要承担终身责任制。中国自古以来就有营造“匠人”，建筑师一直没有应有的名分和地位，人事制度上就没有建筑师这一系列。难怪国外称邓小平为中国改革开放的“建筑师”，中国就翻译成“总设计师”了。

其次，是与国外互认问题。有些领导认为，一旦互认后，外国建筑师都进来了，中国建筑师出不去，深怕引狼入室。其实这种担心是多余的。现实证明，外国建筑师早已大摇大摆、不必互认就打进中国市场了。外国人也很精，他们不必在中国申办甲级设计公司，这样太费钱。还不如在中国设一个办事处，找一位出国留学的华侨建筑师作为代理人，然后找一家有资质的中国设计院合作设计就行了。外方作方案时，最多做到发展设计深度(DD)，施工图设计交给中方做。北京奥运工程不就是成功合作的实例吗？ 而中国建筑师，特别是年轻一代，只有在激烈的市场竞争中才会受到真正的磨砺，早日打入国际市场。总之，与其担心、求稳、缩手缩脚、丧失机遇，不如深化改革开放，尽快与有关国家互认资格，与时俱进、走向国际市场。何必老是“叶公好龙”！

第三是注册建筑师的考试制度问题。在起步阶段我们学习美国的经验，采取“拿来主义”；积16年之实践经验，现在我们完全可以根据国情，进一步改革。目前的考试有9门，连考三天，负担过重，9门考试的内容多有重复。对已经大学毕业又有一定工作经验的建筑从业人员来说，毕竟不是学术考核，故可适当放宽对理论知识的要求，而应考核基本的应用知识和工程经验。并应注重考生对规范的理解和熟练运用，可将与考题有关的建筑规范、法则、指标、公式作为附录列出，无需死记硬背，考试完全可以开卷。考试门类可适当调整，一、二级建筑师的考题也可合并。一级建筑师必须会做二级考题，二级建筑师不必考一级考题。

第四是继续教育问题。现在规定的继续教育总共80个学时，其中40学时是必修课，另外40学时是选修课。必修课每次安排连续几天讲一门课，这种听课方式，对许多单位的骨干建筑师是很大负担，实效并不好。还不如分成多门课分散时间讲，每次最多一天。规定过于苛刻，下面听课人就会有对策，请人代听课，或干脆不听课通过关系开一证明。选修课的学时可放权给学会、协会和各设计单位举行不定期学术报告会，内容好，自然有人会听。继续教育的内容也有待改进、充实，不能光讲一些理论概念，更多要结合注册建筑师在执业过程中所遇到的问题，联系实际讲有关建筑艺术、建筑技术和职业实践等问题。注册建筑师在“工程咨询设计”(或称“工程咨询”)中起着重要的牵头作用，因此有关工程咨询全过程的内容，都应是继续教育的实务内容。

3.关于城市住宅规划设计问题

1) 住宅建设要抓两头

“人人享有适当住房”是个奋斗目标，是租房还是买房，取决于老百姓的经济能力。目前中国的人均居住面积已经从1978年的6.7平方米提高到2008年的28平方米，这是很了不起的成绩。至今我国住房的拥有率已经达到81%，超过了美国、法国、日本等发达国家。社会上大量的正当需求只能靠商品房来满足，政府真正要抓的是两头：一头是解决低收入弱势群体的廉租房和保障性住房，房源有多种渠道，政府可以新建、收购或改建旧房（包括工业建筑）；另一头是豪宅、别墅之类高标准住房，这种住房占用了很多公共资源，政府要利用税收、价格杠杆来控制，依法兴建。只要二手房市场开放，社会上的商品房就会活跃起来，满足有租、购房实力的不同人群的要求。经济适用房在一定历史阶段起了一定作用，需要总结经验，与时俱进。实际上国家对经济适用房的优惠政策往往落到了某些“低进高出”的开发商和有权、有钱人的手中，违背了美好的初衷。例如北京的回龙观、天通苑两大经济适用房的出租率占到了整个昌平租赁交易量的78.8%，成了一些人投资赚钱的工具[一]。甚至有的地方政府打着经济适用房的旗号，为政府官员盖高标准住宅。因此我建议将经济适用房改为“补人头，不补砖头”的做法，要和廉租房和保障性住房并轨，堵塞交易、分配过程发生的“寻租”、“腐败”的漏洞。

[一] 京华时报，2005-6-29 (A15)。

2) 住宅小区不是唯一的居住形态

大城市交通日趋严重，这与单一推广住宅小区的开发模式有关。封闭管理的小区建在城内，往往形成“肠梗阻”，将很多城市支路网切断，增加了干道的负担。小区建在城市边缘，形成无序的“羊拉屎”状态，无法共享城市已有的社会资源。居民为了进出城、上下班和接送儿童上下学，出现了上下班集散高峰的钟摆式聚焦现象。这种“睡城”早已成为国外城市建设的失败教训。北京的“摊大饼”现象就成为很难解决的棘手问题。各地学北京，也会遇到同样问题。城市住宅形态应该因城而异，因地制宜，应尊重城市的原有文脉和道路系统，对旧城改造采取渐进方式，不能大拆大改。北京老城街坊式布局和美国曼哈顿的街区格局有异曲同工之妙。城市支路就像微血管一样起着有机疏散交通、方便市民生活的作用，增强了街道的人文气息。因此规划时要增加支路密度，多用单行线，因地制宜组成现代城市的路网。在路网之间形成的街坊地块，应在政府统一管理下，根据城市总体规划和详细规划进行一次土地开发和二次房屋开发。政府搭台，开发商唱戏，住宅建设必须在政府控制下有序发展。

3）严格执行住宅建设标准

建筑业是国民经济的支柱产业，住宅不是独立的支柱产业，它是子系统。解决住房问题，不能完全靠市场，政府责无旁贷。改革开放后，某些政府领导提出了“小康不小康，关键看住房”，其实住房只是小康的必要条件而不是充分条件。有人就提出“小康不小康，关键看健康”，这也没错。由于高速、大规模建设住宅，三十年来人均住房居住面积已从小于4平方米提高到28平方米。以北京为例，改革开放以后，套型建筑面积标准从每户平均56平方米，逐渐提高至105平方米以上[一]。但是大量普通住宅小区建设中存在十大不良倾向：住宅贵族化、绿地公园化、铺地广场化、小品城市化、道路随意化、配套商业化、风格欧美化、装修宾馆化、物业粗放化、景观鸟瞰化。2006年度推出的“创新风暴——中国住宅创新夺标获奖楼盘”中户均建筑面积168.9平方米，最大336平方米，人均用地平均37.7平方米，最大86平方米。很明显这些获奖楼盘大大超过国家限定的技术经济指标。2006年5月29日九部委下发了37号文即《关于调整住房供应结构稳定住房价格的意见》，规定了建筑面积90平方米以下住房面积所占比重必须达到开发建设总面积的70%以上的政策，这对不良超标现象起了及时的拨乱反正的作用。但由于政策细则的不完善，在理解和执行中容易产生很大弹性空间。上有政策下有对策，这个70% 政策是指城市总体住宅开发面积还是单个楼盘面积并未明确。不少开发商打出各种擦边球，采用“买一送一”、“捆绑销售”、“一房两证”[二]和出“阴阳图”[三]等办法。其实只要开放二手房市场，大量已建的福利旧房(绝大部分在90平方米以下)通过节能改造之机，部分增加前后阳台，改善市政管线设备，整修住区环境，为6层(南方有7~8层)住宅增设“傻瓜电梯”等办法，也能活跃租房和买房市场。为老百姓改善住房条件的资金可由政府、单位、社区、个人共同负担。改造旧房要比新建房更快捷、更省钱、更适用。当然，这对开发商而言是无利可图的，对地方政府增长GDP的政绩指标也有影响，但绝对是一件利民工程，是功德无量的善举。

住宅建设是古老的产业，我们可以温故知新。中国南方城市中的里弄、石库门和北方的四合院住宅有着悠久历史传统。1949年后，上海的曹阳新村、闵行一条街和北京的幸福村、和平里、百万庄、黄瓜园都是20世纪50年代有代表性的住区形式。到20世纪70~80年代，北京的劲松、塔院、翠微园、方庄、望京等居住区的建设也积累了丰富的经验。随着改革开放的深入，住区规划设计更是百花竞放。但是决不能说“大概在1988、1989年开始有了中国住宅小区的初步

[一]《国家小康型示范小区和康居示范工程技术标准》。

[二]房子不单卖，两套一起售〔N〕.北京青年报，2008-6-11。

[三]阴阳图，指按小户型出图取得开工执照，在二次装修时再改成大户型。

概念，规划师、建筑师们付出了多少的心血，现在才形成住宅小区全套的概念”（详见《住宅产业》杂志2001年第5期第8页）。中国地域广阔，住区建设的发展有一循序渐进的过程，应该因时制宜，因地制宜、因人制宜，不能都是一个模式，不能简单化、一刀切。我们更不能喜新厌旧，割断历史。

4) 提高住宅规划设计质量

设计质量的关键是设计图纸的出手质量，主要设计负责人和签字盖章的注册建筑师、工程师起着决定性的作用。按ISO9000的要求，过程控制很重要。设计质量不能只寄托于最后的审查把关。在控制过程中有不少环节要加强。

(1)住宅设计不能一概“一步跳”

建设部2002年6月发布了《全国统一民用建筑设计周期定额》(2001年修编版)，明确规定了住宅设计周期中含有初步设计时间。但不少开发商为了赶进度，不愿意有初步设计阶段。这对中低层普通住宅还可以，但对于高层、超高层住宅并带有裙房和地下车库、设备层的项目就不能粗放设计了。初步设计不仅要深化建筑方案，而且要优化比较结构、水、暖、电专业系统的设计方案，在总图场地设计中还要做到“六图一书”[一]深度，在此基础上才能提出概算，以便控制总投资。某些急功近利的开发商只管结果，不管过程。要求提得高高的，什么商住两用“旅馆式公寓”，什么“白金五星级”标准；同时把建安费压得低低的，还要对结构含钢量、含混凝土量提出限定指标。试想，不做初步设计的三边设计能满足开发商的这些要求吗？一些新房出现的倒塌、开裂、漏水、设备失灵也就不足为奇了。

(2)施工图设计审查是政府职能。

国际上通行做法是由政府有关城建管理部门重点审查施工图设计的安全、卫生和公共利益方面的问题，而不是全面审查是否符合规范问题。以上海为例，解放前归市政府工部局审查，解放初期由上海市人民政府营造处负责。我国现在让各大中型设计单位组织队伍负责施工图审查，既当运动员又当裁判员，被迫参加审图市场上有偿劳动的压价竞争活动。一些不够资格的设计单位，自己无力审图，将审图把关的责任转移到施工图审查单位。审查单位也不会太为难设计单位，先预审，经过设计单位修改后，再签发审查通知单。由于审图时间太长，某些开发商就要求先开具审查通知单，然后再按部就班审图。久而久之，审图制度难免会走样。要真正保证设计质量，政府应按照设计资质和准入制度严格要求，从源头抓起。在市场经济条件下，设计单位在市场竞争中将会优胜劣汰、重新洗牌。施工图设计审查的内容要简化，政府应挑起审查把关的职责，自身应配置有经验的专家进行审查，重要项

[一]六图一书，指现状图、建筑总图、交通分析图、管网汇总图、绿化布置图、竖向设计图和设计说明书。

目可委托有资质的咨询专家审查。

(3) 强制性规范不能代替所有现行规范

现在有一种假象，好像只要设计符合了强制性规范，质量就合格了。其实不然，所谓的强制性规范也只是在大量通行规范中抽出的若干重点条文而已。符合了强制性规范只是低标准达标，只是保证质量的必要条件，而不是充分条件。大量的规范中都有"必须"与"应"执行的条文。理所当然，这就是强制性的，何必多此一举再抽出部分条文作为强制性规范以偏盖全呢？何况每次修改规范，强制性条文也要做相应修改，重新再版，造成大量重复劳动，浪费人力、财力、物力。得益的是印刷厂、出版社等单位，增加经济负担的是设计单位和设计人。这是一种浪费社会资源的不明智做法。

5) 终身负责制

终身负责制注定了建筑师对建设设计质量的关心。例如2008年5月12日汶川大地震引起的塌房，2009年6月27日上海闵行区"莲花河畔景苑"13层住宅整体的倒塌，给国家和老百姓带来了巨大的伤痛。从这些灾难中我们又能得到些什么教训？如果防患于未然，多一些安全意识，设计、施工、材料制造方能严格按照已有国家规范执行，是否能减少些不必要的损失，少付些血的代价？无论是外因还是内因，不论是开发、施工、监理方还是规划、工程咨询设计方，不管是质量管理或是市场准入制度，都值得有关方面、特别是工程技术人员认真反思，从中总结出一些有益的东西。

前车覆辙，后车之鉴。近年来我国经济大发展，土地开发和房屋建设的规模越来越大，建筑标准越来越高，投资越来越多，速度越来越快。所谓的政绩工程、首长工程、献礼工程、三边工程不断出现。在巨大的成绩前，难免出现不少质量问题，有的还比较严重。对此决不能掉以轻心、文过饰非，应该认真总结这些惨痛的经验教训，这都是社会财富，也是留给后人的一份宝贵遗产。朱镕基总理在抗洪第一线视察时，曾经批评那些有严重质量问题的水利工程是"豆腐渣工程"和"王八蛋工程"，真是语出惊人，切中时弊。其实，"豆腐渣工程"和"王八蛋工程"是一个现象的两方面，权钱结合，相互依存，都是被"钱"闹的，都是为了获取利润的最大化。马克思的《资本论》中引用过一段关于"资本"的名言："资本害怕没有利润或利润太少，就像自然界害怕真空一样。一旦有适当的利润，资本就胆大起来。如果有10%的利润，它就保证到处被使用；有20%的利润，它就会活跃起来；有50%的利润，它就铤而走险；为了100%的利润，它就敢践踏一切人间法律；有300%的利润，它就敢犯任何罪行，甚至冒绞首的危险。"[一]历史的经验，值得注意，温故

[一] 马克思.《资本论》(第一卷). 中共中央马克思恩格思列宁斯大林编译局译. 北京：人民出版社. 1975年：829.

映秀小学单排框架柱，外挑走道，完全垮塌(工业建筑.2009.10.P139)

刘汉希望小学外廊有柱支撑，地震中未倒塌(工业建筑.2009.10.P139)

质量不合格的预制板（工业建筑.2009.10.P137）

↓上海在建13层楼整体倒塌现场

知新，引以为戒！

6）评审与招标工作

为了发挥余热，我还担任了一些社会工作。作为建筑师，在清华大学建筑学院兼职教授，与校内教授联合带研究生，并参加研究生论文评审答辩工作，不定期参加课程设计的辅导等。同时兼任全国注册建筑师工作委员会的专家组副组长和国标、地方标专家审查工作，最近又承担了《建筑学名词》审定委员会副主任的任务，为编审《建筑学名词》做些技术服务工作。有时应邀参加一些建筑工程设计评审会和评标会，可以接触到很多新东西，是一次再学习的机会，也是与同行老朋友的交流会。当然也有不尽人意之处，有时评标会不太公正、公平、公开。其实我知道，我们这些专家技术标的分量是很小的，只占1/4，另外3/4分别是商务标、群众标和领导标，其中领导标是关键。由于早先国务院公布的《招标法》主要是针对施工招标的，要有标底，并没有照顾到建筑方案设计竞赛选优的特点。而建筑方案设计不可能涉及标

第二届国家图书奖颁奖大会

《建筑学名词》初稿编写审定工作会议全体代表（2009）

费麟工作照（2008）

底问题，因此在执行中很脱离实际。尽管建设部有关职能部门在广泛征求意见后出台了“细则”，但仍旧跳不出原来施工招标的框框。因为《招标法》是法，不能动！人们不禁要问，《招标法》为什么不能与时俱进？这个明显滞后的《招标法》为什么不能适应改革开放的新形势进行修订？难道在学习“科学发展观”的整改阶段，就不能把这影响选优建筑方案设计质量的《招标法》提到日程上研究改进一下？多年来经常参加中国建筑学会和北京土建学会组织的活动，可以遇到许多清华大学的校友，叙旧交流，增加相互了解。学会下属的工业建筑专业学术委员会1988年成立以来，从1991年第一届学术研讨会开始到2008年第七届研讨会，先后在北京、上海、厦门、深圳、哈尔滨以及西安、贵州、西宁等地举办了各种大小学术活动，成为工业院、民用院、建筑学院建筑师的一个学术交流平台，很受欢迎。

除了社会责任之外，家庭责任也很重要。说来惭愧，在这方面我没有尽到责任。家务事基本上由李桐全包。她对数学和绘画都有兴趣，原来也想上建筑系，结果上了结构专业。她退休后很忙，除了家务和带外孙雄雄外，忙里偷闲，参加了老年人国画班，先学花卉、山水画，后来在陈硕石先生的指导下，开始画大写意。日子一久，进步很快。每到年底，她还学习自己用电脑制作贺年画片，分送亲友。最近，在老师和画友的鼓励下，她出版了一本《李桐画集》，趁2009年大学毕业50周年之际，送给同学和亲友作为纪念。

我对家人的关心也不尽如人意，对小孩没有像妈妈对我那样精心教育，循循善诱，对长辈也没有足够的时间嘘寒问暖，以尽孝心。妈妈过惯独立生活，对我们子女只有付出，不要求任何回报。她能走路，不服老，一

妻子李桐自制贺卡（2009）

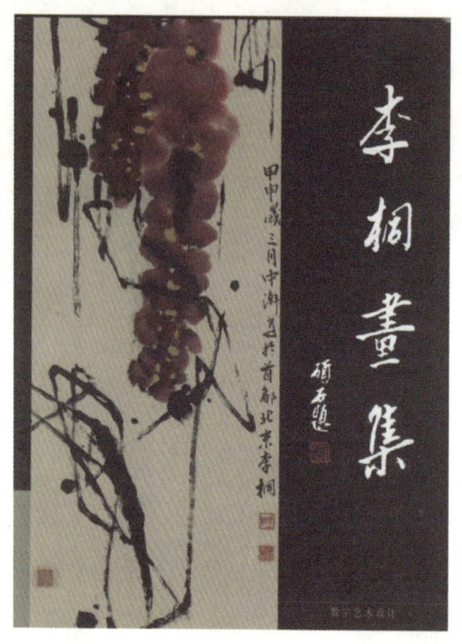

向对出游兴致很高，我只能有时陪她在附近看看，妹妹、妹夫则利用寒暑假期间，抽空陪她外出旅游。从1977年起，先后去过黄山、泰山、庐山、张家界、西安、杭州、广州、深圳、珠海、海南、昆明、西双版纳、青岛、香港、新加坡、马来西亚、泰国和韩国。妈妈在工作期间没机会出国，退休后才能成行，妹妹、妹夫做到了我没做到的事，帮我完成了一个心愿。

妈在黄山（1977）

↓玉渊潭赏樱花（1991年4月）

↓游张家界（1992年10月）

登泰山（1979）

↓陪妈妈游圆明园（1992）

游海南（1995）

费琪陪妈妈到马来西亚旅游（1998）

游青岛崂山（1999年9月）

费琪陪妈妈到马来西亚旅游（1998）

游泰国（1996）

游昆明（1999）

游怀柔黑龙潭（2000年6月）

↓游韩国（2000年8月）

↓陪妈妈游山海关

↓登北京香山顶峰（1999年10月）

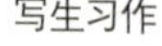

写生习作

临摹习作

临摹兰亭序

隨事遷感慨係之矣向之所
欣俛仰之間以為陳迹猶不
能不以之興懷況脩短隨化終
期於盡古人云死生亦大矣豈
不痛哉每攬昔人興感之由
若合一契未嘗不臨文嗟悼不
能喻之於懷固知一死生為虛
誕齊彭殤為妄作後之視今
亦由今之視昔悲夫故列
敘時人錄其所述雖世殊事
異所以興懷其致一也後之攬
者亦將有感於斯文

丁丑歲末費麟習臨
王羲之蘭亭序

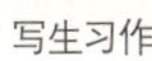

写生习作

临摹习作

永和九年歲在癸丑暮春之初會
于會稽山陰之蘭亭脩稧事
也羣賢畢至少長咸集此地
有崇山峻領茂林脩竹又有清流激
湍暎帶左右引以為流觴曲水
列坐其次雖無絲竹管弦之
盛一觴一詠亦足以暢敘幽情
是日也天朗氣清惠風和暢仰
觀宇宙之大俯察品類之盛
所以遊目騁懷足以極視聽之
娛信可樂也夫人之相與俯仰
一世或取諸懷抱悟言一室之內
或因寄所託放浪形骸之外雖
趣舍萬殊靜躁不同當其欣

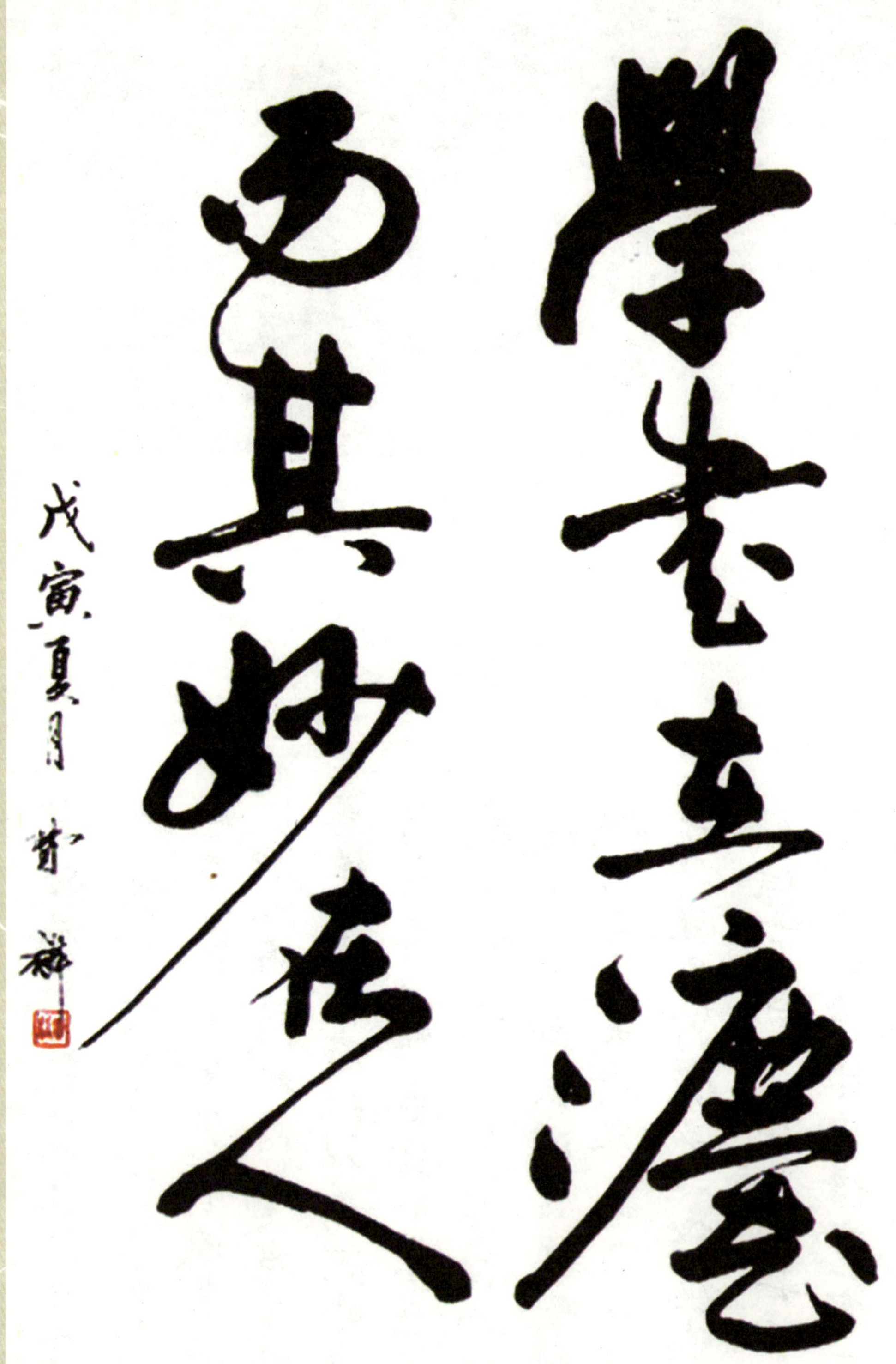

学书在法 而其妙在人

翰墨缘

33 亲缘

My Relatives

“为祖国健康工作50年”是当年进清华大学时听到的一个响亮口号。光阴荏苒，转瞬已临毕业50周年的日子。十年前为庆祝毕业40周年，我们建九班(1953年入学，1959年毕业)曾聚过一次。当时希望十年后再聚，说实在的，大家心中嘀咕，没把握。每年4月底的最后一个星期日校庆返校，在京的同学照例都要聚会一次。在2008年返校时，大家兴致很高，提议一定要好好办一次毕业50周年的庆祝活动，以留校的同学为骨干，成立了庆祝活动筹备小组。大家决定出一本纪念册，并在2009年返校日，举办三天的庆祝活动，共同回忆“为祖国健康工作50年”道路上风风雨雨的难忘岁月。出纪念册有点难度，毕业40周年已经出了一本，相隔十年，能有什么新意？关键是要老同学支持，补充照片和感言。建九有九一、九二、九三三个班，

建九毕业40周年聚会在工字厅合影 (1999)

建九毕业40周年纪念照（1999）

共有99人，经过认真统计，得知已故13人，失去联系5人，通过各种途径，和另外81位同学都联系上了。筹备小组通过发信联络，获得同学积极的支持和响应，陆续收到大家的文字和照片。有同学卧病在床，请家人寄来文件，不少在京外和国外的同学表示一定争取参加这次盛会。老同学的关心和支持，极大地增加了筹备小组的信心。

经过一年多努力，终于编印出版了一本142页的建九纪念册，封面采用朴素的校花紫荆色，内页记录了清华校园、建筑系的师生情谊和时代足迹。没有豪言壮语，没有丰功伟绩，发自内心的感言和几十年前的老照片，传递了大家平实的心态、无限的思念。天安门、北海、十三陵名胜古迹游览、聆听老师教诲、工地参观实习、新年联欢晚会、文体社团活动、毕业设计答辩、历年返校聚会……所有这些难忘的照片，全面记录了建九班的成长历程。当年的积分册、劳卫制奖章以及从一年级到六年级的课程表和授课老师名单都成为珍贵的班级史料。册中还附有一张1953年9月29日上海《解放日报》登载的华东区高等学校新生录取名单复印件，来自华东区的建九同学在清华大学土木建筑系新同学名单中榜上有名。纪念册中还有一张1953年同学报到时建筑系的手抄名单，该名单记录了学号。这个具有历史意义的附件，为纪念册增色不少。

这次庆祝活动共安排了三天。2009年4月25日上午，在清华建筑馆二层多功能厅举行庆祝会。在《夕阳红》《思念》等背景歌曲中，年逾古稀的老同学欣喜重逢，百感交集。让大家感动的是，许多高龄体弱的老师们，在搀扶中应邀赴会。有的同学毕业后第一次相互见面，在老师眼中过去的小伙子、小姑娘都成了老头、老太了。大会在齐唱《歌唱祖国》的歌声中开始。建筑学院院长朱文一致欢迎词、回顾建筑学院发展史。在医院养病的吴良镛先生，获得医生同意后专程赶来，他风趣地说，在多次设计竞赛评标会上，不少竞标人都来自清华，好像是打“清华内战”。王炜钰先生已过80高龄，仍谈笑风生地说，她和建九同学不仅是师生关系，还是同一战壕里的战友，教学相长。蔡君馥先生回忆了在国庆工程设计和唐山地震期间她与建九同学一起工作的情景。文健先生是建九班一年级理论力学的辅导老师，他授课时逻辑思维严谨，让大家受益匪浅。现在他还在工作，无偿贡献，他鼓励大家要德才兼备，要做学问，更要堂堂正正做人。最后刘小石、李道增先生也发了言，鼓励大家，清华精神不能丢。李先生还提到当时系里曾错误地批判学生(我们建91同学姚伏生)的露天电影院课程设计作业，认为是资产阶级结构主义的设计思想。老师相继发言后，担任离退休职工合唱团总指挥的陈浩凯指挥大家高唱苏联歌曲《朋友》：“我亲爱的手风琴轻轻地唱，让我们来回忆少年的时光……过去的事情就让它过去，我们并不惋惜，嘿！我们深厚的友谊就在那行军路上温暖我们的心，道路指引我们奔向前方！”唱出了同学们的心声。同学们有很多话要讲，可惜时间不允许，大家只能用三两分钟表达了感受。顾士明当场即兴

清华校友与从美国来京探亲的宝志雯夫妇聚会（右2宝志雯、右5俞海清）

朗诵诗一首，凤存荣、詹庆旋代表筹备小组发言。建91班毛德亮从澳大利亚回上海探亲，特地赶到北京参加这次盛会，他不无感慨地说，清华培养了他自强不息的精神，锻炼了很强的适应性。他退休后到澳大利亚住在女儿家，适应新环境，至今仍能坚持打高尔夫球，养心健体，安度晚年。程华昭风趣地叙述父母为自己取名的典故，还对一些行业中的不良现象，表示“糊涂”和“无奈”。建92班唐乙龙在呼和浩特市工作了50年，献身于心爱的建筑事业，她感慨地说，中学时希望学建筑，大学里稀里糊涂，到内蒙才成熟起来。从苏州赶来的高雷深情地感谢老师，他认为建筑学是广义的，清华精神也是广义的。深圳来京的建九三班梁鸿文表示要活得潇洒，一辈子要做好人，同窗手足情永远忘不了，永远要记住校训——“自强不息，厚德载物”。最后，从杭州来的翟宗干发言，回顾了自己成长的体会，永远不忘清华情，至今他还在发挥余热，没有脱离建筑设计岗位。中午，全体师生在大礼堂前拍照留念。

第二、第三天大家一起去参观了奥运场馆和国家大剧院，还到CBD区参观了财富中心二期的千禧大酒店，看到了隔街相望的中央电视台（CCTV）新址和330米高的国贸三期办公楼。遗憾的是这群标志性建筑群中不相称地伫立着于2009年元宵节烧毁的电视文化中心（TVCC）遗址，为大家欢快的心情抹上了一层阴影。在建筑师的眼里，不仅看到了这幢毁容的建筑，更关心的是隐藏在表象背后的规划、设计、施工、材料、管理、行政执法以及勤政廉政等问题。一个有社会责任感的建筑师，对这不幸事故绝不会无动于衷。

历时三天的活动，就像共同演奏了一台建九交响曲，演奏的主旋律是：感恩、友情、快乐、健康！活动结束了，余兴犹在。由陈浩凯主笔，在纪念册的前言赋诗一首正好表达了共同的心情：

毕业清华五十年，乘荫饮水当思源。
高楼广厦平埃起，改革开放震世间。
康健耕耘完誓愿，雄心不减退无闲。
我生余热虽难尽，量力徐行夕照天。

这次庆祝活动举办得很成功，但有一点不足，久别重逢的同学没有机会坐下来更多地交谈。凡事不可能太圆满，留下一点遗憾也是难免的吧。通过这次相聚，大家增强了信心，希望到2011年清华百年校庆再相会。

清华为了准备百年校庆，组织学生采访收集校友的资料和寄语，建筑学院建筑系建06班(2006年入学)的6位同学采访了我。起初，我不太愿意，因为我不愿意说应时套话，说大实话又不识时务。但同学们的真诚、执著打动了我。有一天下午，在中国中元国际工程公司我接受了他们两个多小时

清华大学建筑系建九班（19

–1959）毕业五十周年纪念

2009.4.25

的采访，涉及到家庭背景、学校教育、工作成长、业余爱好和退休生活等话题。最后归结为一句话，做人比做事更重要，“自强不息，厚德载物”是我的座右铭。同学们要我在清华百年校庆之际提一些建议和希望，我谈了四点：第一，要尊重历史，清华史不能不提罗家伦、梅贻琦等教育家，不要把清华史写成阶级斗争史。第二，教育不能产业化，学校机构避免商业化和行政化，老师必须以教学为主要任务，教授应在教学第一线。第三，培养人才的目标一定要德才兼备，“德”不能量化，做人是第一位的，某些清华同学的傲气，将会成为他们未来道路上的障碍。第四，教学体制要与国际接轨，比如：文理并重，大学增设语文课，中学为本，西学为用；因材施教，实行真正的学分制而不是假学分制，培养学生的主动精神；有教无类，设立各项奖学金和助学金，给家庭困难的学生提供勤工俭学的机会，不能存在教学歧视。总之，目前清华大学在世界大学的排名中还不在前列，要办成一流大学，还有很长的路要走，需要师生共同努力，需要社会支持。

俗话说，在家靠父母，出门靠朋友。我毕业后进入社会，在设计行业里摸爬滚打，得到单位、同事、校友和同行的极大支持。无论在清华大学设计院和建筑学院，还是在一机部一院和机械部总院，我都得到了很多机会，参加各种类型的建筑设计。特别是1978年和1981年分别去法国、西德考察培训，给我打开了一扇视窗，看到了中国建筑与世界建筑之间的差距，激励自己要抓紧时间，把动荡时期虚度的青春年华补回来。在学校教学和评审硕士、博士论文过程中，我结识了不少年轻人，感到新生代的思想开

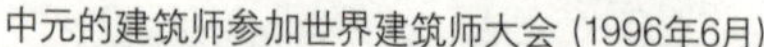
中元的建筑师参加世界建筑师大会（1996年6月）

参加世界建筑师大会与同事同学合影（1999）

↓费麟参观悉尼歌剧院

费麟和澳大利亚COX建筑师（左2）

↓向巴林国王室汇报建筑方案

机械设计总院老同事聚会（2008）
自左至右：唐惠珍、李桐、吴统秀、费麟、沈庆举、朱曼茜、张传才

放、敏于思考、敢于探索、有较强的独立工作能力，这一点正是我年轻时想做但很难做到的。在工程咨询设计领域里有竞争、有合作，我经常与校友和熟人打交道，感到世界太小了。大家往往是一回生，二回熟，不打不相识。我结交了许多朋友，学到不少设计以外的东西。中国建筑学会是建筑师之家，学术年会、评审会、评标会、建筑设计资料集编辑工作与全国注册建筑师工作都提供了一个交流平台，让同行们有机会相互切磋、叙旧，也成为我再学习的机会。2008年10月7日下午在中国中元国际工程公司的会议厅举办了一次原机械部设计院土建专业老同志的联谊会，之后三天又组织大家参观了奥运工程、国家大剧院、首都博物馆、恭王府等处。来自天南海北、白发苍苍、精神焕发的老同事，150多人济济一堂，久别重逢，感慨万分。在京筹备小组的张传才、朱曼茜、周庭垣做了大量细致的准备工作，会后出了一本纪念册。李桐事先还特意画了两张大红双桃写意画，在会上送给到会的两位90岁高龄的老工程师徐大槫和曾宪源。

我能健康为祖国工作50年，是因为家庭这个强大后盾给予我巨大鼓舞，解除我的后顾之忧。我有三个大家庭，费家、张家和李家。费家有四房兄弟，小时候曾住在一起。爸爸英年早逝，大伯父、二伯父和四叔叔一直都很关心我们母子三人。第二代的兄弟姐妹虽然各奔东西，但仍保持着联系。

大伯父费穆是20世纪30年代著名的电影、话剧导演，执著追求艺术，具有独创精神，如果他不去香港，一直留在大陆，恐怕也经不住历次“运动”的折磨，难过批判大关。他编导的影片《孔夫子》(1940)几经战乱已失传。今年清华校庆后，在同济大学任教的同班同学吴光祖给我寄来了一份2009年4月19日的《新民晚报》上登载的一篇文章《1940年版影片〈孔夫子〉——记父亲金信民与影片的摄制、失落与重见天日》。作者金圣华现任香港中文大学翻译学荣休讲座教授及香港翻译学会会长。我们从小就认识，她称我妈妈为“干妈”，相隔60多年，没想到在报上不期而遇。她父亲金信民是民华电影公司的创办人，公司的第一部片子就是《孔夫子》。他和费氏四兄弟极熟，是我家的世交。从文章中获知，香港电影资料馆得到一位匿名人士的慷慨捐赠，找到了《孔夫子》原版电影的残缺胶片。他们想将当年的胶片改换成安全胶片拷贝，在国内尚无此项修复技术，经过多年努力，终于委托意大利的某一实验室完成了修复工作。在2009年春季的香港国际电影节上，《孔夫子》新拷贝版于4月1日隆重献映，金圣华和费穆的长女费明仪都应邀出席并讲了话。这是对大伯父在天之灵的极大安慰，他编导的《孔夫子》电影竟然在69年后重见天日，令人倍感温馨。

1997年3月6～9日，香港回归那年的春天，北京中国电影资料馆举办了为期四天的“费穆电影研讨会”。费穆导演的《小城之春》(1948)中的四位演员韦伟、李纬、石羽、张鸿眉，还有当年为费穆电影和话剧配乐的秦鹏章都风尘仆仆地赶来，聚集一堂。我没想到这次盛会竟是一次诀别会，多位前辈先后作古，甚是遗憾。2006年

费麟、费明仪、金圣华、李桐（自左到右）在香港电影资料馆

小城之春电影广告 (1948)

农历十月初十，是大伯父的诞辰日，在上海举办了连续三天的两岸三地电影人隆重纪念中国著名电影导演艺术家费穆先生百年诞辰系列活动。会上宣读了许多研究费穆电影艺术的学术报告，堂姐费明仪和著名影星秦怡即兴合唱了电影《天伦》的插曲，最后一天放映了多部费穆执导的电影。我和妹妹、妹夫都去上海参加了这次活动，和堂兄弟姐妹借机聚会，上一代的家庭温情一直延续到我们这一代和下一代，只要有机会，我们总愿再相聚，重叙手足之情。

在香港的堂妹费斐给我寄来一份2009年5月11日的香港《大公报》，报上登载了她纪念她的父亲费彝民的文章《女儿眼里的父亲——纪念费彝民诞辰一百周年》。她记叙了费彝民经历朝代更迭、波澜壮阔的学生运动、日本沦陷区亡国的愤慨、新中国诞生的扬眉吐气和回归前生活在香港殖民地制度下的无奈。他进过日本人的大牢，也尝过港英铁窗的滋味。在他去世后，后人设立了“费彝民新闻基金”，资助南京大学与美国高等学府约翰霍普金斯大学合办的“中美研究中心”。2008年以费彝民命名的南京大学新闻大楼已正式建成，让后人能时刻纪念这位爱国、爱报、多才多艺的老报人。

1999年夏天，大女儿和女婿请我和李桐去纽约探亲。他们陪同我们

费明信陪大伯母来京与妈妈合影

与费家姐妹弟兄聚会 (2006)

↓费麟、费琪在上海和明仪姐及她的弟妹们大团聚 (2006)

↓费穆电影研讨会上与韦伟一起合影 (1996年3月)

↓费家第二代姐弟们难得一聚

费麟在北京饭店看望二伯伯

二伯伯费彝民、堂妹费斐、堂妹夫侯东海和费麟

妹妹费琪、妹夫阮天健陪同妈妈到香港与二伯母、堂哥费龙合影

妈妈在香港看望二伯母苏务滋（1996）

费麟、李桐在美国探亲（1999）

参观了大部分曼哈顿的建筑名胜，登上了世界闻名的“双子楼”，俯览了全城。第一次去美国，我游兴甚高，除了参观游览费城、波士顿、华盛顿特区等名城之外，还走亲访友。到加拿大多伦多去看望李桐的二姐李兰和外甥陈荣亮一家，受到热情接待，目睹了壮观的尼亚加拉瀑布。在洛杉矶我们住在李桐三姐李竹的儿子苏嘉义家，他开车带我们参观拉斯维加斯，并带

在美国与堂妹费明恩、费明皓全家（1999）

在美国堂妹费明恩室内设计工作室留影（1999）

在费明恩住所前（1999）

在纽约探亲旅游（1999）

我们去和四叔叔的女儿费明恩、费明皓会面。明恩小时曾经和四婶婶在我家住过，多年不见，格外高兴。她是室内建筑设计师，是我的同行，带我们去参观了她的设计室。她设计做得很细致，时刻关注最新的装饰材料产品；也比较忙，经常外出。

在张家，我有三个舅舅。我的外公外婆去世较早，是舅舅们呵护着、心疼着他们的小妹，也就是我的妈妈，支持她继续上学。舅舅们在抗战胜利后相继出川来到下江[一]，有较长机会和我们住在一起。在我印象中，几位舅舅的文学功底很深，经常出口成章，吟诗赋词，有时还能用诗词说笑话或打个灯谜。有一次来了四川亲戚，谈笑中说了一个灯谜，文雅有趣。谜底打一用物，谜面是一首词。

与二舅母杨元庄和表姐夫妇张苏印、李华平在一起

想当年绿纱婆娑，到如今年老珠黄。
经历了多少风波，受尽了几多折磨。
休提起，提起了，珠泪满江河！
（谜底：行船用的竹撑篙）

长辈的手足情深，为我们后辈树立了榜样，我们和张家表兄弟姐妹之间很融洽，至今一直相互关心，保持着密切的联系，下一代间也有往来。

2001年10月2日为妈妈祝贺90大寿，地点选在北京新侨饭店，具有特殊意义。20世纪50年代初在上海华东建筑工程公司担任建筑设计工作的妈妈，曾经负责过北京新侨饭店的设计工作，故地重游，她十分高兴。分别来自加拿大、瑞士、上海、南京、西安、涿州等地的54位亲友，专程来京祝寿，李桐的娘家亲戚也来了，亲朋好友，情深谊长，四代同堂，久别重逢。一张张全家福，记录了这场张家、费家、李家空前的家族盛会。妈妈有感成诗一首：

九十年来一瞬过，悲欢离合几消磨。
有劳亲友来相聚，老少相逢笑语多。

[一] 下江，四川人对南京、上海一带的称呼。

妈妈用寿糕

妈妈90大寿时与子女合影

妈妈90大寿与表兄弟姐妹聚会

参加妈妈90大寿庆宴的亲友合影（坐在妈妈身旁的是97岁的岳母张明珠）

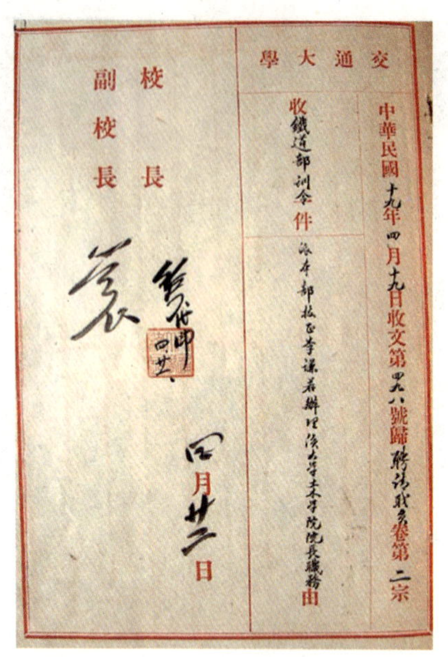

交通大學

中華民國十九年四月十九日收文第四六八號歸聘任類卷第二宗

收鐵道部訓令件

派本部技正李謙若辦理該大學土木學院院長職務由

校長

副校長

四月廿二日

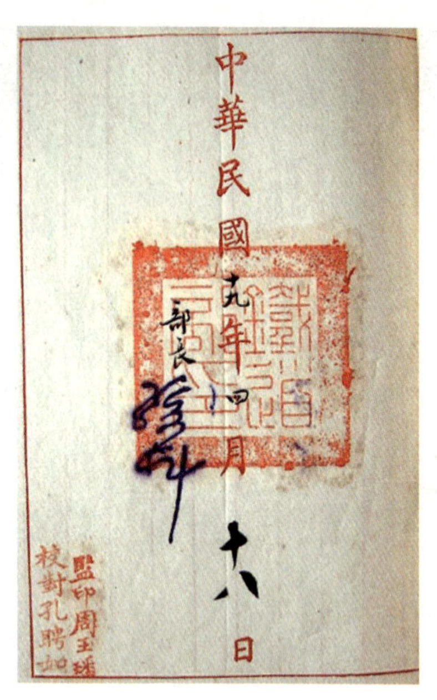

中華民國十九年四月十八日

部長 孫科

監印 周玉珠

校對 孔聘如

李谦若任命书

费家、张家是大家庭，我妻子李桐家也是一个大家庭。岳父李谦若[一]教授，苏州人，在上海考取庚子赔款的公费留学生，到美国康奈尔大学攻读土木工程。辛亥革命时，他回国参加了孙中山先生领导的北伐革命，并被任命为扬子江水利测量队长，是我国测量专业的泰斗，曾被当时铁道部部长孙科(1891—1973)任命为土木工程学院院长。他长期从事专业工作，对待工作认真细致，精益求精。过去没有计算器，他几十年如一日在纸上运算，连八位数字的手算，也丝毫不差。他为人善良、风趣，分别用“梅兰竹菊”和“土木工程”为八个子女取名，如李桐的名字就含“木”字。由于他早期在海外留学，接触新事物较快，思想开放，对子女教育很重视，绝大多数都培养上了大学。在岳父母的良好教育下，李家的兄弟姐妹和睦相处。虽然天南海北各奔前程，但仍保持着密切的联系，相互关心。

岳母张明珠，今年已经105岁，发丝灰白，耳聪目明，手脚尚健，经常到紫竹院晒太阳，听票友唱戏。她最大的爱好就是听京剧，年轻时留下了一张京剧的上妆剧照。她曾患过结肠癌，分别于73岁、76岁、88岁去医院动了三次刀，至今未有后遗症。别人问她长寿的秘诀，她回答简单——不生气。她对于食物没有什么忌口，爱吃玉米、白薯，由于是地道上海人，也特别爱吃南方的糯米汤圆、豆沙点心，对于红烧肥肉也是情有独钟。每到端午节，她还自己亲手包扎豆沙及鲜肉粽子，分送给子孙们享用。前几年北

[一] 李谦若(1886—1969)，字叔和，江苏苏州人，著名土木工程和测量专家。他于1904年入上海震旦学院读书，1907年赴美国康乃尔大学土木工程系留学。1911年获学士学位后回国参加辛亥革命，受聘于铁道和水利部门。1930—1945年在交通大学历任教授、土木工程学院院长、系主任、教务长。先后执教于复旦大学、厦门大学、大连海军学校和中国矿业学院等院校。

京电视台在香山公园特意采访了她，并播出采访录像。2009年我们为她做了105岁大寿，在海淀区一个古色古香的皇家餐厅“白家大院”，举行了隆重盛大的寿宴，前来祝寿的来宾88人，热闹非凡。李桐同班同学邵景华身在外地，专门电话口述一封贺信，表达了她对105岁老寿星的钦佩与祝福。信的摘录如下。

岳母张明珠百岁留影

亲爱的张明珠妈妈：

祝您生日快乐！您健康、美丽、智慧的人生，富有爱心、善心、责任心的胸怀是我们的榜样，给了我们力量。55年前我离开上海，到清华大学，十分想家，您每周都会让李桐带着您亲自炒的油炒面给我们吃，里面有核桃、瓜子、花生、黑白芝麻，让我们感到了家的温暖和无微不至的关怀。在节日里，您还关心和爱护我们北京没有家的大学生

老岳母105岁生日寿宴上与子女们合影留念（2009）

们，这些我们一直铭记在心。我们要把您的爱心、善心、责任心传承下去。让您的光芒发扬光大。您美丽健康的形象，永远鼓舞着我们，激励着我们。祝您永远健康、快乐、长寿！

李桐的清华大学同学
北京化工大学教授　　邵景华

李桐和我是1958年在清华做毕业设计时认识的，想起来真有缘：我和她都是知识分子家庭出身，都是苏州人，上海长大，曾经就读于同一座小学——上海位育小学，毕业于同一座大学——清华大学土木建筑系。说来也巧，我在上海南洋模范中学的高班师姐倪善锦(她的表弟陆时准是我的南模同学)，既是李桐的远房亲戚，也是我堂姐费明修在上海树德坊弄堂的邻居。有一天费明修和倪善锦聊起家常，才发现曾和费明修的妈妈(我的大伯母)、倪善锦的姑妈一起打过麻将的"弥陀娘娘"，竟然就是李桐的妈妈，而倪善锦的姑妈又是李家的亲戚，真是无巧不成书。2001年在上海，李桐陪她妈妈约了李菊到三姐李竹家，并请费明修、倪善锦和陆时准的妹妹陆时晴一起来聚会叙旧，留下了一张很有纪念意义的合影。另外还有一件巧事。李桐和大连的高中同学张秀华、裘碧梧在一次聚会时说起我爸妈设计的上海长乐路"蒲园"，大家惊喜地发现，原来张秀华的公公李石曾曾经住在"蒲园"。裘碧梧的爸爸从大连调到东海舰队，也曾分配去东海舰队接收的"蒲园"住过，至今裘碧梧的两个弟弟仍旧住在该处。说起这些错综复杂的亲缘关系，真感到地球太小了，是巧合，又是缘分！

前排自左至右：李竹、张明珠、李菊　后排自左至右：倪善锦、李桐、陆时晴（倪的表妹）、费明修（2001）

费麟、费琪祝贺妈妈90大寿

麟琪兄妹与铜麒麟

妈妈和岳母游北京名亭园

↓费麟与妹夫阮天健手谈

↓陪外孙雄雄和多多参观首都博物馆（2007 年 7 月）

↓费明仪来京观看奥运会开幕式相聚在千禧大酒店(2008)

与女儿小莛观看奥运会田径比赛

34 思念

Remembrance

庆祝在清华毕业50周年的建九聚会时，我见到了许多老师，其中有白发苍苍的张守仪先生，有坐着轮椅的林洙先生，还有抱病赴会的吴良镛先生。触景生情，我突然思念起离开我五年之久的亲爱的妈妈，让我想起陈年旧事。张守仪先生于1945年毕业于南京中央大学建筑系，是妈妈的同学。有一次我陪妈妈参加中大北京校友会，见到过张先生。妈妈曾提起在清华建筑系任教的其他几位中大同学，如1933届戴志昂，1940届周卜颐，1943届的汪坦，1944届的吴良镛和胡允敬，1945届的张昌龄等先生。在中国建筑学会开理事会时，妈妈经常遇到梁思成先生。妈妈和他很熟，除了学生时期的师生关系之外，在学会工作、规划设计工作、院校结合的教育改革中她经常请教梁思成先生。梁先生去世后，林洙先生整理梁先生的遗作，进行了大量考证、研究、调查工作。有一次她还专门到家采访妈妈，为出回忆录《建筑师梁思成》(1996)和《梁思成林徽因与我》(2004)准备素材。吴先生和妈妈也很熟，每次见我时，都要我转达向妈妈的问候。妈妈去世后，吴先生还专程前来参加2004年3月26日在八宝山举行的告别仪式。每当我想念妈妈时就会想起中大师生情，遇到她中大校友时就引起对妈妈的怀念。她说过，选择好学校，求教好老师，遇到好同窗，结交好朋友，对人的一生有很大的影响和帮助。如果她还健在，我一定会陪她来参加这次在清华的盛会。她不仅认识一些清华老师，也记得几位我建九的同学。在我上学时，她来过学生第四宿舍，见过同寝室的许多同学，也到过第一教学楼大教室，当时我正在忙着画设计初步课程设计的渲染图。有一次我和几位同学进城看展览，来不及赶回学校吃晚饭，就回家请妈妈下面条给我们充饥。同学们对她的厨艺大为赞赏。1958年“大跃进”，我班就有几位同学到妈妈的设计大组(一机部一院)搞设计。1961年我和李桐的婚事是在一机部一院的大会议室办的，当时来了不少留校任教的建九同

妈妈参加梁思成百年诞辰纪念会遇见彭华亮（中国建筑工业出版社主编）

学。有些同学，妈妈都认识，偶尔还能叫出名字。

妈妈从上海迁来北京后，一直和中大的一些老同学保持着联系，其中有戴志昂、许道谦、朱栋、张镈、唐璞、林宣、张家德、张开济、孙增藩、王蕙英等。1994年5月28日她曾带了我和妹妹费琪去拜访张镈，并带去1934年毕业班11位同学的合影，张镈睹物思人，潸然泪下。妈妈回家有感成诗一首：

赠张镈学长

1994.5.28

六十余年一梦中，旧时学友各西东。
空留合影徒怀念，屈指同窗半鬼雄！
几度沧桑人已老，半生孤寂涕沾胸，
羡君有志成大业，愧我无才事雕虫。
休将俗事萦怀抱，且喜当前夕照红，
欣逢盛世君犹健，建设中华再立功。

中央大学北京校友会每年都举行一次，原来校友会的会长就是张镈。这个校友会也是南京工学院的校友会[一]。我陪妈妈参加了好几次活动。机械部总院老总聂运新、丁昭、董国庆都是中大毕业的，我院黄锡瑠、郭晋生也是南京工学院校友。2001年的校友会对90岁的校友表示了生日的祝贺，妈妈收到了一本精美的相册作为生日礼物。

妈妈的第一个曾外孙是我二女儿的儿子雄雄。他从小喜欢文艺，在妈妈带着我和二女儿母子四代人同去参加中大校友会时，他表演诗朗诵《将进酒》，博得全场喝彩。他5岁时被选中参演李亚鹏、吴倩莲主演的电视连续剧《京港爱情线》。小学通过钢琴四级，小升初时以声乐特长生分数第一名考取人大附中，在海淀区青少年声乐比赛中获一等奖，现已升入高三毕业班。

小女儿的儿子多多也是妈妈喜欢的曾外孙。他从小受他父亲郝舫（著

妈妈与一院同事丁昭参加中大校友会活动

[一]现为东南大学。

动，也爱看球，关心NBA赛事，问一些球队细节，他都能对答如流。他现在于西城区外国语学校读初中，参加了篮球校代表队。

北京每年都举办首都建筑规划展，我陪同妈妈欣然前往。1998年7月在中国革命历史博物馆（现为“中国国家博物馆”）展出国家大剧院竞赛方案，我和二女儿、外孙一起陪她去

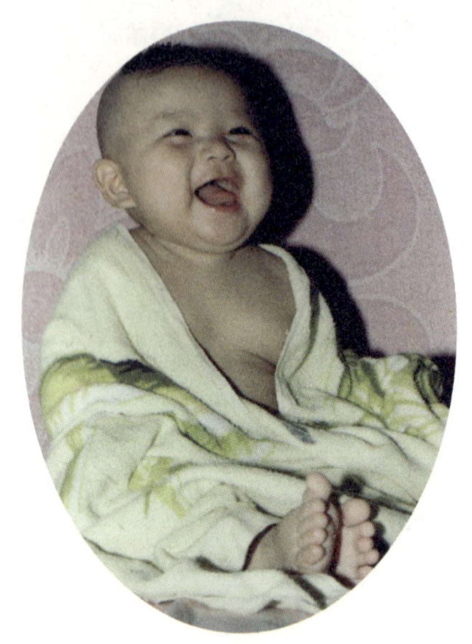
大外孙雄雄（1992）

名作家、乐评人、电视制作人）的影响，对摇滚乐、流行歌曲情有独钟，一到卡拉OK厅就能演唱自如，唱起《洗刷刷》、《听妈妈的话》等歌曲特别投入。他还是小学里的篮球队员，对NBA球星了如指掌。我喜欢篮球运

雄雄和吴倩莲、李亚鹏一起出演电影《京港爱情线》

妈妈与曾外孙雄雄和多多

妈妈参观首都规划建筑设计汇报展（1996）

参观。她将几十种方案归纳成三种类型：古典的、折中的和现代的。那次国际设计竞赛，我的大女儿和女婿以美国注册建筑师的身份也参加了，他们的方案，是用一个犹如天外来客UFO的异形透明壳体，将四个演艺厅堂罩在下面，妈妈看后说是挺现代的。正巧遇见张开济，他笑着用了一个词来形容这个方案：Vanguard(前卫)！这个公开展览会不让拍照，我只能在随身带的小手册上将这国内外建筑师设计、不同形式的方案速写记录下来，留个纪念。

妈妈历来就关心建筑学会活动，曾先后担任中国建筑学会第二、三、四届理事，在报刊上发表过有关住宅设计、建筑防火等学术文章，并为《中国大百科全书》撰写“机械工厂建筑”条目。

妈妈参加国际建筑师大会（1999）

妈妈参加UIA大会时四代同堂合影（1999）

退休后她一直闲不住，对建筑界的学术活动也乐意参加。1999年6月26日，时年86高龄的妈妈，应北京女建筑师学会会长赵景昭的邀请，出席了在北京举行的第20届世界建筑师大会(UIA)主办的女规划师、女建筑师座谈会。在会上她即兴赋诗一首，受到欢迎。

恭逢盛会最关情！建筑名师聚北京。
世纪之交齐贡献，万千广厦及时兴！
先行愧我无余力，来者羡他有女英。
大展宏图今胜昔，光芒异彩令人惊。

↓参观国家大剧院设计国际竞赛第1轮方案时速写草图 (1998.7)

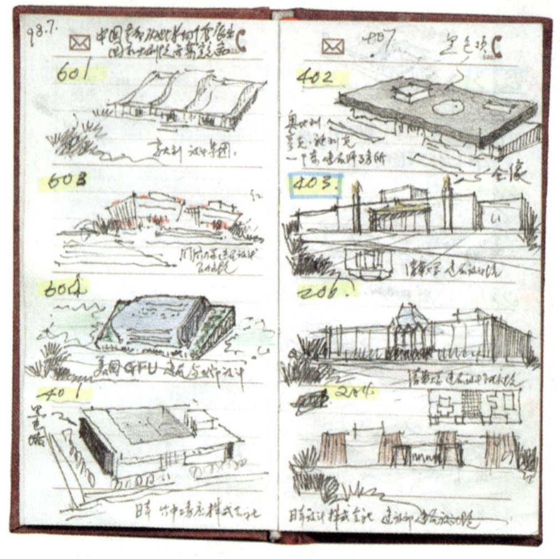

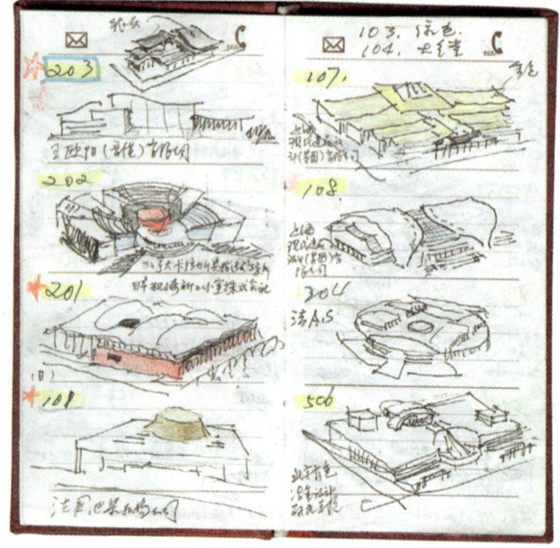

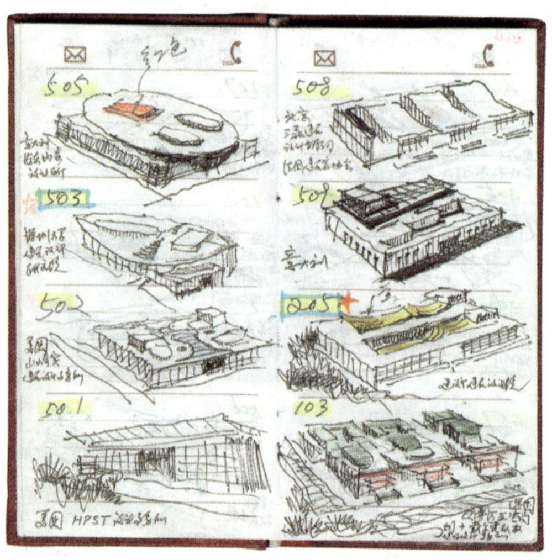

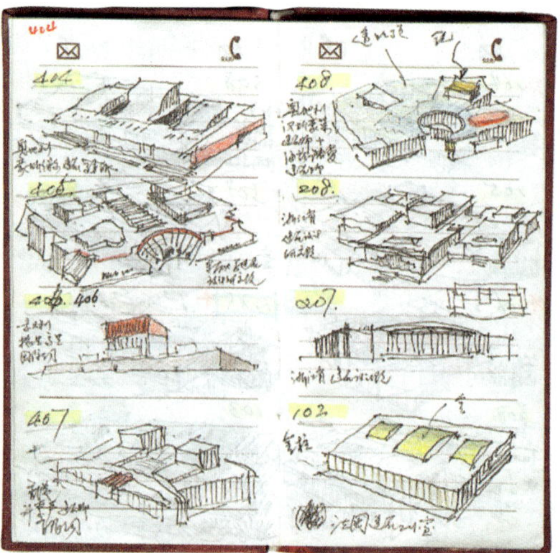

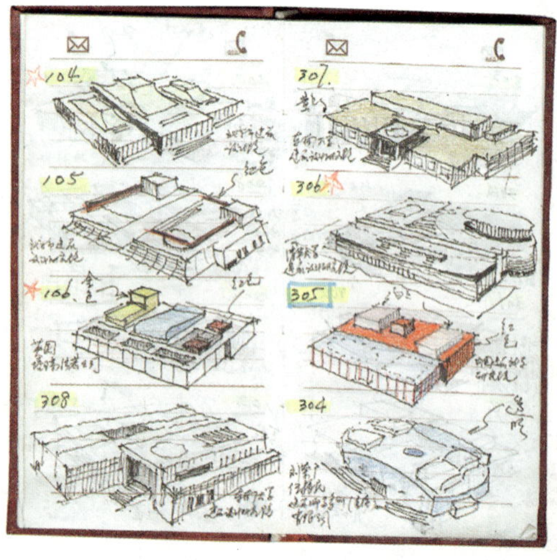

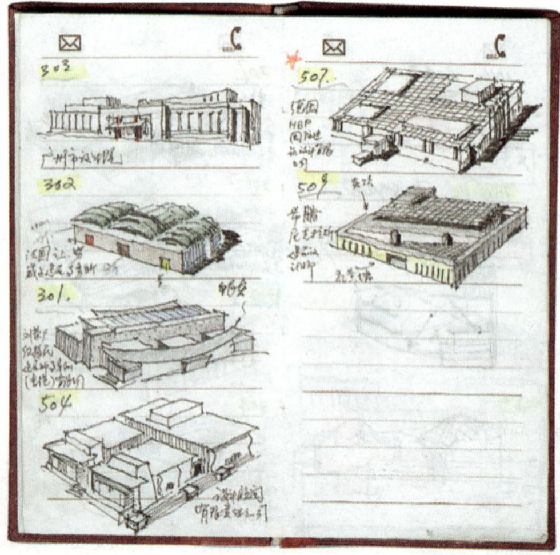

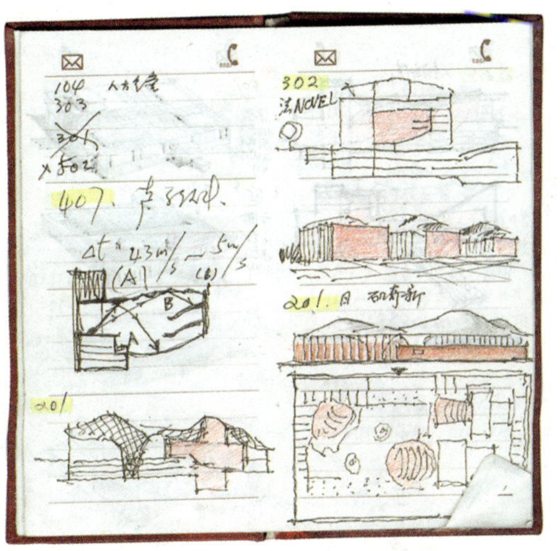

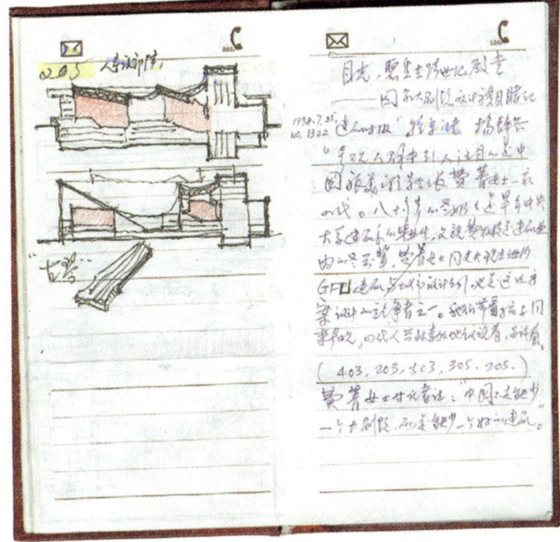

↓参观国家大剧院设计国际竞赛第2轮方案时速写草图（1998.11.28）

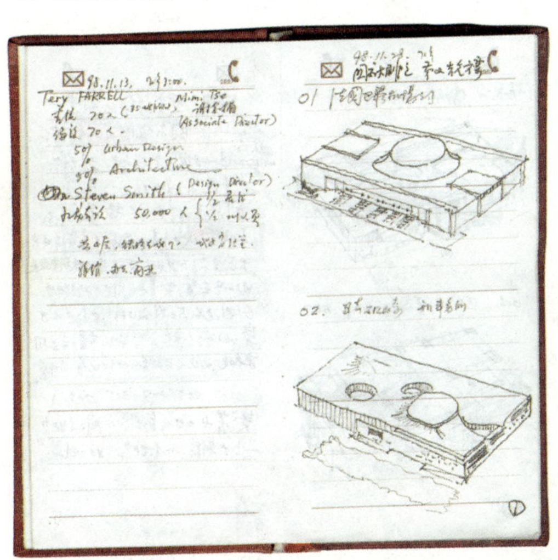

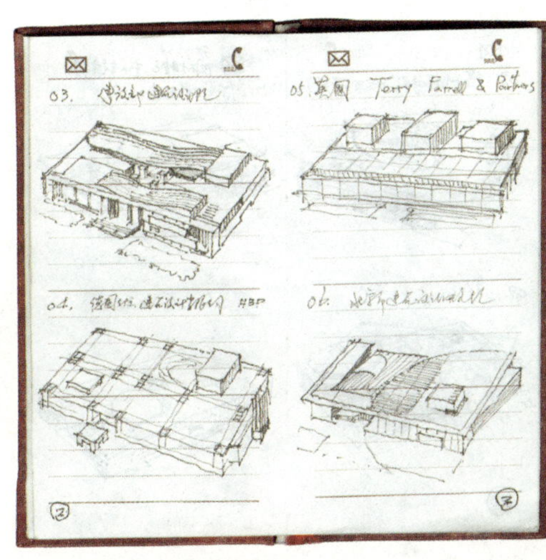

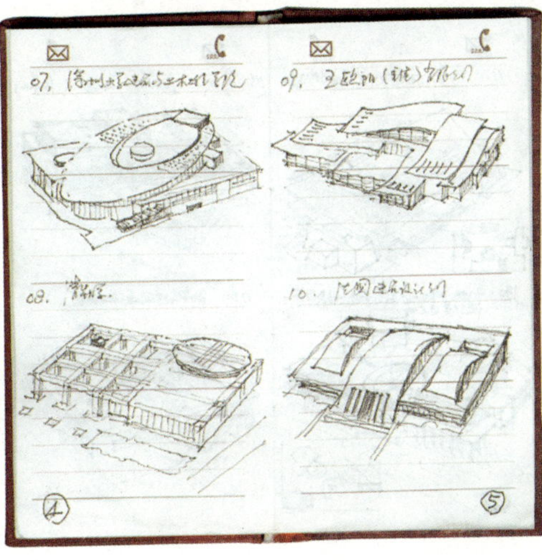

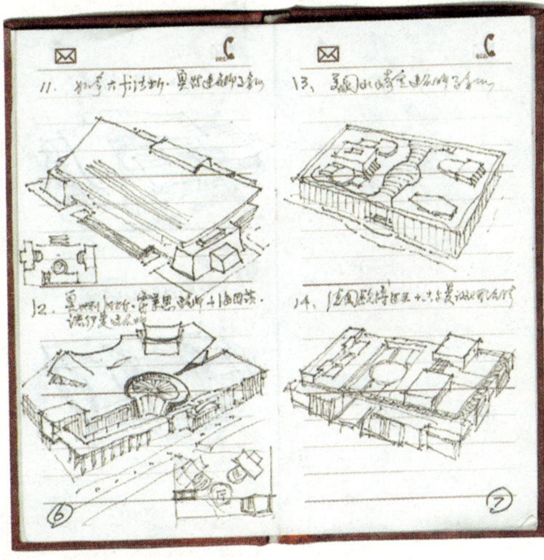

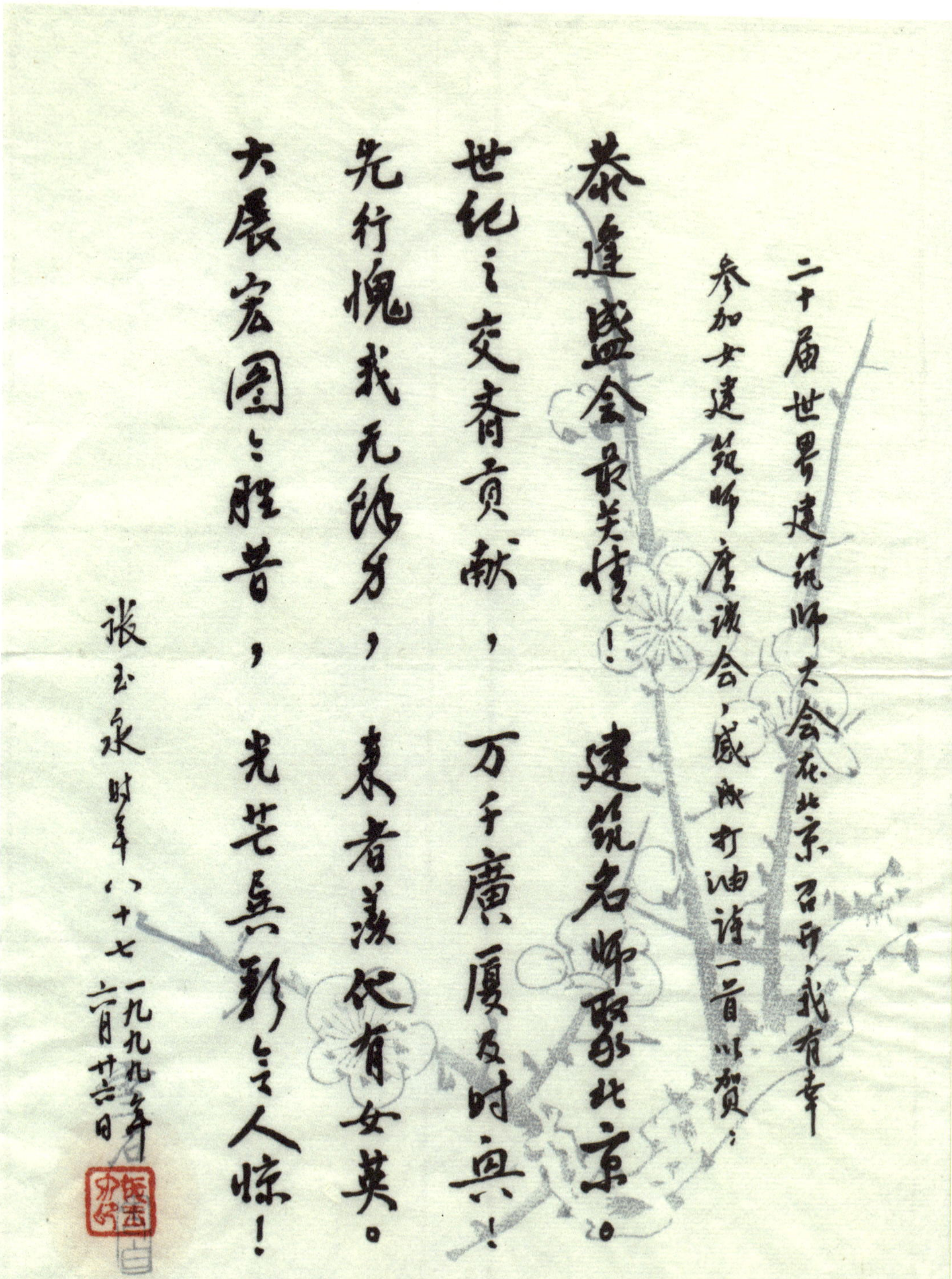

二十届世界建筑师大会在北京召开，我有幸
参加女建筑师座谈会，感而打油诗一首以贺：

恭逢盛会最关情！建筑名师聚北京。
世纪之交齐贡献，万千廣厦及时兴！
先行愧我无能力，来者羡代有女英。
大展宏图之胜昔，光芒异彩之人惊！

張玉泉　时年八十七　一九九九年六月廿六日

妈妈于1976年在蚌埠一机部一院退休，来北京后没房子，一直暂住在妹妹费琪在中国地质大学北京研究生部(原北京地质学院)的集体宿舍中。1990年经设计院老领导的关心，在黄瓜园分给她两小间与人合住的1954年建的老房子。我们作为子女往往为她不平。我这个儿子，实在无能、无力为妈妈找一个老年颐养天年的住所，可以说这是我终身的内疚。当我准备退出江湖，用更多的时间陪她安度晚年时，却“树欲静而风不止，子欲养而亲不在”。

妈妈的晚年在这小屋度过，她为此写了一幅《陋室铭》行草书法以自勉。她从来想得很开，蜗居斗室不嫌弃，知足常乐，比上不足，比下有余，还成诗两首：

迁新居有感

1990.7.5

一

曾居两粤及申京，四海为家万里行，
待到老年方安定，两间小屋度余生。

二

欣逢吉日赴新庐，忙煞儿孙为扫除，
莫道书多嫌屋小，有人婚后尚分居。

妈妈自称：“少年多坎坷，中年多折磨，还是老来好，儿孙笑语多。”她虽然高龄，但生活能够自理，坚持自己洗涤内衣裤，自己修剪手脚指甲，自己做饭。她是建筑师，把两间小屋布置得简朴而温馨。外间是客厅兼餐厅，沿墙放了电视机、衣柜、书柜，一只小方桌就是“餐桌”。有时她高兴起来，就约上我和妹妹到她那里一起吃饭，她亲自下

妈妈的陋室铭书法遗墨

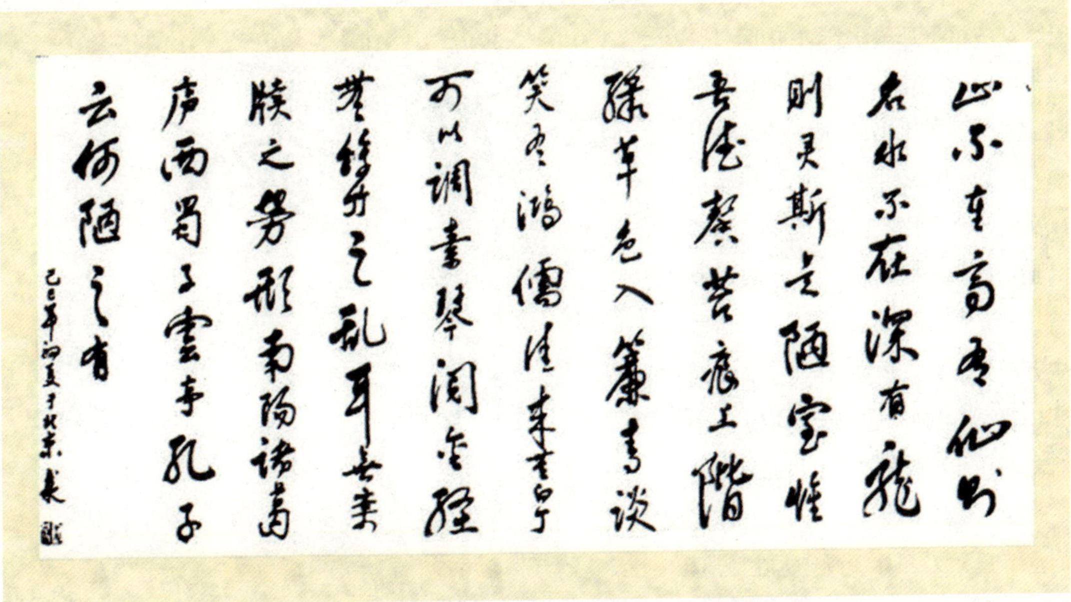

费琪欣赏妈妈作画

妈妈的书斋名（我的书法老师何大齐题字）

厨，做许多我俩喜欢吃的家常菜。尤其是五香卤汁牛肉我特别欣赏，肉紧而嫩，味香爽口。她说有三个窍门：首先要买到略带牛筋的牛腿肉；其次要在入锅前，用棉纱线把牛肉捆结实；三要大火炖后小火煨。这个祖传秘方，还是她从我祖母那里学到的。内间是卧室兼书房，靠墙的一组矮柜放满了字画、文史、建筑图书，活像一个小图书室。当我要找一些诗词古文，妈妈可以很熟悉地从书架上拿书翻到我要看的那一页，有时她就顺口背出我所要查找的经典名句，真是“活字典”。卧室中有一张书桌兼画桌，摆满了文房四宝。她为自己画画的小天地取了一个雅号叫做“听雨斋”，自己用此斋名刻了一枚闲章。1983年秋她送我一张“虚心直节真可友”的水墨画作为礼物。双

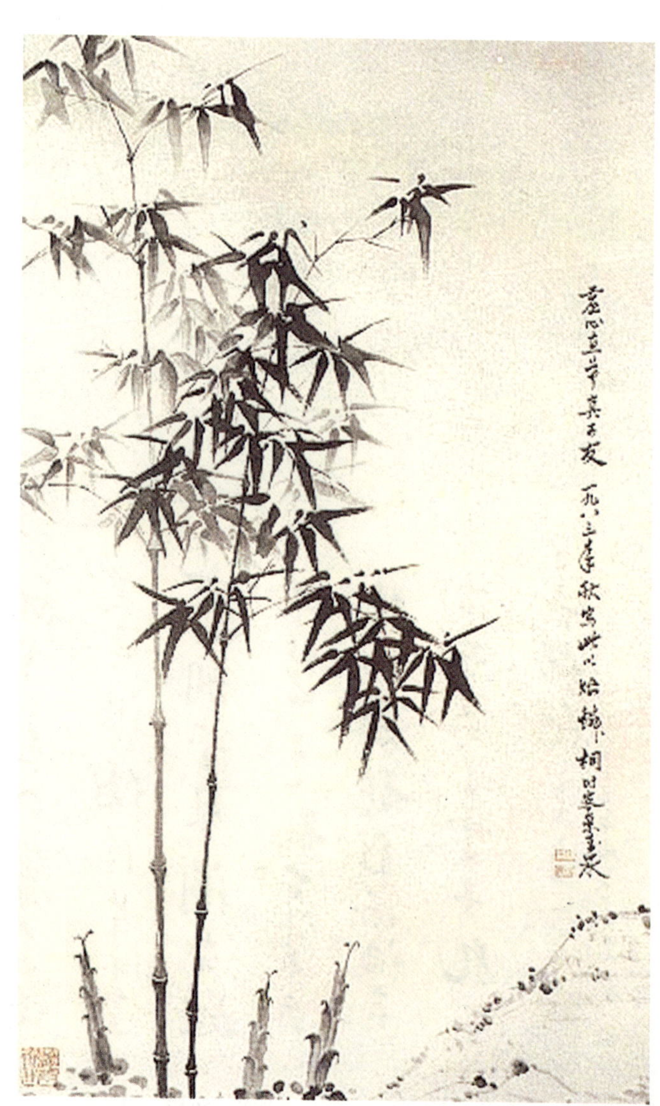

妈妈为我60岁做生日

竹竹根附近的地上有三个高矮不一、破土而出的新笋，寓意儿孙五口之家茁壮成长。当我60岁时，她送我一幅亲笔书法，祝我“寿而康”。我看了很激动，心想，孩子的生日是母难日，应该是我向妈妈祝贺，怎么反而受礼？是啊，孝子、孝子，不是儿子孝妈妈，而是妈妈“孝”儿子。妈妈把一生的心血都倾注在子孙后代身上，却不图回报。而我呢？又为她做了些什么？说来惭愧，我做得太少，关心得太少，陪伴她的时间太少，和她交谈的时间太少。

多年来，妈妈始终有一件心事，每到清明我们无法去苏州为爸爸上坟。1995年，我和妹妹决定去苏州将爸爸的遗骨迁回北京，安葬在八宝山

↓妈妈题字“寿而康”为我祝寿

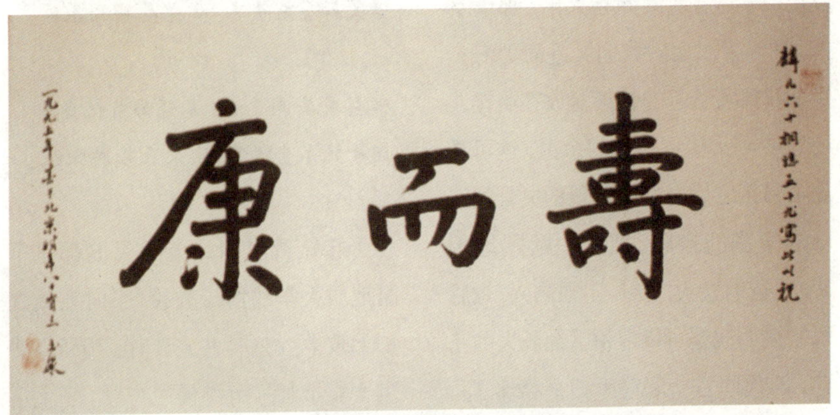

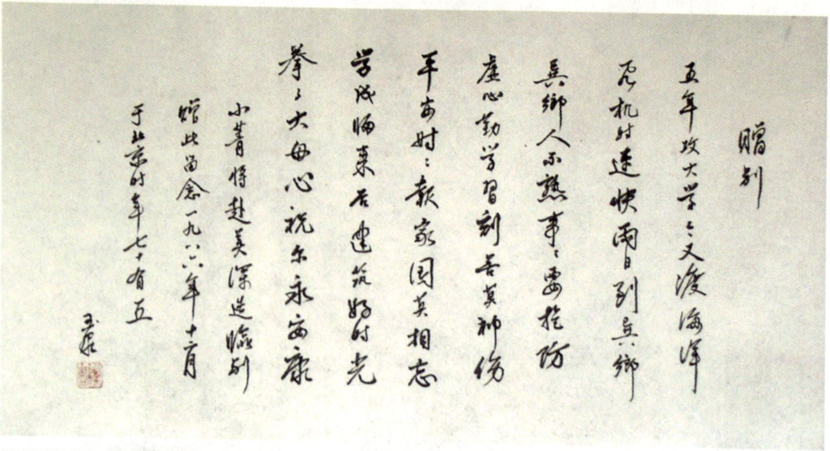

妈妈赠别诗一首，送大孙女小菁赴美读研

人民公墓。事前我和上海的二姐姐费明修取得了联系，我俩先去上海，请堂弟陪我们去苏州办理迁坟手续。费家的祖坟在苏州，每年都由在上海的姐弟们去照管。妹妹正好有一位博士生在上海工作，他知道此事后，主动表示开车送我们去苏州办事，当天来回。堂弟明熙、明慈陪我俩，一行五人一早驱车就上了去苏州的公路。爸爸的遗骨埋在横塘镇卧牛山上，多年无人照管已成荒冢。由于堂弟认识该处的乡亲，很顺利地请他们帮忙将遗骨取出，送到当地火葬场火化。那天下午，拿到骨灰盒后我们又赶回上海。路上我捧着爸爸的骨灰盒放在胸前，还感受到火化后尚存的余温，这可是隔了53年之后再次和爸爸的灵骨做了一次亲密的接触。我心中默默地想着，爸爸的在天之灵一定很高兴，今后每年清明妈妈可以带领已经长大的儿孙，四代同堂一起前来扫墓祭奉了。

妈妈为此成诗数首：

告慰逵庄在天之灵

1995.12

一

君葬吴门数十年，路遥难扫墓门前！
麟琪千里迎亲骨，从此灵安八宝山。

二

从此灵安八宝山，年年得扫墓门前，
儿孙长大皆成器，四代同堂乐晚年。

三

四代同堂乐晚年，含辛茹苦记从前，
君灵知否应欣喜，心慰灵安两泰然。

四

心慰灵安两泰然，不堪回首忆当年，
泪干丝尽尘缘了，地久天长共穴眠。

妹妹费琪和妹夫阮天健都是中国地质大学的博导教授，平时在武汉忙于教学、科研、生产工作。1955年费琪毕业于上海南洋模范中学，考上了北京地质学院，积极响应国家号召，到祖国最需要的地方去。当时妈妈担心她搞地质工作太辛苦，但也无奈，只是鼓励她注意身体，为今后搞地质野外工作打好健康基础。妈妈总是尊重子女的意愿，从不干预子女的自主行动。事实证明，妹妹在地质石油领域中干得很出色，吃苦耐劳，带领学生在爬山涉水的野外作业中，青年们都追不上费老师。1981年，她通过“托福”考试，去美国芝加哥大学作访问学者，在国际地质年会上发表论文获了奖。在费家，从妈妈这代人开始，到第二代、第三代，涌现出不少女英，在亲友中传为佳话。妹妹所在的中国地质大学按国家政策进行货币化房改，在北京近郊买了一批住房。学校给予教职员工房改补贴，鼓励大家买房。妹妹买到一套三居室。每到寒暑假从武汉回京，她就把妈妈接去住，让妈妈换换环境。考虑到老人去小区花园散步方便，她特意选了首层单元，并给老人布置了一间朝南的卧室。我没能办到的事，妹妹给做到了。只要妈妈住在妹妹家，我就有机会每周末陪她打麻将。在牌桌上，我们小字辈都打不过她，她一直到90多岁脑子还很清楚。妈妈在大学时是篮球运动员，身体底子好，上了年纪后，腿脚尚健。1998年她86岁时，去马来西亚的马六甲，遇到了一位70多岁、正在上下抛球玩的游客。得知妈妈已经86岁时，他很惊奇，马上取来一个红包。大家以为他要赠给旅行团同行的一位7岁小女孩呢，哪知他竟然亲自赠给了妈妈，惹得大家都笑了。妈妈还为老来

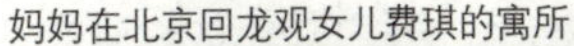
妈妈在北京回龙观女儿费琪的寓所

得红包有感，赋诗一首。

马六甲奇遇

1998

客路相逢一老翁，抛球上下兴犹浓，
红包忽赠游人乐，竟把阿婆当幼童。

妈妈90岁登上八达岭长城

在她90岁时，由妹妹的女儿徐雁开车带了儿子剑雄一同陪她去八达岭长城，登上长城后得了一块“不到长城非好汉”的纪念奖牌，引得许多游人的赞叹。

在妈妈过85岁生日之前，我和妈妈商量要为她出版一本《傲霜集——张玉泉诗词书画选》。她很高兴，整理出许多诗词和书画资料。妹妹和妹夫的电脑技术很好，包揽了编排、扫描、打印工作，然后请出版单位装订成册。妈妈在1997年10月8日85岁生日那天，见到了纪念集。她在序言中

妈妈的《傲霜集》出版了（1997）

写道："我在工作之余，时以诗词书画自遣，儿孙们、亲友们都认为我的诗大有白居易的通俗化，并鼓励我印册，以赠亲友。为不负众望，现将我数十年来的拙作，汇集成册，取名为《傲霜集》以复印，主要是取东坡诗意'菊残犹有傲霜枝'以自励而已！"

新版《小城之春》特辑

妈妈一生淡泊名利，无有媚骨。在耄耋之年应一些老同学、老朋友盛情之邀，先后写了一些回忆文章，如《"中大"前后追忆》[一]《九十春秋话沧桑》[二]。同济大学罗小未教授和吴克宁先生曾到北京对她专访，写了一篇报道稿《先行者之路——记我国早期的三位女建筑师》[三]。

[一]张玉泉．"中大"前后追忆//杨永生．建筑百家回忆录．北京：中国建筑工业出版社，2000：43。

[二]张玉泉．九十春秋话沧桑．新建筑，2003，卷号〔3〕：77。

[三]吴克宁．先行者之路——记我国早期的三位女建筑师．时代建筑，1999，卷号〔1〕。

田壮壮重拍费穆导演过的电影《小城之春》，在北京保利剧院上映时，我和妹妹陪同妈妈参加首演式，在那遇见了原来的女主角韦伟和田壮壮。中央电视台记者为此到家中采访妈妈，了解她对新片的感受和有关费穆生平的口述历史素材。后来，在中

妈妈与原版《小城之春》电影主角韦伟和新版《小城之春》导演田壮壮交谈

央台第10套节目中播放了她的谈话记录。这些采访和文稿留下了妈妈晚年发自肺腑的心声，为建筑界和文化界留下宝贵的历史记忆片段。

2004年3月22日上午10点50分，亲爱的妈妈在北京寓所溘然辞世，享年92岁。自从我7岁丧父之后，62个春秋，妈妈与我们朝夕相处、相依为命。这不愿意看到的一幕，还是发生了。悲恸、怀念、流泪、哀悼，妈妈的音貌依旧日夜伴着我，无法平静下来，每到妈妈住的房间整理遗物和打扫时，看到人去楼空，触景生情。我默默安慰自己，妈妈到妹妹家去度假了，过不久就会回来的，千万不要搅动那些平时的摆设和书桌上的文房四宝，不要打乱妈妈的生活习惯。这只是一种伤感的寄托哀思吧。日日对着妈妈遗像，思绪万千，想起妈妈有一首悼念爸爸的原诗，特此敬献和诗一首：

朝朝倾母照，默默不堪言。
暮暮思遗训，晶晶慈母前。
时时音貌在，缠缠忆丝绵。
寂寂无声泪，宵宵寄梦眠。

悼第一代女建筑师张玉泉先生
馳盡長空隕一星書成青史駐英魂班門巾幗傷元傑建苑豐功澤後昆三代精英憑示育一身高節撫兒孫標揚更有傲霜集璀璨生涯任咏吟
丙戌季春下浣程立生敬書

清华同学程立生挽诗一首

留校后和我住一间宿舍的程立生，诗词书画篆刻功底很深，多才多艺，妈妈去世时，他赋诗一首表示悼念。全诗如下：

悼第一代女建筑师张玉泉先生
驰尽长空陨一星，书成青史驻英魂。
班门巾帼伤元杰，建苑丰功泽后昆。
三代精英凭示育，一身高节抚儿孙。
标杨更有傲霜集，璀璨生涯任咏吟。

在整理妈妈的遗物时，我感到很顺利。因为妈妈在工作和生活中从来都是井井有条，大量的书画稿都放在两个柜子中，分门别类码在一起。她有很多笔记，有诗词文学，有至理名言，有建筑设计，还有不少有趣的剪报。有一本线装本，是她在中学时用毛笔抄的唐诗宋词和家人互赠的诗句。她把《红楼梦》、《西厢记》中喜欢的诗词元曲都抄录下来，且能全段背诵。

让我惊喜地发现，在一本发黄的心得笔记本中，妈妈书写了一段“教子十诫”的警语，全文如下。

一副用意深长的对联

德育智育体育，德育最重要，务须注意。

中文东文西文，中文为根本，故应先通。

此对联为40年前嘉兴学校礼堂的对联，校长吴璡轩所联，特摘录于此，以给麟儿警语。

教子十诫：

（一）教育子女第一要计划，第二要实行，第三要恒心。

（二）教子女最要使其明是非。

（三）子女要问，乃是教育之最好机会，切勿放过，切勿讨厌。

（四）教子女不在一时迫紧，须随时指导，随时叮咛。

（五）子女有过，大声斥骂无益，重

一副用意深遠的對聯：

德育，智育，體育，德育最重要，務須注意。

中文，東文，西文，中文為根本，故應先通。

此對聯為四十年前嘉興學校礼堂對聯，校長吳璡軒所撰，特摘錄於此，以給麟兒警語。

教子十誡：

（一）教育子女第一要計劃，第二要實行，第三要恒心。

（二）教子女最要使其明是非。

（三）子女要問，乃是教育之最好機会，切勿放過，切勿厭討。

（四）教子女不在一時迫緊，須隨時指導，隨時叮嚀。

（五）子女有過，大聲叱罵無益，重捶痛責無益，須細心開導才收效果。

（六）對子女空口訓叱一日，不如以身作則三刻。

（七）幼時不教育子女整理書籍玩具，長大難望他整頓家庭國家。

（八）任子女稱心三年，害子女苦惱一世。

（九）子女幼時教導貪懶一分，長大時受他苦楚萬分。

（十）作客去子女有礼貌，能對應，盡是父母之教育成績梃痛责无益，须细细开导方收效。

（六）对子女空口训斥一日，不如以身作则三刻。

（七）幼时不教子女整理书籍玩具，长大难望他整顿家庭国家。

（八）任子女称心三年，害子女苦恼一世。

（九）子女幼时教导贪婪一分，长大时受他苦楚万分。

（十）做客去子女有礼貌，能对应，尽是父母之教育成绩。

这些家庭教育的准则，继承了传统道德规范，赋予了时代精神，没有空话，简单易行。扪心自问，我对子女并没如此尽到责任，实在汗颜。妈妈生前并没给我看过这笔记，行胜于言，这就是她的高明之处。面对一大堆的遗物，我顿时醒悟，这是一笔珍贵的精神遗产，不能让它沉睡在故纸堆中。为了让后代了解家史，我和妹妹决定在2006年10月8日妈妈诞辰95周年之前编著两本书，一本是《中国第一代女建筑师张玉泉》，另一本是《傲霜集——中国第一代女建筑师张玉泉书画选》。前书由BIAD国际传媒中心《建筑创作》杂志社策划和承编，天津大学出版社出版；后者委托地质出版社出版。这一创意立即得到《建筑创作》主编金磊和李沉主任的赞同。北京市建筑设计研究院和中元国际工程设计研究院的领导也给予了关心和大力支持。

在收集资料的时，我感到全书内容丰富，涉及到与妈妈同时代的老师、同学、亲友等很多有趣的人和事，折射出近代中国在建筑、教育、文学、电影、新闻界的历史片段足迹。为了编书写稿，我开始认真学习电脑，要不是妹妹、妹夫这两位电脑高手的鼓励和帮助，恐怕至今我还是个电脑盲。为了给《建筑创作》社提供方便，他俩承担了选用照片的全部扫描工作。经过努力，我们终于用一年多时间赶出了图文书稿。在书的的扉页上这样写道：

欣逢第12届亚洲建筑师大会，以此书献给中国第一代女建筑师张玉泉女士及英年早逝的费康建筑师。

在中国电影史掀开新的百年之际，以此书献给百岁华诞的中国著名导演费穆先生。

2006年9月12日下午在中元国际工程设计研究院的“中元厅”，举行了《中国第一代女建筑师张玉泉》出版座谈会，《建筑创作》杂志社主编金磊主持会议，中元国际工程设计研究院总裁丁建和副总裁舒世安、众多建筑界同事应邀出席了活动，出版单位天津大学出版社韩振平、薛家治两位副社长也都到会，他们对书的出版表示热烈祝贺并畅谈感想。妈妈生前在院里的老同事汪明清即席发言。在会上，妹妹费琪掩饰不住激动的心情，用略带哽咽的话语说出了编著的感言。她说，母亲不是一个英雄人物，也不是一个模范，她只是一个普通建筑师，

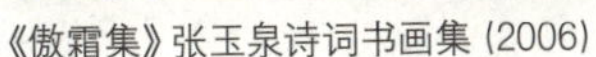
《傲霜集》张玉泉诗词书画集 (2006)

《中国第一代女建筑师张玉泉》

是一个平凡的人，但有着不平凡的一生。我也谈了一点感想，觉得在中国当一名建筑师很难，当一名女建筑师更难，而当一名独立执业的女建筑师难上加难。妈妈的一生是坎坷的一生，含辛茹苦的一生，淡泊名利的一生。这次会就像是一次建筑界的沙龙，大家交流了各自的感想。后来在《建筑创作》2006年第10期里以"会议侧记"形式作了图文并茂的全面报导。

该书出版后，不少报纸作了报导和评论。2006年9月18日《中国建设报》登载了座谈会报导《向国际同业展示中国建筑师风采》，9月21日《科学时报》发表文章《她，在平凡的世界里》，10月27日《中国建设报》整版刊出图文并茂的文章《菊残犹有傲霜枝》，11月3日《光明日报》在"文荟书讯"中介绍该书，11月6日上海《建筑时报》发表读书札记《光彩照人：不仅仅因为她是女性》，《人民日报(海外版)》也在同期对该书作了报导。我的亲友同学看到此书后，纷纷给我来信和电话。上海南洋模范中学校友会成员、学长倪善锦给我来了长信，抒发了阅后感言。清华大学经管学院退休教授谢文蕙收到此书后，给我来了电话，长谈自己的感受。同班同学谷葆初对我说，1958年大跃进时，他和建九同学沈芝珍、张光恺、赵治平、刘郁芳等都在一机部一院作过设计，他们被分在妈妈的大组内，他还记得张工用

《中国第一代女建筑师张玉泉》出版座谈会合影

红笔给同学们审图并讲课。

梁鸿文同学留校后在美术教研组任教，以后又到中央美术学院进修，有出色的美术基础，她以前见过妈妈很多次，印象较深。她在澳大利亚探亲期间抽空为妈妈画了一张铅笔素描和一幅水彩画像送我留念。远在美国侨居的刘锡基来信说看到此书后，回想起他上学时曾到过我家，妈妈亲手做东西给他吃，此情此景，记忆犹新，故人已去，思绪万千。

过去我写诗都要请妈妈给我指点韵律是否正确，现在我只能求教于程立生，请他斧正。在妈妈去世那年，我写了一首诗，现抄录于下，以表思念之情。

清华同学梁鸿文为妈妈画相

来是空来去亦空，风霜尽历一青松，

虚名岂慕无媚骨，师表堪讴百代功。

今年我毕业50周年，在建九编写的纪念册中的“个人剪影”页中，放了5张照片，其中有1999年陪伴妈妈参加世界建筑师大会(UIA)时一张值得纪念的四代同堂照片，还有一张一年级时我在美术教室以普鲁特石膏像为背景的学生照。妈妈的两位曾外孙雄雄和多多现已长大，有一张我陪他俩去首都博物馆参观希腊雕刻艺术展的留影也附上了。另外两张是我和李桐在1999年拍的合影以及2008年小女儿费莛(中国营养协会高级营养师)陪我观看奥运会田径半决赛的现场留影。这几张照分别记录了我不同时期的足迹。在感言中，我写了一首打油诗，最后一句借用了妈妈的原诗句：

清华毕业五十周年有感

饮水思源清华情，十年执教任风云，

耕耘四十工匠志，不羡虚名不慕金。

我想，如果妈妈健在，她看到这一页，一定会很高兴。于是我将这本纪念册放在她的遗像前，就作为我对她在天之灵的一个书面汇报，以此寄托我的思念。

妈妈与亲家母打麻将

妈妈弹琴自娱

陪妈妈看书法展览 (1994)

↑↓最后一次祝贺妈妈生日 (2003)

↓妈妈在作画

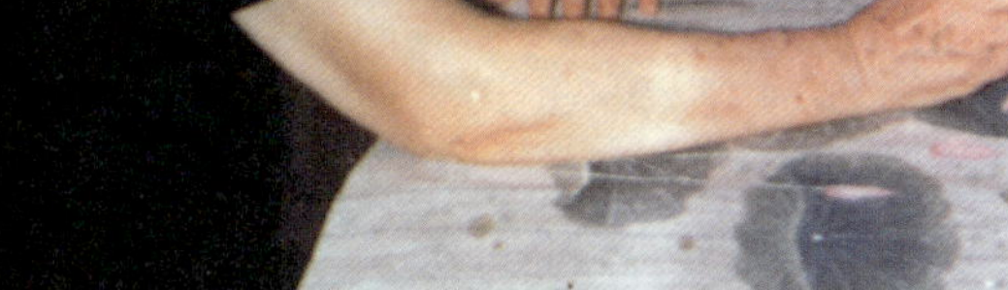

↓妈妈在接电话

参考资料

References

[1]张玉泉. 傲霜集——中国第一代女建筑师张玉泉诗词书画选〔M〕. 北京：地质出版社，2006.

[2]费麟，费琪. 中国第一代女建筑师　张玉泉〔M〕. 天津：天津大学出版社，2006.

[3]黄爱玲. 诗人导演　费穆〔M〕. 香港：电影评论学会，1998.

[4]费明仪，周凡夫，谢素雁. 律韵芬华〔M〕. 香港：三联书店（香港）有限公司，2008.

[5]陈墨. 流莺春梦〔M〕. 北京：费穆电影论稿中国电影出版社，2000.

[6]朱天纬. 中国电影百年经典歌曲〔M〕. 北京：人民音乐出版社，2005.

[7]费麟. 对大伯父的一次缅怀〔M〕//中国电影艺术研究中心　中国电影资料馆. 费穆电影新论. 北京：中国广播电视出版社，2006：269-273.

[8]费麟. 我的妈妈张玉泉〔M〕//中国作家协会创研部. 2004年中国散文精选. 武汉：长江文艺出版社，2005：453-460.

[9]费麟. 追忆我的父亲费康：一位英才早逝的中国建筑师〔J〕.建筑创作，2005（10）：144-151.

[10]费斐. 女儿眼里的父亲——纪念费彝民诞辰一百周年〔N〕. 大公报，2009-05-11（A10）.

[11]金圣华. 一九四零年版影片《孔夫子》——记父亲金信民与影片的摄制、失落与重见天日〔N〕. 新民晚报，2009-04-19（B7）.

[12]孙中山. 国民政府建国大纲〔M〕//中山陵园管理局. 孙中山手书碑刻. 香港：香港国际出版社，2001.

[13]孙中山. 建国方略〔M〕. 郑州：中州古籍出版社，1998.

[14]孙中山. 三民主义〔M〕. 广州：广东人民出版社，2007.

[15]赵炳时，陈延庆. 清华大学建筑学院（系）成立五十周年纪念文集

1946—1996〔M〕. 北京：中国建筑工业出版社，1999.

[16]潘谷西. 1927—1997东南大学建筑学成立七十周年纪念专集〔M〕. 北京：中国建筑工业出版社，1997.

[17] 不该忘却的城市记忆（中）——《北京优秀近现代保护名录》（第一批）全记录：清华大学9003大楼〔J〕. 规划建设，2008，(4)：156.

[18] 建筑月刊〔J〕. 1936，4 (7).

[19] 张镈.我的建筑创作道路[M].北京：中国建筑工业出版社，1994.

[19] 林洙.建筑师梁思成 [M].天津：天津科技出版社，1996.

[19] 费麟. 陈明辉. 西德咨询工程见闻〔N〕. 现代化，1983-08-25.

[20] 费麟. 工业建筑中的人类工程学——法国现代化工厂设计的启示〔J〕. 世界建筑，1983，(3)：14-19.

[21] 费麟. 关于翠微居住区规划设计的思考〔J〕. 北京规划建设，1991 (1)：38-40.

[22] 费麟. 工业建筑与人类工程学〔J〕. 建筑学报，1992 (1)：24-28.

[23] 费麟. 古城新貌话巴黎——有感于巴黎国庆工程〔N〕. 中国建设报，1996-3-28.

[24] 费麟. 关于中外合作设计的回顾与思考〔J〕. 世界建筑，1997 (5)，23-27.

[25] 费麟. 工业建筑设计的现状与发展〔M〕//建设部. 中国建筑技术政策 (1996—2010). 北京：中国城市出版社，1998.

[26] 费麟. 中国工业建筑在世纪网络中定位〔C〕//杨永生. 建筑百家评论集. 北京：中国建筑工业出版社，2000.

[27] 费麟. 警惕普通住宅设计十大不良倾向〔N〕. 中国建设报，2002-6-17 .

[28] 费麟. 温故知新话798〔J〕. 工业建筑. 2005 (10)：1-3.

[29] 费麟. 电影与我有不解之缘〔J〕. 建筑创作. 2005 (12)：138.

[30] 费麟. 温故知新话人居〔J〕. 工业建筑. 2006 (8)：56-58.

[31] 费麟. 清华记忆：忆梁思成先生的言传身教〔J〕. 建筑创作. 2006 (10)：164-166.

[32] 费麟. 温故知新话中元〔J〕. 建筑创作. 2008 (3)：36-41.

[33] 费麟. 温故知新话读书〔M〕//建筑创作杂志社. 建筑师的非建筑阅读. 天津：天津大学出版社，2008.

[34] 费麟. 城市住宅规划设计是系统工程——一个建筑师对住宅建设工作的思考〔N〕. 建筑时报. 2008-12-8.

后 记

Afterward

经过一年半时间，《匠人钩沉录》终于脱稿，相应附上了旧照和图片。一时间，有如释重担之感。所谓“匠人”，包括自学艺开始到从业的全过程。所谓“钩沉”，只希望将自己脑海中的片断历史记忆反刍一遍，择其所要，留个记印。

在写作过程，我得到了家人的支持和帮助。我南腔北调，注定发音不准，打字太慢，只能“爬格子”。妻子李桐、女儿费芸与费荭、外孙钟楚雄和郝艺多都先后积极帮我打字成稿。除文字外还有500多张旧照和图片，扫描后图面质量不大理想。妹妹费琪和妹夫阮天健是中国地质大学的教授，在百忙中抽空对旧照片重新加工处理，并帮忙扫描和补充了一些书稿中需用的老照片。此外他们还对文字、图片进行全面校核、补充、整理，提出了许多重要意见。大女儿和女婿帮忙收集素材、核对史料、剪裁图片、校核英文。家人都有自己的工作，能予以热情关心和认真帮忙，给我很大鼓励，在此表示由衷的谢意。

文稿涉及很多历史背景的人和事，尽可能找到资料来源。大部分是依据《第一代女建筑师张玉泉》一书和我的部分日记及工作笔记。有不少是口述历史，只能凭记忆了。由于妈妈保留了不少爸爸和她自己的手稿以及我在小学时期的日记作文、成绩报告单和奖状，为我写稿提供了许多回忆素材。女儿费芸去四川荣县访亲时拍了一些奶奶故乡的照片。远在成都的十三姨婆黄润蒲提供了一张旧照片，是70年前她母亲和她兄弟姐妹们在一起的合影。老同事徐善铿趁苏州探亲之便特意帮我拍了桃花坞老家的街景。李桐中学同学裘碧梧的弟弟至今仍住在蒲园，是他为我提供了蒲园的部分近照。张秀华是李桐大连中学和清华大学的同学，1958年她曾经参加过中国科技馆的结构设计，她提供了两张当